宗因先生こんにちは

――夫婦で『宗因千句』注釈 上

深沢眞二・深沢了子 著

和泉書院

目次

〈次回配本〉

宗因先生ごきげんいかが

―夫婦で宗因千句注釈（下）―

目次

前口上

発端

S（眞二）：もう三十年近く前になりますが、一九八九年九月に富士見書房から、中村幸彦先生の『宗因独吟　俳諧百韻評釈』が刊行されました。それは『宗因七百韻《いん》』所収の「口まねや」百韻の評釈で、帯には「初の本格的談林《だんりん》俳諧評釈」と銘打たれていました。中村先生がこれに取り組まれたきっかけは、上田秋成が「梅翁伝《ばいおうでん》」という文章で宗因を称揚していることだそうです。「鋭い感性の持主である秋成は、宗因の句々には、例えば西鶴などの句と比較して一種の高い詩性をそなえている点に気付いていたのではなかろうか」と書かれています（七頁）。私はそのころ同書を読んで、先生の博識に感嘆しつつ宗因の魅力をおぼろげながら知り、しかし自分で宗因独吟俳諧に挑戦しようとは思いませんでした。それは先生による「初の」評釈の水準が高すぎたせいではなかったかと思います。宗因独吟の注としてはその後、小学館の新編日本古典文学全集の『連歌集・俳諧集』（二〇〇一）に「蚊柱《かばしら》百句」が入りましたが、しばらくは宗因の俳諧を読む気運が高まったというわけでもありませんでした。

しかし、近年『西山宗因全集』（八木書店）が整いましたし、二〇〇五年には「西山宗因生誕四百年記念」の「宗因から芭蕉へ」展が八代市立博物館未来の森ミュージアム・柿衞《かきもり》文庫・日本書道美術館で開催されました。また、佐藤勝明さんの『芭蕉と京都俳壇　蕉風胎動の延宝・天和期を考える』（八木書店、二〇〇六）が出て以来、談林俳諧の読み方が改まってきているという状況があります。そこで、二〇〇六年あたりから私と了子《のりこ》も便乗して、それぞれの勤め先の大学の授業で宗因の独吟をテキストに使うことを始めました。そうしたらそれが面白い。宗因が句を付け進めてゆく時の言葉の操作の鮮やかさ、とでも言いましょうか、発想の転換の連続が心地よいのです。また、謎解きの興もある。これはそのままに捨て置いてはもったいない。

ここに原稿化しました注釈は、宗因独吟の俳諧百韻を各巻ごとに二人がそれぞれ別に読んでおいて、だいたい一年に一本発表しようというペースで、あとからまとめたものです。当然、二人で意見が異なる場合があります。それを無理に総合せず両論を併記するのが良いのではないかと思い、このような、SとNの対話スタイルを採ることにしました。先蹤としては、尾崎雄二郎先生・島津忠夫先生・佐竹昭広先生の鼎談による『和語と漢語のあいだ 宗祇畳字《じようじ》百韻会読』（筑摩書房、一九八五）や、尾形仂《つとむ》先生とゼミ生の対話スタイルの『歌仙の世界』（講談社学術文庫、一九八九）があります。それに、中村先生の評釈に溢れている俳諧的と言っていい軽妙洒脱さに、夫婦の会話の雰囲気でならば少しは太刀打ちできるかな、という期待を抱いてのことでもあります。宗因の独吟を両吟で読もうという趣向です。

N（了子《のりこ》）：俳諧は笑いの詩です。近世初期俳諧の、とくに宗因を始めとする談林俳諧は、大笑いとともに詠みかつ読まれていたはず。注釈にも「笑える」注釈があっていいのではないでしょうか。ジョーク交じりの古典注釈なんて不謹慎とお叱りを受けるかもしれませんが、どうぞお許し下さい。そして、宗因の俳諧の「笑いが入るポイント」では、笑って楽しみながら読んで下さい。

宗因について

S：簡略ながら宗因の生涯をたどっておきたいと思います。
宗因は、慶長十年（一六〇五）に肥後熊本の、加藤清正家臣の家に生まれました。次郎作、のち豊一《とよかず》と称します。数え十五歳で、肥後八代の城代・加藤正方《まさかた》に仕え、連歌を知りました。そしてその才能を見出され、十八歳から八年間、京に遊学して、里村昌琢《さとむらしようたく》のもとで連歌を学ばされました。国内留学ですね。ところが、寛永九年（一六三二）、加藤主家の忠広公（清正公の三男です）が肥後の所領を召し上げられ、出羽に蟄居させられてしまいます。つまり、将軍家光の治世下、加藤家がお取り潰しにあったということです。肥後熊本の加藤家については、最近『加藤清正の生涯　古文書が語る実像』（熊本日日新聞社、二〇一三、山田貴司氏・鳥津亮二氏・大浪和弥氏解説）という本が出まして、宗因のことにも触れており、武家出身の宗因の精神性を考える上で参考になります。

さて、加藤正方も浪人として京で暮らし始めますが、宗因も正方に扈従《こしょう》して京都で浪人生活を始めます。その一方で宗因は連歌の作者として名を知られるようになりました。正保四年（一六四七）四十三歳の時、大坂天満宮の連歌所の宗匠に就任し、大坂を本拠地として活動するようになりますが、翌年には加藤正方が広島で亡くなりました。その後、宗因の連歌師としての活躍が続きますが、寛文十年（一六七〇）二月には、筑紫の小倉で出家しました。六十六歳。本書注釈一の「世の中のうさ八幡ぞ花に風」を発句とする独吟俳諧百韻は出家の折のものです。翌年には息子の宗春《そうしゅん》に大坂天満宮の連歌所宗匠職を譲り、隠居します。六十九歳の時、俳諧独吟の『蚊柱百韻』が出版されて評判となり、それ以降、旧作の俳諧を編集した『宗因千句』『宗因五百句』などが出版されて俳諧作者としての声価が高まります。西鶴ら大坂の俳諧作者たちによって談林俳諧の大将にまつりあげられてゆくのです。天和二年（一六八二）三月歿、七十八歳。

宗因は五十歳を過ぎてから俳諧との関わりが増えました。しかし、大坂天満宮の連歌所の宗匠であった間はあくまでも連歌師が本業で、その本業の一環として、豊前小倉の小笠原家をはじめ諸国の大名家に出入りして連歌の相手をいたしました。寛文二年（一六六二）三月、大坂から東海道を下り、江戸滞在を経て奥州磐城平に旅行、のちに同地藩主となる内藤義概《よしむね》、号・風虎《ふうこ》に連歌の指導をします。磐城平滞在の間、宗因はさらに塩竈《しおがま》・松島まで足を伸ばし、紀行文を複数残しています。最近、尾崎千佳さんが「東下りの変奏—宗因の奥州紀行をめぐって—」（『国語と国文学』二〇一一・五）でそのあたりをまとめてくれています。

N：二〇一〇年の夏、熊本県の八代市立博物館未来の森ミュージアムで宗因展が開かれました。八代は、宗因が仕えた加藤正方の治めた城下町です。新たに見つかった宗因の自筆資料に加え、熊本の宗因関係資料、また加藤正方の遺品も公開された内容の濃い展覧会でした。私たちも夏休み中に子連れで出かけ、堪能しました。資料自体が貴重なものですが、それらをわかりやすく見せる工夫に大変感銘を受けました。連歌と俳諧の違い、宗因のさまざまなこだわりや主君との関係など、重要なポイントをしぼって平易な説明がなされており、子どもも楽しみながら理解できる展示であったと思います。図録が総カラー印刷であることもありがたいことです。また、「八代が育てたスター・西山宗因」という漫画風のリーフレットは、芭蕉が宗因の解説をするという趣向でこれまた面白く、思わずたくさんいただいて、勤務先の大学院生に配ってしまいました……（博物館の方、ごめんなさい）。

なお、八代では展覧会に合わせて、「天性の詩人・西山宗因―連歌と俳諧と―」と題し、島津忠夫先生の御講演がありました。私たちは残念ながら日程の都合で拝聴できなかったのですが、幸い講演会の資料を手に入れることができました。それを拝見するだけでも、宗因の文芸がいかに広く深いものであったかがわかります。連歌・俳諧の両方向から作品を読み解いていくことこそ、宗因という稀代の詩人の世界を明らかにする方法だと改めて感じました。二〇一〇年十二月に発行された『いずみ通信』にも島津先生の「謡は俳諧の源氏―西山宗因の場合―」（老のくりごと―八十以後国文学談儀―（1））という文章が掲載されています（和泉書院のホームページにも掲載、二〇一七の『島津忠夫著作集別巻4　老のくりごと　八十以後国文学談儀』に所収）。宗因の連歌作品と俳諧作品の違いを端的に解説されたもので、宗因の俳諧では謡取りが盛んに行われることが述べられています。

もちろん、貞門においても謡曲は題材として用いられていました。『毛吹草《けふきぐさ》』の「可宜句躰之品々《よろしかるべきくたいのしなじな》」には「謡舞狂言の詞」の項目があります。その例句を引けば、「あれはなぢよ白きはそよや翁草」「十月は実《げに》もさありや弥《やよ》時雨」など、「そよや」「実もさありや」「弥」といった謡曲や舞や狂言に特徴的な言葉遣いを入れるものでした。「あれはなぢよ」句は「そよや」の語が謡曲の「翁」に多出するところから「翁草」を詠み込んでいてやや手が込んでいますが、貞門の謡曲調は基本的に単純な文句取りでした。それと比べて宗因の謡曲利用は、単純な語句の嵌め込みではありません。例えば「景清」の詞章「いかに此あたりに里人のわたり候ふか」によった有名な発句「於宇治／里人のわたり候や橋の霜」は、句の半分以上に及ぶ文句取りをした上、「わたる」を「いらっしゃる」の意から「（橋を）渡る」に読み替えて、意味

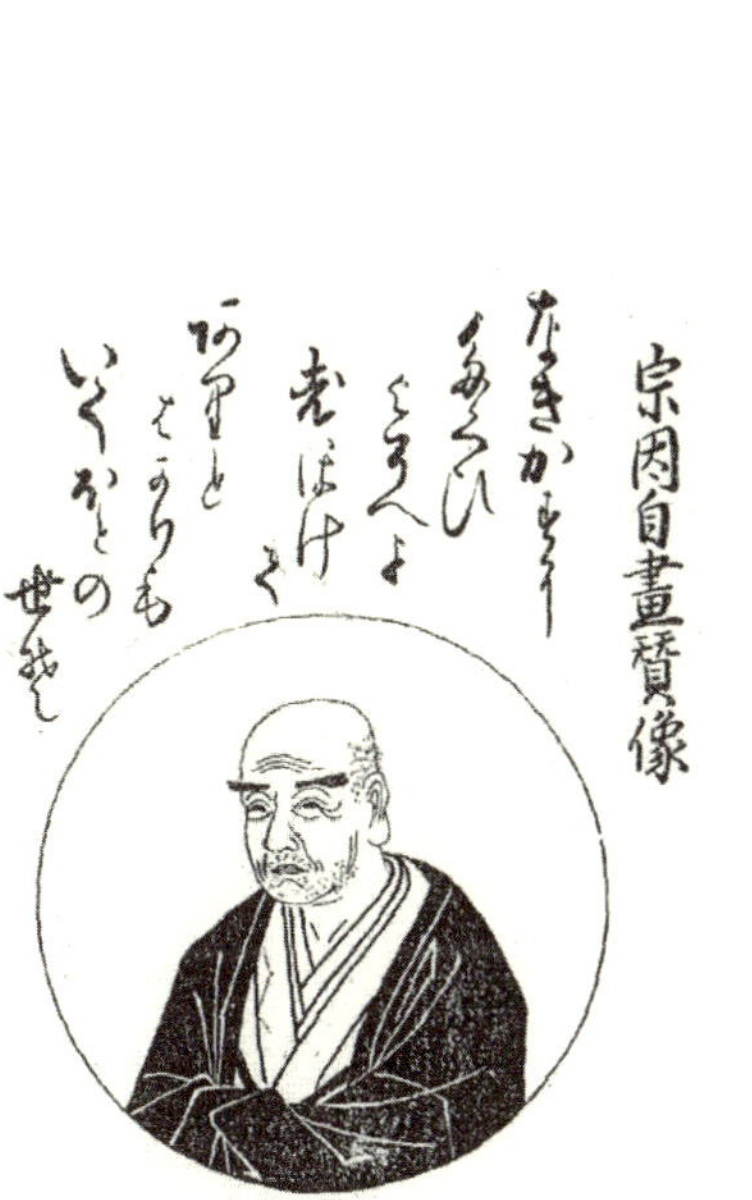

宗因自画賛像（『梅翁百年香』、東京大学総合図書館洒竹文庫所蔵、『華麗なる西山宗因―八代市が育てた江戸時代の一大スター―』〈2010、宗因展図録、八代市博物館未来の森ミュージアム編〉より）。歌は「なきかずにたぐひよそへよ老ぼけてありとばかりもいくほどの世ぞ」。

を大胆に転換しています。意表を突く新鮮な使い方なのです。これは万治二年（一六五九）の作品です。島津先生によれば「宗因の謡取りの口調のよさ、洗練さは抜群」で、「宗因のこの巧みな謡取りが武家階層に大いに受けたことが察せられる」（前出『いずみ通信』「謡は俳諧の源氏」）のです。実際『宗因千句』を読んでいきますと謡曲の利用は確かに多くて、しばしば意外な文脈に「謡取り」をからめて句作りをしているように思われます。また、狂言の利用も目に付きます。

『宗因千句』について

S：本書に取り上げる百韻はみな『宗因千句』（寛文十三年〈一六七三〉刊）に収録されています。もともと談林俳人の以仙編『落花集《らっかしゅう》』（寛文十一年〈一六七一〉三月下旬自序）の付録の一冊として刊行され、後に単独で刊行されたと考えられています。『宗因千句』という書名ではありますが、千句として企画されたものではなく、成立年代のばらばらな宗因の独吟百韻を十巻集めた本です。その十巻に成立年を添えて、『宗因千句』の順に掲げます。下のほうの「↓」は本注釈書で何番めに取り上げているかを示しています。

「立年のかしらもかたい翁かな」百韻　寛文四年（一六六四）　↓四

「来る春や寅卯の間と岩城山」百韻　寛文三年（一六六三）　↓五

「とへば匂ふ梅や自身の取合」百韻　万治二年（一六五九）以前
「花むしろ一けんせばやと存候」百韻　寛文三年（一六六三）　↓三
「関は名のみ花になこその御意はなし」百韻　寛文六年（一六六六）または同七年（一六六七）
「世の中のうさ八幡ぞ花に風」百韻　寛文十年（一六七〇）　↓一
「御鎮座の床めづら也いせ桜」百韻　寛文九年（一六六九）以前
「やくわんやも心してきけほと、ぎす」百韻　寛文七年（一六六七）
「つぶりをもうつは隣の碪かな」百韻　万治二年（一六五九）以前　↓二
「花で候お名をばえ中舞の袖」百韻（恋俳諧）　寛文九年（一六六九）以前

実を申しますと、私どもの注釈でどの百韻をどういう順で取り上げるかは、きちんとした方針があったわけではありません。いちばん成立が遅くて談林の色が濃いであろうという推測のもとに、最初に「世の中の」百韻を取り上げてみました。翌年は、対照的に古い巻を読もうとして「つぶりをも」百韻にしました。その後の「花むしろ」「立年の」「来る春や」各百韻は、磐城の内藤家との関わりを追いかけて三つ続いたという次第です。残る五巻の注釈はこの先数年分の仕事として、のんびりがんばろうと思っています。

N：私たちがテキストとして使用したのは、『第二期近世文学資料類従　古俳諧編28　宗因千句他』（勉誠社、一九七六）所収の、柿衞文庫蔵の版本の影印です。柿衞文庫本のみが初版、つまり、『落花集』の付録として伝存しています。諸本については同書の解題をごらん下さい。そして影印と同じ底本で、『西山宗因全集　第三巻　俳諧篇』（八木書店、二〇〇四）に翻刻が収められました。同書では、異本が知られている場合、対校を示しています。また、『古典俳文学大系3　談林俳諧集　一』（集英社、一九七一、注釈本文中では『俳大系』と略称）には飯田正一氏所蔵本を底本とする翻刻があり、簡単な注があります。

注釈の基本的な方法

S：では、私どもの注釈の基本的な方法を述べておきましょう。まずは、各百韻の本文を掲げ、合わせて各句の式目上の属性を一覧にします。それから注釈に入りますが、注釈の手順は次のように設定しました。宗因は、

①付句に求められている式目上の条件はどうなっているかを確認、

②次に、それによって許容される範囲の中で前句から引き出せる言葉や場面をあれこれ考えて選択、

③そして、付句を一句としてまとめる。

この①②③の順序で頭を使って付け進めていたと思います。本書ではこれらを「式目」「付け」「一句の意」と呼び、その三点を押さえながらなるべく簡潔に注釈するという原則を置いてみました。

宗因とその追随者たちである談林グループの俳諧の特徴は、基本的には縁語や理屈によって前句に付ける「親句《しんく》」の俳諧だということにあります。やはり親句中心である貞門俳諧との違いは、複数の縁語や理屈を組み合わせることによって、付句の一句の意味内容が非道理（常識外れだったり空想的だったりする）になったり無心所着《むしんしょじゃく》（意味を為さない）になったりしてもお構いなく、むしろそれを楽しんでいるという点にあります。いわば、過激な親句主義です。こうした考え方は佐藤勝明さんの『芭蕉と京都俳壇』（前出）、とくに同書中の「談林俳諧の本質と高政」という論考に学びました。もちろん宗因や談林でもそうした非道理・無心所着句ばかりではないのですが、元禄の蕉風俳諧を読む時のような、前句と付句で表現される一つの世界を解説するという姿勢を宗因らの俳諧にあてはめることは、ともすれば「木に寄って魚を求める」的な見当違いになりかねず、作者本来の意図にないお話を創作してしまう危険があるように思えます。

なお、中村幸彦先生の言われた、宗因の「高い詩性」とは、②と③の操作において発揮される、古典に裏打ちされた言語表現のセンスなのではないかと思うのですが、それもできるだけ指摘して、宗因の魅力に迫るよう心がけます。

前口上

N：『宗因千句』には宗因俳諧の初期から後期までの巻が交じっています。最初期の万治頃の百韻と寛文後期の百韻を読みくらべて、宗因流の変遷をつかむことができればいいでしょうね。そのような意識を持って注釈するように心がけます。

S：ところで、最近、佐藤勝明さんがしきりに「俳諧連句の読み解き方を確立したい」という趣旨のことを書かれていまして、実際、芭蕉俳諧の注釈に、三段階の手続きを提案なさっています。手近なところでは『NHKカルチャーラジオ　詩歌を楽しむ　芭蕉はいつから芭蕉になったか　2012年4月～6月』のテキストブックの一四〇頁に、次のような三段階を説いています。

第一段階（＝見込）　作者は前句に対してどのような発展的理解をしたか。

第二段階（＝趣向）　その理解を元にどのような場面・人物・情景などを示そうとしたか。

第三段階（＝句作）　具体的な句にするに当たってどのような素材・表現を選んだか。

私どもの宗因の注釈の①②③の、佐藤さんの注釈の三段階との関係について簡単に申しますと、佐藤さんはこちらの②の部分を、さらに三段階に分けて精密に分析しようとしているのだと思います。

私どもが①を立てているのは、どのような連歌・俳諧でも、やはり式目は「句を付ける」という行為に大きな規制として働いており、そこを確認しないとどこまでが作者の意図か見失う危険があると思うからです。佐藤さんがそこをおろそかにしているというわけではまったくありませんが、注釈の初めに必ず触れることにしておいた方が、作者の発想順序の実際に近づけると思うのです。

また、②をさらに三段階で分析しようとする佐藤さんの方法は、蕉風の疎句の俳諧（言葉付けの頻度が低く、匂付け〈＝雰囲気などによっていて縁語や理屈を排除した付け方〉の頻度が高い）には有効で、作品の質を見極めるには必要なことだと思いますし、すでに佐藤さんは単独の注釈のみならず小林孔さんとの共同作業によってもかなりの成果を上げておられます（その後、『続猿蓑《さるみの》五歌仙評釈』〈ひつじ書房、二〇一七〉として結実）。佐藤さんの三段階注釈法は親句《しんく》の逆の

「疎句《そく》」対応型だと思うのです。ところが、宗因流俳諧の場合は親句の度合いが非常に高く、ほとんど連想語や理屈・因果関係から発想して、それらを複数組み合わせつつストレートに付句に用い、一句にまとめます。宗因には、「見込」から「趣向」に展開しさらに新たな「句作」を提示するという飛躍に飛んだ付け方はほとんどありません。蕉風俳諧と違っている、「言葉そのもので遊ぶ」とでも言えそうな、別の面白みを求めて作られています。三段階注釈法は宗因流の親句にはあてはめにくいのです。

それから、こちらの③は、作者が意識していたであろう一句の独立した意味内容、いわゆる「一句立て」を押さえておこうということです。いかに転じてゆくか、三句の渡りにいかに変化を付けるかが連歌俳諧の大きな興趣であり、一句としての意味を確認しつつ読み進めることで、「転じ」の面白さが明示されることになると思うのです。ただ、宗因は困ったお人で、一句の意味をわざと破綻させた、非道理の句（理屈に合わない句や空想的な句）や、無心所着句《むしんしよじやく》（そもそもナンセンスで意味の取りようがない句）も、自家薬籠中のものとしています。それは、③を犠牲にしてでも②を面白く主張しようというダイナミズムの場合もありますし、最初から非道理や無心所着の衝撃力のある破壊的表現を目指している場合もあると思われます。こうしたことをもまた佐藤さんが、著書『芭蕉と京都俳壇』（前出）において追求なさってこられたテーマです。宗因流を注釈するにあたっては、③の手順を踏むことで、そのあたりも明確にできるのではないかと思うのです。

参考資料について

S：次に、注釈に使った参考資料のおもなものを示しておきましょう。式目については、宗因当時の大きな規準は『連歌新式追加並新式今案等』であるとして、その翻刻と索引が入っている『連歌法式綱要』（山田孝雄氏・星加宗一氏編、岩波書店、一九三六）を参照しています。同じ本に翻刻と索引のある連歌式目書『産衣《うぶぎぬ》』もしばしば利用しました。俳諧の式目については『校注俳諧御傘《ごさん》』（赤羽学氏編、福武書店、一九八〇）や『はなひ草』（『俳大系第二巻』集英社、一九七一、所収）をよく使いました。それから、句の季を判断する際には、『近世前期　歳時記　十三種本文集成並びに総合索引』（尾形仂氏・小林祥次郎氏編、勉誠社、一九八一）を引き、『図説大歳時記』（角川書店、一九七三）にもお世話になりました。

N：式目の原理などはここで細かに説くことはできませんので、しかるべき概説書、例えば『連句への招待』（乾裕幸氏・白石悌三氏著、和泉書院、一九八九）や『連句辞典』（東明雅氏ほか編、東京堂書店、一九八六）などをご覧下さい。毛色は相当違いますが、Sの書いた『連句の教室』（平凡社新書、二〇一三）も、それなりに使えるのではないかと思います。そこにも出されている「俳諧式目表」を示しておきましょう。

俳諧式目表
去嫌《さりきらい》と句数《くかず》の一覧

去嫌（間を隔てるべき句の数）

五句去《ごくさり》	三句去《さんくさり》	二句去《にくさり》	句数（連続させて良い句の数）
同字のうち 月 田 煙 夢 竹 船 衣 涙 松	同字	天象	1句
	同動物 同植物 同時分	異動物《いうごきもの》 異植物《いうえもの》 異時分《いじぶん》 聳物《そびきもの》 降物《ふりもの》 人倫《じんりん》 名所《などころ》 国名《くにのな》 衣類《いるい》 食物《しょくもつ》 芸能	1～2句
夏 冬	旅《たび》 神祇《じんぎ》 釈教《しゃっきょう》 述懐 夜分《やぶん》 山類《さんるい》 水辺《すいへん》 居所《きょしょ》		1～3句
	恋		2～5句
春 秋			3～5句

＊元禄四年（1691）刊『増補番匠童《ばんじょうわらわ》』に基づく『連句への招待』（新版、和泉書院、1989）の表により、より一般的な連歌式目の術語にしたがって「生類《しょうるい》」を「動物《うごきもの》」とあらためた。

S：ところで、この注釈では、「寄合語《よりあい》」（略して「寄合」とも）とは和歌などの古典に典拠を持つ連想語を、「付合語《つけあい》」（略して「付合」とも言う）とは古典に典拠を求められない連想語を指すものとして、使い分けています。「付合語」は、俗な、すなわち非和歌的な連想語です。

N：「寄合語」と「付合語」の違いをよく聞かれるんですよね。

S：連歌は「寄合語」ばかりを付けに用いますが、俳諧は「寄合語」に「付合語」をまじえて用います。卑俗な話題や、当世的な発想や、謡曲や舞や狂言による連想語も、「付合語」に含まれます。この注釈では「寄合語」と「付合語」をともに、例えば「きぬた↓隣」というふうに矢印を使って略して示します。「寄合語」と「付合語」のバランスに作者の個性があらわれます。おおまかな捉え方ですが、連歌宗匠であった宗因は、俳諧のみの作者たちよりも、「寄合語」の利用法において幅広く巧みであったと言えます。

N：言葉による付けの参考書として、次の二つの本を使います。ひとつは『近世初期刊行　連歌寄合書三種集成』（清文堂、二〇〇五）で、『随葉集《ずいようしゅう》』（慶長頃成立、寛永年間刊、古活字版）・『拾花集《しゅうかしゅう》』（明暦二年〈一六五六〉刊）・『竹馬集』（明暦二年以降刊）という江戸時代の三種の連想語辞書をまとめて引くことができます。宗因と同時代の「寄合語」の集成です。

S：すみません。それ、私が編んだ本です。三書の書誌的な事柄については右の本の解説をごらん下さい。近世初期俳諧の読解にも寄合調べが必要だと思っております。もっといろんな作品に使っていただきたいものです。『連珠合璧集《れんじゅがっぺきしゅう》』（三弥井書店「中世の文学」シリーズの『連歌論集　一』に収録、索引付、一九七二）も大部の寄合書ですが、時代的には古すぎます。近世には近世の寄合書を、よろしく。

N：もうひとつは近世研究者におなじみの、延宝四年（一六七六）の刊記がある『俳諧類船集《るいせんしゅう》』（近世文芸叢刊、一九六九～一九七五）です。注釈本文中では『類船集』と表記します。これには連歌と俳諧の連想語、つまり雅・俗の連想語が混ざってます。ベースは『拾花集』の寄合語で、そこに名所寄合を加え、さらに和歌連歌の語彙でない俗語の連想語を入れたものです。有料ではありますがインターネット上にデータベースが公開されていますので、この注釈にも利用しました。その『類船集』を含んでいる『俳大系』のデータベース、それに『新編国歌大観』『私家集大成』のデータベース、さらにジャパン・ナレッジでも語の検索をしました。さらに、必要に応じて、『角川古語大辞典』『時代別国語大辞典』『江戸時代語辞典』といった辞書にも当たっています。

S：宗因は西鶴と近い人ですので、西鶴作品の膨大な注釈の蓄積も役に立ちますね。

注釈初出と本書の関係

S：最初に「宗因独吟「世の中の」百韻注釈」を『近世文学研究』誌上に発表して以来、何人もの方から手紙・葉書・メールによってアドバイスをいただきました。中には「もっと夫婦で喧嘩しろ」というご意見もありましたが、まあ、喧嘩にまでならぬ程度に、楽しく議論していこうという姿勢でやっています。

特に、前田金五郎先生は、同誌の第3号に「宗因独吟「世の中の」百韻注釈読後感二・三」を書いて下さいました。前田先生に指摘されたことをはじめとして、注釈の初出の内容について諸方面からお寄せいただいた疑問点やご指摘を、本書の編集にあたり「▼」のマークを使って示すことにしました。そして、それらに対する私どもの見解を「▽」のマークを使ってはっきりさせるようにしています。さらに「▽」の箇所には、「あとから考えたらこうだった」ということも付け加えています。

そのような方針ですので、各注釈とも、原則として『近世文学研究』に初出のさいの解釈を変えずに掲げています。ただし、誤字など単純なミスは断らずに修正していますし、ルビを増やすなど読みやすくする手直しをしています。多少、記述の統一を図ってもいます。また、初出時の各注釈にはそれぞれけっこうな分量の前置きがありましたが、重複が多いこともありまして、ほとんどをこの「前口上」に構成し直してあります。

▼さっそくこの▼マークを使います。山口大学の尾崎千佳さんは宗因の研究の第一人者ですので、私どもの宗因注釈にぜひ

ともご指摘やご意見を、とかねてよりお願いしていました。お忙しいことでしょうに、二〇一五年のお正月、ドーンと大きなメールでそれを送って下さいました。とても感謝しています。個々の句の解釈に関してはそれぞれの場所に収めることにしまして、宗因の付けの方法に関する二つの点をここで紹介します。まず第一に、

式目違反や、一巻における同趣向の繰り返しについて多くご指摘ですが、これらは宗因のミスととらえるべきでしょうか。宗因は俳諧でも連歌の式目に準じた式目意識をもっているとは思いますが、いっぽうで連歌ほど厳密に式目を適用しようという意識は薄いように思われます。宗因が他者の作品に点をかける場合、連歌の場合は式目上の注意が評語の大部分をしめるのに対し、俳諧ではそれらが見られませんし、俳諧評点では非言じたいがほとんどありません。立圃《りゅうほ》『連歌俳諧相違の事』に、連歌師の俳諧は「誹諧はかやうの物よと思ひ入て、同意・用付・うしろ付・打越《うちこし》をわきまへざる事共をい」うと批判されるように、連歌師の俳諧は、あえて連歌の式目を弁えないことがままあったのではないでしょうか。もっとも、式目をまったく無視しているわけではなく、連歌の式目を俳諧では緩めて使うという意識と考えます。

現代のわれわれがこれらを読むとき、式目を確かめる必要は当然あると思います。

とのご意見をいただきました。

▽『宗因千句』を読み進むにつれて、宗因俳諧の式目意識は緩いなあということは感じてきました。むしろ俳諧師のほうが俳諧式目へのこだわりが強いようにも思われます。たとえば『蚊柱百句』をめぐる貞門対談林の論争を見ましても式目違反をしきりにとがめ立てていますし、芭蕉が加わっている歌仙をチェックしますとわりと俳諧式目を遵守しています。それで俳諧の側から研究に入りました私どもは、つい「宗因のミス」と口撃してしまいます。「誹諧はかやうの物よ」という姿勢の連歌師サイドから見ると、きっと「そんなにこだわる必要ないのに」というところでしょうね。そのへんはご指摘の通りだと思います。ただ、これもおっしゃるとおり、「誹諧はかやうの物」という意識を確認する意味で、連歌における基本的な式目との合致度を点検することは必要だと思います。

▼尾崎さんからの第二のご意見は、

三句のわたりについて、A→B→Cと付け進む場合、宗因の頭の中では、A→Bの付合の段階で、Cで使うべき付け筋まで同時に発想されている場合がよくあるように思われます。発想は同時でも、即座に登板させる付け筋と、ネクストバッターズサークルに控えさせておく付け筋があるのではないでしょうか。展開が乏しいというご指摘の多くは、親句

になじんでいるせいか、わたくしにはほとんどの場合同感できませんでした。この点、自分自身の課題として考え深めてみたいと思います。

というものでした。

▽「ネクストバッターズサークル」の比喩、ありがとうございます。同点の八回裏一人めがノーアウトかワンナウトで塁に出たら、次はバントの上手な代打を出し、その次の代打として切り札の打者に「ネクストバッターズサークル」で準備させるのですね。バント専門の選手が出てきた時点で狙いがわかっちゃうという……。これも『宗因千句』を読み進めますとよく分かるご指摘です。たとえば、「この辺で伊勢物語」「この辺で謡曲ネタ」といった構想が優先されていて、A→B→Cでもって「お約束の展開」にはまった流れが見えてしまう。式目の指摘と一緒で、私どもはついつい厳しく「展開が乏しい」と言ってしまうのですが、作者の意識に寄り添ってする解釈がより良い解釈だとすれば、私どもも反省する必要がありそうです。最適な解釈の着地点はどこかという問題として、さらに考え続けていきたいと思います。まあ、宗因には「これはすごい」とうなってしまう意想外の転じがざらにあるわけですが、そういう意表を突くベンチ采配ばかりを期待していてはいけない、ということかもしれません。

一　宗因独吟「世の中の」百韻注釈

＊初出、『近世文学研究』第2号（二〇一〇・七）。
＊この百韻は、『宗因千句』の中でも最も成立の遅い寛文十年（一六七〇）の巻です。版本の本文のみの伝存で、異文なし。

【初折《しょおり》オモテ】

西国にて

1	世の中のうさ八幡ぞ花に風	春（花）、花の句	神祇《じんぎ》（うさ八幡）、述懐《しゅっかい》（世の中のうさ）、植物木《うえもの》（花）、名所《などころ》（うさ）
2	彦の山々くれ〴〵の春	春（春）	山類体《さんるいたい》（山々）、名所（彦の山々）
3	大天狗かすみの衣ぬぎ捨て	春（かすみ）	聳物《そびきもの》（かすみ）
4	礫《つぶて》ふりさけあくるしのゝめ	雑《ぞう》	夜分《やぶん》（あくる・しのゝめ）
5	いづくより追出され行時鳥《ほととぎす》	夏（時鳥）	動物鳥《うごきもの》（時鳥）
6	短慮にめぐるむら雨の空	雑	降物《ふりもの》（むら雨）
7	月影に笑止《せうし》とばかり嶺の雲	秋（月影）、月の句	天象《てんしょう》（月）、夜分（月）、聳物（雲）、山類体（嶺）
8	長の夜ごみにとかく乗舟	秋（長の夜）	夜分（夜ごみ）、水辺外《すいへんほか》（舟）

【初折ウラ】

9	主命《しゅうめい》は秋風よりもはげしくて	秋（秋風）	
10	祈る初瀬に代まいりする	雑	恋（祈る初瀬）、釈教《しゃっきょう》（祈る初瀬）、名所（初瀬）
11	暮をまつ恋の山伏年もへぬ	雑	恋（恋の山）、旅（山伏）、釈教（山伏）、夜分（山伏）、山類用《ゆう》（山伏）、時分《じぶん》（暮をまつ）、人倫《じんりん》（山伏）
12	もゆるおもひをふくほらの貝	雑	恋（もゆるおもひ）
13	はかりごと浅間の野辺の負軍	雑	名所（浅間）
14	よろひはがれて木曽の麻衣	雑	名所（木曽）、衣類（木曽の麻衣）
15	古郷へは編笠にてや帰るらん	雑	旅（古郷・帰る）

16	久しき人にあふもむつかし	雑	人倫（人）
17	住吉の松のいはれは長たらし	雑	植物木（松）、名所（住吉）
18	やれ出せ〳〵高砂の舟	雑	水辺外（舟）、名所（高砂）
19	浦役を暁かけしかねの声	雑	夜分（暁）
20	月落《おち》鳥なき皆なきにけり	秋（月）、月の句	天象（月）、夜分（月）、動物鳥（鳥）
21	浄瑠璃のむつごとかたり身にしめて	秋（身にしめて）	恋（むつごと）、芸能（浄瑠璃）
22	君が三味線荻の上かぜ	秋（荻の上かぜ）	恋（君）、植物草（荻）、芸能（三味線）

【二折《にのおり》オモテ】

23	乱あふれんぼの盛花すゝき	秋（花すゝき）	恋（れんぼ）、植物草（花すゝき）
24	おさかづきなら野でも山でも	雑	山類体（山）
25	旅衣おほせのごとく立留り	雑	旅（旅衣）、衣類（旅衣）
26	扨《さて》も其《その》以後都こひしき	雑	旅（都こひしき）
27	うきしづむ平家は夢にひとしくて	雑	
28	跡しら浪となりし幽霊	雑	水辺用（しら浪）
29	世の中は何にたとへんなむあみだ	雑	述懐（世の中）、釈教（なむあみだ）
30	一本竹のすぐな上人《しやうにん》	雑	釈教（上人）、植物竹（竹）、人倫（上人）
31	から笠の江戸の富貴もふり捨て	雑	名所（江戸）
32	山の手にもつかねもいらぬぞ	雑	名所（山の手）
33	ゆがみなりに立る峠の茶や大工	雑	山類体（峠）、人倫（大工）
34	誰の仕置ぞ国の境目	雑	人倫（誰）

35 関なりと月にかよふを通すまい　秋（月）、月の句　天象（月）、夜分（月）
36 遠矢射て見ん須磨の秋風　秋（秋風）　名所（須磨）

【二折ウラ】

37 浦人をありなしにしてわたる雁　秋（雁）　動物鳥（雁）、人倫（浦人）
38 おもて町のみ行さかなうり　雑　人倫（さかなうり）
39 師走やらいつやらしらぬ草の庵　冬（師走）　居所体《きよしよ》（草の庵）
40 年がよるならよる〳〵の雨　冬（年がよる）　述懐（年がよる）、夜分（よる）、降物（雨）
41 捨られて命のこんの灯に　雑　恋（句意）
42 ひよ〳〵の子をかたみのまくら　雑　恋（かたみのまくら）人倫（子）
43 鶏となきこぐらする月更《ふけ》て　秋（月）、月の句　天象（月）、夜分（月）、時分（更て）、動物鳥（鶏）
44 みゝずも穴に秋やしるらん　秋（秋）　動物虫（みゝず）
45 鍬つかふうき土くれの露深し　秋（露）　降物（露）
46 窓下地する夕立の跡　夏（夕立）　降物（夕立）、居所体（窓）
47 いそげ共寒さりげなき乗物や　冬？（寒）
48 よびし医師《くすし》の耳の遠さよ　雑　人倫（医師）
49 角頭《すみづ》巾《きん》ぼんのくぼ迄花にきて　春（花）、花の句　植物木（花）、衣類（角頭巾）
50 慮外をかへり見ぬ藤の棚　春（藤）　植物草（藤）

【三折《さんのおり》オモテ】

51 土器《かはらけ》にもひとつはとて立霞　春（霞）　聳物（霞）
52 采女《うねめ》也けりさすが也けり　雑　人倫（采女）

53	百敷の大宮づかへふりもよし	雑	
54	をどりはいつも桐壺の内	秋（をどり）	芸能（をどり）
55	秋きたる鳳凰あれば雀あり	秋（秋）	動物鳥（鳳凰・雀）
56	聖も愚もこれ見る月は月	秋（月）、月の句	天象（月）、夜分（月）、人倫（愚）
57	荘老の胸より空の霧晴て	秋（霧）	聳物（霧）
58	よしや吉野《よしの》々《の》花も候《そろ》べく	春（花）、花の句	植物木（花）、名所（吉野）
59	かな文《ぶみ》のおく山さびし春淋し	春（春）	山類体（おく山）
60	お児《ちご》も里へかへるうぐひす	春（うぐひす）	動物鳥（うぐひす）、居所体（里）、人倫（お児）
61	夕日影一さし舞をまふ胡蝶	春（胡蝶）	天象（夕日影）、動物虫（胡蝶）、芸能（舞）
62	遠かりし野もちかき目薬	雑	
63	夏草は石菖《せきしやう》色に成にけり	夏（夏草・石菖）	植物草（夏草・石菖）
64	つれなき人にいつ蚫《あはび》貝	雑	恋（つれなき人）、動物貝（蚫貝）

【三折ウラ】

65	隠岐の海のあらふくどいつ和げつ	雑	恋（くどいつ和げつ）、水辺体（海）、国名《くにのな》（隠岐）
66	弓やはくさんいづも八重垣	雑	神祇（弓やはくさん）、国名（いづも）
67	ゑぼしをもなげ祝子《はふりこ》がきる甲	雑	神祇（祝子）、人倫（祝子）、衣類（ゑぼし）
68	節供の空にひゞく小つゞみ	雑	芸能（小つゞみ）
69	桃の花柳にやりし舟あそび	春（桃の花・柳）	植物木（桃の花・柳）、水辺外（舟）
70	もうせんさそふ春風ぞふく	春（春風）	
71	見わたせば長崎のぼりいかのぼり	春（いかのぼり）	名所（長崎）

72	鳶《とび》の飛ぶほど油断せず京	雑	動物（鳶）、名所（京）
73	火はやいとよその夕暮御用心	雑	時分（夕暮）
74	尾上のかねに添し拍子木	雑	山類体（尾上）
75	ね覚からから〳〵衣《ごろも》しころ打《うち》	秋（衣しころ打）	夜分（ね覚・衣しころ打）、衣類（から衣）
76	女の声でわらふ月の夜	秋（月）、月の句	恋（女）、天象（月）、夜分（月）、人倫（女）
77	ばからしき男は露にぬれ心	秋（露）	恋（ぬれ心）、降物（露）、人倫（男）
78	ふんどしゆるく時雨ふり行	冬（時雨）	恋（ふんどしゆるく）、降物（時雨）

【名残折《なごりのおり》オモテ】

79	ならのはの名にあふさらし恥さらし	雑	植物木（なら）、名所（なら）
80	又かまくらにわたされにけり	雑	名所（かまくら）
81	海道の掃除の奉行橋奉行	雑	人倫（奉行）
82	旅人も空に拝む君が代	雑	旅（旅人）、人倫（旅人）
83	さゞれ石の岩枕して日待して	雑	旅（岩枕）
84	たばこのむかと火打付竹《つけだけ》	雑	
85	さびしさは同じ借家の隣殿	雑	居所体（借家）
86	肩の上にてひぐらしの鳴	秋（ひぐらし）	動物虫（ひぐらし）
87	おさなひを杜《もり》の下道秋も更《ふけ》	秋（秋）	人倫（おさなひ）
88	夜宮まいりは月出てこそ	秋（月）、月の句	神祇（夜宮まいり）、天象（月）、夜分（夜・月）
89	兼好がこと葉の末はまことにて	雑	人倫（兼好）
90	頓阿とかやは何とこゝろね	雑	人倫（頓阿）

91	いつて舟幾度行《いくたびゆく》も留主じゃ〳〵	雑	水辺外（舟）
92	浜のまさごの意趣や有らん	雑	恋（意趣）、水辺体（浜）

【名残折ウラ】

93	我恋はよみかるたをも打切て	雑	恋（恋）
94	前の夜たつた一夜ばかりか	雑	恋（一夜ばかり）、夜分（夜）
95	心だて後《のち》いかならん〳〵	雑	恋（句意）
96	まだ少年にかしこ過たり	雑	
97	花をふんでおなじく惜むもめんたび	春（花）、花の句	植物木（花）、衣類（もめんたび）
98	草履《ざうり》取《とり》こいさくらちる雨	春（さくら）	植物木（さくら）、降物（雨）、人倫（草履取）
99	丸山の春も暮たりいざもどろ	春（春）	名所（丸山）
100	とまつた〳〵鞠は霞に	春（霞）	聳物（霞）

【初折《しよおり》オモテ】

西国にて

1　世の中のうさ八幡ぞ花に風

S：前書の「西国」は具体的には豊前国《ぶぜんのくに》です。宗因は寛文十年（一六七〇）六十六歳の二月、豊前国小倉の福聚《ふくじゅ》寺、法雲禅師のもとで出家を遂げました。この発句は宗因自らの出家の事を寓意しています。今でこそ小倉は福岡、宇佐は大分と別の県に属していますが、宇佐八幡宮はそもそも豊前国一の宮で全国の八幡宮の総本社です。そうしたわけで宇佐八幡を担ぎ出したのは自然なことでした。また、「宇佐」は「憂さ」の言い掛けとして詠まれてきた歌語です。この発句の直接の素材は謡曲「清経《きよつね》」の「世の中の。宇佐には神も。なきものを。何祈るらん。心づくしに」でしょう。宗因句を口語訳すれば「世の中の憂さといえば咲いた花に風が吹くことだ。そのとおりに、宇佐の名を持つこの宇佐八幡の神宮の桜の花に風が吹く。ああつらいことだ。そして、花が風に散るように、私は落髪する」といったところでしょうか。花の句で季は春、植物《うえもの》の木。宇佐八幡ですから神祇《じんぎ》で、名所《などころ》の句です。発句としては異例のことでしょうが、「世の中のうさ」によって述懐《しゅっかい》の句でもあります。なお、「宗因から芭蕉へ」展の図録には、個人蔵の短冊「修行の道にて／いざ桜われもそなたの夕あらし　宗因」が紹介されていました。この句も発想は一緒で、参考になります。出家によって宗因の「憂さ」は無くなったのでしょうか。

N：『類船集』にも「落ル→花・髪」という付合があって、落花と落髪を結びつけるのは自然な連想です。

S：当時としてはもうけっこうな高齢ですが、大坂天満宮の連歌所宗匠を息子の宗春に譲ったのは翌年のことでした。その後、俳諧における宗因の本格的活躍が始まります。想像の域を出ませんが、どうやら宗因にとっての「世の中のうさ」は公的な職に起因するものだったのでしょうね。隠居後、俳諧に遊んで憂さを忘れたと言っていいかもしれません。

▼尾崎千佳さんからは、Sの「想像の域を出ませんが」以降の読みは「いささか行き過ぎではないか」とご意見をいただきました。「宗因がわざわざ小倉で出家したこと自体、純粋な発心によるというより、黄檗《おうばく》かぶれの小笠原侯に追従したところがある。「うさ」も、ひとつの文学的ポーズとして解釈すべきではないか。寛文十一年正月刊『蛙井集《あせい》』には西翁号で「此界のうさ八幡ぞ花に風」の句形で入集、「此界」は三界を意味する仏語で、釈教句ともなり、謡曲どりは後退する。」（摘要）とのことです。

▽出家が「小笠原侯に追従した」行為だったというのは、ちょっと驚きです。にわかには信じられないという気持ちもあるのですが、かといってS説に根拠のあるわけでもなく、出家を型に嵌めて真面目にとらえるだけではいけないという点で目を開かれました。ただ、あえて異を唱えれば、宗因出家の心情は複合的に解すべき問題で、一つの側面に限定しないほうがよいかと思っています。異文のご指摘ありがとうございました。

▼右の感想を尾崎さんにお伝えしたところ、『西山宗因全集　第五巻　伝記・研究篇』所収の「西翁隠士為僧序」が根拠、と

教えて下さいました。また、ごく最近、宗因出家に関して尾崎さんが「宗因における出家とその意味」を『近世文藝』一〇八号（二〇一八・七）に発表なさいました。宗因の人物像が一変する画期的論考です。

2　彦の山々くれ〴〵の春

S：発句が春でしたから脇句も当然春にすることになります。しかも、発句の「花に風」は春の中でも季《すえ》の春の話題ですから、なるべくそれに揃える必要があります。そこで「暮の春」を詠み込んでいます。連歌向けの連想語辞書は寄合《よりあい》集と言いますが、宗因の時代に刊行された寄合集の一つ『拾花集《しゅうかしゅう》』に「暮春→花も残ぬ山」という寄合が登録されていますので、「花に風」から「暮の春」への言葉の付けは古典的で一般的な発想です。なお、「彦の山々」によって山類体《さんるいたい》で名所の句でもあります。宇佐八幡に対して近くの名峰・彦山《ひこさん》（英彦山《ひこさん》）を付けており、こちらは現実に基く言葉の付けと言うことができます。この二筋の付けを組み合わせて、一句の意味としては、「彦山の山々が春の暮れを迎えた」とまとめています。「山々」と「くれ〴〵」の連続はリズムを重んじた表現です。ただ、「行春のくれ〴〵おしき夕かな　弘永」（『毛《け》吹草《ふきぐさ》』五）の用例を参考にしますと、「くれ〴〵」は「しみじみと」のような意味の副詞でもありますので、「暮れ」と言い掛けて使われているものと思われます。「ああ、しみじみとした暮春だ」と付け加えて訳しておきたいと思います。

N：彦山は謡曲「花月」にも「まづ筑紫には彦の山」と謡われています。筑紫と豊前にまたがる山なのです。和歌にはほとんど詠まれず、これが俳言《はいごん》でしょう。

3　大天狗かすみの衣ぬぎ捨て

S：春は最低三句連続させるルールですので、この第三は三季にわたる春の季語「かすみ」で春にしたのです。霞は聳物《そびきもの》でもあります。「て」留めは第三に推奨される作法です。前句が暮春の山の景を眺める風情でしたから、「霞が消えて」と理解できる「かすみの衣ぬぎ捨て」のように仕立てたのだと思います。さて、『俳大系』の注にも指摘されているとおり、「彦の山々」と「天狗」は、謡曲「鞍馬天狗」「まづ御供の天狗はたれたれぞ、筑紫には、彦山の豊前坊」の詞章による言葉の付けです。『類船集』には、「天狗→彦山」という付合が登録されています。要するにこの2→3も、雅俗二筋の連想を組み合わせたのです。そうしたらそこに霞の衣を着るほどの大天狗が出現しました。荒唐無稽な空想句と言えます。

N：霞の衣をぬぎ捨てるという表現には、「けさみればかすみの衣ぬぎかへて山もひとへにうすみどりなり」（『夫木《ふぼく》和歌抄』七・夏一、賀茂重保）など、更衣の連想から、夏がやってくるというイメージがあります。本来、山が霞の衣をぬぎ捨てるんですね。前句の暮春に応じて、天狗も霞の衣を脱ぎ捨てた。もう夏も近いという意味が読み取れるでしょう。

4 礫《つぶて》ふりさけあくるしのゝめ

S：ここはもう春を離れてよい位置で、宗因は素直に雑《ぞう》（季なし）に展開しました。「あくる」「しのゝめ」が夜分《やぶん》の語です。どこからともなく飛んでくる礫を天狗の仕業と見て「天狗つぶて」と呼びますが、『類船集』と、寛文二年（一六六二）刊の付合集『初本結《はつもとゆい》』には「礫→天狗」の付合《つけあい》があります。ここでは前句《まえく》の大天狗から「礫ふり」を導き出しました。一方下七は、『拾花集』に「朝付たり明→霞たな引」の寄合があるように、前句の霞からの連想です。そしてこの句を仕立てるのに、「ふり」を掛詞として「遠くを仰ぎ見る、ふり仰ぐ」の意味の「ふりさく」を挟み込みました。しののめは「東雲」だから、霞に雲の連想もあるでしょう。衣を脱ぎ捨てるイメージに夜明けのイメージが重なってもいます。「礫が降るわいと仰ぎ見れば、僅かに明るくなりはじめた東雲が見えた」。強いて訳せばそうなりますが、句意のまとまりよりも付け筋に主眼があります。

N：「礫」が俳言です。

5　**いづくより追出され行時鳥《ほととぎす》**

S：春以外の季が可能なところですが、「時鳥」を詠み込んで夏にしています。動物《うごきもの》の鳥の句です。『俳大系』の注によれば『古今和歌集』三・夏、紀貫之の「夏の夜のふすかとすればほとゝぎす鳴く一声にあくるしのゝめ」が利用されています。これが雅の連想。そして「礫ふり」から「追出され行」という場面を想定しています。つまり石もて追われるさまです。これが俗の連想。さらに、『類船集』には「東雲《シノノメ》→追出の鐘」の付合がありまして、これは早朝鐘が鳴ると客を追い出した近世遊廓の習いによるのでしょうが、前句との繋がりの上で効かせてあるようです。一句としては単純で「どこから追い出されて行くのだろう、時鳥が鳴いて飛んで行く」の意、その時鳥は遊里からの帰りであるらしいという含みがあって滑稽です。

N：時鳥は鳴き声を賞された鳥ですから、ここも鳴きながら逃げて行くのでしょう。著名な「いづ方に鳴きて行くらむほとゝぎす淀の渡りのまだ夜深きに」（『拾遺和歌集』二・夏、壬生忠見《みぶのただみ》）の歌のパロディでもあるようです。古来風雅の人々に初声を切望された時鳥も、宗因俳諧ではこの通りのていたらく。前句とあわせると、時鳥が礫によって追い出された、とも読めるのではないでしょうか。ただし、それだと次の6の付け方と変化がなくなりますかね。

▼前田金五郎先生の御指摘がありましたので、要点を掲げます。（『近世文学研究』第3号「宗因独吟「世の中の」百韻注釈読後感二・三」。本書前口上を参照して下さい。以下、「前田先生稿」と略称します。）「追出の鐘」は近世遊廓制度創設以前から見える言葉で、『邦訳日葡《にっぽ》辞書』に「ヲイダシ、または、ヲイダシノカネ（追出し、または、追い出しの鐘）目をさまさせる鐘」とあり、『時代別国語大辞典　室町時代編　一』「おひだし」に「②起床をうながす合図。また、そのために鳴らす鐘」とある。室町末期頃から、暁の鐘、明六つの鐘の意に使用されていた。詳しくは『西鶴語彙新考』の「追出し」参照のこと。近世前期の研究者諸氏には、右三書を座右に置いて調査・研究されんことを希望する。

▽よくわかりました。「遊廓の習い」とか「遊里からの帰り」とか書いたのは迂闊でした。そもそもが初折オモテから恋めかした句に読んではいけませんでした。そこは削って、時鳥が礫によって起こされて飛んで行くというだけの句意に読み直します。また、辞書類を念を入れて引くよう、肝に銘じたいと思います。

6　短慮《たんりょ》にめぐるむら雨の空

S：夏は一句で止めても可でして、宗因はこの6ですぐに雑に戻しています。それは次の7が「月」の定座《じょうざ》だからで、素直に秋の月を詠むことを想定し、季移りも避けて運ぼうとしているのです。なお、「むら雨」は要は俄か雨のことで、のちには夏の季語になりますがこのころはまだ雑の降物です。さて、付け方ですが、まず、寄合《よりあい》集の『随葉集《ずいようしゅう》』に「郭公《ほととぎす》→むら雨」があります。同書にはその寄合の本歌「いかにせん来ぬ夜あまたの時鳥またじと思へばむら雨の空」（『新古今和歌集』三・夏、藤原家隆）も示されています。それと、前句の「追出され行」から、追い出す人の「短慮」つまり気の短さを連想しています。また、「むら雨」は急に激しく降っては止みますから「短慮」なものなのです。「雨雲がせっかちにめぐって、村雨（にわか雨）が降っては止み降っては止みする空模様」という句意。

N：村雨によって時鳥が追い出されたとすれば、前句の事柄にその原因を付ける付け方ということになります。家隆の歌にもあるとおり、村雨は本来時鳥の鳴きやすい空模様とされますが、その村雨に追い出されるのがまた滑稽です。

7　月影に笑止《せうし》とばかり嶺の雲

S：月の句です。したがって、秋で、天象・夜分の句です。また、雲が聳物、嶺が山類体です。聳物は二句去、山類は三句去ですので、それぞれ3の「かすみ」、2の「彦の山々」との間は差し合いではありません。ただ、夜分は三句去ですから、4に夜分がありましたので差し合いです。月の定座ですから致し方のないところです。付け方としては、これも『随葉集』に、「月のさやか→時雨のはる〻、跡・雲きりのはる〻」、あるいは、「雲のかさなる→雨をもよほす・月のくらき」といった寄合が載っています。「むら雨」に対して月や雲を付けるのは常套と言ってよいでしょう。そして、「短慮」に「笑止」を、畳字《じょうじ》に畳字を付ける意識で付けています。畳字とは、とくに書簡や事務書類によく見られる日本の俗語的な漢語を言い、室町時代には畳字を賦した畳字連歌が作られることがありました。連歌宗匠としての知識が背景にあると見てよいのではないでしょうか。一句は、峰から昇った月の光にむかって「はっはっは、片腹痛いわ」とばかりに峰に雲がかかる、と仕立てられています。言葉の付けから発想して、この句のような俳諧性の強い表現を出現させる所が、宗因の俳諧の魅力だったのだと思います。

N：短慮な村雨が去ったあと出た月を、笑止とばかりに峰の雲が隠すという読み方はどうかと考えてみたのですが、やはり村雨の雲が湧いて次々に月影を遮るのでしょう。えらそうな雲です。

▼前田先生稿によれば、ここの前句の付句としては「折角村雨が止んで、月が出て来たのに、気の毒なことに、峯の雲が月光を隠すことだと、「笑止」を「他に対する気の毒な気持ちをあらわす語。」（『岩波古語辞典』）の意とした方が、より適合するのでは無かろうか。」

▽ごもっとも。あとから考えると、「笑止」の意味を6→7→8で極端に取り成して解釈しようとして、「はっはっは、片腹痛いわ」などと取ってしまったようです。おお、笑止。峰の雲は「お気の毒さま」と言っているぐらいに取るのが素直でした。そう読み替えたとしても次の句での取り成しは効いています。なお付け加えますと、謡曲「梅枝《うめがえ》」に「あら笑止や、俄《にわか》に村雨の降り候」とありました。ですので、「むら雨」に「笑止」が付いています。

8　**長の夜ごみにとかく乗舟**

S：秋を続けなければなりませんので、「長の夜」で秋にしています。式目としてはさらに、夜分（夜ごみ）、水辺外《すいへんほか》（舟）の句です。夜分は二句の連続になりますが、三句までは構いません。「夜ごみ」は戦さの用語で、夜中にひそかに敵陣に攻め入ること、つまり、夜討ちです。「長の夜ごみ」とは、夜長の意の「長の夜」に「夜ごみ」を接続した造語でしょう。秋の夜長に夜襲を掛けるのです。あれこれ考える余裕もなく舟に乗り込むという場面です。この句の付け方は、前句で月が雲に隠れたことを述べている所から、暗い内にさあ「夜ごみ」だ、と話を進めた、いわば理屈を主体としています。それに、「笑止」には謡曲「梅枝」の用例がそうであるように「困ったことだ、つらいことだ」の意味もありますので、「笑止」を「片腹痛い」から「つらいことだよ」というニュアンスに読み替えて（この点は前句7の▼▽を参照。「お気の毒さま」から「つらいことだよ」に取りなしたと修正します）、夜襲《やしゅう》の場面を展開したものと見えます。また、

「月」から「舟」と「長の夜」の寄合（『拾花集』には「船→浦半《うらは》の月」、「月→永夜《ながきよ》」がある）を差し挟んでもいます。

N：「月」と「舟」の連想関係は、空を渡る月を舟に譬える発想や、夜舟が月の光の下を行くという発想から成り立っていると思われます。しかし、前句ではその月を「嶺の雲」が隠しているのであって、そのような「月のない夜にとにかく乗りこむ舟」を「夜ごみ」（夜襲）だからと説明しています。月と舟の関係をひねっていますね。

【初折ウラ】

9 **主命《しゅうめい》は秋風よりもはげしくて**

N：秋は三句続けなくてはいけませんので、「秋風」で秋の三句めにしています。「風」と「舟」は寄合です（『拾花集』に「風→たゞよふ舟」）。秋風はしばしばつれないものとして詠まれますが、それよりもつらく身にこたえるものとして主君の命令を挙げました。「主命」が俳言です。「主君の命令は、秋の風よりもきびしいので」。足軽たちの溜息が聞こえてきそうです。

S：夜長と秋風も自然な付合でしょう。「夜ごみ」と「主命」が理屈で付いています。「とかく」という語から「やむを得ぬ」という思いを汲んで「主命」を持ち出した所に、いかにもかつて武士だった宗因らしい批判的精神を感じます。

10 **祈る初瀬に代まいりする**

N：雑の句ですが、「祈る初瀬」によって恋の句です。『毛《け》吹草《ふきぐさ》』に列挙される連歌の恋の詞の中に「初瀬いのる」があります。「初瀬」は大和の国の歌枕で、南の山腹には長谷寺があり、そこは平安時代から特に女性の信仰を集め、恋の成就を祈る寺としても有名でした。ですから、釈教・名所の句でもあります。この付けの本歌は『千載和歌集』十二・恋二、『百人一首』でも有名な「憂かりける人を初瀬の山おろしよはげしかれとは祈らぬものを」という源俊頼の歌でしょう。この歌により、前句の「はげしくて」から「祈る初瀬」が導き出されています。「代まいり」は他人に代わって神仏に参詣することで、これが俳言になります。「主命」の内容を夜襲から恋の代参に転じました。秋風よりも厳しく命じられ、主君に代わって長谷寺に恋を祈る従者です。武家としては打越しからの変化がないので、王朝時代の話題と見るべきでしょう。俊頼歌の恋も拒絶されていますが、自分の恋がうまくいくよう代理の者に祈らせても、効果は疑問ですよね。

S：秋風を「飽き」風と見て恋に転じるのは常套手段です。秋風が恋の呼び出しとして機能しています。前句の段階からもう、代まいりを命じた主君の恋は望み薄だったのです。

11　**暮をまつ恋の山伏年もへぬ**

N：恋は二句以上五句以下の連続が求められ、ここは「恋の山」を詠み込んで恋にしています。積もる思いを高い山にたとえる歌語です。季はなく雑の句です。山伏は旅・釈教・山類用・夜分・人倫（連歌式目書『産衣《うぶぎぬ》』による）、「暮をまつ」が時分になります。夜分は三句去ですので8の夜分と差し合いですが、山伏を夜分とする意識がなかったのかもしれません。この付けは『俳大系』の注にあるように、藤原定家の「年もへぬ祈る契りははつせ山尾上の鐘のよその夕暮」（『新古今和歌集』十二・恋二）という超絶技巧歌を踏まえています。具体的には前句の「祈る初瀬」から「暮・恋・山・年もへぬ」が引き出されました。そこに成語「恋の山」を押し込んで、代参りする人物を「山伏」としたのです。この句には俳言がありませんが、「恋の山伏」という奇妙な登場人物が笑わせます。夜を共に過ごす恋人たちにとって、夕暮は恋の始まりの時間といえるでしょう。定家の歌は、それが「よその夕暮」である、即ち、自分とは縁がないと嘆いているのですが、この山伏にとっても同じ事です。何年も何年も望みの叶う夕暮を待ち続け、恋の思いを募らせた山伏が、初瀬に代参りすることよ、という意味になります。

S：近世の山伏といえばよく日待ち・月待ちや庚申待ちに「代待ち」する職業として登場しますが、前句の「代まいり」を「代待ち」と同じく山伏がよく請け負う仕事と見て良ければ、俳諧的な付け筋が明確になります。あと、その山伏自身が恋をしていると読むのはそれなりに面白いですが、仕事として初瀬に恋愛成就祈願の代参りする山伏を「恋の山伏」と言い表したと読んでも、ここは通じます。次の句への転じ方からするとその方が良いのでは？

N：その通りだと思うのですが、「恋の山伏」と言うともう、頭から恋する山伏のイメージが離れなくて……。こんなふうに雅俗の言葉の無理な接合によってできた言葉のインパクトの強さも、宗因俳諧の魅力ですね。

▼金子俊之さんのご意見としては、「恋の山伏」を虚心坦懐に読めば代参りする山伏でよいのではないか、とのことでした。

▽（Sの解ですが）次の句で申しますように、ここは職業としての「恋の山伏」で、次では恋する山伏に転じると見るのが面白いのではないでしょうか。

12　もゆるおもひをふくほらの貝

N：ここは恋にしてもしなくてもよい所ですが、「もゆるおもひ」で恋の三句めにしています。俳言である「ほらの貝」は、山伏が山に入るとき猛獣を恐れさせるために吹いたもので、「山伏→螺貝《ホラノカイ》」は付合です（『類船集』）。二句を合わせて読めば、夕暮時、積年の恋に身を焦がす山伏が、燃えるような思いをこめてその法螺貝を吹き鳴らすのです。恋の思いを楽器に託すことはよくありますが、法螺貝とは奇抜で何とも直接的。「恋の山伏」ならではの行動でしょう。なお、虚言・大言を吐くことを「ほらを吹く」といいますが、この時代はまだ成語ではなく、燃える思いが大嘘だった、という楽しい読み方は出来ないようです。

S：さきほど述べましたように、10→11は職業としての「恋の山伏」で、11→12は山伏自身の恋、という具合に転じたと見たいところです。また、古典的発想として「恋の山」と「燃ゆる思ひ（＝火）」も繋がっているのではないでしょうか。それに、謡曲の「摂待《せったい》」などに出てきますが、山伏は夕暮が近づくと、旅宿を求めてほらを吹くものです。なので、前句の「暮をまつ」も「ほらの貝」に結びついています。

13　はかりごと浅間の野辺の負軍

N：ここは恋を離れた雑《ぞう》の句で、「浅間」が名所です。信濃の国の歌枕浅間山です。名所は二句去ですから、10の初瀬に対しても差し合いにはなりません。活火山で噴煙を上げることから恋の「思ひ（＝火）」を託す景物として詠まれてきました。『新勅撰和歌集』十九・雑四の「忘るなよ浅間の嶽の煙にも年へてきえぬ思ひありとは」（源有教《ありのり》）などが良い例でしょう。寄合集『竹馬集《ちくばしゅう》』では、「胸の思ひ」と「浅間山」がともに「煙」の寄合です。また、和歌では「浅まし」を引き出す言葉としても用いられました。この句でも、はかりごとが浅い、と掛詞になっています。戦さの話題が出たのは、法螺貝が軍陣で進退の合図にも用いられたからで、「螺貝→陣所」は『初本結』登録の付合です。前句《まえく》の「もゆるおもひ」から「浅間」、「ほらの貝」から「はかりごと」「負軍」（このふたつは俳言でもある）を付けたことになります。計画が浅はかだったために、浅間山麓の野辺での戦さに負けてしまいました。悔しさで浅間の噴煙のように燃え上がる思いをこめ、退却の法螺貝を吹き鳴らします。非道理な前句をうまく捌き、恋から戦さへの転じが見事。

S：「はかりごと浅ま（し）」というより「はかりごと浅ま（なり）」の掛詞でしょう。「浅ま」は中世俗語として浅慮の意に用いられます。8に「夜ごみ」がありましたので、戦さのネタが近いのがちょっと気になります。

14　よろひはがれて木曽の麻衣

N：雑の句で「木曽」が名所です。「木曽の麻衣」は、木曽地方で着られた麻の着物をいう歌語で、粗末な衣のイメージがあります。衣類の句になります。「浅間」に対し、同じ信濃の国の話題として付けました。「浅間」「麻衣」と同音の繰り返しも芸が細かいですね。俳言は「よろひはがれて」で、こちらは「負軍」から付けたもの。浅間山の戦さに負けてしまったため、鎧はぎとられ、着ている物は「木曽の麻衣」一枚という状況です。何とも哀れな落武者ですが、残された粗末な下着をお上品に古典めかして「木曽の麻衣」と表現した点が滑稽です。このあたり、歌語と俗語の同居が大笑いを誘います。

S：それも雅俗二筋の言葉付けによって生じた滑稽なのです。でもこの句には意味の破綻はなく、穏当な付けですね。

15 古郷へは編笠にてや帰るらん

N：雑の句が続いています。「古郷へ帰る」は旅です。旅は三句去ですから、11の旅に対する差し合いをぎりぎり逃れています。この句は「錦を着て故郷に帰る」（『世話《せわ》重宝記《ちょうほうき》』元禄八年〈一六九五〉版）という諺を反転したものでしょう。『随葉集』には「錦をきる↓古郷にかへる」の寄合があります。前句の落ち武者が「故郷へ帰る」さまを想像し、「木曽の麻衣」に釣り合った恰好を付けたのです。故郷へ錦を着て凱旋するどころか、鎧も剝《は》ぎとられ、ボロを着て編笠を被って帰る尾羽打ち枯らした男……ちょっとひねった連想ですね。「笠」と「落人・牢人」は付合（『類船集』）なので、「よろひはがれ」た男のさまに「編笠」はぴったりです。無一物をいう成語「編笠一蓋《いっかい》」を踏まえたという説もあります（『俳大系』）が、どうでしょう。むしろ「ますらをの菅の編笠打ちたれて目をもあはせず人の成行く」（『新撰六帖』五・藤原家良）の古歌を意識したのかもしれません。

S：「編笠一蓋」の説は、辞書に宗因の同時代の用例が見えずどうも可能性が低い。だとしたら、「編笠一蓋」という成語を除いて考えなければなりません。「編笠」は、すっからかんで帰るというよりも、顔を見られないようにして帰るというニュアンスで読むべきだということになります。

16 久しき人にあふもむつかし

N：このあたりずっと雑の句です。「人」で人倫の句になります。「久しき人」は、しばらく会っていない人。『拾花集』に「逢↓旅より帰りたる人」の寄合があります。ここではさらに「かへりてはたれをみんとかおもふらんおいてひさしき人はありやは」（『後拾遺和歌集』八・別）という藤原節信《ときのぶ》の歌を踏まえているのかもしれません。編笠で顔を隠していいる理由を付けました。しばらくぶりの帰郷で、無沙汰を重ねた人に逢うのは面倒、挨拶やら、今までどうしていたか説明するのやらが億劫といった気分です。俳言はありませんが、句意が笑いを誘う内容になっています。
S：偏屈なヤツ、という程ではなくて、誰にも覚えのある現実的感覚ですね。打越しからの転じとしては、そう思っている人物を落ちぶれている人と見ない方が良い。

17　**住吉の松のいはれは長たらし**

N：雑の句、松が植物の木で、住吉が名所です。14の木曽から二句過ぎてすぐの名所で、差し合いではありませんが少々名所を出し過ぎです。『俳大系』の注の通り、この句は付け方・句の内容とも謡曲「高砂」を踏まえています。「高砂」は、肥後国阿蘇の宮の神主である友成が、都に上る途中、高砂の浦で景色をながめているところから始まります。そこへ老人夫婦がやってきて、高砂と住吉の二本の松を相生の松・夫婦の松と呼ぶ理由、それに松の徳を語って、舟に乗り沖に去っていきます。この夫婦こそほかならぬ二本の松の精でした。友成も舟で住吉に向かいますと、住吉明神が神舞によって天下泰平を祝福します。婚礼など祝いの席でよく謡われた人気曲で、俳諧の材料としても頻繁に使われました。この句では、「……なほなほ高砂の松のめでたきいはれ。委しく御物語り候へ……われ見ても久しくなりぬ住の江の岸の姫松幾世経ぬらん」という詞章を意識しています。「高砂」で延々と語られる松の「いはれ」を「長たらし」（俳言）と茶化したのですが、これは前句の「久しき人」を「話に時間がかかる人」の意味に読み替えたとも言えるでしょう。『類船集』にも「久敷→住吉の松・長談義」の付合があります。
S：謡曲調で知られた宗因の得意の句というところ。謡曲になじんでいる人ほど、この句は可笑しいのでは。

18　**やれ出せ〳〵高砂の舟**

N：雑の句。「住吉」に「高砂」と名所を続けました。舟は水辺の体用《たいゆう》の外《ほか》です。「松」には「住吉」も「高砂」も寄合です（『拾花集』）。また、「船→住吉の神」が『類船集』に見えます。前句に続いて謡曲「高砂」に拠った句で、夫婦松の由来に続く船出の場面に早く進もうという気持で「やれ出せ〳〵」と口語調に表現しました。前句の「長たらし」に続いて「高砂」を揶揄しており、やや展開に乏しい感じがします。このあたりは、転じよりも誰もが知っている謡曲のパロディを続けることの面白さに重点を置いたのでしょうか。

S：そうですね。宗因がノって付けている感じです。「高砂」の友成の舟出と、「早く次の場面にならんカイナ」とじれている観客の、二重映しの描写がとても巧みだと思います。

19　浦役を暁かけしかねの声

N：雑の句。「暁」で夜分《やぶん》の句になります。この句は『千載和歌集』六・冬の「高砂の尾上の鐘の音すなり暁かけて霜や置くらむ」（大江匡房《おおえのまさふさ》）に基いて、前句の「高砂の」から「暁かけし」「かねの声」を導き出しています。『随葉集』でも「高砂→尾上の鐘」が寄合になっています。また「高砂」には「浦」も付いており、「浦役」という俳言にしました。海辺の住人に「かけ」られた賦役のことで、多く銀納されたものです。これを「浦役銀《がね》」といい、「かね」は「浦役銀」の「銀」と「鐘」との掛詞になっています。「高砂の浦には暁までずっと鐘の音が響いている」という雅文脈と、「やれ出せ〳〵」を催促の語と見て「浦役としてかけられた銀」を付けた俗文脈によって成り立っており、それらを混ぜて無心所着にした句と言えるでしょう。

S：これは一句としてまとまった解を出そうとしても無理な句であって、典型的な無心所着句と言えます。

▼前田先生稿の指摘あり。「浦役」は「近世、遠海漁村の住民が遭難した廻船を救助する義務。」（『岩波古語辞典』）で、前句を遭難船の救助のために高砂の漁民が救難船をさっさと出せと大騒ぎするさまとして「本句は、難破船救助の浦役のため、夜通し働き、夜明けの鐘を聞く時刻になってしまった、と解した方が、より素直で納得の行く句釈であろう。」

▽たしかに、「浦役」を難破船救助の義務とすべきでしょう。また、それで前句から「浦役」および「かね」(危急を知らせる鐘)への連想がすっきり腑に落ちます。夜中から暁まで、難破船救助のために船を出せという「かねの声」が聞こえるという句

と考えます。

20 **月落《おち》鳥なき皆なきにけり**

N：月の句で、やっと秋にしました。天象・夜分です。発句に花がありましたから、初折のウラの定座で必要なのは18あたりで月を出すことだけでしたが、「高砂の舟」で興に乗りすぎて雑を続けたせいか、ここまで月の出が遅れたのです。また、「鳥」で動物《うごきもの》鳥の句です。この句の典拠は、唐の詩人張継《ちょうけい》の詩「楓橋夜泊《ふうきょうやはく》」です。「月落ち鳥啼いて霜天に満つ……夜半の鐘声客船に到る」。ただし、典拠の詩の「鳥」が「鳥」に替っているのは、謡曲に「月落ち鳥啼いて」（「三井寺」ほか）という言い回しが多かったからでしょう。「月→鐘の声」、また、「朝→鳥の声」は寄合です（『竹馬集』）。鳥が啼くのは暁になったからですが、皆が泣くのは浦役銀のため。雅の言葉付けと、俗の句意付けと言えるでしょう。

S：「楓橋夜泊」詩は、当時の詩のテキストとしては『三体詩』によって知られていたと思います。ただし、やっぱり啼くのは鳥ですが。鳥では字余りだから鳥にしたという要素もあるでしょう。

▽19の前田先生稿の指摘を受けて、「皆が泣くのは浦役銀のため」ではなく、「皆が泣くのは船が遭難したため」と改めます。三句がらみを避けるなら、遭難した側に主体を移したと見る方が良いと思います。

21 **浄瑠璃のむつごとかたり身にしめて**

N：前句から秋が始まったので、ここは必ず秋にするところです。「身にしめて」で秋にしています。「秋」や「風」などが骨身にしみ通るように深く感じられることをいう言葉。また、「むつごと」は男女の愛の語らいなので恋の句になります。「浄瑠璃」により芸能の句です。前句から予想される悲しい場面を、浄瑠璃が恋の別れを語っているのだった、と軽くそらしてみせました。皆が泣いているのは「浄瑠璃」の「かたり」が身にしみたせい、と原因を付けたのです。「浄瑠璃」が俳言です。

S：和歌では「むつごともまだつきなくに明けぬめりいづらは秋のながしてふ夜は」（『古今和歌集』十九・雑体、凡河内《おおしこうちの》躬恒《みつね》）などのように、睦言のつきないうちに夜が明けるのを惜しむ、秋の夜長でさえも短く感じられるという恋の心理が詠まれます。ここも「月落鳥なき」に「むつごとかたり」を言葉として付けています。ただ、『類船集』に「睦言↓夜明の鐘」の付合があることからしても、やや三句がらみです。

22 君が三味線荻の上かぜ

N：秋三句め。「荻の上かぜ」は荻の上葉を吹き渡る風のことで、和歌では荻の葉のそよぐ音によって秋の到来を知ると詠まれてきました。この句は、それらの歌の中でも「物ごとにあきのけしきはしるけれどまづ身にしむは荻のうは風」（『千載和歌集』四・秋上、源行宗）を付けの典拠としています。荻により植物《うえもの》の草の句になります。また、「君」は『毛吹草』の連歌恋の詞に見えますので、恋の句。さらに「三味線」で芸能の句。「浄瑠璃」には「三味線」（俳言）が付き物です。『類船集』には「三絃（三味線）↓傾城《けいせい》」の付合がありますので、この「君」は遊女と見てもよいかも知れません。三味線が荻の上風だという一句だけでは謎句ですが（そしてそれはそれとして面白いのですが）、前句とあわせると、遊女が浄瑠璃の睦言がたりの場面を三味線で弾いている、その音色が荻の上風のごとく身にしみ入って感じられるのです。句意の理屈でも付いています。ちょっと情緒的です。

S：「君」は連歌恋の詞ですから本来は遊女に限定されないのですが、近世の俳諧の、三味線を持つような「君」なら、やっぱり遊君・遊女と読むのが自然ですかね。

▼前田先生稿には「秋はなほ夕まぐれこそただならね荻の上風萩の下露」（『藤原義孝集』、『和漢朗詠集』秋興）を典拠の候補として追加しています。さらに曰く、「和歌の典拠を調査する場合には、『国歌大観』で探索するより先に、当時一般に使用されていた和歌ハンドブック的存在たる、『歌枕名寄《うたまくらなよせ》』『類字名所和歌集』『松葉名所和歌集』『詞林《かりん》名所考』および小型本『名所小鏡』『付合小鏡』で最初に調査するのが、常識と言うものであろう。」とのこと。

▽厳しいご指導、荻の上風のごとく身にしみました。でもその後、ついつい易きに流れ、常識的作業を怠ってばかりです。反省しきりです。

【二折《にのおり》オモテ】

23　**乱あふれんぼの盛花すゝき**

S：秋も恋も、続けても切っても構わない位置ですが、「花すゝき」で秋に、「れんぼ」で恋にしています。「花すゝき」によって植物の草の句でもあります。前句の「君が三味線」に「乱あふれんぼの盛」を付けています。「れんぼ」は「恋慕」、俳言としての使用で、三味線を弾く女が恋しい盛りという発想の付けです。それに、『日本国語大辞典』によれば「恋慕」には「世阿彌《ぜあみ》の能楽論で、能の音曲の曲趣を分類したうちの一つ。柔和なうちにあわれを含んだ曲趣で、紅葉にたとえられる」という意があるそうで、「音曲の曲趣」の一つを表す語として「三味線」に付いています。もう一つの付け筋は「荻の上かぜ」から「乱あふ……花すゝき」、植物に植物の付けです。もとより荻とススキは秋の野で風に乱れる草として共通性があります。「乱あふ」が、俗と雅の両方の付けに働いています。花すすきの乱れるように、恋慕の情が乱れると読むとわかりやすいと思います。

N：「恋慕」は尺八の有名な曲名ですので、そちらを踏まえているのではないでしょうか。三味線と尺八のデュオとして。ただし、能楽論も捨てがたいのは、ここの付けは謡曲「小督《こごう》」を遠く踏まえるかも、とも思うからです。「余りわりなき恋心。身を砕きてもいやましの。恋慕の乱なるとかや」という詞章を持つ「小督」は、高倉天皇の使いの仲国が、秋の嵯峨野で小督の琴の音（想夫恋）に導かれて隠れ家を訪ね当てるというもの。前句の三味線を琴の俳諧化と見てもよいかと。なお、一句をストレートに解釈すれば、花薄が恋に乱れるというおかしみもあるでしょう。

24

おさかづきなら野でも山でも

S：ここで秋を切って雑にしました。「山」で山類体の句です。『拾花集』に「すゝき→秋の野」があります。『竹馬集』には「薄」の項に「をぐら山麓の野べの花すゝきほのかに見えし秋の夕暮」（『新古今和歌集』四・秋上、よみ人しらず）が引かれています。前句の「花すゝき」から和歌的発想によって「野でも山でも」、です。一方で俳諧的発想として「乱あふ」から「おさかづき」。『類船集』に「乱れ→酒の酔」があります。一句としては「酒を酌み交わすということなら、野でも山でも、どこででも」と、破綻なくまとめています。

N：遣句とはこういう句をいうのですね。口語調でリズムにのった軽い句です。全体に俳意があると見て良いでしょう。

25

旅衣おほせのごとく立留り

S：雑を続け、「旅衣」で旅の句、衣類の句にしています。「旅装を身につけ旅している途中、主人の仰せに従いまして、止まれとあれば立ち止まります」の句意によって、前句に無理なく付いています。酒の好きな主人なのです。三句のわたりで恋から旅へ転換していますが、「旅衣」はつまり旅装のことですが、「立つ」の枕詞として、この句でも機能しています。

N：「おほせのごとく」は謡曲に頻出する言葉で、これが俳言です。前句の口語調、軽い感じを受けて、のんきな旅が続きます。

26

扨《さて》も其《その》以後都こひしき

S：雑で、旅の二句めです。『拾花集』に「旅→しのぶみやこ」の寄合があるように、旅の句に「都こひしき」と付けるのは連歌の自然な発想です。「立留」るのは「都こひしき」故という理屈でも付いています。前句の「おほせ」に対して、武士らしい言葉遣いとしての「扨も其以後」でしょうか。あるいは次のようにも考えられます。近世初期草双紙の常套句「さてもそののち」が俳諧によく利用されるという指摘が母利司朗氏「〈草双紙〉と俳諧」（『俳諧史の曙』〈清文堂、二〇〇七〉所収）にあり、「扨も其以後」も類似の言い回しと言えます。もし、前句の「おほせのごとく」も近世初期草双紙の常套句であるとしてよければ、そうした草双紙的世界の言語の意識で付けているのかもしれません。いずれにせよこちらが俳諧の付け筋です。「其《その》」は具体的な事柄を指しているのではなく、「扨も其以後」で「そうしてそれから」という決まり文句なのです。

N：御伽草子の本文がしばしば唐突に「さるほどに」で始まるようなものですね。いわば語り物の尻尾。もしかしたら「其以後」で「そののち」と読んだのかも。

27　**うきしづむ平家は夢にひとしくて**

S：雑です。軍記に転じて旅を切っています。「夢」は句意によって恋や夜分になりますが、ここははかない物事の譬えですからそのようには取りません。前句の「都こひしき」から平家の都落ちの話題を引き出したわかりやすい句意の付けです。「都こひしき」と「夢」の連想関係も挟み込まれています。それに、前句の「其」を都落ちのことに定めた付け方をしています。「うきしづむ平家」という言葉遣いの直接の出所は謡曲でしょう。「大原御幸」に「まづ一門。西海の波に浮き沈み」とあります。「西の海に浮き沈む平家の人々の生涯は、まるで夢のようにはかないもので」という句意。

N：『平家物語』の冒頭「驕れる者は久しからず、ただ春の夜の夢の如し」の連想もあるのでは。「平家」が俳言です。

28　**跡しら浪となりし幽霊**

S：これも雑です。「しら浪」で水辺用です。『俳大系』に「怨霊（平知盛）は、又引く汐に、揺られ流れて、跡白波とぞなりにける」（謡曲「舟弁慶《ふなべんけい》」）と注がある通りで、前句の「平家」から平知盛の怨霊へと話題を絞って謡曲の文句取りをした付け方です。謡曲の本文からすでに「しらなみ」が「白浪」と「知らな（い）」の掛詞です。『類船集』に「夢↓

幽霊」があってその言葉付けも効いています。「白浪が立ち、どこへ消えたか分からない、（知盛の）幽霊」。

N：背景となっている謡曲について少し説明しておきましょう。平知盛は、「見るべき程の事は見つ」の名ゼリフを残して壇ノ浦に沈んだ人物です。清盛の子供たちの中でも名高い知将でした。謡曲「舟弁慶」では、平家滅亡後、兄頼朝との仲のこじれた源義経主従が、都を落ちて摂津の国大物《だいもつ》の浦から舟を出します。するとこの西国の海に沈んだ平家の怨霊たちが現れ、知盛の幽霊が薙刀で襲いかかるのです。しかし、襲撃は弁慶の祈禱によって退けられ、「跡白浪とぞなりにける」と舞台は幕を閉じます。平家ネタは良く知られており、作りやすかったのでしょう。23の小督もそうでした。まだこの先も登場します。「幽霊」が俳言です。

29　世の中は何にたとへんなむあみだ

S：雑を続けています。発句と同様「世の中」のことを慨嘆している句ですから述懐になります。「なむあみだ」で釈教です。『俳大系』の注に「世の中を何にたとへん朝ぼらけ漕ぎゆく舟のあとの白波」（『拾遺和歌集』二十・哀傷、沙弥《さみ》満誓《まんせい》）を指摘しています。この歌によって「跡しら浪」に「世の中は何にたとへん」と付けました。さらに、「幽霊」に「なむあみだ」を連想語として付けています。「世の中は何にたとえたらいいだろうか、南無阿弥陀仏……」という発話体の句です。話しているのは沙弥満誓という想定だと思います。

N：「跡しら浪」を介して平家から哀傷へ転じました。一句としてみたとき、沙弥満誓の歌が世の中の無常を比喩で述べているのに対し、これは直接念仏を唱えるだけという面白さもあるでしょう。出家である沙弥満誓が波間に消えた幽霊の成仏を願っているという、飛躍ある想像句とも取れます。

▼尾崎千佳さんは「句の表には出ない本歌の作者沙弥満誓の存在を持ち出すのは行き過ぎ」というご意見です。ここで沙弥満誓を持ち出すから次が「三句がらみ」になるのだと、痛いご指摘をいただきました。

▽なるほど、「話しているのは沙弥満誓という想定」は行き過ぎですね。次の句の▽でさらに述べます。

30　**一本竹のすぐな上人《しやうにん》**

S：ここも雑。「上人」により釈教を続けて、かつ人倫の句です。竹は式目上植物の竹とします。「上人」と呼ばれるのは浄土宗・日蓮宗・時宗のお坊さんですから、前句の「なむあみだ」を浄土宗か時宗の唱名として付けているわけです。さらに、「世の中」に「竹」が古典的な取り成しです。「世」を、竹の「節《よ》」に読み替えています。『古今和歌集』十八・雑下の「今更になに生ひいづらむ竹の子の憂きふししげきよとはしらずや」（凡河内躬恒《おおしこうちのみつね》）など、この掛詞は和歌の常套です。『類船集』の「世の中↓火ふき竹・竹樋」という付合などもこの発想ですから、近世になっても生きていたのですね。一句としても単純に「一本の竹のように心が真っ直ぐなお坊様だ」とまとめられています。

N：「上人」（俳言）を沙弥満誓に特定しては三句がらみになりますので、ここは別人と読むべきところです。なお『類船集』には「直《スグナル》↓竹・賢人」の付合もあります。

▼尾崎千佳さんによれば、ここではじめて「何にたとへんなむあみだ↓（満誓）上人」の連想が来るということになります。

▽尾崎さんのご意見を念頭に置いてここ三句を見直してみますと、29で話している人物まで想定する必要はなく、世の中を一般論的に詠んだとする方が30への展開上良さそうです。ただし、そのように解しても、「跡しら浪↓世の中は何にたとへん↓上人」の流れは粘っているように、改めて思いました。こここそ「ネクストバッターズサークル」（13〜14頁参照）の選手まで意識している、というケースなのではないでしょうか。

31　**から笠の江戸の富貴もふり捨て**

S：まだまだ雑の句が続きます。「江戸」で名所になってます。ここでは俗な発想の付けを二つ組み合わせています。一つは、「からかさ一本」という成語によるもので、それは破戒僧がからかさを一本だけ持つことを許されて寺を追放されることを言う語です。つまり、前句の「一本」に付けて「から笠」（笠は傘と書くべきですが）を出しました。からかさは竹製品ですから、「竹」からの連想も働いています。29→30では心の真っ直ぐな尊いお上人様だったのが、30→31では一転して、その真っ正直な心のゆえに破戒僧に転落しているところが面白い。そして、その「すぐな上人」が「江戸の富貴もふり捨」てたという話題の繋がりがあります。「〜をふりすてて」はお文《ふみ》、つまり蓮如《れんにょ》『領解文《りょうげもん》』の決まり文句で、「もろ〳〵の難行……自力の心をふりすてて」のように使われます。「上人」にふさわしい言葉遣いです。一句としての論理を敢えて整えない、非道理の句です。「江戸に暮らしてからかさを持つという富貴をも振り捨てて」と訳せますが、「から笠の富貴」という状況が道理に合いません。むしろその矛盾をこそ楽しんでいるのではないでしょうか。

N：「江戸」には「から笠の柄」との言い掛けもあるでしょう。でも、なぜ「江戸の富貴」なのかがわかりません。具体的な僧侶の噂なのでしょうか。あるいは「穢土《えど》」を掛けているのでしょうか。蓮如のお文の利用としては、宗因一座の『天満千句』第六に「七高祖をもかけて置露　如見／秋の雨自力の心ふり捨て　西鬼」の付合を見つけました。なお、笠以外には何も持たないという似たような発想になってしまう点からも、15では「編笠一蓋」の意味を取らない方が良いかと思います。

32　山の手にもつかねもいらぬぞ

S：依然として雑です。「山の手」によって名所でしょう。山類体に扱うべきかどうかは、微妙です。「山の手」は江戸のやや高台の一帯で、麴町・四谷・牛込・赤坂・小石川・本郷などの、武家屋敷と寺ばかりの地域。なお、上七が「山の、手荷物」である可能性は、「手荷物」がどうやら近代語なので、低いと思われます。前句の「江戸の富貴」から「山の手に持つ金」を導き出し、その富貴を「ふり捨て」に「金もいらぬぞ」を付けています。連想語を主体にした展開で、一句の仕立てはぎこちない。「山の手の住まいに持っている金もいらないぞ」といった意になりますが、転じの上から言えばその人物はもはや僧ではなく、武士とすべきです。

N：「山の手にもつかね」という言い方が不自然な感じがしますが「山の手」「手に持つ」の言い掛けなのでしょう。

「足引の山の手で折るわらびかな」（『塵塚《ちりづか》俳諧集』下）など、貞門では普通の使い方です。

33　**ゆがみなりに立る峠の茶や大工**

S：雑。峠により山類の体の句です。大工は人倫です。前句の「かね」を「かねじゃく（曲尺）」に取り成して、「大工」を付けています。そして、「曲尺なんて要らないぞ」と言っているような手抜きの大工なので、拵えられた建物が「ゆがみなりに立る」有様なのです。「ゆがみなり」は「不出来だがそれなりに、まがりなりにも」の意の語ですが、実際にゆがんでいるとも読める所が滑稽です。また、「山の手」を、江戸の地域名から一般語の「山に近いほう」に取り成して、「峠」を付けています。そうした連想を「ゆがんでいて不出来だが、それなりに立っている、峠の茶屋、その茶屋を建てた大工」というふうに一句にまとめています。

N：『類船集』に「大工のかね→曲勾《マガリ》」があります。

34　**誰の仕置ぞ国の境目**

S：ここまで雑が十一句連続しています。初折ウラでも十句雑が連続していました。季のある句を配することに、宗因はどうも不熱心のようです。「誰」によって人倫の句となります。前句の「峠」に対して「国の境目」を付けました。そこにある茶屋がいまにも倒れそうな建物だというので、「誰の仕置ぞ」ととがめ立てています。「仕置」とは、取り締まること。一句としては「国の境の取り締まりは何て言う名の奉行がしているのか」という意になっています。

N：『類船集』の「大工」の項に「傍示《ホウジ》をたて堺目の杭《クヰ》をうつことは大工《ダイク》ならでは及がたし」とあります。つまり「大工」と「境目」の付合も意識にあると思われます。口語調。

▼前田先生稿は『邦訳日葡辞書』の「仕置をする」の説明「征服した国や土地に砦を造っておく、または、守備兵をおく」を引いて、それを「平和な時代の国境の番人の意に転用したと解すれば、句意明解である。」と説いています。

▽前田先生の説は、この句と次の句との関係にとっては明解ですが、前句の峠のおんぼろ茶屋との関係においてはうまくつながりません。「砦」や「守備兵」に限定せず、「峠の茶や」に添った「仕置」と解したいのです。

35 関なりと月にかよふを通すまい

S：月の定座に至ってようやく月で秋の句にしました。月によって天象であり、夜分の句でもあります。「国の境目」から「関」は自然な連想でしょう。また、「仕置」（取り締まり）に「かよふを通すまい」、つまり密入国や密出国を許さないという連想で付けています。そこに定座の必要から「月に」を押し込んだのです。句意に二通りが考えられます。「関なりと」の後に「据えて」のような語が省略されていると見れば、「たとえば関所でも何でも据えて、月夜にこっそり通過する者を通さないようにしたい」と読めます。もう一つは、「（ここは）関であると（言って）、……（以下同じ）」という解釈です。前句からの流れで読めば前者でしょうか。その場合「通すまい」は本人の意志というよりは「通さぬようにせよ」という下知の言葉とすべきかもしれません。

N：「かよふ」は、『はなひ草』は句体により恋の詞としており、『世話焼草』では無条件で恋の詞になっています。ここを恋と見るのは難しいですが、「月にかよふを通すまい」には何となく、忍んで女性のもとに通う男を止めるイメージがあります。『伊勢物語』五段では、築地の崩れから密かに女のもとに通う男を通さないよう、主が「通ひ路に夜ごとに人をすゑてまもらせ」ました。「人知れぬわが通い路の関守はよひ〳〵ごとにうちも寝ななん」の歌により男は許されるのですが、突然出来た関所という句の意味に重なる部分もあります。恋する男を背後に連想させながら、国境を越える怪しげな者を詠んだところが俳諧です。

36 遠矢射て見ん須磨の秋風

S：秋の二句めを「秋風」でこなしています。「須磨」により名所の句です。須磨は月に名のある関所だから、ここに出されたのです。たとえば、『竹馬集』の「須磨」には「須磨関」という成語が示され、寄合に「月」が登録されています。また、「かよふ」を絡めて見れば、ここは当然、『金葉和歌集』四・冬の「淡路島通ふ千鳥の鳴く声に幾夜ねざめぬ須磨の関守」（源兼昌、『百人一首』にも所収、『俳大系』に指摘あり）が付けの本歌でしょう。以上のような雅の付け筋に対して、俗の付け筋は、「関」から「遠矢射て見ん」です。「関」には「弓矢に巧みな人、最後の射手の称」の意がありますから（『日本国語大辞典』）、「遠矢射て見ん」（遠方の目標を射てみよう）と付けたわけです。「遠矢射て見ん」は「かよふを通すまい」とも対応しています。なかなか密度の濃い言葉の付けですが、句意は「遠矢を射て見よう、須磨に秋風が吹く中で」と無難にまとめられています。

N：本歌を重視すれば、「かよふ」主体の「千鳥」を抜いたとも解釈できます。そうだとすると遠矢で射られるのは「千鳥」。可哀想な千鳥……。あるいは、「風」が「かよふ」のは和歌の常套ですから、「月にかよふ」のは「須磨の秋風」という読み方も可能です。『俳大系』の注では「立ちこむる関路もしらぬ夕霧になほ吹きこゆる須磨の秋風」（『新後拾遺和歌集』四・秋上、俊成女）が引かれています。ただ、須磨の秋風を射る、とまで読んでは深読みでしょうが。

【二折ウラ】

37　**浦人をありなしにしてわたる雁**

N：秋の三句めに当たり、「雁」によって秋にしています。動物の鳥でもあります。また、「浦人」が人倫です。34の人倫からは二句去っていて差し合いではありません。前句の「須磨の秋風」に「雁」「浦人」を付けました。『随葉集』には「秋風に初かりがねぞきこゆなる誰玉章をかけて来つらん」（『古今和歌集』四・秋上、紀友則）、『竹馬集』には「すまのうら天のとわたる鴈がねの声すみのぼるいざよひの月」（『建保名所百首』）が引かれています。これらが本歌です。「ありなしにして」はあるかないかわからないほどに軽く取り扱うことを言います。ここでは、前句の「遠矢射て見ん」を浦人の語として、浦人の存在を意に介する必要のない程高いところを雁がわたっているとしました。俳言はありませんが、射れるもんかい、と浦人を馬鹿にしている雁が偉そうで笑わせます。

S：連歌俳諧の術語「ありなし」は、複数句の連続を義務づけられた春・秋・恋の運びに関わって、式目上のそれらの規定にあてはまる句を続けてもよいし離れてもよい位置を言います。次の38が秋の「ありなし」に当たります。ちょっとニヤリとさせる言葉遣いです。

38 **おもて町のみ行さかなうり**

N：秋の「ありなし」の所で、雑の句を付けました。「さかなうり」が人倫でしょう。「浦人」から「さかなうり」は自然な連想です。『類船集』には「海辺→魚」の付合があります。「おもて町」は表通りにある町をいいますが、ここは「浦」を「裏」に取り成して、「おもて（表）」を付けたのです。魚売りが裏町の人々を無視して、にぎやかな表通りだけを売り歩いているのです。いかにもありそうな風景ですが、「浦人をありなしにして」の意味の転じが面白いですね。ただ、江戸時代は同音異義語の宛字は非常に多く、「浦」と「裏」の流用はごく普通なので、現代の私たちが感じるより意外感は少ないのかも知れません。ここは現実味のある俳諧的な発想だけで付けています。

S：ウラにオモテを付けたわけですが、これも連歌俳諧の術語であることは要注意ですね。こうしたテクニカル・タームをすべりこませる技巧を、宗因はわりと得意としているように思います。

39 **師走やらいつやらしらぬ草の庵**

N：秋以外の季が可能な所で「師走」によって冬にしています。「草の庵」で居所体の句です。『類船集』に「師走→商」の付合があります。「さかなうり」という商いに「師走」を付けたのでしょう。「師走」といえば一年も押し迫った月で、江戸時代なら借金の決済に気がもめる頃でもありますが、それもよくわからない草庵の住人だ、というのですね。「草の庵」は、例えば『類船集』の「草庵《サウアン》」項に「春はおもはずも花ちり来り、夏はまねかねども涼風をとづれ、秋は右も左も木々の色付、冬は筧の水もたえ雪にあと付る人もなきぞ侘しき。高き位をも辞し、妻子珍宝をもなげ打て後世のいとなみのみなるこそたのもしけれ」というように、世を捨てた人が住む場所でした。「いつやらしらぬ」には世間に対する無頓着さがうかがわれます。

S：もうひとつわかりにくい付けですが、草の庵が裏町にあって魚売りも素通りするもので、師走が来たことも知らないという理屈でしょうか。

40　年がよるならよる〳〵の雨

N：前句が冬なので、この句も「年がよる」で冬と見たいところです。たとえば「年取《とる》」は冬の季題です。一句の意の上では老年を詠んでいますので述懐で、「よる〳〵」で夜分、「雨」で降物です。『俳大系』に指摘があるように、「むかしおもふ草の庵の夜の雨になみだなそへそ山郭公」（『新古今和歌集』三・夏、藤原俊成）に拠って「草の庵」から「よる〳〵の雨」を導き出しています。また、そもそも俊成の歌の拠り所である白楽天の「蘭省の花の時錦帳の下　廬山の雨の夜草庵の中」（「廬山の草堂、夜雨に独り宿す」詩）も意識しているでしょう。この対句は『和漢朗詠集』「山家」に採られています。『類船集』にも「草庵→廬山の雨の夜」が見られ、同じ『宗因千句』にも「昔思ふ納戸住居は荒果て／草の庵は錠かぎもなし」（本書の「四」「立年の」巻91・92）があります。ごくポピュラーな連想語でした。句意としては「新年が来て年を取るというなら取ろうじゃないか」という前半と「毎夜雨が降る」という後半を「よる〳〵」の言い掛けで繋いでいます。前句のいかにも世俗に構わぬ人物をよく受けていると思います。

S：遺句的で無心所着に近く、まとまった意を強いて考えなくてよい句と言えます。前句の「やらいつやら」とこの句の「よるならよる〳〵」、口拍子ですね。

41　捨られて命のこんの灯に

N：冬を離れて雑にしています。恋の言葉はありませんが、句意から恋と考えられます。まず、「夜→灯」が自然な寄合です。「のこんの灯」は消え残ったかすかな灯のこと。「のこんの〇〇」という言い方は漢文調の言い回しで、「のこんの雪」（残雪）「のこんの菊」（残菊）などと使われます。この句では、白楽天の「上陽白髪人」を踏まえたのでしょう。「上陽の人、紅顔暗に老いて白髪新たなり……入りし時は十六今は六十……零落年深うして此の身を残せり……耿耿たる残灯壁に背く影、蕭々たる暗雨窓を打つ声」。この詩により、前句の「年がよる」「よるの雨」から「のこんの灯」が導き出されました。「捨られて」というのは、宮女《きゅうじょ》となったものの皇帝の寵愛を受けることなく老いてしまったこの詩の内容全体を指しています。前句の典拠が白楽天でしたから、同じ作者の別の詩を使ったのです。男に捨てられ、もはや命は消え残った夜更けの灯のようにいつ尽きてもおかしくない有様になり、という意味になります。前句からごく自然に導き出される過去の回想を恋の内容に限定したといえます。

S：「上陽白髪人」は連歌でもよく使われてきた話題です。漢和《かんな》聯句《れんぐ》の作法書『漢和法式』の恋部に「上陽人」とありますし、『連集良材』にも「上陽人」の題で紹介があります。本書182頁「三」の23にも使われています。

42　ひよ〳〵の子をかたみのまくら

N：「かたみのまくら」によって、ここも恋が続いていると見ておきます。恋は二句以上続けなくてはなりませんから、41を恋とするならば42も恋でないと。また、「子」によって人倫の句です。『類船集』に「枕→臨終・病人」の付合がありますから、「命のこんの灯」に「まくら」を付けていると見えます。また、同じく『類船集』の「残《ノコル》」項に「なき跡の形見はおもひの種とかや」とあり、「のこんの」に「かたみ」を付けたのでしょう。「ひよ〳〵」はひよこの鳴き声から転じて赤子のことです。『拾花集』に「形見→おもひ子」の寄合があるように、形見に子どもを残すのはよくあること。「ひよ〳〵」はいかにもまだ生まれたての、弱々しい感じがします。これが俳言。前句の女性が男に捨てられて、枕元に赤ん坊を残して死んだと取っておきます。

S：別解を述べます。そもそも「かたみのまくら」は和歌連歌では共寝の形見、つまり恋人との思い出の形見を意味します。前句に「命のこんの」とあるからといって、付句を死んだ後のことと取らなくてもよいはず。子まで成しながら男は女を捨て、捨てられた女はその幼子を男の思い出のよすがとし、思い出の詰まった枕のそばに置いて眠る、とも取れます。

43 **鶏となきこぐらする月更《ふけ》て**

N：二折ウラは十句め（46）あたりが月の出所です。しかしここに月を引き上げて出して、秋にしています。月により天象・夜分の句。また、「更て」により時分、鶏により動物鳥の句となります。恋を離れました。『拾花集』によれば「涙→かたみの衣」が寄合ですので、「かたみ」と「なき」が雅の付け、また、「ひよ〳〵の子」に「鶏」が俗の付けです。「こぐら」は動詞の連用形について競争する意味を表します。「なきこぐら」はなきくらべ。形見である赤子が月も更けたころ泣き出すのは哀れな状況ですが、夜明けを告げて鳴く鶏と鳴き比べをしているのだ、と言い立てたのが俳諧です。

S：何が「鶏となきこぐらする」のかという主格の語が句の中にありません。付けの上では「ひよ〳〵の子」が主格になることは自明ですが。これは、言葉の付けが発想の中心だからで、このように一句の自立性、つまり一句立てが弱くなっても宗因は意に介していないのだと思います。

44 **みゝずも穴に秋やしるらん**

N：前句から始まった秋を受けて、ずばり「秋」と詠み込んでいます。「みゝず」により動物虫の句です。みみずは鶏の餌として出されました。『類船集』に「蚯蚓《ミヽズ》→鶏」。さらに当時みみずは鳴くものとされていましたから、「鶏となきこぐらする」ものをみみずとした付けです。みみずの鳴き声とはケラと取り違えられたものと言われています。俳諧では他にも田螺や蓑虫が鳴くことになっていますが、当時の人たちも、信じていたというよりは、おかしがりながらも背後にある古典への思いを込めて使っていたのでしょう。「みみず鳴く」は後に秋季とされますが、当時は雑扱いのようです。句中に他に「秋」の語がありますので、季の詞と考えなくてもよいでしょう。みみずも穴の中で秋の訪れを知るのだろうか、という句意になりますが、鈴虫や松虫ならともかく、鶏とみみずの鳴き比べでは歌語「秋やしるらん」がちっともしみじみと聞こえませんね。

S：秋の情趣は人を泣かせるもの、という前提が効いているのです。人だって、ミミズだって、鶏だって、みんなみんな秋には泣くんだというニュアンスを汲みたいと思います。

45 鍬つかふうき土くれの露深し

N：秋の三句めを、「露」で果たしています。「露」によって降物の句です。「蚯蚓→土」、「穴→深き」が付合（『類船集』）なので、「み、ず」に「土くれ」、「穴」に「深し」を付けています。これらが俗の付け。また、「秋やしるらん」にその理由として「露深し」が付いています。こちらが雅の付けです。秋に鍬を使うのは作物の収穫でしょうか。掘り起こされてみみずが「うき（憂き）」辛いと思っているのです。「露」をみみずの涙と見ると読み過ぎでしょうね。

S：付けの上ではみみずの気持ちを忖度していますが涙までは……。打越しの「なきこぐら」と観音開きになって無理でしょう。むしろ秋は本来憂き季節ですから、「秋」から「うき」を古典的連想で付けていると言えます。

46 窓下地する夕立の跡

N：もう秋を離れてよい所ですが、宗因はここで「夕立」によって夏に季移りしました。夕立により降物、窓により居所体の句です。「露→雨晴る跡」は寄合（『拾花集』）、また「泥→夕立」が付合（『類船集』）なので、「露深し」と「土く

下地窓の参考図（『好色一代男』巻六の三「心中箱」挿絵、国立国会図書館デジタルコレクションより）。世之介の「小書院」の床の間に下地窓がしつらえられている。

れ」から「夕立の跡」を付けています。「窓下地する」が難解です。「下地窓」ですと茶室に用いられた窓なのですが、ここは動詞ですので、窓の下地を作る、即ち基礎工事をしているのでしょうか。前句の「鍬つかふ」を畑作業から壁土をこねると転じたと見ておきます。夕立の後、左官が仕事をしているさまですが、前句とあわせると、つらい作業だという感じになります。

S：単純なことですが、前句の「露」を、秋の露から雨上がりの露に読み替えています。

▼前田先生稿は「強いてダロウ解を記せば」と断りつつ、「下地窓」の下地を作る意と解しています。

▽この句については私たちもそう取りたいのですが、こなれない表現に依然疑問が残ります。

47　**いそげ共寒さりげなき乗物や**

N：これも難解句です。「寒」は普通冬の季題ですが、45秋、46夏と来て、ここでまた直接の季移りで冬にするのは不自然ですし、内容的に冬にする必然性がないのです。「誤字ではないか」と疑いたくなる所です。「寒さ」と「さりげなき」が言い掛けになっているのかもしれませんが、それでも意味がわかりません。「乗物」は駕籠で、「窓」と付合です（『類船集』）。いわゆる辻駕籠ではなく、引き戸のある立派な駕籠です。身分の高い人、また町人でも一部の儒者・医者・僧・婦女子などが乗ることを許されていました。「さりげなき」とは目立たない駕籠だというのでしょうか。また、寒いのは誰なのでしょう。前句の「窓」を今度は無理に下地窓ととると、これは壁の下地を塗り残し、わざと壁の基礎になっている木組みを見せる窓ですので、「寒い」に繋がりそうです。「さむさうに月はもり来る下地窓」（『塵塚俳諧集』下）の用例もあります。下地窓のある乗り物は有り得ませんが、そんな窓だから夕立の後寒い、といっていると解釈しておきます。なお下地窓は茶室に用いられる数寄のものですので、派手ではない「さりげなき乗物」という理屈なのかもしれません。

S：誤字説に賛成です。なので、解釈保留です。

▼前田先生稿は46と合わせて、「茶室所有の風流人が、乗物に乗り、急がせていて寒さも乗物に入り込むが、さりげない様子をしている、とでもダロウ解が出来そうです。」と述べています。

▽先生のダロウ解、この句については苦しそうですね。季の運びの不自然さから見て、誤字説が有力と思います。

▼その後、尾崎千佳さんから、「寒」は「雲」の誤刻の可能性が高いという意見をいただきました。『山之井』「夕立」に「みどりの空も俄に曇り、墨をすりたる雲のみも只さりげなきけしきをもしたて」とあり、「夕立の跡」から「雲さりげなき」の付けと解しておられます。「雲さりげなき乗物」は雲助《くもすけ》駕籠のことで、「夕立のあと急ぎの道中で雲駕籠を頼んだにもかかわらず、かんじんな駕籠かきが一向に急ぐ様子がない、というおかしさか」という解釈です。

▽これで一句の意が通り有力な説と思われますが、誤字を前提としている以上どうしても断定するところまでは行けません。前句も難解なので付けもまだよくわからず、なおも疑問の句、というところ。

48　よびし医師《くすし》の耳の遠さよ

N：前句が冬だとしても、それを一句で捨てて雑の句です。医師によって人倫の句です。「乗物→医者」が付合（『類船集』）。談林の著名な「ぬけ」句の例に、「乗物をかたづけてやれ朝朗／身はさぢでたつ袖の白雪」がありまして（『夢助』）、これは「乗物」から連想される「医者」を直接句に詠み込まず、その「医者」を暗示する「さぢ」を付けたもの、つまり「医者」をぬいた作品です。はやっている「医者」を「乗物医者」ともいいます。けれども、「耳の遠さ」がどう付くのかがわかりません。聞いてもすぐに忘れてしまうことを「籠耳」といいますから、前句の「乗物」から導き出された、という解は苦しいですかね。急いでいるのになかなかやってこない、やっと来ても耳が遠い、病人にしてみればじれったいこと極まりありません。

S：一案。「よびし医師の遠さよ」と「耳の遠さよ」を接合した句と考えると、前者が「いそげ共・乗物」からの付けで、後者が「寒さりげなき」の部分からの付けではないかと想定できます。ですが、前句の中七が不確かなもので、いまのところうまく説明できません。

49　角頭《すみづ》巾《きん》ぼんのくぼ迄花にきて

N：ここは花の定座をきっちり守っています。「頭巾」は冬の季題ですが、ここでは「花」がメインなので春です。植物木の句です。「頭巾」により衣類の句でもあります。「角頭巾」は長方形で、二つ折りにして上部をうしろへ垂らす頭巾です。老人・医者・法師・俳諧師など剃髪した人がかぶるものでした。したがって、前句の「医師」に付いています。また、「目口鼻なし耳も聞えず／すみ頭巾をとがい迄も引かぶり」（『毛吹草』一）という用例もありますから、「耳の遠さ」の原因となっています。頭巾の垂れた部分が「ぼんのくぼ」即ちうなじの中央のくぼんだ部分までくるようなスタイルなのです。けれども「ぼんのくぼ迄花にきて」がよくわかりません。「くぼ」は地形の窪で「ぼんの窪」というありそうもない地名でしょうか。ぼんのくぼまで垂らした角頭巾姿の医者が、花見に呼ばれてやってきた場面としておきます。

S：「医師」からの付け筋はよくわかります。「花にきて」は定座だから強引にくっつけたのかもしれません。

▽近松の『丹波《たんば》与《よ》作待夜《さくまつよ》の小《こ》室節《むろぶし》』の中に「千三百石から馬をひ迄、なりさがるぼんのくぼ」という例があり、岩波の古典文学大系の『近松浄瑠璃集　上』では「ぼんのくぼ」を「後頭部の頸筋に近く窪んだ所。その形によって運不運が定まっているとされた。ここでは不運の意でいう。」と説明しています。つい自分のぼんのくぼを触りたくなりますが。この「ぼんのくぼ」の役割を導入しても、ここの付けはやっぱりよく分からないのですが、参考までに。

50 慮外をかへり見ぬ藤の棚

N：春を続けるべき所ですので、「藤」によって春にしています。植物の草です。「花→藤」は寄合です（『拾花集』）。「慮外」は無礼、無遠慮なさまを言う畳字の語（畳字については26頁参照）。『類船集』の「頭巾」項に「貴人高位の前にてはかぶらず。途中にて人にあふては先づきんとる事ぞ」とありますので、高位の人もいる花見の席にも角頭巾を被ったままで来ることが「慮外」なのでしょうか。「無礼な振舞いとなることも顧みない、藤棚の下」。

S：大坂、四天王寺近くに「藤の棚」という藤の名所があり、『好色一代女』六の一に出てきます。また、「ぼんのくぼ迄花」から、藤の花が人のうなじあたりまで垂れている情景の連想が働いているかとも思われます。

【三折《さんのおり》オモテ】

51 土器《かはらけ》にもひとつはとて立霞

S：春が二句続いた後ですからここも春にしなくてはなりません。霞によって春にしました。聳物《そびきもの》の句でもあります。ここは藤の棚の下で酒盛りをしているという連想を主軸にして、句意で付けていると思われます。「土器」は要するに酒器ですし、「霞」もまた酒の異称です。「かわらけを取り出して酒盛りをしていると、もう一杯どうだい、というように霞が立つ（酒が注がれる）」という句意。「慮外をかへり見ぬ」ほどの酒宴たけなわの状況に釣り合っている句です。

N：「霞棚引く」の語があるように、「棚」と「霞」は縁語でしょう。「藤」と「霞」も古歌や絵画によくある組み合わせです。酒宴も春もたけなわですね。

52 采女《うねめ》也けりさすが也けり

S：春を三句で切って、雑にしています。采女によって人倫の句です。前句の「土器」に「采女」を付けています。これは『古今和歌集』の仮名序の「安積山の言葉は、采女の戯れより詠みて」の原注に「葛城王《かづらきのおほきみ》を陸奥《みちのおく》へ遣はしたりけるに、国司《くにのつかさ》事疎《ことをろそか》なりとて、設けなどしたりけれど、凄まじかりければ、采女なりける女の土器取りて詠める也。これにぞ王の心解けにける」とあることに拠っています。「安積山の言葉」とは「安積山影さへ見ゆる山の井の浅き心をわが思はなくに」歌です。たとえば『類船集』に「土器→采女」の付合があるのもこの逸話を踏まえています。ちなみに、『俳大系』は『類船集』の付合を紹介しつつも、「けのなひ物をかはらけといふ／その比はうねめの年や十二三」（『鷹筑《たかつく》波集《ばしゅう》』一）を引いて下ネタの付合だというような注になっていますが、まずは古今仮名序の注が必要でしょう。そして、酒の力と歌の力によって葛城王のご機嫌を直したことが「さすが也けり」と評されているのです。一句の意味は単純に「采女であるよ。さすがであるよ」というものです。

N：故事を下敷きにしている、わかりやすい付けです。（本書106頁「一二」の20参照。）

53　**百敷の大宮づかへふりもよし**

S：ここも雑です。「百敷《ももしき》の」は「大宮」にかかる枕詞です。前句の「采女」は禁裏後宮の女官の職名ですから、「百敷の大宮づかへ」は仮名序注の伝える故事を離れての、説明的な付けです。「ふりもよし」は身振り・しぐさ・振る舞いが優れていることで、「さすが也けり」に付いています。ここも雅俗二筋の言葉の付けですが、句意も穏やかに「大宮に仕えているだけあって、立ち居振舞いが優れている」とまとまっています。

N：「ふり」には舞の所作の意味もあります。采女のふりがよい、というのは謡曲「采女」に拠っているのではないでしょうか。猿沢の池に身を投げた采女の霊は、旅僧の回向《えこう》を喜んで生前の姿で現れ、「大君の心解けざりしに、采女なりける女の……」と前句の故事を引き「拍子を揃へ。袂を翻へして。遊楽快然たる采女の衣ぞ妙なる」と舞を舞います。

S：謡曲を通さなくても付合の説明が付きますし、次の句が「をどり」に話題を進めますので、この付合の解に采女の舞を想定すると52 53 54が三句がらみとなって好ましくありません。

N：でも、宗因は「口まねや」百韻で「大君の御意はをもしと打なげき／采女の土器つゞけ三盃／さそひ出水の月みる猿沢に」と謡曲「采女」で粘った三句を作っています。そのあたり、宗因はあまりこだわっていなかったのではないでしょうか。

54 をどりはいつも桐壺の内

S：「をどり」で秋にしています。「をどり」で芸能の句です。前句の「ふりもよし」を踊りの所作に取り成して「をどり」を付けました。また、『拾花集』に「舞→百敷の内」があり、前句の「百敷」からは「舞」が自然な付けであるところを、「をどり」と言い換えたとも見られます。しかも「大宮づかへ」から『源氏物語』にちなむ部屋の名「桐壺」を引き出しています。「踊りを踊るのはいつも桐壺の内だ」。言葉付けから作られた、非道理の作です。桐壺更衣や女房たちが盆踊り風に踊っているという荒唐無稽な想像が愉快です。宗因には『蚊柱百句《かばしらのひゃっく》』に「月もしれ源氏の流れの女也／青暖簾の桐壺の内」という例があり、遊女屋めいた青暖簾を桐壺に下げさせて、非難書『渋団《しぶうちわ》』から「放埓至極也」と非難を浴びています。

N：桐壺を盆踊りの会場にしたり、遊女屋にしたり、宗因の『源氏物語』の扱いはまさに俳諧です。古典文学を当代の現実にすべり込ませる西鶴の浮世草子も、こうした談林俳諧の技法から出発していることが、よくわかります。

S：『連歌新式』に「源氏物語は大部のものなれば三句すべし」とあるほどで、『源氏物語』は連歌では必須の題材です。宗因は俳諧でも「踊り忘れず」その習いを守っているということかもしれません。視点を変えれば、『源氏物語』をそこまでパロディにするのが俳諧だという、宗因の自由な俳諧観を見るべきでしょう。

55 秋きたる鳳凰あれば雀あり

S：前句から秋が始まりましたからここも必然的に秋で、「秋きたる」と詠んでいます。鳳凰・雀により動物鳥の句になります。『拾花集』に「桐→秋の初風」の寄合《よりあい》があって、「桐壺」と『秋きたる』とが連歌的な連想と言えます。そして、鳳凰は桐の木に宿る鳥で、『類船集』に「桐→鳳凰」、「鳳凰→桐」の付合が登録されています。また、同じく『類船集』や『初本結《はつもとゆい》』に「踊→雀」の付合が見えます。つまり前句とこの句との関係は連歌的な連想語一組と俳諧的な連想語二組による繋がりであり、スキのない言葉付けを形成しています。「秋が来た。鳳凰もやってくるし、雀もやってくる」と、句意も破綻なくまとまっています。

N：「踊→雀」の付合は「雀百まで踊忘れず」の諺に拠っています。「雀踊り」という奴踊りもありますが、宗因の俳諧の解釈に用いるには早すぎるようです。

56　聖も愚もこれ見る月は月

S：三折オモテの月は十三句め（63）が定座《じょうざ》なのですが、宗因は54からの秋の運びの中でここに月を出すことを選んでいます。七句の引き上げです。月により、秋で、天象で、夜分《やぶん》です。「愚」はこの句では「愚人」の意ですから人倫と見ておきます。鳳凰は聖人の世に出現する瑞鳥（『類船集』と『初本結』に「鳳凰→聖代」など）ですから、前句の「鳳凰」に「聖」を付けています。対照的に「雀」を「愚」に当てはめているのでしょう。「聖人であっても、愚者であっても、今宵見る月は月である」の意味になっています。

N：前句の「雀」が「燕雀《えんじゃく》いづくんぞ鴻鵠《こうこく》の志《こころざし》を知らんや」のように大物・小物の対比に使われる鳥だという所から、「聖・愚」へと展開させたのでしょう。また、「これ見る月は月」という言い方は、お月見の伝承歌「月月に月見る月は多けれど月見る月はこの月の月」を連想させますが、当時の用例を探し出すことが出来ませんでした。聖人でも愚人でも見る月は同じだという句意には、誰に対しても月は平等に照らすという仏教的な匂いもあります。仏教とまで言わずとも、「鯛は花は見ぬ里も有けふの月」（『阿蘭陀《おらんだ》丸二番船《まるにばんぶね》』）の西鶴の発句の例もあり、どこでも誰にでも月は見えるという発想は一般的ですね。

▼前田先生稿では「月月に月見る月は多けれど月見る月はこの月の月」歌を考証して『民間時令』巻三・十五夜項に所引の「夏山雑談巻三」に記事を指摘しています。
▽先生も寛保元年（一七四一）序の『夏山雑談』より以前には遡れなかったと見えます。この歌にこだわらなくてもよさそうです。

57 **荘老の胸より空の霧晴て**

S：ここは秋を続けても続けなくてもよい「ありなし」の箇所ですが、「霧」で秋にしています。「霧」により聳物《そびきもの》の句でもあります。「荘老」は荘子と老子、もちろん前句の「聖」に付けています。また、『随葉集』には「月のさやか↓雲きりのはる、」がありますが、ここでは「見る月」に「空の霧晴て」という表現でその寄合を用いています。二筋の連想語を組み合わせ、聖人の教えを比喩的に「荘子や老子が胸の内を語るその教えから、空の霧が晴れるようにこちらの心もすっきりとして」と仕立てている句です。
N：心配事などで心の晴れないさまを譬えた「胸の霧」という語を掛けているのでしょう。仏教では月は悟りの状態を指し、それを詠んだ歌もたくさんあります。もちろんこの句は仏教を詠んだものではありませんが、背景にそうした連想が横たわっていると見てもよいように思います。空の霧が晴れるように聖人の教えを理解する人は、前句の「愚」ということになりますか。
S：そうですね。作者を含めて一般人はみな「愚」の範疇に入るのでは。この句の主格は「荘老」を聴いたり読んだりする我々で、前句の「愚」にあてはまるのです。
▼西田耕三先生よりご指摘あり。「月影のいたらぬ空はなけれどもながむる人の心にぞすむ」法然。
▽『新編国歌大観』で確認しました。『続千載和歌集』十・釈教に「光明遍照十方世界といへる心を」の詞書で「源空上人」の名で載る歌です。源空すなわち法然房源空。語句には違いがありますが、宗因は浄土宗ですから、ここの付けの発想の基盤

にあった可能性は大ですね。「仏教的な匂い」を嗅ぎつけていたのは当たっていたということでしょうか。

58　**よしや吉野《よしの》々《の》花も候《そろ》べく**

S：ここで花を詠んで、秋から春への直接の季移りです。花により植物の木、吉野により名所の句になります。花の定座は三折ならウラの十三句め(75)が普通なのですが、発句を花の句とした影響か、ずいぶん前倒しに花を展開させています。付け方としては、『竹馬集』に「吉野→夕霧」の寄合があることから見て、前句の「霧」に「吉野」を付けています。もちろん、霧が晴れたので吉野の花も眺められるというのです。また、『俳大系』が謡曲「江口」の「よしや吉野の、よしや吉野の花も雪も雲も波もあはれ、世に逢はばや」を指摘している通りで、一句の仕立てとしてはこれに拠っています。「よしやよしの、と謳われる吉野の花も、きっといま咲いていることでしょうし」の意。一応の説明はそんなところですが、どうも付け筋が弱いように思えます。宗因としては謡曲の断ち入れをしたくてちょっと強引に付けているのかもしれません。

N：55から「鳳凰・雀」「聖・愚」「荘・老」と二つでセットになる語彙が続いて煮詰まったので、何とか転じようとしたのでは。なお、もう一つの付け筋は、「荘老」と「候」の駄洒落ではないでしょうか。だから「も」なのです。

59　**かな文《ぶみ》のおく山さびし春淋し**

S：春を続けるべき所で、「春」字を用いて春にしています。前句が花の句ですから「春」字を詠み込むことに無理はありません。「おく山」で山類体。『俳大系』には「世の憂さはいづくも花に慰めばよしや吉野の奥もたづねじ」(『風雅和歌集』十五・雑上、法印長舜)の指摘があります。「吉野」から「おく山」はこの歌によっているのでしょう。また、前句の「候べく」を女性の手紙の文面と読んで、「かな文のおく(仮名書の手紙のさいご)」と付けています。いろは歌に「おく山」の語が含まれることも効かせているようです。さらに言えば、『拾花集』に「春雨→淋しき心」、「永日→淋しき心」とあって、春をさびしい季節とする発想は一般的なものでした。一句の意味としては「おく山」が上下に働き、「仮名文字の手紙の文末がさびしい。奥山はさびしく、春であればなおのことさびしい」というところ。無心所着に近い。

N：寛永二十年（一六四三）に死んだ京六条三筋町の名高き遊女、二代目吉野を思っているのかもしれません。

60 **お児《ちご》も里へかへるうぐひす**

S：春の三句めを「うぐひす」でこなしています。動物《うごきもの》鳥の句でもあります。また、「里」により居所体《きよしょたい》、「お児」により人倫の句になっています。『拾花集』『竹馬集』ともに「鶯→山里」の寄合を掲げており、前句の「おく山」から「うぐひす」への言葉の繋がりがあります。が、この付けはむしろ句意どうしの理屈を主体にして付けているようです。つまり、前句を「仮名で書かれた手紙に『奥山はさびしいよう、春はことにさびしいよう』と書かれていた」という文脈に取り成して、その手紙の主を山寺のお稚児さんと定め、「お稚児さんも里へ帰るし、鶯も里へ帰る」と付けています。そのお稚児さんは、まだ「かな文」の手習いをするぐらいの少年なのです。句の構文としては「お児も里へかへる」と「里へかへるうぐひす」を重ねているのだと思います。

N：『類船集』に「手習子→寺・色葉」とあります。「里へかへるうぐひす」なら和歌ですが、「お児も」と加わったとたん、鶯までさびしくて急いで飛んで帰るように思えるから不思議です。

61 **夕日影さし舞をまふ胡蝶**

S：「胡蝶」によって春をもう一句続けています。動物の虫です。「夕日影」で天象になります。「舞」によって芸能の句になっています。54に芸能の「をどり」がありましたが、充分離れていて差し合いではありません。けれども同じ面《おもて》ですからちょっとうるさい。『夫木《ふぼく》和歌抄』十六・秋六・「九月尽」題の「夕日影さすやみやまのたにのとにあけなば冬やこがらしのかぜ」（為家）など、「夕日影さす」は和歌によくある言い回しで、ここでは「夕日影一さし」とアレンジしています。これは前句の「里へかへる」と時間帯の釣り合った話題として出されているらしい。また、舞は「さし」と数えますので、「一さし舞をまふ胡蝶」は「胡蝶が舞を一曲舞う」意です。「夕日影」とありますから、それは夕日の光が一筋差す中での情景ということになります。そして、胡蝶の舞（雅楽の「胡蝶楽《らく》」）は四人の稚児によって舞われるものですので、前句の「お児」に繋がっているのです。ずいぶん優雅な句ですね。

N：『源氏物語』「胡蝶」巻の巻名は、八人の童が鳥と蝶に分かれ、「迦陵頻《かりょうびん》」「胡蝶舞」を舞う場面と、それに基づく贈答歌に拠っています。「鶯のうらゝかなる音に、鳥の楽はなやかに聞きわたされて、池の水鳥もそこはかとなくさへづりわたるに、きうになりはつるほど飽かずおもしろし。てうはましてはかなきさまに飛び立ちて、山吹の籬のもとに、咲きこぼれたる花の陰に舞ひ出づる」。なお、『源氏物語』の巻名は「初音」（鶯）・「胡蝶」と続いています。ここはその連想関係も宗因の頭にあったのではないでしょうか。

62　**遠かりし野もちかき目薬**

S：春を切って雑にしています。『拾花集』『竹馬集』に「胡蝶→長閑《のどか》なる野」があり、「胡蝶」から「野」が連歌的な付け筋。そして、『類船集』に「指物《サシモノ》→目薬」の付合があり、ここでは前句の「一さし」を取り成して「目薬」と付けているわけですが、これが俳諧的な付け筋です。その二筋をまとめて「遠くに見えた野も、目薬をさしたら近くに見えた」という無理のない句意にしています。ただ、また「も」です。56以来一句置きに四回出ているのはいただけません。

N：『類船集』では「胡蝶→ちらめく」が付合ですので、「胡蝶」から「目薬」も意識されているかもしれません。「野に舞う胡蝶までもよく見えるようになった」という理屈の付け心としても解釈できます。

石菖（熊本大学薬学部のHP「今月の薬用植物」2010年５月より 写真撮影 矢原正治）

63　夏草は石菖《せきしやう》色に成にけり

S：雑か、春以外の季が可能な箇所ですが、夏草・石菖によって夏にしています。どちらも植物《うえもの》の草です。石菖は、サトイモ科の常緑多年草で、石菖蒲とも表記される園芸品種です。よく鉢植えにされていました。西鶴の『好色一代女』四の二の「（お物師が）南明《みなみあかり》の窓をたのしみ、石菖蒲《せきしやう》に目をよろこばし」の例でも、室内に鉢植えの石菖を置いて賞翫しています。『和漢三《わかんさん》才図会《さいずえ》』には「石菖蒲」を説明して「按ずるに、石菖多く水の盆に栽ゑて常に水を灌げばよく繁茂し、眼病人これを弄びてその蒼色を見て快となす」とあります。こうしたことから、ここではまず、「目薬」から「石菖」の、俳諧的な言葉の付けを使っていると言えます。また、『拾花集』『竹馬集』ともに「野→草」、「夏草→外面の野べ」を寄合にしていますから、前句の「野」に対する「夏草」が連歌的な言葉の付けです。一句の意味としては「夏草は、石菖のごとく青々とした色になった」で、二句続きとして読むと、夏が来て野の緑が濃く近く感じられるようになって、石菖同様に目の薬の役をつとめるようになった、という理屈でも付いています。前句の文脈を読み替えているのです。

N：「目薬」を「目の薬」つまり「目を休ませるもの」に取り成していると言ってもよいでしょう。「石菖」と「目薬」については、『天満千句』二にも「誰やらん石菖鉢をまふたつに　梅翁／まなこ三寸くつろげてこそ　西鬼《さいき》」があります。

64　つれなき人にいつ鮑貝《あはび》

S：夏を続けてもよいところですが雑にして、「つれなき人」で恋の句です。『御傘《ごさん》』は、「つれなき」は句体によっては恋、と言っています。「鮑貝」により、動物の貝の句です。和歌の世界では、前句の夏草は「夏草の」の形で「深く」

「繁く」に掛かる枕詞として、強い恋心を詠む場合に用いられる素材でした。著名歌には『古今和歌集』十四・恋四、凡河内躬恒の「かれはてむのちをばしらで夏草の深くも人のおもほゆるかな」があります。したがって、前句の夏草からこの句の前半の「つれない人にいつ逢えるのやら」という内容が引き出されています（「蚫」には「逢ふ」の未然形「逢は」が言い掛けられている）。そして、アワビは一見二枚貝の片側の殻だけのように見えるところから「蚫の片思い」の諺があって片思いを象徴するものです。その点前半の意に続けるのにふさわしい物と言えます。しかしそれだけでここに登場させたのではなく、『類船集』と『初本結』に「蚫→石菖」とある、俳諧の付合を利用しています。「つれない人に、いつになったら会えるのだろう。それにしても『鮑の貝の片思い』というように、私の恋は片思いだこと」と、句意もとても自然な作に仕立てられています。

N：「石菖→鮑」の付合は、ともに目の薬であるところから来ているのでしょう。同じ『類船集』に「鮑→目ノ薬」とありますし、『和漢三才図会』に、蚫の殻も肉も日の「翳《カスミ》」を取る効能があると記述されています。でも、その発想が生きているとすれば目薬で三句がらみです。これは宗因のミスでしょうね。

【三折ウラ】

65　**隠岐の海のあらふくどいつ和げつ**

N：前句から始まった恋を受けて、「くどいつ和げつ」で恋の句にしています。季は雑のままで、「隠岐」により国名《くにのな》、「海」により水辺体の句です。「隠岐」はアワビの産地で「隠岐→蚫」が付合（『類船集』）です。一句は、承久の乱に敗れて隠岐の島に流された後鳥羽院の「我こそは新島守よ隠岐の海のあらき波風こころして吹け」（『遠島百首』『増鏡』など）を踏まえています。『類船集』に「功徳《クドク》→難面《ツレナキ》に云よる」とあるのは「口説く」を同音異義語に取り成したものですが、ここでは「つれなき」に「くどいつ」を付けています。「くどいつ和げつ」はくどいたりなびかせようとしたり、の意味で、前句のつれない恋の心に、何とか女性を落とそうとする男性を付けています。ただ「あらふ」がわかりません。『俳大系』は「あらふ」を「荒う」と読んで、荒々しくくどいたり、和らげたり、という意味に取っていますがどうでしょうか。

S：そのあたり、本歌を押し込むための強引な仕立ての作という気がします。「あらふ」を「荒婦」とするのは無理でしょうか？　隠岐の海の気の荒い海女を、くどいたり、和らげたりして、というのです。別案として述べておきます。

66 **弓やはくさんいづも八重垣**

N：雑の句を続けています。「はくさん」は白山比咩《しらやまひめ》の神のこととして、神祇の句です。「いづも」で国名《くにのな》の句になります。隠岐に出雲と、隣り合う国名で付けています。出雲は言うまでもなく縁結びの神様出雲大社のある国です。「いづも八重垣」は『俳大系』に指摘があるように、『古事記』の歌謡「八雲立つ　伊豆毛八重垣　妻ごみに　八重垣作る　その八重垣を」に拠っています。この歌謡は『古今和歌集』仮名序に人の世の最初の和歌として挙げられていますが、同じ仮名序に「男女の仲をも和らげ、猛き武人の心をも慰むるは、歌なり」とあることから、前句の内容と「和げ」の語を受けて「いづも八重垣」を付けています。仮に仮名序に依らないとしても、「八雲立つ……」の歌はそもそも素戔嗚《すさのお》尊《みこと》が妻と共に住む宮を作る時の歌ですから、前句の恋と関わるでしょう。一句を単独で恋の句と見ることはできませんが、「弓やはくさん」は「決心のかたいことを表わす自誓のことば」（『日本国語大辞典』）で、ここではくどき文句の具体化と見られます。絶対に絶対に幸せにするから一緒になろう！　というところでしょうか。

S：つまり、この句全体が、成語を二つ重ねたくどき文句ですね。

67 **ゑぼしをもなげ祝子《はふりこ》がきる甲**

N：雑で、「ゑぼし」で衣類、「祝子《はふりこ》」によって神祇で人倫の句です。『類船集』では「神子《ミコ》→弓・出雲」は付合です。この連想に基く付けで、「神子」を「祝子」と言い換えています。「祝子」は神職に就いている人のこと、つまり神主や巫女を指しますが、ここでは烏帽子を被っているので男性の神官と取ります。「なげほうり」と「祝子」（ホーリコ）が掛詞。また、「弓や」に「甲」が付いています。俳言は「ゑぼし」と「甲」です。「祝子が烏帽子を放り投げて甲を着る」のです。それはどういう状況でしょう。出雲の神官が出陣するのでしょうか。

S：神官の出陣の句と見てよいと思います。彼は戦さに臨んでは白山の神にも祈るというのです。前句は、白山の神と出雲の神とを接合した不自然な句だったわけですが、そのことに強引な理由付けをしている面白さがあります。

68　**節供の空にひゞく小つゞみ**

N：雑で、「小つゞみ」により芸能の句です。「祝子→舞の袖・神楽」が寄合です（『随葉集』ほか）ので、その連想から「小つゞみ」を付けました。「節供」は節句とも書き、人日・上巳・端午・七夕・重陽を五節句と称しますが、前句の「甲」との関係の上では端午の節句のことになります。江戸初期にも、端午の節句には甲を飾ったり、子どもが甲をかぶったりして遊んだようで、『類船集』に「甲→端午の節句」の付合もあります。もともとは菖蒲によって邪気を払うことが中心だったのですが、当時すでに男の子のための行事という意味合いの強い節句でした。句の意味は、「節句の空に小鼓の音が響く」と単純明快ですが、笛や太鼓ではなく、鋭い音を響かせる小鼓というところが、前句の勇ましい感じによく応じていますね。

S：三句の展開を意図的にずらしつつですが、これも前句の理由付けとして発想された句でしょう。神官が甲を着るのはなぜだ？答えは（端午の）節句だから、という種明かしになっている展開です。

69　**桃の花柳にやりし舟あそび**

N：ここで「桃の花・柳」によって春にしています。もちろん植物の木の句でもあります。また、「舟」によって水辺外の句です。付け方としては、端午の節句を上巳の節句（三月三日）に読み替えました。『類船集』に「節句→桃の酒」、

「桃↓やよひの節句」などの付合があります。また、同書によれば「音楽・伶人・管絃↓舟遊び」も付合なので、「小つゞみ」と「舟あそび」が付いています。「柳にやる」は成語で、「なすがまま言うままにして少しも逆らわず、うまくあしらう」（『日本国語大辞典』）ことを言いますが、ここではそれを取り入れにくく、「舟を、桃の花や柳の美しい辺りへと遣って遊ぶ」という文脈と見ます。ピンクの桃の花と、緑の柳とを楽しむ舟遊び。前句の「小鼓」も水の上ではのどかに聞こえたことでしょう。

S：強いて「柳にやる」という成語を組み込んで解せば、「桃の花も柳も、すっと後ろに受け流して、舟遊びする」となるでしょう。前句と合わせれば、舟遊びに小鼓の伴奏で謡い物が演じられている場面で、桃花や柳の観賞はほどほどにして、それよりも音楽を楽しんでいるのです。

▼尾崎千佳さんからは、S説に賛成、「柳にやる」のニュアンスを入れなければ一句に俳諧性がなくなってしまうというご意見をいただきました。

▽ありがとうございます（S）。

70 もうせんさそふ春風ぞふく

N：必ず春にすべき位置で、「春風」を詠んで春にしています。「柳↓春風」が寄合です（『拾花集』）。また、「春風↓桃李咲」の付合（『類船集』）から、「春風」は「桃の花」にも付いているでしょう。「毛氈《もうせん》」（俳言《はいごん》）は「獣の毛の繊維をひろげ延ばし、加熱・圧縮してフェルトにして幅広の織物のようにしたもの。敷物にしたり、書画をかく場合の下敷きにしたりする」（『日本国語大辞典』）で、ここでは舟の敷物にするのでしょう。『類船集』に「毛氈↓唐船」の付合があります。「春風」が何かを誘うと読むのは和歌の常套で「谷ふかくうぐひすさそふ春風にまづ花の香や空にとぶらん」（『夫木和歌抄』春二・「鶯」題、藤原定家）などがその例です。ここではその「春風」が、鶯のように春らしい雅びな何かをではなくて、「もうせん」を誘っているとしたのが俳諧です。前句と合わせれば毛氈を敷いて舟あそびをせよ、と春風が誘っているのですが、一句だけでは謎句のようですね。

S：「もうせんさそふ春風」とはずいぶん変わった物を誘っていますが、これを、極端な比喩的表現を意図した謎句のような作と見るよりは、言葉の付けを組み合わせて出来た非道理の句と見た方が、実際の宗因の作意を説明することになると思います。

71　**見わたせば長崎のぼりいかのぼり**

N：「いかのぼり」は、つまり凧です。『増山井《ぞうやまのい》』が二月の季題としています。もう一句どうしても春にすべき所をこれによって春にしました。「長崎」が名所《などころ》です。自然な連想として、「いかのぼり」は前句の「春風」に付いています。「長崎のぼり」は長崎から京の都へやってくること。ここでは「もうせん」を海外からの輸入品とみての付けでしょう。現在長崎名物となっている凧揚げ合戦は、まだこの時代には行われていません。見渡せば春風に凧が揚がっている、それに、長崎から毛氈が運ばれてくる、という二つの付けの文脈を一つにまとめた無心所着の句です。

S：「長崎のぼりいかのぼり」と同音反復にしている所がなかなか良いリズムになっています。

72　**鳶《とび》の飛ぶほど油断せず京**

N：もうここは春を離れても良く、雑の句にしています。「鳶」により動物の鳥で、「京」により名所の句です。「長崎のぼり」から当然連想される「京」を、つまり、名所に名所を付けました。また、当時の凧には鳶の絵を描いたものがあり、「とびのぼり」とも称しました。また、「いかのぼり」を「紙鳶」と漢字で書くこともあります。したがって、「いかのぼり」から「鳶」が連想されています。鳶は猛禽類の中では最も人の身近に住んでおり、卑俗な鳥として俳諧の題材に多く用いられます。宗因の時代、まだ「鳶に油揚げをさらわれる」という諺の用例はありませんが、「油断せず」は鳶に物を攫われないよう注意、ということでしょう。京の都では鳶が飛んでいる間油断がならない、という句意です。

S：「京」としているのは、「長崎」からの付けというばかりでなく、「見わたせば」が「みわたせば柳桜をこきまぜて宮こぞ春の錦なりける」歌（『古今和歌集』一・春上、素性《そせい》法師）によって「都」を引き出す語句だからでもあるでしょう。さらにこの留めようは、いろは歌の「酔ひもせず京」を意識していると思われます。えらい凝ってますな。

73 **火はやいとよその夕暮御用心**

N：雑を続けています。「夕暮」により時分《じぶん》の句です。『類船集』に「鳶→焼亡《ジョウマウ》」とあります。これは鳥の鳶ではなく、火消しの「鳶の者」による連想。棒の先端に鳶のくちばしに似た鉄製の鉤を付けた「鳶口」を使用したため「鳶の者」と称されたと言われています。前句の鳶を火消しの鳶に読み替えて火事の話題を付けたのです。前句の「油断せず」に「火は・夕暮御用心」で応じています。なお、「用心→火事」も付合です（『類船集』）。火のまわりは速いので、夕暮れ時はことさら火の用心という俗の文脈に、歌語「よその夕暮」（他人にとっての夕暮、本歌は次の句で説明します）を押し込んだのです。そのため、「よその夕暮」に火の用心をするという、わけのわからない句になってしまいました。これまた宗因お得意の、無心所着の方法です。

S：「火速いと」と読んでいるようですが、「火は灸《やいと》」の可能性も考えたい。「灸のように小さな火でも、御用心」という話ではないでしょうか。ただ、連想語の組み合わせ方からすると、「京」に「やいと」が付いているとすれば都合がよいのですが、確証を得られていません。

74 **尾上のかねに添し拍子木**

N：雑のままです。「尾上」により山類体《さんるいたい》の句になります。前句に用いられた「よその夕暮」といえば、藤原定家の「年もへぬ祈る契りははつせ山尾上の鐘のよその夕暮」（『新古今和歌集』十二・恋二）。その歌に拠って「尾上のかね」を付けました。「火事→かね」が付合で（『類船集』）俗の文脈でも「かね」への連想が効いています。さらに、火の用心ということには「拍子木」も付いています。尾上の鐘が鳴る毎に拍子木を打つという句意になり、それは「火は・夕暮御用心」と理屈の上でも対応しています。ただ、10 11と同じ和歌を典拠としているところは、宗因さん、ちょっと芸がないのでは。

S：お気に入りのネタなのでしょうね。同じ本歌を二度使うのは確かに芸がありませんが、言葉はダブっていません。許容してあげましょうぞ。

75　**ね覚からから〱衣《ごろも》しころ打《うち》**

N：おそらくそろそろ月を出したいという目論見があって、擣衣《とうい》の話題で秋にしています。「ね覚」と「衣しころ打」により夜分、「から衣」で衣類の句になっています。ここでは、前句の「尾上のかね」を「高砂の尾上の鐘」に取り成して「ね覚」を付けています。『千載和歌集』六・冬、大江匡房「たかさごのおのへのかねのおとすなり暁かけて霜やおくらん」によって著名な、兵庫県加古川市にある尾上神社の鐘で、境内の松が高砂の松です（本書34頁、19の注を参考にして下さい）。「きく人のね覚の袖は露けくてをのへの鐘に霜やおくらん」（『夫木和歌抄』三十二・「鐘」題、従二位家隆）のように、匡房歌を本歌として「ね覚」を詠み込んだ「尾上の鐘」の歌も多く見られます。また、『随葉集』には「鐘ひゞく→ね覚する」の寄合があります。俗の付け筋は「拍子木」から「打」。『類船集』に「打→拍子木」の付合があります。ただし、秋にする必要から擣衣の話題にすべく、「しころ打」にずらしています。「しころ打」は衣を槌（しころ）で叩いて柔らかくすることを言います。「砧うつ」「衣打つ」なら雅語ですが、「しころ打」なら俳言。そして打つのを唐衣とし、「からから」の擬音表現を重ねています。『犬子《えのこ》集』四に「からぎぬや音もからからしころうち」（作者未詳）という句があり、『山の井』の「擣衣」に「からころとなる唐衣の音をよそへ」とありますから、この句の詠みぶりは当時常套的なものでしょう。宗因の工夫は、掛詞を含む「からからから」の口調にあります。明け方、ね覚てからずっとから衣をからからからからとしころ打っているのです。

S：似たような同音反復での遊び方は、40「年がよるならよる〳〵の雨」で既に見た所です。

76　女の声でわらふ月の夜

N：月の定座《じょうざ》は次の77ですが、ここでは一句引き上げて短句に月を詠みました。月により秋の二句めで、天象で、夜分です。「女」により恋で、人倫の句でもあります。高笑いのことを「からから笑い」と言いますので、「から〳〵」に「わらふ」と付けました。また、『拾花集』に「月→衣うつ」の寄合がありますから、「衣しころ打」に「月の夜」が付いていいます。擣衣は女性の仕事ですから、「女」も付いていると見てよいでしょう。前句と合わせると、月の夜、からからしころ打ちをしながらからから笑う女の声が聞こえる、という場面になります。不気味ですね。「擣衣／衣うつ／砧」は本来戦さに出た夫を待つ妻の思いを詠む詩題で、和歌でもそれは継承されました。一人寂しく寝覚めがちに夫を待つ女の行為を、笑いに転じた大逆転の句です。

S：高笑いして衣を打つ女というのは正統的古典の感覚からは非常識なわけで、その辺の俳諧的で過激な逸脱が、貞門の旧派からは「放埒至極」と非難されるのですね。

77　ばからしき男は露にぬれ心

N：秋はどうしてももう一句続けることになっていまして、「露」で秋にしています。「ぬれ心」で恋、「露」により降物、「男」により人倫の句です。「月」と「露」は非常によく用いられる寄合ですね。百韻で必ず一箇所はあるような気がします。俗の付けはまず「女」に「男」、その上に句意で繋がっています。女が男を振って、笑いものにしているのです。くっだらない、の意味の「ばからしい」が流行するのは黄表紙・洒落本の世界ですから、この当時の「ばからしき男」はまだ、馬鹿みたいな男、愚かな男、でしょう。「ぬれ心」は恋心。単純に「恋」というより、「ぬれ」は「濡事」

などもっと色っぽい肉体的な感じが加わる近世語です。「露にぬれ」と「ぬれ心」が言い掛けられています。振られた男は女の家の中に入れてもらえません。それでもなお愚かにも女との情事を望む心が止まず、露にぬれながら戸外に立ち尽くしている……。馬鹿な男ね。大笑いだわ。

S：『犬子集』五に「色にそむ紅葉や露にぬれ心　一正」の例がありますし、寛文十三年の『信徳十百韻《とっぴゃくいん》』にも「若衆をつれてあそびゆく秋／草履とる袂の露にぬれ心」の例があります。「露にぬれ心」は秋の恋の成語という感じです。「ばからしい」と笑われても止みがたいのがこの道ですな。

78　**ふんどしゆるく時雨ふり行**

N：秋から冬に、「時雨」で季移りしました。降物の句でもあります。「ふんどしゆるく」で恋句と見て良いでしょう。恋はこれで三句の連続です。「時雨→露」が寄合で（『拾花集』など）、雅の付け筋として、前句の「露にぬれ」から「時雨ふり行」を導いています。俗の付け筋は「ぬれ心」に「ふんどしゆるく」でしょうか。恋にはやる男はもうふんどしを緩めて準備しているということですね。句のまとめ方としては時雨の降り方を「ふんどしを緩めていざ……というような、性急な降り方だ」と見ている、比喩の句と言えます。ただし、部分的には「時雨がゆるく降る」という矛盾した表現が出現しているわけで、そこがおかしいのでしょう。

S：ここでもう恋を離れていると見てよいのかもしれません。と言うのは、『天満千句』第一に「以の外《もつてのほか》鬼のふんどしゆるまりて　宗恭／其時あさひな名乗夕露　梅翁（＝宗因）」という用例があります。この例は恋の運びじゃありません。結局この句は「歯止めがきかなくなったみたいに時雨が降ってくる」ということでしょう。また、ふんどしがゆるむことと「露」の連想関係（多分、小便による連想）があるかと思います。

【名残折《なごりのおり》オモテ】

79　**ならのはの名にあふさらし恥さらし**

S：冬を一句で離れて雑にしています。恋もすっかり離れました。「なら」は楢として植物木、奈良として名所です。掛詞ですので両方に取っておきます。『俳大系』は『古今和歌集』十八・雑下、文屋有季《ありすえ》の「神無月時雨ふりおけるならの葉の名におふ宮のふることぞこれ」を指摘し、奈良晒《ざらし》を掛けると注しています。文屋有季の歌を本歌として、『拾花集』に「ならの葉柏↓露時雨」、『竹馬集』に「奈良↓時雨」の寄合があります。ここでは『俳大系』の指摘通り「時雨ふり」から「ならのはの名にあふ」（「あふ」は「おふ」の仮名違いで「負う」意）が雅の付け筋。また、奈良晒は慶長期以来の奈良名産の高級な晒し布で、ここでは前句の「ふんどし」の生地として想起され「ならのはの名にあふさらし」と言い換えられました。また、「ふんどしゆるく」と「恥さらし」は自然な、そして下世話な俗の連想です。句意としては、奈良の名にし負う「奈良晒」を身に付けているのに恥さらしだ、とまとめています。「さらし」を繰り返して洒落にしています。

N：「奈良晒」は『万金産業袋《ばんきんすぎわいぶくろ》』に「麻の最上といふは南都《なら》なり」とあるブランド品で、すでに貞門俳諧の題材にもなっています。意図的と思われる同音の繰り返しはここまでに、18 20 39 40 52 58 59 71 75とありました。そうした口拍子の良さが宗因俳諧の特徴の一つなのですね。

80　**又かまくらにわたされにけり**

S：雑《ぞう》です。「かまくら」で名所《などころ》の句です。これも『俳大系』に本説の指摘があります。謡曲「千手《せんじゅ》」の「定めなきかな神無月、時雨降りおく奈良坂や、衆徒の手に渡りなば、とにもかくにも果てはせで、又鎌倉に渡さるる」。平重衡《しげひら》が生け捕りにされて恥をさらす話ですので、前句の「恥さらし」から重衡の話題を引き出したと言えます。ほぼ謡曲から文句取りしただけの句で、「またしても、鎌倉方に引き渡されてしまった」というだけの、一句立ての弱い句です。

N：「千手」は、内容だけでなく、重衡が「かやうに面をさらす事。前世の報といひながら……なほ恥かしうこそ候」などという文句がありますので、「恥さらし」にふさわしいと言えるでしょう。ただし、「千手」では「又鎌倉に渡さる」の直前に「時雨降りおく」とあるので、78からの三句が「千手」で繋がっているように見え、よろしくありません。

81 **海道の掃除の奉行橋奉行**

S：雑の句です。「海道」は、「街道」に同じ。古典では特に東海道を指す場合が多く、ここもそう取って良さそうです。前句の句意に対応しての「海道」です。なお、『類船集』に「海道→鎌倉」の付合があります。掃除奉行・橋奉行は、ともに江戸時代の武家の職名で、掃除のことを司どる奉行と、橋の普請のことを司どる奉行です。人倫の句ということになります。前句の「わたされにけり」を「（橋を）お渡しになった」と取り成して「橋奉行」を付けた付け筋が中心で、「掃除の奉行」は東海道関係の奉行として語の勢いで加えているものと見えます。一句の意味としては、「東海道沿いの掃除の奉行やら橋奉行やら」。

N：またしても同音反復の仕立て方ですね。打越しにもあるので、ややしつこいかも。同音反復はこのあとも、83 91 95 100と出てきます。百韻も終盤に入り、スピードに乗って詠出するもので多くなっているのでしょう。

82 **旅人も空に拝む君が代**

S：雑です。「旅人」で旅の句に展開しています。人倫の句です。前句の内容を、諸々の奉行が己れの職分を誠実に果たす静謐な泰平の世であるというニュアンスで受け止めて、ありがたい「君が代」を「旅人も空に拝む」としたものです。もちろん、旅人は「海道」や「橋」を通りますからね。ここには「旅の空」という成語が利用されています。この句の「君が代」は、めでたき当代を言う定型句と解すれば良いと思います。

N：「道」は「君が代」と関わりが深い言葉で、「君が代のすぐなる道を現せり」（謡曲「蟻通《ありどおし》」）や「毎日の繁昌此御時、君が代の道広く」（『日本永代蔵』）などの例があります。

83 **さゞれ石の岩枕して日待して**

S：雑のまま、「岩枕」により旅の二句め。この句は三つの連想関係から成立しています。第一に「君が代」から「さゞれ石の岩」、この元は『古今和歌集』七・賀、よみ人しらず「わが君は千世にやちよにさざれいしのいはほとなりて苔のむすまで」ですが、中世歌謡では「君が代は……」の形で流布していました（『隆達《りゅうたつ》小歌集』）。第二に「旅人」から「岩枕」、『竹馬集』の「岩」項に複合語「岩枕」が示されており寄合として「たびねの床」が挙がっています。そして第三に「空に拝む」から「日待」。日待は人々が集まり潔斎し徹夜して、日の出を拝む行事です。この第三の付けが俳諧です。これらの付けを「小さな石を旅の岩枕として、朝日の出を待って拝み」とまとめていますが、旅中に日待ちするのも変ですし、だいたい「さゞれ石の岩枕」は矛盾しています。非道理のおかしみを狙っている表現です。

N：当時の旅は早朝出発が普通ですから、日の出を待つことを行事の「日待」と掛けたのではないでしょうか。『類船集』の「日待」にも、「夜をこめて出る旅路ははかもゆきがたし」という、旅人はなるべく日の出を待ってから出発するのがよいという意味合いの記述が見えます。

84 **たばこのむかと火打付竹《つけだけ》**

S：これも雑の句です。ここでの付けは前句の人物の行動を描いたものと理解できます。「たばこでものむかと言いながら、火打ち石・付け竹をとりだす」場面。ただし、「石」から「火打」、「日待」から「たばこ」を、身近な連想語として織り込んでいます。「付竹」は竹の先端に硫黄などを塗って付け木としたもので、たとえば御伽草子の『あきみち』に「やがて火打袋より、硫黄、つけだけ取り出し、もとの如くに火をとぼし」とあるように、着火の道具の一つとして「火打」に添えられた語でしょう。また、『類船集』には「伽→多波粉《たばこ》・日待」の付合があり、日待ちの「伽」として煙草をのんだことは容易に想像されます。

N：「火打付竹」はリズムの良い言葉で使いやすかったのでしょう。『天満千句』第八にも「燧《ひうち》つけ竹露ぞこぼるゝ」の宗因の句があります。ここは素直な付けです。宗因もここらで煙草を一服でしょうか。

▼前田先生稿は「これは「火打付竹」で一語」と指摘、「をいのなかより、ひうちつけたけとりいだし、ちやう〳〵とうちつけ」（幸若「きよしげ」）など三用例を「証例」として挙げています。

▽『天満千句』第八の例もそうですが、一語同然にセットで用いられていた言い回しという理解でよろしいかと思います。

85　**さびしさは同じ借家の隣殿**

S：ここもまだ雑で、「借家」により居所の体になります。前句の「たばこのむか」を「煙草をのみますか」という誘いかけの言葉と取り成して、「同じ長屋に借家する者どうし、このさびしさも同じだよ、お隣さん」という句意で付けました。自然な展開と言えますが、それでも、『後拾遺和歌集』四・秋上、良暹《りようぜん》法師の「さびしさに宿を立ち出てながむればいづこも同じ秋の夕暮れ」（『百人一首』にも所収）を背景としていると思われます。古歌の情感を近世的な「借家の隣殿」との関係に持ち込んでいるのです。

N：良暹法師の本歌が、次の句の秋を誘い出しています。

86　**肩の上にてひぐらしの鳴**

S：名残折《なごりのおり》オモテの月の定座は91ですが、そろそろ月を引き上げて詠んでしまおうという意図が見えます。「ひぐらし」で秋にしています。動物の虫でもあります。『随葉集』に「蜩鳴→山里さびしき」の寄合が見えまして、ここでは「さびしさ」に「ひぐらしの鳴」を付けています。あの鳴き声をさびしいと感じていたことは、『尤《もつとものそうし》双紙』の「さびしき物の品々」に「日ぐらしのこゑ」とあることによっても確かめられます。そして、多分、「同じ借家の隣殿」から「肩の上にて」が引き出されていると思われますが、それがどういう連想なのか、よく分かりません。一句は「肩の上でヒグラシが鳴いている」という、あまりありそうにない非道理の句になっています。

N：俗の付けが分かりません。謡曲「落葉」に「そことも知らぬ小野の細道。末もつゞかぬ。かたへの野べを。入方に成り行く秋の夕日影〳〵。空の景色も冷じく。日ぐらしの声さへしきる山のべは。をぐらき心地のみ心ぼそき夕かな」とある「かたへ」を読み替えたのでしょうか。あるいは『古今和歌集』の「出でてゆかむ人を止めむよしなきに隣のかたに鼻もひぬかな」（十九・雑体、よみ人しらず、『類船集』「隣」項に引かれる）の読み替えでしょうか。どちらにしてもちょっと苦しい。

▼前田先生稿では「人気の余り無い住居のあたりなので、ひぐらしの鳴き声も住人の近くではっきり聞こえる」という道理の通った句と読んでいます。

▽「肩のあたりで」でなく「肩の上にて」はやはり風変わりな表現で、強いて道理を通さなくてもよいのではないでしょうか。このあたりは宗因俳諧へのアプローチの違いなのでしょうが……。

87 **おさなひを杜《もり》の下道秋も更《ふけ》**

S：秋にすべき所で、「秋も更」と詠んで秋にしています。「おさなひ」は幼少の者の意と考えられますので人倫の句になります。前句の「ひぐらしの鳴」く場所を「杜の下道」、時期を「秋も更」と付けました（雅の付け筋）。『随葉集』に「蜩鳴→杜下」、『拾花集』と『竹馬集』に「蜩→森」の寄合が登録されています。また、「肩の上」に、肩車の連想で「おさなひ」を付けました（俗の付け筋）。『類船集』の「肩」の項には「おさなひ子は肩にのせてありく」という記事があります。そして、雅俗の付け筋を一つにまとめるに当たっては、「杜」を「守《も》り」と掛詞にし、「幼児のお守りをして森かげの道を行くと秋が深まったことを感じる」という破綻のない句意にしています。

N：「杜の下道」の語は、謡曲「野宮《ののみや》」を意識しているのでしょう。「昔にかはらぬ色ぞとは。榊のみこそ常磐の蔭の。

森の下道秋暮れて。紅葉かつ散り。浅茅が原も。うらがれの」とあります。

88　夜宮まいりは月出てこそ

S：ここで定座より三句引き上げて月を詠み、秋にしました。夜分で天象でもあります。「夜宮まいり」によって神祇の句です。なお、夜宮は、本祭りの前日の夜に行われる小祭「よいみや」のことで、現在は夏の季語とされていますが、近世前期には季題にはなっていなかったもののようです。「杜」を宮の杜として、秋の三句めで月を出す都合もあって「夜宮まいり」に話を持って来ました。『類船集』には「森→神社」、「森→月」の付合が挙がっています。幼児を連れて行く夜宮参りならば、せめて月が出て明るい方が良いという理屈で付けています。なお、「こそ」の係り結びの「よけれ」が省略されているものと見ました。

N：前句が謡曲「野宮」を下敷きにしていたこともあって「夜宮」と続けたのではないでしょうか。

89　兼好がこと葉の末はまことにて

S：秋を三句で切り、雑にしています。「兼好」（ケンコー／かねよし、どちらも有り得る）は人名ですから人倫の句になりますが、打越し「おさなひ」を人倫と取るなら差し合いになっています。『俳大系』の注は「万のことは、月見るにこそなぐさむ物なれ」（『徒然草』二十一段）を引いていますが、この材料だけでは「月」と「兼好」の連想に拠ったというだけの、大雑把すぎる付けと言わざるを得ません。これはおそらく『徒然草』が繰り返し月への愛好を語ることと合わせて、百九十二段「神仏にも、人のまうでぬ日、夜、まいりたる、よし」（これで全文）を踏まえているのでしょう。つまり、前句の「夜宮まいり」を夜に宮へ参ることと取り成して、「兼好がこと葉」を付けています。また、一句の仕立てとしては謡曲「鉢木」の詞章「先々今度の勢《せい》づかひ。全く余の儀にあらず。常世が言葉の末。真か偽か知らんためなり」から文句取りしています。「兼好法師が『徒然草』に書き留めた言葉の断片は、真実だよなあ」の意。

N：二十一段からも、「月見るにこそ」の係助詞の言い回しを利用しているのではないでしょうか。『徒然草』は江戸時代大変よく読まれていた古典です。これくらい細かい箇所の利用があってもおかしくないでしょう。

90 頓阿とかやは何とこゝろね

S：雑を続けています。人名「頓阿」により人倫です。頓阿は兼好・浄弁・慶運とともに和歌四天王と称された歌人です。兼好と親交があり、『徒然草』でも八十二段にその名が見えます。両者の名を連続させた付けであり、また、兼好の「こと葉の末はまこと」なのに対して、頓阿はさて「何とこゝろね」と、人格を較べる趣向で付けています。一句として言えば「頓阿という人物は、どのような心根を持っているだろうか」の意。

N：兼好と頓阿は、沓冠《くつかぶり》の歌を詠み交わしたことで有名です。まず兼好が「よも涼しねざめのかりほた枕もま袖も秋にへだてなきかぜ」（○を上から、●を逆からつなぐと、よねたまへ、ぜにもほし）と詠み、頓阿が「よるもうしねたくわがせこはては来ずなほありにだにしばしとひませ」（同様に、よねはなし、ぜにすこし）と返したのですが（『続草庵集』）、兼好の言葉に対し、頓阿はどういうつもりなのか、という句意は、この歌のやりとりを踏まえているように思われます。

91 いつて舟幾度行《いくたびゆく》も留主じゃ〳〵

S：雑で、「いつて舟」により水辺の外の句です。前句の「頓阿」から、その詠「これも新拾遺集えらびはじめられける時、続千載より五たびの集にあひぬる事をおもひて／玉津島入江漕ぎ出づるいつて船いつ度あひぬ神やうくらむ」（『新続古今和歌集』十八・雑中）を思い寄せて、「いつて舟幾度」と付けています。「いつて舟」は本来伊豆の国の舟らしいのですが、「平安時代の例は見いだし難いので、その間に意味は忘れられたらしく、歌学書が輩出するに及んで、『いつてぶね（五手船）』と解して、十挺艪《ろ》の船の意、帆、かじ、錨《いかり》、櫓《ろ》、械《かい》の五つを備えた船の意などさまざまの意味に説かれた。その結果、数はさほど多くはないが歌語として復活し、原義が忘れられたことと歌学書の影響が相俟って、

『出手舟』『五手舟』『伊豆出舟』などとさまざまに表記され、『出づ』とともに詠まれたり、『はやし』や『五』を導く語としても用いられた」と『日本国語大辞典』に説明されています。『類船集』と『初本結』に「玉津嶋→五手《イッテ》船」の付合があることから見て、近世初期俳諧での一般的理解は「五手舟」であったと思われます。また、前句の「何とこ、ろね」に対して、「留主じゃ〳〵」とばかりで会ってくれない人物を連想しています。歌に詠まれた「いつて舟」に乗って幾度行っても門前払い、会ってもらえないというのです。

N：本歌の「いつ度《たび》」が頓阿自身の勅撰集五度入集を言っていたのに対して、宗因は「幾度《いくたび》」に変えてしまいました。それは、この付けでは「五度」である必要がなかったからでしょうが、「いつて舟」の枕詞的機能を損なわせてしまっているのがちょっと残念です。

▼前田先生稿は、明和三年（一七六六）刊の『和漢船用集』を引用して「五手船は十人してこぐ船也。」という理解が「近世の常識であったらしい」と指摘しています。

▽その点は私どもの解釈と矛盾しません。語釈を補っていただき感謝いたします。

92　浜のまさごの意趣や有らん

S：雑で、「浜」により水辺の体です。恨みの意の「意趣」によって恋の句にしています。「浜のまさご」は無数・無限であることの譬え。「数え切れないほどの遺恨があるのだろう」という句意で前句と対応しており、理屈の付けと言えます。数え切れない恨みがあって居留守を使われるという文脈と見ました。なお、「舟」と「浜」には水辺どうしの連想が働いています。

N：会ってくれないので、恨みが生じたとも取れます。でも、「意趣や有らん」という言い方には、前句の人物の冷たい仕打ちに対してその理由を想像している感じがあります。恨みゆえに居留守を使われる、でよさそうです。

【名残折ウラ】

93　**我恋はよみかるたをも打切て**

N：なおも雑の句です。ぜひとも恋にすべき所で、「我恋は」で明白な恋の句にしています。一句は『古今和歌集』仮名序に「たとへ歌」として引かれる「わが恋はよむとも尽きじ有磯海の浜の真砂はよみつくすとも」に拠っています。「よみかるた」はカルタを用いた賭博の一つ。『日本国語大辞典』によれば「天正カルタ四八枚中、イス札（赤絵札）一二枚を除き、残りの三六枚または、これに鬼札一枚を加えた三七枚を用い、四人で親から順に一二三と手札を出し、早く手持の札をなくした者を勝とする」遊びです。「打切」もかるた用語で、切り札を出して他人の札を押さえ取ることを言います。前句の「意趣や有らん」に対して、賭博で切り札を出して相手を負けさせた、の意味が付いています。恋の話題と賭博の話題を「よみ」によって無理に接合した無心所着の句です。

S：「打切て」を一般的な動詞と読み、「わが恋は……打切て」で恋の終わりを決断する意にも解せます。

94　**前の夜たつた一夜ばかりか**

N：季としては雑です。「一夜ばかり」により恋の三句めにしています。「夜・一夜」により夜分の句になります。言葉の上では特に連想語はないのですが、前句を「恋を打ち切る」意味に取って、「ああ、たった一晩だけの契りだった」という嘆きを付けた句意の付けです。「前の夜」と「たつた」は俳言です。一句だけでは何が一夜限りなのかわかりません。一句立てが弱いですね。

S：数えるという意味の「よみ」に対して、「一夜ばかり」と数えてみせた付けとも言えます。

95　**心だて後《のち》いかならん〳〵**

N：雑が続いています。句意により恋の句、四句めです。これも句意付けですが、「前」に「後」という単純な言葉付けを差し挟んでいます。「心だて」は性格や心意気など、心のあり方全般をいう言葉です。ここは、一夜の逢瀬の後、この先相手の気持ちはどうなるだろう、と心配している心情です。「後いかならん」は謡曲「野宮」の「花に馴れ来し野の宮の。〳〵。秋より後は如何ならん」の詞章に拠っています。

S：前句を「一夜限りでもう二度と会ってくれないのでしょうか」という不安な恋の心理と読み替えているわけですね。

96　**まだ少年にかしこ過たり**

N：雑の句です。ここで恋を離れました。句意付けが続きます。前句を、成長したらどんな「心だて」になるだろうと取って、女性から年若の男性に読み替えたとするのが転じとしてはよさそうです。ここでの「心だて」は性格、心根くらいの意味でしょう。「かしこい」にはさまざまな意味がありますが、優れているさまと解しておきます。「かしこ過たり」は批判の意味ではなく、舌を巻いて称賛しているのでしょう。まだ少《わか》い年であるのにたいそう思慮分別があるとほめているのです。この子はこれからどうなるか。早熟な天才が大人になったら凡人、というのはよくあることですけど。

S：「まだ少年にして」の「して」が省略されている句形と見えます。名残折は序破急の急で付け進めるものです。その名残折でも最終盤のここへ来て、句意付けが続くというのは、言葉の付けを工夫して付けるよりもその方が速やかに進むからでしょう。

97　**花をふんでおなじく惜むもめんたび**

N：99に来るべき花の定座を二句引き上げ、ここで花の句にしました。春で、植物の木の句となっています。「もめんたび」により衣類です。付けの典拠は、『俳大系』の指摘通り白楽天の「灯を背けては共に憐れむ深夜の月、花を踏んでは同じく惜しむ少年の春」（『和漢朗詠集』上・春夜、他）で、「少年」に「花をふんでおなじく惜む」を付けています。この漢詩句もとにかく人気素材で、しょっちゅう使われています。俗の付けは、前句の「かしこ過たり」を今度は抜け目がないの意味に取って、「惜むもめんたび」を付けたのでしょう。足袋は古くは鹿革が用いられていましたが、木綿栽培の普及によって、木綿足袋が出回るようになりました。寛永以降安価で提供され「天和の頃より木綿の畦刺《うねざし》の足袋はやる」（『我衣《わがころも》』）とのことです（『国史大辞典』）。また、当時は防寒用で、夏ははだしだったようです。落花を踏んで春を惜しむのと同じように、足袋が汚れるのを惜しむという意味になります。少年の頃からの倹約家、やがては分限者になるのでしょう。西鶴の浮世草子の中に登場しそうです。

S：白楽天の詩句は謡曲でもおなじみです。たとえば謡曲「西行桜」の結びは「花を踏んでは同じく惜む少年の春の夜は明けにけりや。翁さびて跡もなし、翁さびて跡もなし」。これによった宗因の延宝五年（一六七七）の発句「花を踏で跡へんもなし春もなし」（『点滴集』）というのもあります。宗因にとってはどうやら謡曲を通じて身に染みていた本説のようです。

98 草履《ぞうり》取《とり》こいさくらちる雨

N：「さくら」により春の二句めにしています。植物の木も二句連続です。「雨」により降物、「草履取」により人倫の句となっています。「花」に「さくら」、「もめんたび」に「草履」は自然な連想です。前句の落花を雨のせいとしました。「草履取」は主人の草履を預かる下僕です。桜の花を散らす雨が降っている、草履取りよ草履を持ってこい、と主人が呼びかけた体です。桜を惜しんで雨天にもかかわらず花見に出ようというのでしょう。

S：前句で木綿の足袋を惜しんでいるのは、雨によって汚れるのを厭ってのことだった、となります。付けの上では、木綿足袋を脱いで草履を履くという連想が働きます。

99 **丸山の春も暮たりいざもどろ**

N：「春も暮たり」で春の三句めにしています。「丸山」により名所の句。「暮春→花も残ぬ山」が寄合（『拾花集』）で、ここでは「さくらちる」から『春も暮たり』を付けています。また、前句の「草履取こい」を、草履を履いて帰ろうとする場面に読み替えて、「いざもどろ」を付けました。「丸山」は京都東山にあった安養寺の通称です。眺望が良く、近世にはこの辺り一帯が行楽の地として知られていました。「丸山での春の遊びももうおしまい、さあ、帰ろう」という句意です。

S：ただ、当時とくに丸山が桜の名所だったという確証が得られません。むしろ挙句の「鞠」を引き出すための地名だったようです。

100 **とまつたく鞠《まり》は霞に**

N：「霞」により春を四句続けての挙句です。「霞」は聳物《そびきもの》でもあります。『拾花集』に「鞠→夕暮」、「霞→夕の空」とあり、この寄合がほぼそのまま当てはまります。2と3の付けも「くれの春」から「かすみの衣」でしたので、出だしを再現しての終わりということになります。また、『類船集』の「鞠」項に「丸山霊山のかし座敷に鞠場のなきはまれなり」とありますので、「丸山」から「鞠」も連想されたのでしょう。ちなみに、霊山《りようぜん》は丸山と同じ東山の一峰で、そこには正法寺があります。安養寺や正法寺は行楽客に宿坊の座敷を貸しており、西鶴の例では「霊仙丸山の座敷能」（『本朝桜陰比事』五の九）、「丸山の林阿弥へ銭壱貫、九月十三日の座敷賃」（『万の文反古』四の三）など、能や月見といった折々の催しに利用されていました。ここの付けでは丸山の、鞠のコート付きのお部屋が舞台ですね。夕暮れになれば鞠は終了です。「とまったく」は、前句の「いざもどろ」の口語調に応じて帰る客を「泊まっていけ」とひきとめる体として付いていますが、『類船集』には「とむる→鞠」の付合があります。「とまる」は、『鞠指南大成』に「留足」「とまりたる鞠」などの言葉が出てきますので、鞠の用語でしょう。句意としては、鞠が霞の上にとまった、というありえない状況です。

S：すなわち非道理なる句、ですが、美しい空想句と評したくなる作です。これにて百韻の打ち止め、という含みがあります。こうした所が宗因のセンスの良さなんだと思います。さてさてこれにて注釈も、「とまつた〳〵」。

▼母利司朗さんよりご指摘あり。狂言の「いもじ」に、「あの日をごらふぜ、山の端にかかつた、（中略）まりは枝にとまつた、とまつたとまつた、まりは枝にとまつた」とある。

▽なるほどなるほど。すつきりと胸に収まりました。ありがとうございます。

二　宗因独吟「つぶりをも」百韻注釈

＊初出、『近世文学研究』第3号（二〇一一・一〇）。
＊この巻は、『宗因千句』以外に万治三年（一六六〇）五月刊の『懐子《ふところご》』にも掲載されています。つまり『懐子』刊行よりも前の成立で、秋の発句ですから万治二年（一六五九）秋以前の成立です。『懐子』には、八箇所に異文があります。また、覆刻版『宗因千句』にも一箇所（22）だけ異文があります。

【初折《しよおり》オモテ】

大坂《おほざか》にて

1 つぶりをもうつは隣の碪《きぬた》かな　秋（碪）　居所体《きよしよたい》（隣）

2 夜寒の寝覚酔ざめの袖　秋（夜寒）　夜分《やぶん》（夜寒）、衣類（袖）

3 がぶ〳〵と月にうす茶を立呑《たてのみ》て　秋（月）、月の句　夜分（月）、天象（月）

4 風呂あがりには端居《はしゐ》をぞする　雑　居所体（風呂）

5 暮かけて客やゆる〳〵遊ぶらん　雑　時分《じぶん》（暮）、人倫《じんりん》（客）

6 沓《くつ》わたししてしづまりの音　雑

7 飛をりて又飛もどる橋の上　雑

8 によろ〳〵鷺もまじるかさゝぎ　雑　動物鳥《うごきもの》（によろ〳〵鷺・かさゝぎ）

【初折ウラ】

9 ほんのりと明《あく》るや森の陰ならん　雑　時分（明る）、夜分（明る）

10 子をいだきつゝのりものゝうち　雑　人倫（子）

11 度〳〵の娌入《よめいり》するは恥しらず　雑　恋（娌入）

12 年と皃《かほ》とは鏡でも見よ　雑　恋（句意）

13 恋の道ふつつときらん乱髪《みだれがみ》　雑　恋（恋・乱髪）

14 糸ほどかゝるえんのはかなさ　雑　恋（えん）

15 人の代は只あやつりの出来坊主《できぼうず》　雑　述懐《しゆつかい》（句意）、人倫（人）、芸能（あやつり）

16 いまはの言葉のこす一休　雑　述懐（いまはの言葉）、人倫（一休）

17 守るこそたゝきの寺の法度なれ　雑　釈教《しやつきよう》（寺）

18 柴もからせぬ松茸の山　秋（松茸）　植物《うえもの》草（松茸）、山類《さんるい》体（山）

19 月の秋村の検地の沙汰有て　秋（月の秋）、月の句　夜分（月）、天象（月）

20 はし〳〵国の守《かみ》は冷《すさま》じ　秋（冷じ）　人倫（国の守）

21 花やかに立《たて》る社の御託宣　春（花やか）、花の句　神祇《じんぎ》（社）、植物木（花）

22 また〳〵こちゑ（ママ）うつり飛梅　春（梅）　植物木（梅）

【二折《にのおり》オモテ】

23 春の夜の闇はあやなき溝の端《はた》　春（春）　夜分（夜）、水辺《すいへん》体（溝）

24 敷居ごしにもしのびよる袖　雑　恋（しのびよる）、衣類（袖）、居所体（敷居）

25 折々にちよつと手かけの下心　雑　恋（手かけ）

26 苧《を》桶《おけ》のそばに尻もすはらず　雑

27 留主の間を明徳利《あきどくり》にやなしぬらん　雑

28 とぼすあぶらも有あけの影　秋（有あけ）、月の句　夜分（有あけ）、天象（有あけ）

29 伽《とぎ》をする夜もなが〳〵の煩《わづらひ》に　秋（夜もなが〳〵）　夜分（夜）

30 むつかしかりし産後身にしむ　秋（身にしむ）

31 代物《だいもつ》の高き玉をや求むらん　雑

32 おさなひへまづあぐるぶり〳〵　春（ぶり〳〵）　人倫（おさなひ）

33 御出入を申門《まうすかど》こそのどかなれ　春（のどか）　居所体（門）

34 幾はなしけん鳥追の声　春（鳥追）　人倫（鳥追）

35 此中《このぢゆう》の冬の日和にもみほして　冬（冬）

36 せんだくしたるうら衣《ぎぬ》の色　雑　衣類（うら衣）

【二折ウラ】

37 念を入《いれ》見るは質屋のよるの物　雑　時分（よる）、夜分（よる）、衣類（よるの物）

38 かな行灯《あんどう》やふるきそくだい　雑　夜分（かな行灯・そくだい）

39 仏檀（ママ）のことの外にも荒わたり　雑　釈教（仏檀）

40 鼠のかぶる経のはし〳〵　雑　釈教（経）、動物　獣《けだもの》（鼠）

41 死霊《しりやう》をばなだめんための宮立《たて》て　雑　神祇（宮）

42 まなこにあたる矢をも痛《いたま》ず　雑

43 入《いる》〳〵とはやきくやうな湯山《ゆのやま》に　雑　山類体（湯山）

44 鼓《つづみ》が滝の高きなりをと　雑　山類用《ゆう》（滝）、水辺体（滝）、名所《などころ》（鼓が滝）

45 ざゞんざと絶《たえ》ず問《とう》たり松の風　雑　植物木（松）

46 花もちら〳〵みだれ酒盛　春（花）、花の句　植物木（花）

47 折にあふあげ羽の蝶の幕を張《はる》　春（あげ羽の蝶）　動物虫（あげ羽の蝶）

48 櫓数《ろかず》をそろへかすむ関舟　春（かすむ）　聳物《そびきもの》（かすむ）、水辺外《すいへんほか》（舟）

49 西国《さいこく》へくだる月とやいそぐらん　秋（月）、月の句　夜分（月）、天象（月）、旅（西国へくだる）

50 ひよつと飛脚に心ざす秋　秋（秋）　人倫（飛脚）

【三折《さんのおり》オモテ】

51 煩脳（ママ）のまよひの霧をはらひのけ　秋（霧）　釈教（句意）、聳物（霧）

52 君がおもひのやく病の神　雑　恋（君・おもひ）、神祇（やく病の神）、人倫（君）

53 女《め》がたきをうらみ〳〵と斗《ばかり》にて　雑　恋（女がたき）

54 自由にならぬ双六のさい　雑

55 賀茂川の水の出ばなはおびたゝし　雑　水辺体（川）、水辺用（水）、名所（賀茂川）

56 御田《おんだ》植《うゑ》をもさしのぶるころ　夏（御田植）　神祇（御田植）

57 当年は五月二つの廻《めぐ》りあひ　夏（五月）

58 とけいでしるや夜《よ》のながみじか　雑　夜分（夜）

59 鳥がなくしめておよれの今しばし　雑　恋（しめておよれの）、夜分（鳥がなく・およれの）、動物鳥（鳥）

60 是非にをよばぬ死なばもろ共　雑　恋（死なばもろ共）

61 若衆の喧嘩さへずにいられうか　雑　恋（若衆）、人倫（若衆）

62 論は中からたへんさかづき　雑

63 商《あきなひ》のなれば一度に手を打《うち》て　雑

64 唐舟《からふね》あまた月のみなとに　秋（月）、月の句　夜分（月）、天象（月）、水辺外（舟）、水辺体（みなと）

【三折ウラ】

65 霧わたる堺おもての海の上　秋（霧）　水辺体（海）、聳物（霧）、名所（堺）

66 ちくらが沖に秋風ぞふく　秋（秋風）　水辺体（沖）、名所（ちくらが沖）

67 むくりこくり負て軍《いくさ》や引《ひき》ぬらん　雑

68 甲《かぶと》のしころつかまれし人　雑　人倫（人）

69 ばら〳〵と木葉天狗の荒出《あれいで》て　冬（木葉）　植物木（木葉）

70 礫《つぶて》ほどなる雨のふるでら　雑　釈教（ふるでら）、降物《ふりもの》（雨）

71 さはぎ立《たつ》鐘つき堂の夕鴉　雑　釈教（鐘つき堂）、動物鳥（鴉）、時分（夕）

72 諸行無常の野辺の白骨　雑　述懐（諸行無常）

73　紅顔のよそほひもたゞ卒度《そつと》の間　雑　述懐（句意）

74　女をどりはおとこなりけり　秋（をどり）　人倫（女・おとこ）

75　ふるはくの露のふり袖きらめきて　秋（露）　降物（露）、衣類（ふり袖）

76　呉服棚にも月の入《いる》暮　秋（月）、月の句　時分（暮）、夜分（月）、天象（月）、衣類（呉服）

77　花の春いはふ大黒多門《（ママ）》天　春（花）、花の句　神祇（大黒）、釈教（多門天）、植物木（花）

78　あらたまりぬる初子《はつね》初寅《はつとら》　春（句意）

【名残折《なごりのおり》オモテ】

79　夜中過《すぎ》七つ過たる朝がすみ　春（かすみ）　時分（夜中・七つ・朝）、夜分（夜中）、聳物（かすみ）

80　もいの〳〵のわかれきのどく　雑　恋（わかれ）

81　入聟《いりむこ》やとき〴〵腹を立《たて》ぬらん　雑　恋（入聟）、人倫（入聟）

82　灸の針のとよはさうな皃《かほ》　雑

83　常〴〵に食養生《しよくやうじやう》をめされかし　雑

84　わかいこゝろのうせぬ老人　雑　人倫（老人）

85　よろ〳〵と立《たち》て小町が舞の袖　雑　人倫（小町）、衣類（袖）

86　はかまのすそにけつまづきぬる　雑　衣類（はかまのすそ）

87　今まいりいまだしつけぬ礼をして　雑　人倫（今まいり）

88　ひまなくも名をよぶ粟田口　雑　名所（粟田口）

89　道づれはひのおか越の跡にさがり　雑　旅（句意）、名所（ひのおか越）

90　追かけつゝもはやくかへ馬　雑　旅（馬）、動物獣（馬）

91　将棋をもさす月影のさやかにて　秋（月影）、月の句　夜分（月）、天象（月）

92　見る文《ふみ》の理《り》は露もまぎれず　秋（露）　降物（露）

【名残折ウラ】

93　借銭《しやくせん》や盆前に皆払ふらん　秋（盆前）
94　在々所々の世の中はよし　雑　居所体（在々所々）
95　雨《あま》つぎのおもふやうなる年にして　雑　降物（雨つぎ）
96　不慮にさい〳〵きくほと、ぎす　夏（ほと、ぎす）　動物鳥（ほと、ぎす）
97　淀舟に此比《このごろ》下り又のぼり　雑　旅（淀舟）、水辺外（舟）
98　次第こそあれ巡礼の札　雑　旅（巡礼）、釈教（巡礼）、人倫（巡礼）
99　幾人《いくたり》の楽書《らくがき》をする花の寺　春（花）、花の句　釈教（寺）、植物木（花）、人倫（幾人）
100　こしおれうたも春のなぐさみ　春（春）

【初折《しよおり》オモテ】

大坂《おほざか》にて

1　つぶりをもうつは隣の碪《きぬた》かな

N：「碪」で秋の句からスタートです。「隣」が居所《きよしよ》の体《たい》です。さて、昔は布を柔らかくし艶を出すため、木の台に置いて槌で打ちました。この道具を「碪（砧）」といいます。夫の留守を待つ妻が寂しく打つというイメージで漢詩・和歌に詠み継がれ、たとえ恋の気分はなくとも、秋の夜に響く砧の音に物思いを誘われ、眠れないとする歌が数多く詠まれています（本書69頁、「二」の75参照）。この発句では、そうした哀れな話題を現実の感覚で捉え直して、隣の碪に何だか頭までも叩かれているみたいだ、というのです。まさに寝ようとしても眠れないところでしょう。枕元に響く碪がうるさくて迷惑、といった感じです。宗因さんの家は狭かった？

S：この百韻は『懐子《ふところご》』に載るところから、万治二年（一六五九）の秋以前に成立したものとされています。宗因が大坂天満宮連歌所宗匠に就任したのは正保四年（一六四七）でしたので、この百韻の成った時に宗因が大坂在住であった可能性は非常に高いと思われます。だからこそ、わざわざ「大坂にて」という前書が付された意味を考えなくてはなりません。ちなみに、文政六年（一八二三）に谷素外《たにそがい》が刊行した『梅翁発句集』での前書は、「大坂の繁花に」。大坂という町は、豊臣秀吉によって構築され大坂冬の陣・夏の陣の戦乱にあい元和年間から松平忠明によって復興された、宗因の当時ごくごく新興の都市でした。また、町人の居住空間は他の都市よりも狭くて、しかも急速な都市化による人口集中が始まった時期に当たります。つまり、「大坂にて」という前書は、当時の大坂という町の狭苦しさが発句の主題であることを示していると思います。それから、『連珠合璧集《れんじゅがっぺきしゅう》』（国立国会図書館本）に「きぬたトアラバ」という項目があって、連想語として「隣」を挙げています。これは『源氏物語』で光源氏が五条の夕顔の宿に泊まって近隣で打つ砧の音を聴く場面に基づく寄合語です。だから、要するに宗因さんは、自宅ではなくてもっと狭い大坂市中の町屋に泊まった時、壁一枚向こうでゴトゴト打ち鳴らす砧の音を聴かされて、「おつむをぶたれてるようや、こらかなわんわ」とこぼしながらも、「夕顔の宿のようなものかいな」と考えて興に入っているのだと思います。「大坂の繁花に」という異伝を信じれば、そこは道頓堀あたりの盛り場かもしれませんし、それなら脇句へのつながりも素直です。ついでに言えば、のちに芭蕉さんが死ぬ直前に大坂で「秋深き隣は何をする人ぞ」と詠んでいますが、『源氏物語』とこの宗因さんの発句とが意識にあったのではないでしょうか。その話は『芭蕉・蕪村　春夏秋冬を詠む　秋冬編』（三弥井書店、二〇一六）七一頁でも述べました。

▼島津忠夫先生よりお葉書にて、「「大坂住宅の初」（発句帳）など、宗因宅に源氏をとりこんでの句だと思いますが。」とのご指摘を受けました。

▽さっそく『西山宗因全集　第一巻　連歌篇一』で『宗因発句帳』に当たりました。秋の菊の句の並びに「大坂住宅の始天満宮の会に／渕とならんよるべの水や菊の露」という連歌の発句がありました。また、この巻の注釈を公表してから後に出た

『西山宗因全集　第五巻　伝記・研究篇』の「年譜」では、正保四年九月に摂津中島天満宮の連歌所宗匠に就任した際に大坂天満の仮寓に移住して、右の「淵とならん」句を詠んだとされています。私どもの注では「大坂の繁花に」という前書の異伝に引っぱられて道頓堀あたりの盛り場などと想像してみたのですが、天満の宗因宅入居直後と解する方が自然かと思い直しています。後出21 22の句を見るにつけてもその方がよさそうです。それはそれとして、『源氏物語』によるという説にご賛同いただいて、その点は嬉しく思いました。

▼延廣眞治先生からは、「砧は韓国できいておりますが、やかましくておどろきました。」から始まり、韓国では二日酔いの時何を食べるかというようなことを教えていただきました。（面白いお話しですが残念ながらここでは省略）。ありがとうございます。

▼尾崎千佳さんから、「寛文七年夏成宗因独吟「やくわんやも」俳諧百韻前書（『西翁道之記』所収）も、天満のかしがましさを戯画化する点で同想」というご指摘をいただきました。

▽「やくわんやも」百韻も『宗因千句』に入っていますので、いずれ注釈をお目に掛けられると思います。

2　夜寒の寝覚酔ざめの袖

N：「夜寒」で秋の二句め、夜分《やぶん》の句です。「袖」により衣類の句になります。「夜寒」は晩秋のころの夜の寒さをいいます。『百人一首』の参議雅経《まさつね》の歌に「みよしのの山の秋風さよ更けてふるさと寒く衣打つなり」があり、「衣打つ・砧」と「夜寒」は寄合語。また、1でも述べたように、砧の音で寝覚めがちになるという歌のパターンから、「砧」と「寝覚め」も寄合語です。ちなみに、この句の中のはなしですが「夜寒」と「寝覚め」も寄合《よりあい》語で、その名も謡曲「砧」に、このあたりの語句が「唐土に蘇武といひし人。胡国とやらんに捨て置かれしに。古里に留め置きし妻や子。夜寒の寝覚を思ひけり。高楼に登つて砧をうつ。志の末通りけるか。万里の外なる蘇武が旅寝に。古里の砧聞えしとなり」とまとめて出て来ます。さらには、『随葉集』には「衣うつ→ねられぬ」「夜さむ→ねられぬ」という寄合語もあります。ここではそうした優雅な言葉の連想に、「寝覚」と韻を踏んだ「酔ざめ」という俗語を混ぜ込みました。その結果、早口ことばのようなおかしさが生まれています。隣の砧で目を覚ませば、酔いもすっかり醒めてしまっていた、という付けの心も成り立っています。肌寒い秋の夜、ちょっと服を引っかけてうたたねしていたのに、おどろかされて酔いも醒め。宿酔ならきっと頭もずきんずきんと……。

S：後悔先に立たずとは宿酔、我々日頃実感する話ですな。この句は手堅い言葉付けによる脇なのですが、両句合わせると礁の槌で叩かれているような「酔ざめ」の頭痛の感覚が読み取れるようになっている。そこは意図された滑稽でしょう。

3　がぶ〲と月にうす茶を立呑《たてのみ》て

N：月の句で、秋三句め、夜分で天象です。発句が秋なので本来七句めの月の定座をここに引き上げています。和歌において「寝覚」は、寝覚めて鳥の声や嵐の音をきいたり、月をながめたりすると詠まれることが多く、そこで前句の「寝覚」に「月」を付けています。また、『竹馬集』他に「夜寒→月の下風」の寄合語もあります。俗の付けとしては、『類船集』に「茶→目さむる・酔さむる」、「寝起→茶」の付合語があります。前句《まえく》の人物が夜中に酔い覚ましのために薄茶を点ててがぶ飲みする、という場面でしょう。「うす茶」は「濃茶《こいちゃ》」に対する言葉で、濃茶より抹茶の分量を少なくして点てたお茶をいいます。粗茶の意味で使われるのはもう少し時代が後のようです。ここではお茶を点てる、の意味で「たちのみ」ではなく「たてのみ」と読んでおきます。お酒を飲みすぎると喉が渇くものですよね。『枕草子』の二十八段に「心ゆく物……よる寝おきてのむ水」とあって、清少納言は酒飲みだったと言われているとか。

S：とにかく月を詠み込むということが条件でしたので、前句への言葉の付けから「がぶ〲とうす茶を立呑て」という文脈を発想して、そこに「月に」を投げ込んでできた句だと思います。「に」にしたのは「月に薄雲」のような定型的表現をかすめる意識があったからかもしれません。なお、言うまでもありませんが、「て」留めにしているのは第三の常套です。

▽たまたま『近世文芸』九十七号（二〇一三・一）の南陽子氏「『万の文反古』巻一の四における書簡と話《ハナシ》」を読んでいましたら、

抹茶の点て方には大別して、一つの碗に抹茶を濃く練り、それを座中で回し飲みにする「濃茶」の作法と、一碗に一服を点てる「薄茶」の二種類がある。

という記述がありました。この宗因の句の「うす茶」は会席の茶を読んでいるわけではありませんが、茶の作法に関わる言い方であることには注意が必要で、前句と合わせると上流町人の人物像が浮かんでくるようです。

4　**風呂あがりには端居《はしゐ》をぞする**

N：秋は三句続けばよいのでもうここでは切って、雑《ぞう》の句、「風呂」が居所の体です。薄茶を飲む理由を、宿酔で寝覚めしたということから、風呂あがりで喉が渇いたから、というふうに転じたのです。また、『拾花集』『竹馬集』に「夏月→端ゐにならす扇」の寄合語があります。ここも前句の「月」との縁で、「端居」して月見をしている場面にしています。風呂あがりに縁先など家の端近くに座り、風にあたって涼んでいるのです。「端居」は現代俳句では夏の季語ですが、当時は雑扱いでした。

S：茶の湯の話題の前句だったので、「風呂」という語をすべりこませていると思います。『類船集』に「茶の湯→風呂」があります。これはもちろん茶道具の風炉についての付合語ですが、わざと入浴するほうの「風呂」に読み替えて句を付けるのは、当時の俳諧では普通のことだったと言えます。

5　**暮かけて客やゆる〳〵遊ぶらん**

N：雑。「暮」が時分で、「客」が人倫です。「端居」は季を持ちませんが、「端居→納涼」や「暑き→端居する暮」の寄合語があり、夕涼みの連想から「暮」の時間帯を導き出してきたのでしょう。なお、『懐子』では「暮ふかく」となっていますが、夕涼みの状況に合う点から「暮かけて」の方を採ります。暮れ時分に、客がゆるゆるとくつろいで遊んでいるようです、ということ。さて、そのように遊ぶのは何の客でしょう?『類船集』には「端居→傾城《けいせい》」や「風呂→傾城」の付合語があって、「客」が「遊ぶ」というとどうしても色遊びが連想されてしまうのですが、ここはまだ表八句の内なので、恋は避けて考えておくべきでしょうね。

S：前句との付けの上では遊郭の遊びを匂わせていると思われますが、一句一句に恋の句意が成り立っていないので、許容範囲なのだと思います。念のために言えば、「暮かけて」は「暮れの時間帯にかけて」であって、「暮れになりかかって」の意ではありません。

6 沓《くつ》わたししてしづまりの音

N：雑の句です。「沓わたし」は『類船集』の「渡」項に「鞠に沓わたし有」とあり、また、「落所定めぬ鞠の沓わたし 益友《えきゆう》／遊行の柳いまあそび寺 益翁《えきおう》」（『大坂檀林桜千句』第三）の用例もあって、鞠の用語であることは確かです。「あつまりの友は数々沓わたし／客の出入玄関の前」（『時勢粧《いまようすがた》』第四下、塵言独吟百韻）という貞門俳諧の例もあり、参考になります。塵言の句は「あつまり」に「鞠」を言い掛けているのですが、この句も「しづまり」に「鞠」を言い掛けています。また、「鞠→夕暮」が寄合語で（『拾花集』『竹馬集』）、前句の「暮かけて」の遊びを「鞠」と定めた展開です。暮れるまでゆるゆると鞠を楽しみましたが、沓わたしをしたところでお開きです。

S：「沓わたし」ってどんな技でしょうね。「落所定めぬ鞠の沓わたし」から想像するに、高度なパス・ワーク？一連の鞠の動きの最後にきめる技と理解してよいなら、句意にとって好都合ですが。

N：ところが、実はこれがわからない……。『鞠指南大成』を始め、鞠の本を見てみたのですが技にも作法にも「沓わたし」なる語は見出せませんでした。なお継続調査します。

7　飛をりて又飛もどる橋の上

N：雑の句です。『懐子』には中七が「又飛あがる」となっています。句意としてはどちらも有り得ます。『俳大系』の注に、謡曲の「張良《ちようりよう》」を典拠としています。前句を、黄石公が川に落とした沓を拾って人柄を認められ、兵法の奥義を授かった張良の故事に取りなしたのです。「張良」には、「その時張良立ちあがり。衣冠正しく引きつくろひ。土橋《つちはし》を遥に上りゆけば。天晴《あつぱれ》器量の人体かなと。思ひながらも今一度。心を見んと石公は。はいたる沓を馬上より。〳〵。遥の川に落し給へば。張良つゞいて飛んで下り。流るゝ沓を。取らんとすれども所は下邳《かひ》の。巌石《がんせき》いはほに。足もたまらず早き瀬の。……沓をおつ取り剣を納め。又川岸に。えいやと上り。さて彼の沓を取り出し。石公に履かせ奉れば」とあります。この謡曲の詞章からすると、中七は「飛あがる」のほうが良いかもしれません。鞠の用語の「沓わたし」を文字通り「沓を渡す」と読み替えました。「沓→張良」は『類船集』登録の付合語です。橋の上から飛び下りて、また飛んで戻る（あるいは、飛び上がる）という句意で、謡曲に出る張良の俤です。

S：第一印象では謡曲「橋弁慶」などによる、牛若丸と弁慶の五条橋でのたたかいの話題かと思いました。でも、「沓わたし」に付けていますので、やはり「張良」でしょう。

8　によろ〳〵鷺もまじるかさゝぎ

N：雑の句が続きます。「によろ〳〵鷺」と「かさゝぎ」によって動物《うごきもの》鳥の句です。「によろ〳〵鷺」はおかしな言葉ですが、ひょろ長い鷺のことを「にょろ鷺」と言います。首の長い鷺のことを言い得て妙です。『鷹筑波集』五に「せ高きはによろさぎ長のすがた哉　定主」、『桑折宗臣《こおりむねおみ》等　郭公《はととぎす》千句』一に「によろ鷺は求食《あさる》沼辺を飛去て」の用例もあり、宗因は「によろ鷺」をさらに強めて「によろによろ鷺」といったのでしょう。一方、名前にサギと付いても鵲《かささぎ》はカラスの仲間。体は黒く、肩羽とお腹が白いのが特徴です。七夕の夜、織姫と彦星のために天の河に翼を並べるといわれ、それを「鵲の橋」といいます。「橋→かさゝぎ」は寄合語です。『類船集』には「鷺→橋のほとり」の付合語もあるので、「橋」

から二種類のサギが導き出されたのでしょう。なお、謡曲「松山鏡」の「いづくよりとも知らざりし。鵲一つ飛び来り。陳氏が眉に羽を休め。飛びめぐり飛びさがり。舞ふよと見しが不思議やな」にも拠っているらしく、前句の言い回しに「張良」とはまた別の謡曲を見出して「かさゝぎ」を連想したとも見られます。一句としては、鵲の群れに首の長い鷺が「によろ〳〵」混じっているのです。

S：「によろ〳〵」は当時、深い考えを持たずにふらふら動き回る様子を表したようです。現代語の「のこのこ」に近いでしょうか。『好色一代女』三の二に「是を悋気《りんき》の初めとして、我を忘れて如鷺如鷺と進みて」という用例があります。これは宛て字ながらやっぱり「鷺」がらみですね。発想としては「如鷺如鷺」プラス「によろ鷺」で「によろ〳〵鷺」をこしらえたのかもしれません。何にせよここは前句の動作を「によろ〳〵」でうまく受けていると言えます。それから、「橋→かさゝぎ」の典拠は、『百人一首』に採られて有名な家持の歌「かさゝぎのわたせる橋に置く霜の白きを見れば夜ぞ更けにける」ですが、国文学研究資料館所蔵の絵巻『扇の草紙』にこの歌を記して、橋の上に立つ白鷺を描き、傍らに開いた唐傘を添えている図があるのを思い出しました。ここの付けと通ずる滑稽味が感じられます。

扇の草子（『あふぎの草紙』国文学研究資料館所蔵、同館蔵和古書目録データベースより）

▼島津忠夫先生のご意見は、「謡曲はごくふつうに謡っていた句が自然に口について出てくるので、「松山鏡」は無理」とのことでした。68「景清」のような典型的な謡曲取り、とも。

▽謡曲になじんでいない私ども夫婦のかなしさ、曲の人気度がわからず、索引で都合のよい詞章に出会うとつい飛び付いてしまいます。ここは「松山鏡」までは不要、「橋→かさゝぎ」の言葉の付けで充分、と訂正します。

【初折ウラ】

9　**ほんのりと明《あく》るや森の陰ならん**

S：雑です。「明る」は、連歌式目書『産衣《うぶぎぬ》』によれば、夜分であり時分であるとされています。『拾花集』『竹馬集』に「鷺→森」があり、連歌寄合語の意識で前句の「鷺」に「森」を付けています。実際、鷺は森に棲むもので、夜が明ければ餌を探しに飛んで行くはずなのに、森陰は明け具合が「ほんのり」だからか、「によろ〳〵鷺もまじる」ぞと言い立てた理屈の付けです。前句の原因を推測しているわけです。句意をまとめれば、「森の陰だからであろう、夜がほんのりと薄暗く明けるのは」ということでしょう。つまり、森の外はもうとっくに明るくなっているのに、森陰では遅れて「ほんのり」明けるという時間差を詠んだものと考えます。「ほんのりと」は近世俳諧の用例を見ますと夜の明けるさまに多く使われています。『炭俵』の俳諧の例で「どんどと水の落る秋風　野坡《やば》／入月に夜はほんのりと打明て　利牛《りぎゆう》」というように。

N：「ほんのりと明る」は和歌には見えず、俳諧で好まれた言葉のようですね。前句の「によろ〳〵鷺」を、夜が明けてそろそろ餌を漁りに行く時間だなあ、と文字通り首を長く伸ばしているさまと見ているのでしょう。前句の原因とまでとらなくても良いのでは。

S：そう取るとあっさりした景気の付けということになります。連歌風とも言えます。当時の宗因の作風次第でしょうが、微妙なところですね。

10　**子をいだきつゝのりものゝうち**

S：雑で、「子」により人倫になります。江戸初期に「のりもの」と言えば、貴人のほかには医者と僧侶と女性が乗る、引き戸のついた駕籠を指します。前句との関わりの上では、この句は富裕な家の子守奉公の女のさま。「森の陰」を「守りの影」に取り成し、駕籠の引き戸には明り採りの障子窓がありますから、そこに「ほんのりと」子守女が「子をいだ」く姿が窺われるという発想の付けです。一句は「子供を抱きながら、女用の乗り物駕籠の中に居る」という意です。

N：「森」を「守」に取り成したり、言い掛けたりするのは、「一」の「世の中の」百韻にも見られました。本書76頁、87「おさなひを杜《もり》の下道秋も更」で、掛詞として使われています。『類船集』の付合語にも「森→乳母」がありますから、よく使われたテクニックなのでしょう。句意ですが、外から見た視線ではなく、乗物の中にいる乳母が、ほんのりと明るくなってきた、と感じているとは取れませんか。

S：「明るや」にこだわるとそうなるかもしれませんが、「もりのかげ」は外からの視線としか取りようがないと思います。言葉の取り成しがここの付けのかんどころであって、「明るや」まで理を詰めていないと考えたいのですが。

11　度〳〵の娌入《よめいり》するは恥しらず

S：雑で、「娌入」が恋です。『はなひ草』『世話焼草』に「嫁」を恋の詞としてますし、『番匠童《ばんじょうわらわ》』には「嫁入」を恋の詞に登録しています。前句の、子を抱いて駕籠に乗る女性を、何度めかの嫁入りに子連れで駕籠に乗ると見て付けたわけです。『類船集』に「乗物→娌《ヨメ》入」があります。そう立派でない家の女性は、嫁入りの披露の時にだけ駕籠に乗るものなのでしょうね。この付けは、「度〳〵の娌入」なら駕籠に乗らなくても良さそうなものを、わざわざ人目につくように乗ってくるのは恥知らずだ、という発想です。一句では「何度も何度も嫁入りをするのは、恥知らずだ」となります。ご感想は？

N：「私は一度でじゅうぶん」とは言いません。ここの付けに、目立った披露をすることへの批判があるとまで言えるかどうか。「度〳〵の娌入」がもっぱら批判の中心でしょう。武士や町人と農民では違いがありますが、『毛吹草《けふきぐさ》』の「世話」（諺のこと）にも「ていぢよ（貞女）両夫にまみえず」とあり、女性の再婚に対して厳しい視線があったのは確かです。

S：一句としてはその女訓的ニュアンスでよいのです。前句とつなぐ時、「のりもの」にも批判的なまなざしが感じられはしないか、と提案したいのです。

12　年と皃《かほ》とは鏡でも見よ

S：雑です。前後が恋の句ですから、恋と取らなくてはなりません。ここは句意によって恋にしていると見られます。前句の「娌」を、年増で不細工な女として、非難ないしは揶揄しています。「自分の年齢と、自分の顔とを、鏡ででも見るがよい」。いやあ、ストレートな句ですね。ただし、「年（を）鏡でも見よ」、鏡を見て老いを自覚するというのは和歌的発想です。たとえば、『古今和歌集』十・物名の貫之の歌「うばたまのわが黒髪やかはるらん鏡の影に降れるしらゆき」は有名です。顔のまずさも見ろ、とした点が俳諧的なのです。ちなみに、『世話焼草』に恋の言葉として「鏡《かがみ》投《なげ》」がありますが、己れの容貌に失望して鏡を放り投げるという発想が、俳諧の恋の範囲にあったもののようです。

N：そんなヨメ、もらう方ももらう方かと。女がお金持ちだったのですね、きっと。

13　恋の道ふつつときらん乱髪《みだれがみ》

S：ここもまた雑で恋です。「恋」の語のみならず、「乱髪」も恋の詞（『毛吹草』）です。『随葉集』に「乱髪→物おもふ身」があるように、恋に関わっての「乱髪」は、恋のために女心が乱れ、髪までも乱れることを言います。また、髪を切るとはふつう、尼になることを意味する、女性が亡夫に貞節を誓うためにする行為です。それから、『拾花集』『竹馬集』には「鏡→物思ひ」の寄合語があります。つまりここは、前句の「鏡」に対して、恋に悩む後家の心理を付けていると思われます。それも「この年と顔じゃあしかたないわね」という苦みを含んだ俳諧的な恋の付けです。前句の「鏡」は髪を切るにも必要でしょう。一句の仕立ては、「恋の道ふつつときらん髪」つまり「すっぱり髪を切って、同時に恋の道をすっぱりあきらめよう」（「ふつつときらん」が上下に働いている）という文脈に、その髪は「乱髪」だと、「乱」の字を嵌め込んだものです。彼女は後家でありながらいま現在の恋のために身も心も乱れていて、それを断ち切ろうとしているのです。

N：「乱髪」のことを「よさのる」（与謝野晶子『みだれ髪』による）という現代語もありますが、恋の思いではなくって寝癖のひどい髪をいうとやら。ところで、この句を後家と読んでしまうと、観音開きになりませんか。むしろ未婚女性と見たいのですが。オールド・ミスの付けです。「ふつつと」がよく効いていて、思いの強さが出ています。

S：未婚女性が髪を切るというのはそう一般的ではないような気がしますし、「年」のいった女ですから、どうかなあ。でも、そう読んでよければ確かに観音開きの弊は少し避けられます。

14 糸ほどかゝるえんのはかなさ

S：雑で恋、これで恋が四句続きました。『世話焼草』に「えん」が恋の詞として登録されています。ちなみに、「えにし」だと連歌の恋の詞になります（『毛吹草』）。前句を思いの遂げられない恋の話として、それははかない縁だから、という心で付けています。「乱」「髪」と「糸」は自然な縁語ですし、「切る」と「えん」も付合語です。「恋の道ふつつと切らん」に対して「糸ほどかゝるえん」と応じた、切ないような恋の付け。「かゝる」が上下に掛かると見まして、「細い糸でつながっているとも言うべき、恋の縁のこのようなはかなさ」と解します。なかなか美しい。いいなあ。

N：「糸による恋」という成語もあります。「糸による物ならなくにわかれ路《ぢ》の心ぼそくも思ほゆる哉」（『古今和歌集』九・羇旅、紀貫之）により、心細い恋をいいます。糸ほどのものしかかからない、もとよりはかない恋だったのです。

S：その糸は赤くなかったわけですね。

15 人の代は只あやつりの出来坊主《できぼうず》

S：下五、底本の「出来坊主」（にわかに坊主になった者）では意味が通じないのではないでしょうか。『懐子』の「出来《でくる》坊《ぼう》」を採ります。「でくのぼう」と同じで、浄瑠璃の操り人形を意味します。雑で、内容から述懐の句と見ます。「人」

で人倫、「あやつり」で芸能の句です。付けとしては、まず「糸」から「あやつりの出来坊」が言葉の付け。『類船集』に「糸→操《アヤツリ》」があるように、これは一般的な連想でしょう。その上、前句は結局実らなかった恋の話ですから、その嘆きの心を諺ふうの表現にして付けています。「人の代《よ》」はつまり人の一生、人生です。要するに「人生は、まさに操り人形と同じだ」ということです。映画ゴッド・ファーザーを思い出します。恋離れとしても鮮やかだし、これも好句ですね。

N：「坊主」という本文は、打越《うちこ》しの尼のイメージからもよくありません。

16　いまはの言葉のこす一休

S：なお雑が続きます。「いまはの言葉」により、述懐を二句続けました。「一休」は人名ですから人倫の句です。一休は応永元年～文明十三年（一三九四～一四八一）の禅僧で、法名は宗純、別号、狂雲子《きょううんし》。大徳寺の住職もつとめました。後小松天皇の落胤とも言われます。奇行や頓知の伝説でも知られ、江戸期の文芸世界において、そして現代でも人気のキャラクターです。ここは、前句《まえく》全体を一休の辞世の言としている付けです。「人の代は」云々という達観ぶりを、それは「いまはの言葉」だったのだ、と捉え直したわけです。句としては「辞世の言葉を残した、一休さん」という意味になります。

N：『類船集』に「臨終→名僧」とあります。その発想で「いまはの言葉」を名僧一休のものと仕立てたのでしょう。一休の末期の句、遺言など調べてみたのですが、ぴったりくるものがみつかりません。ただ、『後撰夷曲集《ごせんいきょく》』（寛文十二年〈一六七二〉）に、一休の作として「無常／いつの日のいつの時にか出来る坊めぐり〳〵てあとはかつたり」の狂歌が載っています。宗因はこれに拠ったのではないでしょうか。同じ狂歌は多少言葉を変えて貞門周辺の本にも見られます。また、『銀葉夷歌集《ぎんよういか》』（延宝七年〈一六七九〉）にも、同じ「無常」の題で一休の「敷島にあそぶ手すさの糸きれてころぶ姿は本の木のきれ」と操り人形を読んだ狂歌が載っています。『後撰夷曲集』『銀葉夷歌集』はともに大坂の町人・

生白堂行風《せいはくどうこうふう》による編で、彼は重頼ら貞門俳人と親交がありました。ちなみに、『後撰夷曲集』には宗因の狂歌も二首入集しています。

▼延廣眞治先生から、狂歌集の年だけ書いてあるが、刊年か、成立か、はっきりしなさいとお叱りを受けました。

▽不注意でした。『後撰夷曲集』寛文十二年刊、『銀葉夷歌集』延宝七年刊、です。

17 **守るこそたゝきの寺の法度なれ**

S：まだ雑を続けまして、「寺」により釈教《しやっきょう》にしています。底本の『宗因千句』では「たゝきの寺」となっていますが、前句「一休」からのつながりと、次句の「柴」へのつながりからみて、「たきゝの寺（たきゞの寺）」の単純な書き誤りと判断します。「たきゞの寺」とは、京都府京田辺市に今も存する臨済宗大徳寺派の寺、酬恩庵のこと。康正二年（一四五六）に一休が再興して住みました。ここはもちろん、「一休」の寺として有名な「たきゞの寺」を持ち出した付けです。『類船集』にも「薪→一休和尚」と出てきます。前句の「いまはの言葉」が、「寺の法度」となっていると考えても良いでしょう。句意をまとめれば、「しっかりと守らなくてはならないのは薪の寺の掟だ」となりましょうか。

N：寺の名であることを離れても、「薪」と「法」は仏道修行を介しての縁語です。『随葉集』に「薪をとる→法に入」の寄合語があり、「法に入人、薪をとり水を汲也」と解説されています。一句としては、法に縁のある「薪」の寺だからこそ、しっかりと教えを守るのだ、という意味合いがあるでしょう。

18 **柴もからせぬ松茸の山**

S：「松茸」によって、ここで秋にしました。これはそろそろ月を出す必要があるからです。「山」は山類体《さんるいたい》です。「松茸」は『はなひ草』に植物《うえもの》としており、植物草と推測しておきます。また、『産衣』によれば「柴採《シバトル》　同苅《カル》など植物に非ず。薪《タキギ》、爪木の類面也。柴垣などにハ、薪、爪木付ても苦しからず」とのことで、この句の「柴もからせぬ」も植物に扱わなくてよさそうです。『類船集』に「法度→松茸山」がありまして、昔も松茸の採れる山には立ち入り禁止の「法度」があったものと思われます。ここの付けは、大筋としては前句の「法度」をそのような制限の話題にしぼって展開させたもの。さらに言葉の上で「たきゞ」に「柴」が付き、「寺」に「山」と「松」も付いています。ただし、右に引いた『産衣』が、「柴垣」には「薪」を付けてもよろしいなどと言っていることからすれば、「たきゞ」に垣ではないただの「柴」はやはり実質が近すぎて、付けとして好ましくないのではないでしょうか。「柴」とは燃料や居所の素材にする木の枝です。句意は「松茸を採る山では、人が入らないようにしていて、柴も刈らせない」。

N：前句の「法度」はここでは掟というより禁令の意味になっています。領主によって樹木の伐採が禁じられた山を「留山《とめやま》」といいました。『類船集』「とむる」項にも「とめ山と云事は柴薪をとらせぬぞかし」とあります。ここの付けとしては寺領のゆえの留山なのです。薪の寺なのに柴を刈らせない、というユーモアもあるのではないでしょうか。なお、「柴かる」は山賤《やまがつ》の業として詠まれる和歌の題材ですから、この句の場合「松茸」が俳言です。

19　**月の秋村の検地の沙汰有て**

S：秋の二句め、「月の秋」の成語によって初折のウラの月の句にしました。天象で夜分になります。「月の秋」は「月の美しい秋の好季節」というような意で、和歌にも、たとえば、寂蓮法師「花の春月の秋だに人とはぬしばの庵の五月雨の空」（『玄玉和歌集』ほか）のように詠まれてきました。「検地」は、土地の面積を測定して農産物の収穫量などを調査することですが、秀吉が全国的に実施し徳川幕府がそれを継承しました。付けの中心は「松茸の山」にも「検地の沙汰」が及ぶという発想と見られます。「柴」に「村」、「松」と「山」に「月」といった語と語の細かいつながりはありますが、「月」を詠む必要が優先された、大まかな付け味の句ではないでしょうか。「沙汰」はこの句の場合なら「命令」とか「指図」の意がふさわしく、句は「月のきれいな秋の頃、村の検地を行うという指図があって」というところです。

N：特に稲の作柄をみる検地を「毛見」といい、秋の季語になっています。普通には検地は米の検地ですが、前句と合わせれば松茸の出来を調べるのでしょうか？　月の美しい秋なのに、農民にとって緊張する検地の知らせが来ました。前句の「柴もからせぬ」の厳しさに雰囲気の上で応じてもいます。

20　はしぐ〳〵国の守《かみ》は冷《すさま》じ

S：「冷じ」によって秋の三句めにしています。「国の守」で人倫です。なお、三句前の17に「守る」があって同字の差し合いです。「すさまじ」とは冷えて行く感覚を表現する形容詞で、「ぞっとするよう」と言い替えるのがわかりやすいのではないでしょうか。秋の三句めにするために取り合わせたという意図が濃厚でしょう。前句の「検地の沙汰」から、大名による支配を想起している付けです。「はしぐ〳〵」は端々で、国のすみずみまでということを「まで」を略して言っているものと見ます。「検地」に「はしぐ〳〵」がつながっています。一句は「国のすみずみまで、国主（大名）は、ぞっとするような厳しい取り締まりをしている」ということでしょう。

N：「村→国」の連想もあるでしょう。また、謡曲「水無瀬」に「匂を留めて吹く風の。洩る月影も冷まじや」ほか、月影をすさまじと詠む和歌もあり、「月」に「冷じ」が付いています。一句の仕立ては、『古今和歌集』の仮名序を踏まえるのではないでしょうか。「葛城王《かづらきのおほきみ》を陸奥《みちのおく》へ遣はしたりけるに、国司《くにのつかさ》、事疎《をろそか》なりとて、設けなどしたりけれど、凄じかりければ」とあり、『類船集』の「冷《スサマジ》」の項にも仮名序のこの部分を引用しています。序はこのあと采女が歌と酒で王の機嫌を直したと続きますが、宗因は「二」の「世の中の」百韻でもこの逸話を利用していました（本書54頁「二」の52参照）。頭の中に染みついていた題材だったと思います。なお、国のはしばしまで乱れる、というような言い回しも一般的でした。「ありきもなれぬ俄乞食／冷じく代ははしぐ〳〵も乱れ来て」（『誹諧独吟集』定清）など。「はしぐ〳〵」はマイナスイメージを持つ語なのかも。なお、この付けでは「検地」は素直に米の検地です。

21　**花やかに立《たて》る社の御詫宣**

S：花の定座です。直前まで秋でしたので、春へ急な季移りをして、「花やか」と強引に花を詠み込んでいます。実質のある花ではないのですが、春で植物木の句になります。また、「社」によって神祇の句です。「御詫宣」は「御託宣」と書くのが正確ですが、神様が意志を人間に知らせること、神のお告げです。「国主が苛酷だ」という前句の内容を、そのまま神様のお告げとして付けたのでしょう。「はなやかに建てられている神社の、神のお告げ」という、体言を投げ出している句です。

N：国主が過酷なので、御託宣が下ったとも読めませんか。その中身は言われていませんが、「滅ぶぞよ」とまでは行かなくても、「隠居せよ」とかなんとか。とにかく神様も怒ったぞ、という発想の付けです。それから、「国つ社」という言葉もあります。「国」「守」から「社」が付いています。

S：うーん。そこなんですよね。前句を何者かの言葉そのままと取って付ける手は、15と16で使われたばかりですし、次の句への展開も似てるんですよね。ここはその手じゃなくて、苛政ゆえに「御詫宣」が下った、あるいは、苛政への「御詫宣」を人々が求めたとしたほうが良いかもしれません。

22　**また〳〵こちゑ《(ママ)》うつり飛梅**

S：「梅」で春で、植物木の句です。「こちゑ」、『懐子』では「こちへ」、覆刻版『宗因千句』では「こいゑ」となっています。『懐子』の「こちへ」が良いでしょう。「こちゑ」は単に仮名の誤りと見られます。「こいゑ」では意味が通じません。「飛梅」とは、菅原道真が大宰府に左遷された時、都の梅の木に「東風《こち》吹かば匂ひおこせよ梅の花主なしとて春を忘るな」と歌を詠んだところ、のちにその梅の木が大宰府まで飛んで来たという伝説です。俳諧史上では『守武千句』の第一発句が「飛梅やかろ〴〵しくも神の春」と「飛梅」を詠んでいて有名です。ここの付けとしては基本的に「花」に「梅」です。そして、前句の「社」のことを「こち」と呼び、「大宰府からまたまたこっちへ飛梅が飛んで来ますぞ」という託宣が下されたと、伝説をこしらえたのです。「飛」が上下に掛かっていまして、「またまたこっちに移ろうと飛んでくるよ、飛び梅が」という句意になります。もちろん、「こち」に「東風」を引っ掛けているでしょう。宗因は大坂天満宮の連歌宗匠ですから、「こち」とは大坂天満宮を指していると読者に理解されるよう、意図している句だと思います。冗談めかして「こんどは大坂にきまっせ」って。ほならそこは梅田やないかな。

N：またまた注から飛びすぎでっせ……。飛梅伝説に取材した謡曲に「老松《おいまつ》」があります。天神の霊夢を受けた梅津の某が、道真の菩提寺安楽寺（太宰府天満宮）に参詣し、木守の老人と花守の男から飛梅伝説を聞きます。某が松陰で神のお告げを待つと、老松の神霊が現れて舞を舞う、というもので、飛梅ゆかりの「紅梅殿」を「花やかなる」と表現しますし、「神の告」や「神託」という言葉も出て来ます。この謡曲を意識しているのかもしれません。でも、大坂天満宮への目配せを入れたりして、宗因さん、遊んでいますねえ。

▼尾崎千佳さんは「大坂天満宮を持ち出すのはいささか行き過ぎではないか」とのご意見で、「摂津国中島天満宮（大坂天満宮）の由緒は松の奇瑞であって飛梅伝説とは特に関係がないし、少なくとも句の表には大坂天満宮は出てこない。」とご指摘をいただきました。

▽微妙なところでしょう。「飛梅」を出したことが、今宗因が百韻を詠んでいる天満宮という場所への目配せだというところまでは言えるのではないでしょうか。ただ、一句を宗因の大坂天満宮の連歌宗匠就任にまで結びつけて句を解するのは、深読みと言われても仕方ないところです。それでもそこにこだわりたいのですが……。

【二折《にのおり》オモテ】

23 **春の夜の闇はあやなき溝の端《はた》**

N：春の三句め、夜分、また「溝」で水辺体の句です。前句の「梅」から『古今和歌集』の「春の夜の闇はあやなし梅の花色こそ見えね香やはかくゝる」（一・春上、凡河内躬恒）を思い寄せました（『俳大系』に指摘あり）。本歌では「あやなし」は筋が通らない、の意味ですが、ここでは「闇」によって物の判別が付かない、の意味に転じて使われています。

おっと危ない春の夜、闇に見えない溝のそば、うっかり落ちてしまいそう、という状況です。飛梅の着地のさまを想像して付けたと見ることもできます。

S：飛梅の着地は面白いけど、そこまではどうでしょうか。「梅」に「春の夜の闇はあやなき」と付け、「また〳〵こちゑうつり飛」ぶのを人物の行動として「あやなき溝の端」を付けた、緊密な四つ手付けだと思います。句意も破綻なくまとまり、空想的な付け方までは意図していない、貞門時代の宗因の風だと、私は見ています。

N：そうですね。前句の人物の不自然な動きの理由と取れれば済みますね。酔っ払いかしら。

24　**敷居ごしにもしのびよる袖**

N：雑の句。「袖」が衣類です。「敷居」を居所体とみておきます。『類船集』によれば「溝→敷居」が付合語で、それを利用して「春の夜の闇」を室内の話に転換したのです。敷居を越えて誰かの袖が忍び寄ってくる、という意味です。これは恋でしょうか？　それとも盗人？　いや暗殺？　いずれにしても、忍び寄られる人物にとっては良からぬことでしょう。私は前句の「春の夜」から何となく艶っぽい雰囲気を感じるので、恋の句としておきたいのですが。なお「忍ぶ」は恋の詞です（『世話焼草』ほか）。

S：「しのびよる」で恋句とすることに賛成です。次の句が恋で、その次の句はもう恋離れですから、この24は恋のつもりで作られていると思います。恋句は二～五句連続させるのがルールです。『好色五人女』のお七のような例外はあるでしょうが、普通には、男が女の寝室に「しのびよる」ものですから、男が主語の夜這いの場面としてよいでしょう。恋ですから「良からぬこと」とも限りませんね。

N：それが思い込みというものですね。

25　折々にちよつと手かけの下心

N：雑の句。恋。側室や妾の意味の「手かけ」は『世話焼草』で恋の詞とされています。前句の行動から、その目的を付けています。「下心」は前からのたくらみとか目的とかの意味で、事あるごとにある女を「手かけ」にしてしまおうとたくらんでいるというのです。「ちよつと手かけ」は、文字通りちょっと手を出そうとするいたずら男の具体的な行為を想像させもします。謡曲「泰山府《たいさんぷ》君《くん》」の「梢は花に曇らねど。木の下闇に忍び寄り。さしも妙なる花の枝。手折りて行くや乙女子が」を踏まえると見るのは読み過ぎでしょうね。なお、『懐子』では「折々に手をかけぬるや下女」と句型が異なり、その方が相手が限定されていてわかりやすいかもしれません。「下女」は「しもおんな」と読み、召使いの意味です。これだと忍び寄ってくるのは奉公先の主人で、すでに何度か手をかけてしまっていることになります。

S：前句の夜這いの場面に男の狙いを付けているわけですが、「袖」と「手」も縁語ですし、更に「敷居」に乗っている障子や襖に手を掛けるという連想もあるかもしれません。だとすると中七は「ちよつと手かけの」の方が効果的な描写のように思われます。「泰山府君」に拠るとするのは深読みでしょう。

26　苧《を》桶《をけ》のそばに尻もすはらず

N：さらに雑の句。恋離れです。「苧桶」はオオケ、またはオゴケと読みます。麻の繊維を寄り合わせて糸（苧《を》）を作るときの容れ物に使いました。この糸紡ぎを苧績《をう》みといい、女性の仕事です。「桶→手」が『類船集』に載る付合語です。前句の主体を女性に読み替えて、彼女を、ちょっと苧を績んではすぐにまたどこかへ行ってしまう落ち着かない人物としたのです。「尻がすわらない」とは、じっくりと一か所に落ち着いていないこと。『懐子《ふところご》』では下七が「尻もたまらず」となっています。これだとじっと座っていられない、我慢出来ないの意味になり、こちらでも意味は通じます。

S：ここの二句を『懐子』の形であらためて並べてみますと、

　折々に手をかけぬるや下女

苧桶のそばに尻もたまらず

でした。この展開なら、主人が下女にくりかえし手を出すという前句に対して、それは苧を績んでいる最中に尻をおサワリするのだとして、「尻もたまらず」と表現したものと見られます。『宗因千句』の形の方が転じが効いており、二句あわせて推敲されたのでしょう。

27　**留主の間を明徳利《あきどくり》にやなしぬらん**

N：雑の句。前句を、働きの悪い使用人か、または女房と見て、亭主の留守中の出来事を付けました。打越しが下働きの者の話ですから、ここは女房でしょうか。彼女の苧績みが長続きしないのは、しょっちゅう酒を舐めに行っているからなのです。それで「留守のあいだに酒の徳利をからっぽにしてしまった」と。『猿蓑』の「市中は」歌仙に「御留守となれば広き板敷　凡兆」という句がありますが、留守番は淋しいもの。でも、宗因の句は、淋しくてつい飲んじゃった、などという殊勝なものではなく、亭主の留守をいいことに酒を飲んでいる感じ。キッチンドリンカーですね。

S：酒飲みは、徳利が空くと倒しておくものです。ですから「尻もすはらず」に「明徳利」が、言葉として付いてもいます。この付句からしても、前句は、『宗因千句』の「尻もすはらず」の形の方が優っているように思います。

▼延廣眞治先生から「この当時も、徳利が明くと倒したのでしょうか……現今の燗徳利になっての習慣では?」というご指摘を受けました。

▽たしかに、わが家でよくやる現在の徳利の扱い方を念頭に、余計なことを書いてしまいました。宗因の当時なら酒を飲むには銚子を使いますね。徳利は買い置きのための酒の容器。「尻」に付けているわけではなさそうです。

28　**とぼすあぶらも有あけの影**

N：「有あけの影」により月の句、秋にしています。夜分、天象の句。「有あけ」は陰暦十六夜以後の月をいいますが、夜明けまでともしておく行灯のことも「有あけ」と言います。前句の徳利を油の容れ物と見て、徳利が空になった原因を付けました。「有あけ」が上下に掛かっていて、「油に火を灯していて有明まで行灯が光を放っている部屋に、有明月の光も差しこんでいる」としています。『類船集』には「留守→火の用心」の付けがありますが、ここにもその連想はあるかもしれません。

S：「留守の間」を、人がいない部屋の意に読み替えているとも思われます。付けとしては油の無駄遣いをとがめるニュアンスがあります。なお、「有あけ」に「明」の字を書いてしまったら「明徳利」と同字の差し合いになるはずで、「あけ」を仮名書きにしているのは後からごまかした感じ。ちょっとずるい。

29 伽《とぎ》をする夜もなが〳〵の煩《わづらひ》に

N：「夜もなが〳〵」（夜長）で秋の句です。前句に続き夜分の句でもあります。「伽」はここでは看病の意味。「なが〳〵」は下へ続いて「なが〳〵の煩ひ」という語句のつながりも構成しています。『拾花集』によれば「月→永夜」が寄合語ですので、前句の「有あけ」の月に「夜もなが〳〵」が付きます。また、「伽をする夜」に夜もすがら油火を灯すのは自然な連想でしょう。一句、看病をする秋の夜は長く、また、その病人は長く長く煩っていて、の意味です。

S：言葉の繋がりも含んではいますが、ここはまずまず無理のない心付けですね。

30 むつかしかりし産後身にしむ

N：「身にしむ」によって秋の三句めにしています。「身にしむ」はもともと、骨身にしみ通って感じられる、という意味ですが、特に秋の冷気、そしてそれとともに恋の思いや秋の寂寥感が深く感じられることを表す歌ことばとして使われました。「むつかし」は回復しにくいほど煩いが重いこと。前句の「煩」いは難産が原因だったわけです。『類船集』に「療治→産後」、また、「伽→産所」の付合語があります。難産の後に臥せっている女性には秋の冷気がこたえる、という句意です。「むつかしかりし産の後」を縮めた表現と見られます。付けも句意もわかりやすい句ですが、打越しからあまり世界が展開していません。更に言えば24あたりからずっと、一部屋に閉じこもっている感じです。

S：秋の夜長に寒さを覚えるというのは普通の発想です。したがって、「夜もなが〳〵」に「身にしむ」が言葉の上で付いています。ここしばらく展開が悪いというのはその通りで、それは女性の話題と夜分の話題が立て込んでいるせいのように思われます。

31　代物《だいもつ》の高き玉をや求むらん

N：ここで雑の句にしています。前句の「産後」を「珊瑚」に取り成しました。「むつかしかりし産後」を「手に入れるのが難しい珊瑚」の意味に読み替えたのです。珊瑚は玉に加工して装飾に用いられました。行き詰まったむつかしかりし展開を打開するには、取り成しの方法はもってこいですね。「代物」は代金、値のこと。「値の張る玉を買い求めたのだろう」という句意です。ところで、新生児をよく「玉のような」と形容しますが、この句の「玉」もやはり、前句の「産」へのあしらいでしょうか。

S：「身にしむ」も、しみじみと身に沁みてうれしいという心理に取り成されていますね。「産」のあしらいで「玉」を出したというのも有りそう。それに関わっては『類船集』に「玉→志度の浦」という付合語があり、これは幸若「大職冠」や謡曲「海士」で知られた逸話によるものですが、その連想も働いているかもしれません。讃岐の国志度の浦の海士が、産んだ男子を藤原家の世継ぎにすると約束され、命と引き替えに竜宮から玉を得て帰ります。まさに「代物の高き玉」なわけですが……。そこまでは無理かな。

32　おさなひへまづあぐるぶり〳〵

N：「ぶり〳〵」で春の句です。例えば『毛吹草』の「誹諧四季之詞」の「正月」に、「毬打《ぎっちゃう》」の類義語として「ぶり〳〵

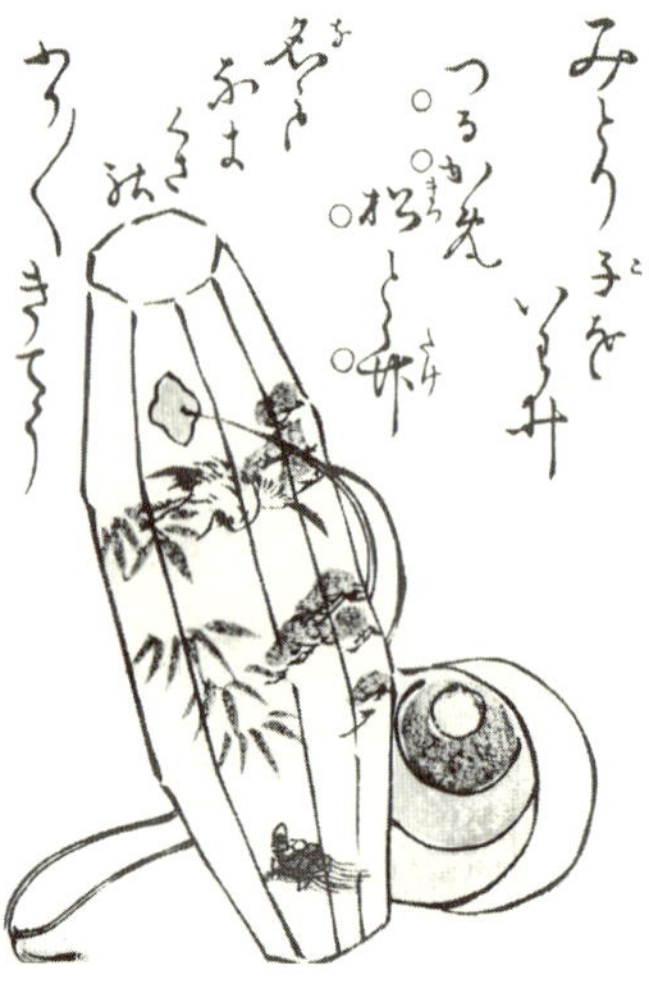

ぶりぶり
（『江都二色』安永２年（1773）刊、米山堂、1931年復刻、国立国会図書館デジタルコレクションより）

玉」が記されています。また、「おさなひ」イコール幼児と見て、人倫としておきます。「ぶりぶり」は、車の付いた八角形の槌の形をしているもので子供が引いて遊んだ玩具ですが、どうも「毬打」と混同されていたようです。毬打は、槌の形をした「ぶりぶり」と呼ばれる杖で玉を打つ正月の遊戯です。ぶりぶりぎっちょう、玉ぶりぶりなどの言い方もあり、なにがなにやら……。「玉をうつ児や都の手ぶり〱　重昌」（寛文三年〈一六六三〉の『歳旦発句集』）などの用例からすると、「ぶりぶり」で「毬打」を意味したのでしょう。『類船集』にも「玉の緒→ぶりぶり」の付合語があります。つまり、ここの付けは、前句の「玉」から子供の遊び「ぶりぶり」を思い寄せたわけです。「あぐる」は差し上げる、と解しておきます。「おさなひ」は幼児を指す言葉ですが、ちょっと上品な感じがします。少し時代が下りますが『女重宝記《おんなちょうほうき》』（元禄五年〈一六九二〉刊）に「女のやはらかなる詞つかいといふは、一、子どもをおさなひといふ」とあります。どこぞのお子様に、まず「ぶり〱」の玩具を差し上げるというのでしょう。前句と合わせると、その遊びのための「玉」も高級品だというのです。

S：打越しに「産後」とあって、ここで「おさなひ」と言うのはやや粘り気味な気がします。ところで、現代のアニメのキャラクター「ぶりぶりざえもん」って、子供らしくて由緒ある名前だったのですね。

33　御出入を中門《まうすかど》こそのどかなれ

N：「のどか」で春の二句めにしています。「門」で居所体の句です。前句のぶりぶりをもたらす人物を、屋敷にお出入りの商人と定めての付けです。年始の挨拶ですね。「お出入りさせていただいておりますこのお屋敷はまことにのどかな春でございまして」と。『犬子集《えのこ》』一に「年玉は手ぶりぶりなるお礼かな　春可」の句があり、新年の贈り物にお子様用のおもちゃ「ぶりぶり」を用意することがあったと推測できます。前句の「まづ」を重視すれば、旦那様や奥様にはあとでもっと高額のプレゼントがあったかも。お正月には門松を飾りますが、前句の「まつ」を「松」とみて「門」が付いているとみるのはどうでしょう?

S：それは言い過ぎ。マヅとマツを言い掛けるというのはマヅ一般的ではないでしょう。

34　幾はなしけん鳥追の声

N：この時代の「鳥追」は、よく時代劇に出てくる編笠・三味線スタイルの粋な女性芸人ではありません。正月一日から十五日まで、祝詞を唱えて米銭を乞うた物乞いをいいます。別名「たたき」とか「たたきの与次郎」といい、笠を着け、白い布で顔を覆い、扇で手を叩いてめでたい詞を唱えました。後には胡弓を弾いたりささらを摺ったりもしました。前句の「お出入りを申門」にふさわしいお正月の風物詩を付けたのです。春の三句めで、人倫ということになります。『類船集』には「門→物申・乞食」の付合語がありまして、ここもそうした発想の付けです。しかしながら、「幾はなしけん」がよくわかりません。「幾はな」はいくつもの組、かたまり、という意味です。「連れ立ちていくはなもゆく花見哉　貞正」（『玉海集《ぎょくかいしゅう》』一・春）などはわかりやすいのですが、この句は、鳥追が何組したのだろうか、つまり何組やってきたのだろうか、ということでしょうか。『人倫訓蒙図彙《じんりんきんもうずい》』に「たゝき」の図がありますが、それだと二人いっしょに扇を打ち鳴らしていますので、組になっていたのかもしれません。あるいは、「幾話しけん」でどれほど話したか?

たゝき
（『人倫訓蒙図彙』巻七、国立国会図書館デジタルコレクションより）

S：「幾はなしけん」については私にもすっきりした解釈がありません。付けとしては、「のどか」から「鳥……声」の連想もあるかもしれません。『随葉集』に「長閑→鳥のさへづり」、『拾花集』に「長閑→鳥の音」が挙げられています。ただ、「ぶりぐ〵」と「鳥追」、新年の話題が打越しに来ているのは、どうもよろしくないですね。

35 此中《このぢゆう》の冬の日和にもみほして

N：冬の句です。収穫した籾《もみ》は、よく干して殻が取れやすいようにしてから籾摺りをし、玄米にします。「籾摺り」は秋季の詞とされていますが、実際の作業は秋から冬にかけて行われます。前句の「鳥追」を、米粒をついばみに集まってくる小鳥を追い払うことに読み替えたわけです。『類船集』に「米→雀」の付合語があります。句意は、ここしばらく続く冬の晴天に籾を干している、というのです。

S：「此中《このぢゆう》」は『日葡《につぽ》辞書』に「Conogiu（コノヂュウ）〈訳〉このごろ」とあります。「鳥追」の語を利用した転じは鮮やかですが、ただ「もみほして」とするだけだと秋になってしまい、30の秋と四句しか離れておらず同季五句去りの式目に違反しますので、わざわざ「冬の日和」とことわったものと思います。

36 せんだくしたるうら衣《ぎぬ》の色

N：雑の句、衣類です。「籾」を「紅絹《もみ》」に取り成して、「うら衣の色」を付けています。「紅絹」は紅色無地の絹布で、裏地に使われます。「春風のもみ紅梅はうら見哉　親重」（『犬子集』一、風に揉まれて紅絹色の紅梅が裏を見せて散るのは恨めしい、の意）といった類例があります。さらに、前句を「揉み・干して」と読んで洗濯を付けてもいます。一句としては「洗濯をした服の裏地の色」とだけの句です。両句併せて、冬の良いお天気の日に洗って干された紅絹の色が鮮やか。

S：前句を二重に読み替えているなんて、いやはや、随分手の込んだ言葉の遊びですね。「もみ」だけ取り上げれば、籾・紅絹・揉みの三つの同音異義を活かしています。すごいな。それに、『類船集』には「日和→洗濯」「洗濯→冬籠る庭・あた、かなる日」の付合語があります。「冬の日和」に「せんだく」も、自然な連想なのです。

【二折ウラ】

37　**念を入《いれ》見るは質屋のよるの物**

S：雑で、「よる」が夜分で時分《じぶん》、「よるの物」（夜着）で衣類です。前句の「せんだくしたるうら衣」に「よるの物」を付けて、質屋の目利きに展開しています。衣類から質屋は自然な連想でしょう。「質屋が、念を入れて値打ちを見定めるのは、夜着の類である」という句意にしました。

N：『類船集』には「衣裳→質屋」があります。「見る」「よる」という繰り返しも意識したのでしょうか。

38　**かな行灯《あんどう》やふるきそくだい**

S：雑です。「かな行灯」は金網を張り回した行灯のこと、「そくだい」は燭台で、ともに夜分の語です。ショクダイ・ソクダイ、両様の呼称が『日葡辞書』に載っています。前句の質屋では、店の者がかな行灯や燭台の光で「念を入」れて質草を見るという心の付けでしょう。「よるの物」を、夜に必要な道具の意味に読み替えて、照明用具を出しています。「金網を張ったあんどんや、古い燭台がある」という句です。

N：「念を入」れるさまを誇張して、複数の灯りを持ち出したとしたところが笑えます。行灯や燭台を質草と見ては観音開きになってしまいますが、そうした品々が並んでいる感じもします。

39　**仏檀《ママ》のことの外にも荒わたり**

S：雑です。「仏檀」、今の普通の表記なら「仏壇」ですが、これにより釈教の句になります。前句のかな行灯や燭台のありそうな場所として、「仏檀」を付けたことは明白でしょう。「仏壇は思いのほかひどく荒れわたっていて」という句意になっています。

N：『類船集』には「燭台→仏前」「火ともす→仏前」、また、「旧《フルキ》→仏」「光→仏」の付合語があります。「ふるき」と「仏檀」の連想も働いています。

40 鼠のかぶる経のはし〴〵

S：雑、「経」により釈教で、「鼠」により動物《うごきもの》獣《けだもの》の句です。付けとしては、荒れた仏壇をさらに具体的に説明して、「経のはし〴〵」が鼠に嚙られているとした心付けです。『類船集』に「経→鼠」の付合語があり、仏典は鼠に狙われやすいものだったようです。「かぶる」は「嚙る」のほかに、「被る」の可能性も考えられないではありません。「鼠が嚙っている、お経の巻物のあちこちの端っこ」でしょうか、「鼠が被っている、お経の巻物の切れっ端」でしょうか。やはり、「はし〴〵」と複数にしているところからすると、「嚙る」でしょう。次句との関連でも「嚙る」のほうが好都合そうです。巻物の切れっ端を頭にのせている鼠も、ちょっと可愛い感じがして捨てがたいのですが……。

N：鼠が経巻を頭にのせて何をすると……？　東京湾の奥にある某遊園地では、鼠の耳の飾りをかぶった人間がたくさん歩いていますが（ああ、あそこって鼠の浄土なのかな？）。やはりここは「嚙る」でしょう。『類船集』には「荒《アル》→鼠」の付合語もあります。前句の意をよく受け止めての付けである上に、「仏檀」から「経」、「荒わたり」から「鼠」と言葉の上でもしっかり付いています。

41 死霊《しりやう》をばなだめんための宮立《たて》て

S：雑が続きます。今度は「宮」により神祇にしています。鼠が経典を嚙って破るのは、死霊のたたりのせいだとした付け。「死者の魂をなだめてたたりを鎮めるために、神社をたてて」の意。ここで具体的に想定されているのは、平安中期の僧である頼豪《らいごう》の死霊が鼠の群れとなって比叡山にたたりをなしたので人々はほこらを建てて怨霊をなだめた、という逸話でしょう。つまりここは、頼豪の俤《おもかげ》の付けです。頼豪は、『日本人名大辞典』（講談社、二〇〇一）より引けば「平安時代中期・後期の僧。寛弘元年（一〇〇四）生まれ。天台宗。近江（滋賀県）園城寺《おんじょうじ》の心誉にまなぶ。白河天皇の皇子誕生を祈願し効験をあらわす。その賞として園城寺に戒壇院建立をねがうが延暦寺の反対でゆるされず、断食して応徳元年（一〇八四）十一月四日死去。八十一歳。死後、怨霊が皇子に祟ったり、無数の鼠となって延暦寺の経典をくいやぶったりしたという」とのことです。鼠が経を囓る話は、『太平記』巻十五「園城寺戒壇事」に「頼豪が亡霊忽《たちま》ちに鉄《くろがね》の牙、石の身なる八万四千の鼠と成て、比叡山に登り、仏像・経巻を噛破ける間、是を防《ふせぐ》に術なくして、頼豪を一社の神に崇めて其の怨念を鎮む。鼠の禿倉《ほこら》是也」と語られています。『類船集』に「鼠→小社《ホコラ》・頼豪《ライガウ》」とあって、近世俳諧の分野においてもよく知られていました。

N：馬琴にも『頼豪阿闍梨怪鼠伝《らいごうあじゃりかいそでん》』がありますし、頼豪伝説は江戸末期まで好まれた話題だったのでしょう。鳥山石燕《とりやませきえん》の『画図百鬼夜行』では「鉄鼠《てっそ》」という妖怪になっており、これを現代に蘇らせたのが京極夏彦の『鉄鼠の檻』でした。それはさておき、この句、21「花やかに立る社の御詫（託）宣」と類似しているのはいただけません。

42　**まなこにあたる矢をも痛《いたま》ず**

S：雑の句です。ここの付けは、前句の「宮」を立てられた「死霊」を鎌倉権五郎景政《ごんごろうかげまさ》に取り成して、彼の有名なエピソードに焦点を当てています。景政は平安時代後期の関東平氏の武将で、後三年の役の折に源義家に従軍しました。敵方の鳥海彌三郎に左目を射られましたが鳥海を倒して帰還し、左目に刺さったままの矢を抜こうとして顔に足をかけた仲間を、「生きながら顔を踏まれるのは恥辱だ」と言って叱りとばしたということです。その霊を祀ったとされているのが、鎌倉に今も残る御霊神社です。『奥州後三年記』のほか『保元物語』『平家物語』にも言及があり、幸若舞の「八島」にも景政の名前が引かれます。『類船集』には「矢→権五郎」の付合語がありますので、俳諧の話題としても一般的でした。ついでに言うと、宗因よりも後代の話ですが、景政は歌舞伎十八番の「暫《しばらく》」のキャラクターともなりました。「痛む」は、目的語を伴っては何かを「痛いと思う」の意の他動詞ですから、一句は「眼球に当たった矢さえも、痛いとは思わない」という意味になります。ここ三句、一つの故事から別の故事へ転じたところは、けっこう派手な展開ですね。

N：景政はなだめなければいけないような死霊だったのでしょうか？

S：『国史大辞典』の「御霊信仰」の項を見ますと、そもそもは怨みをのんで死んだ者の霊を祀るのが御霊信仰なのですが、「源平合戦以来相つぐ戦乱で横死した武士たちはいわばみな御霊とみらるべきであったが、中でも名ある荒武者たちが特に御霊として祀られた。鎌倉権五郎景政のごときはその代表者というべく、この場合その五郎という名が御霊という音に近いことがその融通を容易にしたものと考えられ」ると書かれています。彼の場合、たたりをなす死霊だったというよりは、荒武者で名前がゴリョウに近いから御霊神社に祀られたのですね。余談ながら、御霊信仰といえば私は、丸谷才一氏と諏訪春雄氏の「忠臣蔵論争」を思い出します。

43 入《いる》〳〵とはやきくやうな湯山《ゆのやま》に

S：雑です。「湯山」を山類体としておきます。『懐子』ではこの句は「入とはや聞やうなりし湯の山に」となっています。「聞」は次の句にとっては繋がりの良い用字となりますが、この句では「効」として読みたいところですから、取り成しという点では「きく」と仮名で書く方がすぐれています。また、『懐子』の句形では「なりし」と過去にしている点が収まりが悪い感じがします。『宗因千句』の句形でも「入〳〵と」の反復がとらえにくくはあるのですが。付けは、目に矢の当たった傷の痛みが消えるというところから、それは湯の山の湯に入った効果なのだと転じています。「矢」に対して「いる（射／入）」が言葉の上のあしらいで、気が利いています。『宗因千句』の句形で句意を考えれば「お湯に入れば、入るたび、たちまち効果があらわれるような、湯の山に（湯治をしている）」ということでしょう。「湯の山」は、一般名詞としては「温泉の湧く山」の意ですが、摂津国有馬郡の「湯の山」つまり有馬温泉を指す場合もよくあります。ここは一般名詞でとらえて、次句で有馬温泉に取り成しているとするのが、変化があって良いと思います。

N：『類船集』に「矢→湯屋」、「療治→湯の山」の付合語があります。そういえば『守貞謾稿《もりさだまんこう》』に「古《いにしえ》の湯屋の看板は弓矢」である旨を記していますが、それも同じく「射る／入る」の洒落から来ています。

▽その後、鈴木健一さんの『林羅山』（ミネルヴァ日本評伝選、二〇一二）を読んでいましたら、寛文十二年（一六七二）刊の『有馬私雨《しぐれ》』という有馬地誌に「洗目湯」という湯が載っているとのこと。つまり、有馬には眼病に効く湯があるのですね。なので、「ここは一般名詞でとらえて、次句で有馬温泉に取り成している」というのは考えすぎで、この付けからすでに「湯山《ゆのやま》」イコール有馬温泉ととらえてよさそうです。

44　**皷《つづみ》が滝の高きなりをと**

S：雑で、「皷が滝」により名所・山類用・水辺体の句となります（『産衣』）。「皷」は「鼓」の異体字。『懐子《ふところご》』では上七を「つゞみの滝の」としていますが、滝の名としてはツヅミノタキが由緒ある形ながら、近世にはツヅミガタキの例もあり、どちらがよいという判断がつきません。その滝は摂津国有馬郡にあり、古歌にも「おとにきくつづみの滝をうち見ればただ山川のなるにぞ有りける」（『拾遺和歌集』九・雑下）と詠まれた歌枕です。摂津の歌枕「湯山」に、その近くの「皷が滝」を引っぱり出した付けです。また、43でも触れましたが、「きく」を「聞く」の意に取り成して「高きなりをと」を付けています。「鼓という名にふさわしい、鼓が滝の大きな音（が聞こえる）」の意。これは一句としては和歌や連歌の発想に収まっている句です。「きく」の取り成しが俳諧なのでしょう。

N：言葉の上では「なりをと」が俳言です。前句の「入〱とはやきくやうな」を「（湯の山の温泉地に）入るとすぐに聞こえるような」の意として付けていることになります。なお、『類船集』に「鼓滝《ツヽミガタキ》→有馬」の付合語があります。

45　ざゞんざと絶《たえ》ず問《とう》たり松の風

S：雑で、「松」は植物木です。付け方としては、滝の音と松風の音を並べ立てながら、楽器の「鼓」の連想によって歌謡の曲名の「ざざんざ」を出したものでしょう。それに、「滝」と「松」は連歌の寄合語です。『拾花集』『竹馬集』に「滝→松かげ」があります。「ざざんざ、と、途切れることなく松風が音を立てている」の意になります。「ざゞんざ」は松風の音をあらわすきまり文句で、たとえば狂言の「抜殻」に「ざゞんざ、はま松のをとはざゞんざ、かぜでこのはのちるもおもしろい」の用例があります。慶長の頃からは「ざゞんざ節」という歌謡が流行し、その曲を「ざゞんざ」と呼びもしました。また、『俳大系』に指摘されるように、前句との関係を支えているのは謡曲「翁」の「鳴るは滝の水。〳〵。日は照るとも。絶えずとうたりありうとうとう。絶えずとうたり。常にとうたり」の詞章で、同曲に「松」が用いられることも利用して、「松の風」の音が絶えず聞こえてくる状況に転用しています。

N：前句の「鼓」から曲名の「ざゞんざ」を連想したというのは遠回りでは？　ざざんざ節の歌詞を利用して「高きなりをと」にその鳴り響く音「ざゞんざ」を付けているように思います。

46　花もちら〳〵みだれ酒盛

S：ここで二折ウラの花の座を早めに詠んでいます。「花」により春で植物木です。付けは、「ざゞんざ」を歌謡の「ざゞんざ節」として、その曲がひっきりなしに演奏されている賑やかな花見の宴の場に転じたものです。「ざゞんざ節」は酒宴の席でよく歌われた曲だそうです。また、「松」と「花」は一般的な連想語ですし、前句の「風」が「花もちら〳〵みだれ」の原因として効いています。とても手堅い付けぶりです。一句の意を考えますと、「みだれ」は上下に掛かっていると思われます。「みだれ酒盛」とはつまり無礼講です。「花もちらちらと散り乱れ、その木の下で無礼講の酒盛りの宴が開かれている」の意になります。

N：『類船集』に「乱→花咲……酒の酔」とあります。一句の世界は常識的な花見の場面の範囲です。

47
折にあふあげ羽の蝶の幕を張《はる》

S：「あげ羽の蝶」により春で、動物虫です。末尾「張る」は『俳大系』の読みに従いました。たしかに、「張り」では前句の「酒盛り」と連続しますから、「張る」が妥当と思います。前句の花の宴から、具体的な幕の描写に展開させました。『拾花集』に「胡蝶→花園」とありますから花に蝶が連歌的付け筋で、『類船集』に「幕→花見」があるので花見に幕が俳諧的付け筋です。「春の季節にちょうど適った、揚羽の蝶の紋の入った幕を張る」ということですね。雅俗にわたる連想語を用いた言葉の付けの句ですが、句意も上品に破綻なくまとまり、ここ二句の内容はいかにも貞門風です。

N：和歌にも「てふ」や「こてふ」はありますが、「あげ羽の蝶」のような蝶の種の名は使われません。西鶴の『好色五人女』お夏清十郎の初めての逢引きはお花見の幕の中でしたが、挿絵には揚羽蝶の幕が描かれています。現代の蝶の図柄を見馴れている目にはモスラより怖いです。なお、このお花見も「酒盛」だったと表現されています。ただし、清十郎以外は女ばかりの、「女酒盛」でしたが。

揚羽蝶の紋（『好色五人女』巻一、国立国会図書館デジタルコレクションより）

S：なんだか昔の女性は、今よりも遊興に貪欲ですね。

N：それはもちろん機会が少なかったからでしょう。

48
櫓《ろ》数《かず》をそろへかすむ関舟

S：「かすむ」で春の三句めとしています。聳物です。「舟」は水辺の体用の外《ほか》です。「関舟」とは、『日本国語大辞典』によれば、「室町時代、瀬戸内海の主要航路上の港湾を中心に設けられた海関所属の船から転じて、戦国時代から江戸時代にかけて使われた軍船の船型の呼称。安宅船《あたけぶね》より小型で軽快な行動力をもつ快速船で、周囲に防御装甲をもつ矢倉を設け、適宜、弓・鉄砲の狭間《はざま》をあける。安宅船とともに水軍の中心勢力を形成し、慶長一四年（一六〇九）安宅船が禁止されてからは諸藩の水軍の基幹勢力となった。（以下略）」ということです。要するに中世後期から江戸期の軍船ですね。『類船集』に「大名→関船」がありますから、近世初期、諸藩が「関舟」を持つというのは一般的だったのでしょう。大名などの貴人の席に幕を張るのは普通の発想ですから、ここは幕の張られた場所を関舟の上の大名の座として、それを中心に海上に展開した関舟の大軍団を思い描いた付けです。『類船集』にも「幕→御座舟」の付合語があります。句意は、「櫓の数も多数そろえて、かすむほどにたくさんのいくさ用の関舟が海の上に漕ぎ出している」となります。なお、揚羽蝶は平家の紋所ですが、ここでは次への展開を考え、平家の話題とみない方が良いでしょう。宗因当時の俳諧をみても、揚羽蝶と平家を関連づける句は見つかりませんでした。

N：たとえば、『歌枕名寄』第十八に「大よどの浦よりをちにゆく雁もひとつにかすむあまの釣船　正三位知家」（『新拾遺和歌集』一・春上）とあるように、「舟がかすむ」というのは歌の一つのパターンとなっています。

49　西国《さいこく》へくだる月とやいそぐらん

S：二折ウラにはまだ月が出ていませんでした。前句の春からいきなり秋へ季移りして「月」を詠み込んだのは、折端（50）に月や花を詠むのは避けるという意識もあり、月の句をここに置く必要があったからです。「月」により天象で夜分になります。「西国へくだる」は旅でしょう。『拾花集』『竹馬集』に「霞→薄き月かげ」「舩→浦半の月」があり、「かすむ」にも「舟」にも「月」は寄合語です。「関舟」は瀬戸内海が発祥でしたし、「月」と結びつける都合もあって「西国へくだる」としています。「櫓数をそろへ」たのを「いそぐ」さまとして付けてもいます。句意は、「西の空に落ちてゆく月と同じように、西の国へ下る舟がいそいでいるようだ」の意。『類船集』に「平家→西国舟」「西→平家」があり、ここで平家と定まります。当代の大名家の船団を読み替えて、平家一党が西国へ落ちてゆくさまを想定したのです。

N：とても綿密な言葉付けですが、その上に本歌があります。「西へ行く月の何とていそぐらん山のあなたも同じ浮世を　後徳大寺左大臣実定」（『玉葉和歌集』十八・雑五）。釈教じみた歌の世界を旅体に変えています。

50　ひよつと飛脚に心ざす秋

S：秋二句めです。「飛脚」は人倫と考えられます。この「秋」はいかにも式目のために取って付けたような、「月」を受けての投げ込みの「秋」です。「飛脚」は鎌倉時代からある通信制度でありその人夫であるわけですが、ここは前句の「西国へくだる」ために「いそぐ」のを人物と取り成して、それは「飛脚」だとした付けです。また、「いそぐ」に「ひよつと」が呼応しています。「ひよつと」は考えなしに何かすることを表現する語で、「そなたは、よふみしりまらしたが、ひょっとみわすれて、れうじな事いたいた」（「痩松」）のように狂言によく出てきます。「ひょっとしたことで、深い考えもなく、飛脚の人夫になろうかとこころざす、秋」という句意です。折端でもあり、言葉付けのみであって、細かな心の対応には欠けているように思われます。

N：ずいぶん転じました。それにしてもなぜ、「飛脚に心ざす」のでしょうか。「西国へくだる」「いそぐ」人物を飛脚と定めるのはまだ分かるのですが、これから飛脚になろうとする人物にする意図が分かりません。平家から源氏へと転じは弱いのですが、謡曲「船弁慶」に都落ちを急ぐ判官義経が「西国の方へと心ざし、まだ夜深くも雲井の月、出《いづ》るも惜しき都の名残」とあるのを意識しているように思います。

▼尾崎千佳さんの解釈では、「心ざす」は「目指す」意として「西国へくだる」に付けており、「いそぐ」に「飛脚」と付け、「月」を「今月」の意に取り成して、一句においては「心ざす」が「物を贈る」意に転じているとのこと。「今月は西国に下る月ということで急ぐ様子だ。／そんな様子の飛脚に、ふとした思いつきではなむけをする秋。」という二句だそうです。飛脚にわざわざ物を贈るなんてことをする馬鹿な人が登場したおかしみがあると見ておられます。

▽なるほど、尾崎説には説得力があります。すると、四つ手付けによる非道理めいた句ということになりますね。SもNも

「心ざす」の意味の幅を摑みきれていませんでした。

【三折《さんのおり》オモテ】

51　**煩脳（ママ）のまよひの霧をはらひのけ**

N：「霧」により秋の三句めで、句意から見て釈教としてよいでしょう。「霧」はまた聳物でもあり、48の「かすむ」との関係は、聳物二句去りの式目に従えばぎりぎり差し合いではありません。底本「煩脳」ですが、もちろん「煩悩」とあるべきです。前句の「心ざす」を、発心する・仏道に入る意に取って、煩悩・迷いといった仏教タームを付けたのでしょう。さらには「飛脚が霧の中で道に迷う」というもう一つの連想の流れが働いていて、それで俳諧になるのだと思われます。一句は仏教的にありきたりの文脈で、仏道を志し、まといつく霧のような迷いの状態を払いのける、の意味になります。「まよひの霧」という熟した言い方は和歌にはありませんが、「暗き夜のまよひの雲の晴ぬれば静にすめる月を見る哉　行尊」（『新後撰和歌集』九・釈教）の「まよひの雲」などと同じく、悟れずに迷っている状態の譬えと見られます。「煩悩」は心身を悩ます一切の心のはたらきのことで、心が煩悩に乱されて悟ることが出来ない状態が「迷い」です。

S：やはり、付けの上で「飛脚」が活かしきれていませんね。飛脚でなくても霧には迷いますから。一案ですが、「飛脚に」を形容詞的に「すみやかに」の意味に取って、前句を急いで仏道に入る心理に取り成したのでは……、うーん、それもちょっと苦しいなあ。

52　**君がおもひのやく病の神**

N：雑になりました。「君」も「おもひ」も恋の詞です。厄病神でも神は神、神祇の内でしょう。「君」により人倫の句です。50の「飛脚」の人倫と、打越しの関係になっていて差し合いです。前句の「煩悩」を色恋の沙汰と定めました。『類船集』に「迷ふ→恋路」の付合語があります。また、「払→厄」も『類船集』にあります。句意は「あなたの恋心は私にとって厄病神みたいなもの」ということですね。「煩悩のまよひの霧」とばかりに相手の恋心を払いのけるのは男性でしょうか。もったいない。

S：「やく」はどうやら「妬く」と「厄病の神」を言い掛けていますね。だから、「あなたは恋心ゆえに嫉妬するものだから、それが私には厄病神」なのでしょう。女の嫉妬と見れば、厄病神みたいというのも、なるほどとっても頷けます。

N：とっても……？　なお「おもひ」の「火」と、「やく病」の「焼く」の縁語も効かせているのでしょう。

53 **女《め》がたきをうらみ〳〵と斗《ばかり》にて**

N：雑。「女がたき」によって恋で、恋は二句めです。「女がたき」は恋の詞で、自分の妻と密通した男のことです。『はなひ草』に「敵」は人倫にあらずとありますので、ここも非人倫と見ておきます。前句の「君がおもひ」を、妻から間男への思いと取ったのでしょう。近松の浄瑠璃『堀川波鼓』に見られるように、武士の場合、妻とその相手の男を斬る「女敵《めがたき》討ち」をしなければ面目が立たないとされました。この句は、「女がたきが恨めしい恨めしい」と言うばかり、自分ではどうにもできないダメ夫のことです。どうも冴えない恋句が続きます。

S：この夫にとっては「やく病の神」とは「女がたき」のことだという展開だとも言えます。そこには「厄病の神で敵《かたき》を取る」という諺が効かせてあります。自分が手を出さなくても意外な巡り合わせでかたきが滅ぶこと。たとえば『尤双紙』に「とらるる物の品々……やくびやうの神にてもかたきはとるといへり」とあります。

54 **自由にならぬ双六のさい**

N：雑。ここはもうさっさと恋を切り上げています。『俳大系』の注通り、『平家物語』巻一・願立の「賀茂川の水、双六の賽《さい》、山法師、是ぞわが心にかなはぬものと白河院も仰《おおせ》なりけるとかや」に拠っています。院政をしいて、天下をほしいままにした白河院にも、思い通りにならないものが三つあったとして有名な話です。前句の「うらみ」の対象を恋と別の方向で付けました。『類船集』に「目→双六の賽」の付合語がありますが、宗因は前句の「女」を「目」と取り成してこれを使い、見事に恋を離れたのです。自由にならないサイコロの目、そいつがかたきなんですね。そういえば、かたきも双六も「打つ」ものですよね。「かたき」に「難《かた》き」（困難だ）の意味まで取るのは難いでしょうか。

S：うん、「難き」は難そう。念のためですが、「双六」はバックギャモンに似たボードゲームで、賭け事だということを申し添えます。ギャンブルで身を滅ぼして恨みに思うのです。道中双六では「うらみ」までは買わないでしょう。

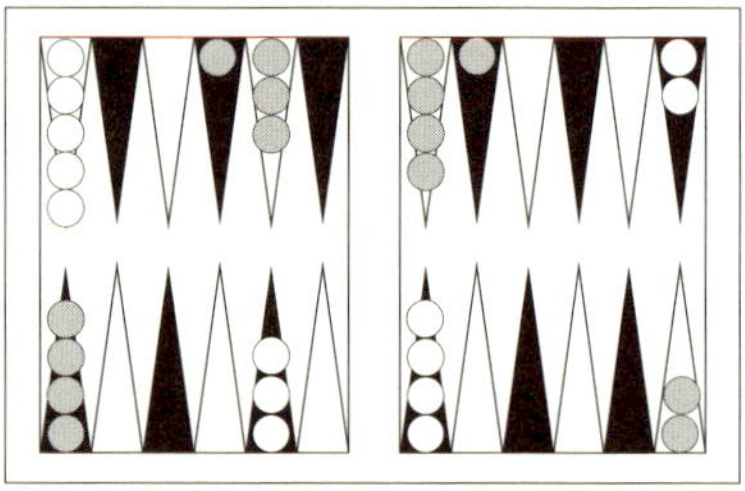

バックギャモンのセット

▼延廣眞治先生より「バックギャモン」に注を、とご要望有り。

▽失礼しました。こういう話題こそネットを使って楽をいたしますが、バックギャモンは古代エジプト文明からあったゲームだそうで、ローマ帝国でもさかんに遊ばれ、それが日本にまで伝わって「双六」と呼ばれました。現代のバックギャモンは、二つのサイコロを振り二十四のポイントの上で五個づつの駒を進める二人対戦型のゲームです。図を添えておきます。

55 **賀茂川の水の出ばなはおびたゝし**

N：雑で、「川」により水辺の体、「賀茂川」により名所《などころ》の句です。「水」により水辺用です。「出ばな」は出始めの意。前句の原拠である『平家物語』の文から「自由にならぬ双六」に「賀茂川の水」を付けたことは明らかです。賀茂川が氾濫、出始めの頃はものすごい水量だ、という句意になります。賀茂川は京都市街の東部を流れる川で、平安遷都以前に改修工事が行われたものの、しばしば洪水を引き起こしました。

S：去年（二〇一〇年）の夏にも賀茂川が随分増水したことがありました。

▼初出では「おびたゞし」と「ゞ」で掲出したところ、延廣眞治先生から「おびたたし」と清音ではないか、とご指摘あり。
▽ご指摘の通り。『日葡辞書』、当時の節用集、みなオビタタシでした。『日本国語大辞典』では「近世中期まで第四音節清音」と説明しています。ありがとうございました。

56 **御田《おんだ》植《うゑ》をもさしのぶるころ**

N：「御田植」で夏の句にしました。「御田植」は、神事としての田植えのことで、ここでは特に摂津の住吉神社の田植えのことを言っていると思われます。神祇としておきます。神功皇后に始まると言われ、旧暦五月二十八日、堺の乳守《ちもり》の遊女たちが早乙女になって、神田の田植えを行いました。また、「五月雨↓早苗」の寄合語があります（『拾花集』『竹馬集』）。その連想を踏まえ、前句の川の氾濫を五月雨のせいとして、五月末の住吉の御田植までも延期になった、としました。

S：現在は毎年六月十四日に行われます。

57 **当年は五月二つの廻《めぐ》りあひ**

N：「五月」により夏の二句めにしています。前句の御田植が延期になった理由を、暦の事情として説明しています。現代からみると謎々のような句ですが、旧暦では一年に閏月が足されて十三ヶ月になる年がありました。何月に閏月が加わるかは一定していません。「今年は五月の後に閏五月があって、五月が二回の暦のめぐりになっている」という句意です。五月と閏五月が続く場合、初めの五月は季節の上では早めの夏の時期になります。五月が来てもまだ夏らしくないのです。そんなわけでまだ稲の生育が悪くて、五月二十八日の御田植神事を延期したという、理屈がかった心の付けと言えます。

S：「当年は五月二つ」を現実のことと見て、『俳大系』の注は寛文四年（一六六四）の可能性を示唆しています。でも、初出である『懐子』は万治三年（一六六〇）刊なので、それを考慮すれば寛文四年を「当年」とするのは無理でしょう。『懐子』刊行以前でそのような年は正保二年（一六四五）でした。その年だとすると、宗因四十一歳、主君の加藤風庵が広島に御預の身となった翌年で、大坂の天満宮の連歌宗匠となるよりも二年早い。この百韻が正保二年に成ったことは絶対にないとも言い切れないのですが、早すぎる感を否めません。結局、閏五月があった年にこだわって解釈する必要はないのだと思います。

58 とけいでしるや夜《よ》のながみじか

N：長い夜なら秋、短い夜なら夏ですが、両方が一緒になっているのと雑です。「夜」により夜分。付けとしては、「廻り」と「とけい」が自然な連想語で、まずはそこから発想されたのでしょう。そして、暦からの展開で夜の長さの話題を付けたと思われます。閏月が入ったために季節の感覚が狂ったのでしょうか、「夜の長さや短さは時計で分かるのだろう」というのです。「とけい」はこの句の場合、機械時計のこと。十六世紀半ばに日本に伝来し、やがて日本の不定時法に対応した和時計までも作られるようになりました。初期のものは調整も難しく、西鶴の『好色一代男』五の一では、島原の吉野太夫の多芸多才ぶりとして、琴を弾いたり和歌を詠んだりすることなどと並べて、時計の調節ができることを挙げています。なお、和時計の針は一本で十二支を指すようになっているので、「二つの廻りあひ」に長針と短針を連想したというふうには取れません。長針短針なら「ながみじか」にもぴったり付くように思えますが、残念ながら違います。

S：閏月をどのように配するかは、天文方で天体観測などをした上、綿密に計算して定めるわけです。ですのでここは、日の入りから日の出までの夜の長さを知るのに、機械時計で計測しているのか、と、天文方の仕事を想像した付けとも取れます。

▼延廣眞治先生からは、「時計の錘をつけた紐の長短も関連しませんか」と。

▽これは新しい視点ですね。なるほど。錘の紐なら納得できます。

59　鳥がなくしめておよれの今しばし

N：季節は雑で、「しめておよれの」（抱きしめて寝てちょうだい）により恋、「鳥がなく・およれの」により夜分、「鳥」により動物鳥の句です。『毛吹草』と『世話焼草』が「だきあふ」を恋の詞としています。前句の時計を、夜明けまでの時間を知る道具と読んで、きぬぎぬ直前の恋の場面に展開しました。リズムの良い口語調ですが、それも、『俳大系』の注に「爰《ここ》は山陰森の下、月よがらすはいつもなく、しめておよれよ、夜はよなかの、うつゝ、やなう（狂言小歌）」とありますように、小歌の一節の文句取りのゆえです。狂言では「花子」に使われています。ほかにも仮名草子『恨の介』に「八声《やこゑ》の鳥は偽りを歌ふた、まだ夜は夜中、しめて御寝《およ》れよの」と引かれています。よく知られた歌だったのでしょう。「しめる」は抱きしめること。「およる」は寝るの尊敬語で「おやすみになる」意。これはどちらかというと女性語ですし、状況から見てもこの句は女性のセリフです。小歌では「明け方を告げる鳥の声は偽りで、まだ夜は明けないんだから、私を抱きしめておやすみなさいな」と言っているのを、宗因の句はさらに「鳥が朝の訪れを告げても、もうちょっとの間だけ、私を抱きしめながら寝ていてよ」という別れの迫る切ない恋にアレンジしています。

S：『拾花集』『竹馬集』に「短夜→語残す手枕……うき別」の寄合語があります。夜の短さの方に中心を置いて前句を把握し、古典的な恋の発想に従いつつ俗語で付けている句です。

60　是非にをよばぬ死なばもろ共

N：雑で、「死なばもろ共」で恋の句（『世話焼草』）。急展開です。前句を遊里の明け方の場面ととらえ、心中でもしそうな客と遊女の会話を付けました。「もうどうしようもない、死ぬときは一緒だよ」。男は遊女に入れあげて破産でもしたのでしょうか。近松の世話物の世界のようですね。

S：『類船集』の「からす啼→死《シヌル》」という付合語を参照すれば、「鳥」をカラスと取って死ぬ方向へ話を運んだとも考えられます。それから、前句の「しめておよれ」を「首を絞めてちょうだい」の意に取り成した、というのは考えすぎ？

N：それはなかなかブラックだわ。

61 若衆の喧嘩さへずにいられうか

N：雑で、「若衆」により恋で人倫の句です。遊女の恋から男色へと転じました。前句の物騒なセリフを喧嘩の場面と見ての句作りです。死ぬ理由を、恋の心中から喧嘩の意地に読み替えています。「さへる」は争いを止めさせる、仲裁するの意味。「若衆の喧嘩は止めずにはいられない」のです。男色の対象となる「若衆」とは、元服前の、前髪がある美少年です。若衆としての恋愛は元服し前髪を落とすまでのごく短い期間に限られています。そのいわば賞味期限付きであるという希少性もあって、男色の恋は、精神性を重んずる、浮気を許さない、命がけの恋でした。プライドの高い武士社会においてはとくにそうでした。優れた若衆をめぐる喧嘩は多く、刃傷沙汰もしばしば。そうした話題は、西鶴の浮世草子『男色大鑑《なんしょくおおかがみ》』などに描かれて、読み物として享受されました。『類船集』でも「喧嘩→衆道《しゅどう》」が付合語です（「衆道」とは「若衆の道」の謂い）。ここの付けの場合、兄分の奪い合いでしょうか、キレてすぐ刀を抜きたがる若衆どうしの喧嘩と思われます。「若衆を死なせてはモッタイナイ」と思って仲裁する、これは年長男性の行動ですね。

S：今ふうに言えばＢＬ。ただ、「美少年」にはこだわらなくてもいいでしょう。宗因も昔を問へば肥後八代城主の加藤正方の小姓なり。正方の浪人後も長くおそばに仕へけり。実際のところは推測するしかありませんが、宗因は武士の衆道の精神性を身近に知っていたはずです。

62 論は中からたへんさかづき

N：雑の句です。付けとしては、『類船集』に「盃→中なをり」「盃→若衆」の付合語《つけあい》があり、二句合わせて、仲裁の結果盃を酌み交わして仲直り、という状況を仕立てています。「論」は言い争いのことで、句意は「言い争いは中途で絶えるだろう、盃をかわして」。ここには「盃論」という成語が意識されているでしょう。「盃論」とは、酒席で盃を差す順序について争うことです。「しばし御前にめさぬ遊君／杯の論に一座の興さめて」（『誹諧独吟集』上・定清）などの用例があります。争いの原因であるはずの「さかづき」を、逆に仲直りの小道具として使ったところがミソです。

S：やや分かりにくい文脈の句ですね。はたして仲直りの状況と取って良いのでしょうか。別の見方を示します。絶交の意の「なかだえ」という語があります。そこから、「中……たへん」に「絶交してしまう」の意を読み取りたい。この句は「盃論」と「なかだえ」の語をともに意識しており、「中はさかづきの論からたへん」（盃に酒を差す順序についての言い争いが原因で、二人の仲は絶えてしまうのだ）と言いたいところを、七七の句型に整えるために、語順が入れ替えられたのではないでしょうか。だとすれば、前句の「若衆の喧嘩」に、その原因としての「盃の論」を想定して付けたことになって、付けとしては明瞭になると思います。

N：うーん、でもその解釈は苦しいですね。「中は論からたへんさかづき」だったらそう読めるかもしれませんが。次の句との関わりも見てください。

63　商《あきなひ》のなれば一度に手を打《うち》て

N：雑の句です。前句の状況を、商談成立へと転じました。『類船集』に「手をうつ→あきなひ」があります。前句を仲直りの方向で解釈すると、この句へのつながりがスムーズです。商談成立しゃんしゃんしゃん、みんないっしょに手を打って、めでたしめでたし。前句を絶交の方向で解釈すると、手打ちにはなりませんよね。なお、謡曲「三笑」には、酒を飲みうっかり誓いを破って虎渓を渡ってしまった虎渓三笑《こけいさんしょう》の故事を描いて、「さす盃の廻る夜も。〳〵。明くれば暮るゝも白菊の。花を肴に立ち舞ふ袂酒狂《しゅきょう》の舞とや。人の見ん……淵明禅師にさて禁足は破らせ給ふかと。一度にどつと手をうち笑つて」という場面があります。宗因はこの謡曲の口調を取り入れているように思われます。

S：やっぱり絶交説は無理かなあ。前句を文脈レベルで読み替えている、と言えなくもないのでは……。

64　**唐舟《からふね》あまた月のみなとに**

N：「月」により秋で、天象・夜分の句です。「舟」は水辺体用《すいへんたいゆう》の外《ほか》、「みなと」は水辺体です。三折《さんのおり》オモテの月はできれば63に出したいものですが、一句こぼしてしまいました。「唐舟」は中国船のこと。「商」に「唐舟」は一般的な連想です。前句の商談を対中国の貿易の話として付けています。「月のみなと」とはまた美しい言葉ですが、和歌や謡曲に用例がみつかりません。ここでは月光の輝く港でしょう。そこに中国船がたくさん停泊しているのです。

S：遣句的な心の付けで、前句《まえく》から「唐舟あまたみなとに（入る）」と発想して、この面でここまで出せずに来た「月」を投げ込んだものと見えます。少し苦しまぎれ。よく転じてはいます。

【三折ウラ】

65　**霧わたる堺おもての海の上**

S：「霧」により秋二句めで、聳物《そびきもの》。「海」が水辺体で、「堺」が名所です。「堺」はもちろん室町時代の貿易港として栄えた堺のことです。前句の、中国船がいっぱい港に停泊中という話題に「堺」という具体的な港の名を付けています。『随葉集』には「月のさやか→雲きりのはる丶」「きりのはる丶→月のさやか」という寄合語が見えまして、月に霧が縁語として付けられています。「おもて」は、地名などに付いて「どこそこ方面」とか「どこそこに面しているあたり」とかを表す言い方です。つまり、この句は「一面に霧がかかっている、堺のあたりの海の上は」という意味になります。港の中では月が明らかだけど、港の外の海上は霧がかかっている、と対比的に描いた展開と考えられます。

N：何となく理屈っぽいというか、説明調の句ですね。前句がせっかく月なのに、なぜ寄合語のとおり「霧はる丶」にしなかったのでしょう。51に「霧をはらひのけ」とあって、もう霧を払っちゃったからでしょうか。

66 **ちくらが沖に秋風ぞふく**

S：「秋風」で秋の三句めにしました。「沖」は水辺体、「ちくらが沖」は名所。みなと・海・沖と、水辺の体が三句続いているのはよろしくありません。「ちくらが沖」とは、朝鮮半島と日本の間の海のことで、たとえば浄瑠璃『十二段草子』の五の「唐と日本との潮境なるちくらの沖に行逢ひて」のように、中世の文芸によく見られる語です。『類船集』にも「堺」の項の記事として「唐と日本の汐堺ちくらが沖といふ有と也」とあります。この付合《つけあい》では、前句の「堺」を地名から「汐堺」の「堺」に取りなして、大陸との間の海上の境界である「ちくらが沖」を付けています。また、「霧」を吹き払うものとして「秋風」を付け、時間的には前句のあとの状況を付けた句と言えます。時が移り、「ちくらが沖」に秋風が吹くようになったぞ、と。打越《うちこ》しの「唐舟」を引き摺っているのは好ましくありません。

N：『類船集』の文言はそれこそ『十二段草子』の言い回しに拠るのでしょう。「ちくらが沖」は歌枕ではなく、俳諧的な地名です。「堺」を取り成す手法は、『時勢粧』にも「境のうらもごくねちの夏／もろこしの舟はちくらが沖の方」（第六・維舟独吟千句第四）という例が見られます。それにしても、時間的に後ろにずらした付けという説明はすっきりしませんね。もともと前句は「霧はるゝ」で発想されていたものを、51との類想を避けて「霧わたる」と修正され、このつながりがおかしくなったのかもしれません。

S：賛成です。推敲の過程から不整合が生じたのでしょう。

67 **むくりこくり負て軍《いくさ》や引《ひき》ぬらん**

S：雑です。「むくりこくり」とは、漢字で書けば「蒙古・高句麗」。つまり、文永十一年（一二七四）と弘安四年（一二八一）の二度の「元寇」の時の、蒙古と高句麗の連合軍のことです。近世には子どもを泣きやませる時その名を出したようで、『山の井』の冬に「夜にいればむくりこくりのくるといひて、せど門窓の戸などかたくさして」という記事がありあります。神「風」が吹いて元寇が退却したことを踏まえての付けと言えます。「ちくらが沖」に「秋風」が吹いたので、

「むくりこくり」が逃げたとしたのです。一句としては「むくりこくりが負けて、その軍勢は退却したのだろう」の意。

N：さらには、神風の助力を得てちくらが沖で「むくり」を破った百合若《ゆりわか》大臣の話も踏まえているのでしょう。百合若大臣の物語は、幸若《こうわか》、説経《せつきょう》、浄瑠璃などさまざまに芸能化されました。幸若の「百合若大臣」には、「さて神たちの議によりて、神風涼しく吹ければ」や、「多くの蒙古《むくり》取乗、唐と日本の潮境、ちくらが沖に陣を取る。大臣の御座船をも、ちくらが沖へ押し出す」のような表現が見えます。「むくりこくり」が撤退したことは俳諧の題材として好まれたようで、『天満千句』第七に「むくりこくりかくのごとくに御成敗　西花／扨にし向にもろこしの海　宗恭」という類例があります。

68 甲《かぶと》のしころつかまれし人

S：雑です。「人」により人倫の句になります。これはいわゆる「しころびき」の逸話を踏まえた句です。「しころ」は「錏」や「錣」と書いて、甲《かぶと》の鉢の後ろの、襟首を防御する、鉄の板などを綴り合わせたびらびらの部分です。「しころびき」とは、屋島の合戦で平家方の悪七兵衛景清《あくしちびょうえかげきよ》と源氏方の三《み》保谷《おのや》四郎国俊が格闘し、景清がつかんだ三保谷の「しころ」が引きちぎられたという伝説です。謡曲「景清」からその箇所を引きます。「何某《なにがし》は平家の侍悪七兵衛。景清と。名のりかけ〳〵手取にせんとて追うて行く。三保谷が着たりける。甲《かぶと》の錣《しころ》を。取りはづし取りはづし。二三度。逃げのびたれども。思ふ敵なれば遁《のが》さじと。飛びかゝり甲をおつとり。えいやと引くほどに錣は切れて。此方に留《とま》れば。主《ぬし》は先へ逃げのびぬ」。前句の「むくりこくり」を鬼のように恐ろしい者の意味に取り成して、「負て」逃げた三保谷のことにしてしまった付けでしょう。それから、「引」に「しころ」が、言葉の上でのあしらいになっています。この句はその逸話そのままに「カブトのしころをつかまれた人」という内容です。つまり三保谷を指していることになります。

N：『類船集』に「甲→景清」の付合語があります。ところで、確かに逃げたのは三保谷ですが、負けたのは平家方ですし、謡曲で三保谷は景清を「汝恐ろしや」と言っています。三保谷からみれば、景清こそ鬼のような敵だったわけで、前句の「むくりこくり」は景清のこととする方が自然です。少しわかりにくいですね。

69　ばら〳〵と木葉天狗の荒出《あれいで》て

S：「木葉」によって冬、植物木。『俳大系』は「はら〳〵」と清んで読んでいますが、『類船集』に濁点の付いた「ばら〳〵」の項があって「木葉」を付合語としていますし、「荒出て」との対応からしても、前句とのつながりからしても、「ばら〳〵」の方が良さそうです。「木葉天狗」とは大天狗にくっついて働く格下の弱小天狗のことですが、逆に木の葉を小天狗に譬えてそのように言う場合もあります。前句との関係は、謡曲「景清」で三保谷が「しころ」をばらばらに引きちぎって逃げますが、そこから「ばら〳〵と木葉」の語句を連想したのですね。そして、しころをつかんだのは「木葉天狗」の仕業だ、と、「景清」の世界からは離れつつ、句を組み立てたと思われます。この一句としては天狗の話であって、「木葉天狗」が「ばらばら」と音を立てて暴れだした、と言っています。

N：『類船集』に「荒《アルル》↓天狗」とあり、『日葡辞書』の「荒れ」の項でも、凶暴になる、乱暴をはたらくの意味の例に「天狗が荒るる」とあって、天狗は荒れるものでした。「山風に荒るは木葉天狗哉　堺一武」（『ゆめみ草』四・冬）は、木の葉を小天狗に譬えた例です。

70　礫《つぶて》ほどなる雨のふるでら

S：雑で、「ふるでら」が釈教、「雨」が降物です。『類船集』に「ばら〳〵↓雨」「雨↓木葉」「礫↓天狗」といった付合語があり、寺も天狗に縁がありますから、言葉中心の付けと言えます。雨粒の大きさとしては誇張気味ながら、句意としてはまとまっています。「ふる」が掛け言葉で、「石つぶてほどの大きさの雨が降る、古い寺」という句です。「木葉天狗」の起こした怪異を付けているとも考えられますが、それではここ三句が粘りますので、前句を「木葉」主体の話に取り成して「木葉がばらばら降ってきたと思ったら、大粒の雨が降ってきたのだった」という状況として付けているものと見たいところです。

N：「木葉うつあられは天狗礫かな　親重」（『犬子集』六・冬）など、類想句は多くあります。天狗ではありませんが、芭蕉にも若いころに「一時雨礫や降て小石川　桃青」（『江戸広小路』上・冬）という句がありました。

71　**さはぎ立《たつ》鐘つき堂の夕鴉**

S：雑で、「鐘つき堂」は釈教としてよいでしょう。「夕」が時分、「鴉」が動物鳥です。付けとしては、「ふるでら」から「鐘つき堂」を出しています。寺に鴉がいるというのも一般的な発想です。また、「礫ほどなる雨のふる」ことを鴉が騒ぎだした一因としているのでしょう。『随葉集』に「古寺→鐘ひゞく」「鐘ひゞく→古寺」、『拾花集』『竹馬集』に「からす→山寺」があります。ここはどちらかといえば連歌の寄合語を中心に付けていると言えます。「夕方、鐘つき堂にいる鴉が騒ぎだす」という句意ですが、夕暮れ時に鐘を撞く「入相《いりあい》の鐘」の発想を背景にしているでしょうから、鴉どもはゴーンという鐘の音に合わせて騒いでいると思われます。鐘の音を合図にねぐらに帰るとしてもよいかもしれません。

N：異議ありません。

72　**諸行無常の野辺の白骨**

S：雑で、「諸行無常」は述懐でしょう。『俳大系』に指摘されるとおり、平家の冒頭の「祇園精舎《ぎをんしやうじや》の鐘の声、諸行無常の響あり」によって、「鐘」に「諸行無常」を付けています。また、鴉の騒ぐことから「野辺の白骨」を連想しています。『類船集』から「無常→鐘の音」「鐘→祇園精舎」「骸《カバネ》→鴉」といった付合語を拾うことができます。「諸行無常」という真理を示すように、野のほとりに白骨がころがっている。「野辺」は火葬場のある野辺を想像すべきだろうと思います。

N：このあたりは、ごく素直な付け運びですね。

73 **紅顔のよそほひもたゞ卒度《そつと》の間**

S：雑で、句意により述懐と思われます。付けは、これも『俳大系』に指摘されるとおり、『和漢朗詠集』下「無常」の「朝有紅顔誇世路、暮為白骨朽郊原（朝《あした》に紅顔あって世路《せいろ》に誇れども、暮《ゆうべ》に白骨となって郊原に朽ちぬ）藤原義孝」に拠っています。この詩句は蓮如の御文《おふみ》に応用されたことで広く知られました。「朝ニハ紅顔アリテ夕ニハ白骨トナレル身ナリ。スデニ無常ノ風キタリヌレバ、スナハチフタツノマナコタチマチニトヂ、ヒトツノイキナガクタエヌレバ、紅顔ムナシク変ジテ桃李ノヨソホヒヲウシナヒヌルトキハ（以下略）」。また、謡曲をはじめ諸々の文芸に多くの用例が見出せます。「紅顔」は若くて血色のよい顔、また、「卒度」は「ちょっと」とか「わずか」の意です。『日葡辞書』には「ほんの少し」と説明されています。ここは述懐を二句続け、「諸行無常」の観念を人間の老いに移しています。朗詠の対句の語である「白骨」と「紅顔」をそのまま使った、対句的な発想をもつ手堅い付けです。「若々しい紅の頬に美しくよそおってみせるのもほんの僅かの時間で、人はたちまち年老いてしまう」という句意。普遍的な人生の嘆きですね。

N：「紅顔のよそほひ」としたのは、謡曲「檜垣《ひがき》」を思い寄せたのかもしれません。「檜垣」は、やはり同じ『和漢朗詠集』の詩句を引きつつ、美しかった白拍子の昔を「紅花《こうくわ》の春のあした黄葉《くわうえふ》の秋の夕暮も一日《いちじつ》の夢と早なりぬ。紅顔の粧《よそほひ》。舞女《ぶぢよ》のほまれもいとせめて」と謡うのです。

74 **女をどりはおとこなりけり**

S：「をどり」で秋、「女」「おとこ」で人倫の句です。二句続いた述懐を鮮やかに離れた所が見所です。前後の運びから見て恋にはしていない意識でしょう。ここは、若々しい粧いの「紅顔」の女を眺めていたら、すぐに化粧を落として男の顔に戻ってしまった、という心の付け。「女の踊りかと思ったら、男だったよ」と、驚いた気持ちをそのままに表しています。近世初期の京大坂では男女別れての「女踊り」「男踊り」があり、『滑稽雑談《こっけいぞうだん》』に「女子は小町踊、男子は好踊・居合踊を営む。京都には祇園あるいは北野などに、女子の風流踊をなして、見物群をなす」という記事があります。『時勢粧《いまようすがた》』第一には「女踊とりどり化粧のすがた哉　斎藤友我」の句例があります。

N：『類船集』に「若衆→踊」の付けもありますが、「をどり」が付いたのは、先の謡曲「檜垣」の「紅顔の粧。舞女のほまれ」の舞からの連想ではないでしょうか。女の踊り手がじつは男だったという趣向なら、謡曲「井筒」に、業平を思って舞う女のことを「昔男の、冠直衣《かぶりなをし》は、女とも見えず、男なりけり、業平の面影」と描く一節があり、それも意識しているように思います。ただし、この句には「美女だと思っていたのに騙された！」というニュアンスがあって、より滑稽化されています。

75　ふるはくの露のふり袖きらめきて

S：「露」により、秋で、降物《ふりもの》。「ふり袖」が衣類です。この句は「ふるはくの／ふり袖きらめきて」の／のところに「露の」を投げ入れた構成と見られます。『類船集』に「箔→踊帷子《かたびら》」の付合語があり、前句の「女をどり」の衣装として「ふるはく」の「ふり袖」を連想したのです。「ふるはく」は古箔。「露の」を除く主文的部分の意味は「ふるめかしい、金銀の箔をほどこした模様の振り袖がきらめいて」ということです。「露の」を加えたのはまず何よりも秋にするためでしょう。それに「袖」と縁語だから「露」にしたものとも見られます。ただ、「袖の露」は涙を表す成語ですが、ここでは涙を読み取らなくてもよさそうです。「ふるはく」がきらめいている上に、「露」もきらめいている情景です。

N：「露のふり袖」は綺麗な言葉ですが、和歌には用例はなさそうです。『増補　玉海集《ぎょくかいしゅう》』付句下に「月まつとひらけば風の入口に／来たやらにほふ露のふり袖　青地氏可頼」の用例があります。また「きらめく」も和歌の例は少なくて、俳諧でならば露の輝きを示す語としてよく用いられています。「ふる」「ふり」は意識的なくりかえしで、それらと「露」との縁語関係も意識されているでしょう。

S：「ふる」の言い掛けを70で使ったばかりですけどね。

76　**呉服棚にも月の入《いる》暮**

S：「月」によって秋の二句めで、天象で、夜分《やぶん》になります。「暮」は時分《じぶん》です。また、「呉服」の語を衣類と見ておきます。「呉服棚」は、「棚」の字義通りに理解すれば呉服を収納する調度としての棚でしょう。呉服を商う店と取れなくもありませんが……。「ふるはく・ふり袖」に対して「呉服棚」を付け、「露・きらめきて」に対して常套的に「月の入暮」を付けた、二重の言葉付けでできていると思われます。その結果、「呉服を納めておく棚に月が入る、そんな夕暮」という句が成立したのです。前句の振袖には「ふるはく」で月が描かれていて、と想像したと見てもよいでしょう。この時期の宗因にしては珍しく非道理の気味のある句です。なつかしい味わいが宗因らしいと思います。のちに西鶴が「長持《ながもち》に春ぞ暮行く更衣《ころもがへ》」なる発句を詠んでいることが思い合わされます。

N：呉服棚は第一義的には呉服を売る店の意味だと思います。もちろん店にも棚があるわけですが。それに、棚は陳列台ですから、物をしまっておく長持とはちょっと違うのではないかしら。同じく西鶴の『日本永代蔵』四の三に「本町の呉服棚それそれの錦を餝《かざ》り、伝馬町の絹屋綿屋も同じ棚つき」とあるのもお店の話ですし、『己が光』の「片庇《ミセ》は干鰯《ほしか》積みたる呉服棚　珍碩《ちんせき》」もお店の例です。非道理とまでしなくとも、呉服店に月の光がさしこみ、「ふるはく」の「ふり袖」をきらめかせていると取れるのでは。

77　**花の春いはふ大黒多門《（ママ）》天**

S：三折《さんのおり》ウラの花の定座で、春で植物木の句です。花を出すべき所ですので、前句《まえく》の「月」との縁をたよりに「花」を詠み込み、秋から春へ、やや強引な季移りをしています。出自から推測するに、「大黒」は神祇、「多門天」は釈教でしょう。釈教は三句去のルールですが、71の釈教からは五句離れていますから問題はありません。『類船集』に「棚↓大黒」とあるような、大黒天を棚に据えて祀る習俗を踏まえて、「棚」に祀る神としての「大黒」を付けていると考えられます。福の神の仲間である多聞天も一緒に棚に飾られていると想定したのでしょう。「多門天」は「多聞天」が正し

三面大黒天（比叡山延暦寺）

い書き方で、「毘《び》沙門《しゃもん》天」と言っても同じです。「花の春」は新春を「花のよう」と誉めたたえる言い方。句意は、「花のような新春に、大黒天と多聞天を祝っている」と解します。前句の「棚」との関係を考えれば、「花のような新春を、大黒天と多聞天が祝っている」のではないと思います。「呉服」と「暮」からの付け筋がないことは、花の座を優先させて粗略になった結果だと言えます。なお、時が「花の春」ですから、いわゆる歳神《としがみ》（歳徳神《としとくじん》・正月さま）を年棚（年徳棚・恵《え》方棚《ほうだな》）に祀る風習が関連しているかもしれません。歳神の棚に大黒や多聞天を置いて祝うというような習合があったというのであれば、この句はわかりやすくなりますが……。

N：お正月の門付け芸に大黒舞があることを思うと、大黒が「花の春いはふ」というふうに読みたくなりますが、前句に「棚」がありますから、大黒と多聞天を祀っているのでしょうね、やっぱり。「三福神」として恵比寿・大黒・福禄寿を絵に描いて掛ける、ということは『類船集』にもでてきます（「恵美酒《エビス》」項）が、大黒と多聞天をセットにする例が都合良くはみつかりません。狂言に「大黒連歌」「連歌毘沙門」がありますから、あるいは共に連歌と結びつくことが鍵なのでしょうか。比叡山延暦寺には、大黒天と毘沙門と弁財天が一体になった姿をした「三面出世大黒天」が祀られています。そのあたりも関係があるのでしょうか。

▼右の、最後の「三面出世大黒天」に関わって、尾崎千佳さんから宗因の狂歌二首のご指摘がありました。

三面大黒の讃に
さても此御かほを見たてまつるよりふくふくふくとなる心ちして　（『後撰夷曲集』）

三面大黒の絵をみて
よろこびのみかほひらけば一に俵二ににつこりと成家《なる》ゐかな　（『銀葉夷歌集』）

とくに後者からすると、三面大黒の絵が「家ゐ」にも掛けられることがあったようなので、前句の「呉服棚」を床の間の袋棚にとりなし、新年吉祥の掛物を付けているという解釈をうかがいました。
▽貴重なヒントをいただきました。比叡山の三面大黒は狂言の「夷大黒」で由緒が語られるなどして、有名な福神でした。秀吉が信仰したことでも知られています。参詣者はお札やレプリカを持ち帰るのです。宗因の狂歌からは、絵に描かれ家の神棚などに祀られたことが分かります。尾崎さんの解が妥当でしょう。

78　**あらたまりぬる初子《はつね》初寅《はつとら》**

S：句意により春です。前句の「花の春」を受けて「あらたまりぬる」と言い、大黒天は初子の日、多聞天は初寅の日が祭日という関係で、手堅く付けています。『類船集』には「子日→大黒祭」と「鞍馬→初寅参り」の付合語があります。大黒天の祭日は甲子の日ですが、初子の日にも祭られました。「年が改まって最初の子の日と寅の日」というだけの、折端らしい単純な句と言えます。大黒といえば、京の周辺ではさっきも出ました比叡山の三面大黒天。多聞天（毘沙門天）といえば鞍馬寺。狂言「鞍馬参《くらままいり》」（虎明本《とらあきら》）には「今日は初寅じゃ程に、くらまへ参らふと思ふ」というせりふがあります。京の人々には、初子には叡山へ、初寅には鞍馬へ、というのは普通の感覚だったのでしょう。

N：わかりやすい付けです。

【名残折《なごりのおり》オモテ】

79　**夜中過《すぎ》七つ過たる朝がすみ**

N：「かすみ」で春の三句め、聳物です。時間の経過を句にしていますが、「夜中」「七つ」「朝」で時分、「夜中」で夜分としてよいでしょう。76の夜分と二句しか隔たっておらず、夜分二句去りの式目に違反しています。76には「暮」という時分の語もありましたが、異なる時分は二句去りですから、時分については違反ではありません。さて、江戸時代には時刻の言い表し方が二通りありました。ひとつは「子の刻」のように十二支で示すもの、もうひとつは「明け六つ」のように時鐘を鳴らす回数で示すものです。この句は、前句の「子」「寅」を時刻に取り成し、「子」を「夜中」と言い換え、「寅」を「七つ」と言い換えて付けています。子の刻は午前零時、寅の刻は午前四時頃です。夜中が過ぎ、七つが過ぎ、朝の霞の立つ時分となった、という句意です。

S：付けについてさらに言えば、前句の「あらたまりぬる」は新春のことですから、そこから「かすみ」が付けられています。新春になればすぐ霞が立つことは和歌においては常識的な本意で、たとえば『竹馬集』を参照すれば、「立春」項に「春立といふばかりにやみよしの、山もかすみてけさは見ゆらん」（『拾遺和歌集』巻頭歌、壬生忠岑《みぶのただみね》）、「霞」項に「春のくる朝の原を見わたせば霞もけふぞ立はじめぬる」（『千載和歌集』巻頭歌、源俊頼）が引かれています。

80 もいの〳〵のわかれきのどく

N：雑で、「わかれ」により恋の句。宗因はこの百韻で必ず一折に一箇所は恋句が入るようにしています。前の恋から少し間があきましたので、ここらあたりで無理なく恋を、ということでしょうか。前句に言う夜中過ぎから朝までの時間は恋人との別れの時間です。そこから素直に恋句を付けています。「もいの」は「もう往《い》のう」で、もう帰ろう、の意味です。「きのどく」は他人が見て可哀想なのではなく、自分が困惑して嫌な気分になることです。朝になってしまったので、「もう帰らなきゃ、もう帰らなきゃ」というあわただしい別れがつらい、嫌になっちゃう、という句意です。それにしても、間が空いたとはいえ、前回の恋の句は「58とけいでしるや夜のながみじか／59鳥がなくしめておよれの今しばし」。少々発想が似すぎてませんか。

S：時間の経過を絡めたきぬぎぬの別れの発想こそくりかえされていますが、前回の恋の運びでは60と61での転じがなかなか効果的でした。今回も、次の句の転じは気が利いているのではないでしょうか。

▼母利司朗先輩よりご指摘をいただきました。『隆達小歌集』に「鐘さへなれば、もいなふとおしやる、こゝは仏法、東漸《とうぜん》のみなもと、初夜後夜の鐘は、いつも鳴る。」とあり。

▽なるほど、歌謡の語をアレンジしていたのですね。

81 **入聟《いりむこ》やとき〴〵腹を立《たて》ぬらん**

N：雑で、「入聟」により恋の二句めで、人倫です。「入聟」は結婚して妻の家に入る婿養子のことです。とても良い男とか、妻の尻に敷かれ肩身の狭い思いをするとかのイメージで詠まれることが多いのですが、ここでは後者です。前句の「もいの〳〵」を「もう出て行ってやるぞ」という入聟の心のつぶやきと見た付けです。この句としては「入聟だって時々は腹を立てるだろう」ということで、妻やその家族に対してふだんは忍従してばかりの夫、という含みでしょう。心に思えどやっぱり我慢するしかないのです。

S：きのどくですねえ。

N：ねえ。

▽この付け、のちに、延宝七年（一六七九）刊の『二葉《ふたば》集』に抜き出されておりました。

82 **灸の針のとよはさうな皃《かほ》**

N：雑の句です。前句の「入聟」は虚弱体質であって、という発想の付けです。「腹」と「立」は「針」の連想語と見てよいでしょう。いつもいつも、やれ灸を据えるとか、やれ針を打つとか、弱々しくて頼りない人物の顔つきです。

S：ここはずいぶんあっさりした恋の運びで、もう離れてしまいましたね。

83 **常〴〵に食養生《しよくやうじやう》をめされかし**

N：雑の句。素直な心付けです。『類船集』に「弱《ヨハキ》→病人」の付合語が見えます。「食養生」は食事によって病気の予防や治療をすること。日頃から体に良い物を召し上がりなさいよ、と前句の人物に説教しているのでしょうか。

S：このあたり、同じ人物をめぐる話題と読めてしまって、粘っています。

84 わかいこゝろのうせぬ老人

N：雑の句。「老人」で人倫の句になります。人倫は二句去りですから、81に対してぎりぎり差し合いをまぬかれています。前句の発言者を定めた付けでしょう。日頃から食べ物に気をつけなさいよ、と人に注意したりするのは、「まだまだ若い気持ちを失わない老人だ」というのです。暴飲暴食の若者よりも、何事にも節度を保って長生きしている老人の方が健康でしょう。若い心をもった老人といえば、謡曲「小塩《をしほ》」に「交じれや交じれ老人《おいびと》の。心若木の花の枝。」と若者に混じって花見をする老人、実は業平が登場します。次の句が小町なので、念のため。

S：気持ちはいつまでも若くとも、肉体は自然に衰えるもの。この句の老人に向かって、周囲の誰かが、前句のような忠告をしているという解釈も捨てがたいのですが……。ただ、それだと、忠告を受ける者が打越しに来ることになってまずいですね。いずれにしても、転じ方が弱い。

85 よろ〳〵と立《たち》て小町が舞の袖

N：雑です。「小町」で人倫、「袖」で衣類の句になります。ふつう、美女の名前は恋に扱われます。しかし、81の恋とは三句去りでルール違反ではないものの近すぎますし、前後に恋の句がないので、ここは老女の小町で恋の意識はないと考えます。前句の「老人」を小町と定めました。美女として名高い小町は老いて零落したという伝説でも有名で、『類船集』に「老女→小町」や「乞食→小町」の付合語があります。とくに、老女となってからの小町が登場する謡曲「関寺小町」「卒塔婆《そとば》小町」「鸚鵡《あうむ》小町」は「三小町」と称され、俳諧のかっこうの題材となりました。この句は、稚児の舞に誘われてシテの老女小町が舞う「関寺小町」を典拠としています。「百年《ももとせ》は。花に宿りし、胡蝶の舞。哀なり〳〵。老い木の花の枝。さす袖も手忘《たわす》れ。裳裾《もすそ》も足弱く。たゞよふ波の。立舞ふ袂は翻せども。昔に返す袖はあらばこそ……恥かしの森の。はづかしの森の木がくれもよもあらじ。暇《いとま》申して帰るとて杖にすがりてよろ〳〵と。本の藁《わら》屋《や》に帰りけり。百年の姥《うば》と聞えしは小町が果《はて》の名なりけり小町が果の名なりけり」。同様の場面としては、「鸚鵡小町」にも、「小町も今は。これまでなりと。杖にすがりてよろ〳〵と。立ち別れ行く袖の涙」とあります。若い心の失せぬ小町は、老いてもよろよろと立ち上がり、袖を翻して舞を舞います。業平・小町の美男美女はセットで登場する説話も少なくありませんから、前句の人物を「小塩」のシテ業平として、付句に小町を使ったのかもしれません。

S：気持ちの若さと言えば、小町は「卒都婆小町」でも高野山の僧を論破したりしますね。話は逸れますが、乾裕幸氏に「芭蕉と小町」という論考があって（『芭蕉と西鶴の文学』〈創樹社、一九八三〉所収）、芭蕉にとっての小町は「悟れる」老女だったことが説かれています。芭蕉が小町の聖性を発句に詠もうとしたことについては、私も「月見三句考」（『風雅と笑い』〈清文堂、二〇〇四〉所収）で少々触れたことがあります。でも、宗因には小町を「悟れる」老女とする意識はないようで、同じく謡曲を題材としていながら、芭蕉との違いが面白いと思います。

86　**はかまのすそにけつまづきぬる**

N：雑で、「はかまのすそ」により衣類。よろよろとしたのは、裾を踏んでつまづいたからだと、理由を付けました。美しい舞が始まるのかと思いきや、舞人は袴の裾につまづいてしまった。少々運びが停滞していることになりますが、先程引いた「関寺小町」に「裳裾も足弱く」とありますし、やはり小町ものの代表作「卒塔婆小町」の一節「浄衣《じやうえ》の袴かいとつて。〳〵。立烏帽子《たてゑぼし》を風折《かざを》り狩衣《かりぎぬ》の袖をうちかづいて」を意識しているようにも思います。

S：前句の事態の理由を付けたということでなしに、小町が立って舞うと見ていたら蹴つまづいた、という時間を追った展開としても、おかしくないと思います。

87 **今まいりいまだしつけぬ礼をして**

N：雑の句。「今まいり」は新しく出仕した新参者の意味です。人倫としておきます。前句のぶざまな体を、出仕したばかりの者のコチコチぶりに転じました。『類船集』に「袴→礼者」の付合語があります。新参者がまだしなれないお辞儀をした、その結果袴の裾につまづいた、と前句に帰ります。

S：単純な心付け。狂言の舞台でも見るようです。

88 **ひまなくも名をよぶ粟田口**

N：雑で、「粟田口」が名所《などころ》です。狂言に「粟田口」という演目があります。「粟田口」は京の粟田口で作られる刀の名前なのですが、それを知らずに探し求める大名と太郎冠者を、詐欺師が「自分こそ粟田口だ」といってだます話です。大詰めで大名がくりかえし「粟田口」の名を呼びます。前句の語「今まいり」も、やはり狂言の演目で、新しく大名にかかえられようとする者の失敗と成功を描いたものですから、つまりここは、狂言つながりの付けなのです。『懐子《ふところご》』には上七を「名をばひまなく呼」としていますが、どちらでも句の意味はそう変わりなさそうです。この句は、狂言の場面そのままに、「ひっきりなしに粟田口の名前を呼ぶ」という意味です。

S：「今まいり」に「粟田口」、狂言の題名を対句のようにして付けているわけですね。

89 **道づれはひのおか越の跡にさがり**

N：雑、内容から旅でしょう。「ひのおか越」が名所です。京三条と山科のあいだ、途中の登り下りを「日ノ岡越え」と言います。古来この坂道は交通の難所とされ、『続山井《ぞくやまのい》』にも「かたに着物かかる物かはうき難所／今をたうげとあつき日の岡　宗房」（夏誹諧連歌）の用例があります。前句の「粟田口」を、本来の京の東山の地名に取り成して、その近くの峠道「ひのおか越」を付けています。「跡にさがる」は仲間から遅れること。難所の日岡峠を複数の仲間連れで越えて山科へ向かう際、ある「道づれ」が遅れてしまったのです。粟田口で仲間たちが遅れた者の名を呼んでいる、という心による付けです。

S：『類船集』に「粟田口↓日の岡」とあって、この二つの地名の結びつきが強かったことが確認できます。ちなみに、『続山井』の用例は芭蕉の若い頃の句ですね。

90　**追かけつゝもはやくかへ馬**

N：雑です。「馬」により動物《うごきもの》獣で、かつ旅の句として詠まれていると思われます。「かへ馬」は替わりの馬。馬がくたびれたら、別の馬に乗り替えるものです。前句の旅人が「跡にさが」った原因を馬の疲労と見替えて、「かへ馬」を求める心を付けています。仲間を追いかけながらすぐに替え馬を求めて、という句意になります。

S：理解しやすい心付けです。名残折オモテの終わり近くなって、宗因も馬に乗ったみたいにスピードアップしていますね。

91　**将棋をもさす月影のさやかにて**

N：名残折《なごりのおり》オモテの十三句め、出すべき位置で月を出して、秋になりました。また、天象で夜分です。前句の「馬」を将棋の駒に取り成しました。『類船集』に「馬↓将棊」の付合《つけあい》語があります。しかも、おそらくここでは「かへ馬」を桂馬の交換のことと読んでいるのでしょう。一句は、将棋を指せるほど月の光が明るく差している、という意です。「さす」は上下に掛かっていて、「将棋を指す」「月影が差す」の二つの意味に働いています。ちなみに、「さやか」な「月影」は和歌に頻出する表現です。なお、『随葉集』に「駒迎↓月のさやか」、『拾花集』『竹馬集』に「駒むかへ↓さやけき月」の寄合《よりあい》語がありますが、どうでしょうか。

S：和歌で「さやかなる月」を「駒迎」と取り合わせて詠むのは逢坂の関でのことと決まっていますので、88・89の京近くの名所列挙の後すぐに、ここでまた逢坂がらみの話は振らないだろうと思います。駒迎えが下心にあるとは読まない方がよさそうです。

92　**見る文《ふみ》の理《り》は露もまぎれず**

N：「露」により秋の二句めで、降物《ふりもの》の句です。「月」に「露」の常套的な寄合語を織り込みながら、「月影のさやか」ゆえに手紙もよく読めるという連想があると思われます。「露も」は、否定表現を伴って、強い否定の気持を表わす副詞として働きます。「理」はことわり、道理。一句は、読んでいる手紙に書かれている道理はまったく紛れることがない、はっきりと明快である、という意です。

S：「露」を実体のある露として解することも可能ではないでしょうか。つまり、「月影のさやか」な地上には、「露も」きらきら光って、「まぎれず」にそれと分かる、という付け筋も意図されているのではないでしょうか。

▼宮﨑修多さんより。ここの運びは、「つい朱子学（しかも俗流の理解）を連想したくなる処です。明鏡止水や明月が本然の性や天理の象徴となる事は当時よくある様に思はれるからです。」とのこと。

▽おお、これは私どもの手に余る、でも重要な問題ですね。宗因の俳諧に朱子学の思潮の影響が見出される？　かなあ。注釈する上ではまったく意識していませんでした。談林俳諧全体に手を広げて、惟中《いちゆう》研究あたりの課題とすると材料は豊富でしょうけど。今後、俳諧から具体例を拾って検討してくれる人が出て来てくれませんか。

【名残折ウラ】

93　**借銭《しやくせん》や盆前に皆払ふらん**

S：「盆前」によって秋の三句めにしています。前句の「文」を、借金返済の催促の手紙としている付けです。『類船集』に「払→露」がありまして、露は「払ふ」ものだという言葉の連想関係を用いながら借金を「払ふ」ことにずらしている所が面白いと思います。この句は、借金をお盆の前にみんな払ってしまうことだろうという意になります。なぜ

「盆前」なのかと言えば、江戸時代には一般的に七月のお盆の前と年の暮れとを年に二度の借金清算期にしていました。その時期に商人は「掛け取り」に歩き回るわけです。「理路整然と催促されたもので抗いきれずに完済した」という理屈で展開させたのです。

N：『類船集』には「払→借銭」もあります。全部返済するなんて、俳諧にしては律儀な。

94　**在々所々の世の中はよし**

S：雑です。「在々所々」は、村里の意の「在所」を複数にした言い方で、あちらこちらの村里ということです。「里」と読み替えてよろしければ居所の体の句ということになります。次に、「世の中」は文脈によっていろいろに取りようがあります。一般的には現代語の「社会」とか「世相」とかに近い意、宗教的なニュアンスを持つならば「現世」の意、恋愛の話題ならば「恋愛関係」のような意、それに、経済的な文脈でなら「ふところぐあい」とか「生計」の意、といったように。この句の場合は、経済的な話題と取ると収まりが良さそうです。なので、「現世」の意の場合のような述懐の句とは見ないでおきます。付けは、前句の「とどこおりなく借金が返済される」という内容への心付けです。要するに、村々の景気がよろしい、ということです。

N：「ザイザイショショのヨのなかはヨし」と語呂もヨい。なお、『宗因千句』「とへば匂ふ」百韻にも「39そでもなき勧進帳をおし開／40在々所々もよき秋のころ」という付合があります。どの地域も景気がよいというので、「皆払ふ」は全額払う意から全員払う意へと読み替えたのでは。

S：なるほど。細かいところでそつなく転じていますね。

95　**雨《あま》つぎのおもふやうなる年にして**

S：雑。「雨つぎ」で降物になります。降物は二句去りですから、92の「露」に対しての差し合いにはなりません。原文は「雨つき」で濁点なく、『俳大系』では「雨づき」としていますが、『西鶴大矢数《さいかくおおやかず》』第三十五の81に「雨次のよい所をばこゝろ懸」という句がありまして、「アマツギ」と読むのが良いと思います。前田金五郎氏の『西鶴大矢数注釈』のその句の注によりますと、「雨次《あまつぎ》　雨が降り続くことで、「雨続」（小傘《こからかさ》）と同意であろう、「次サシツヾクコトナリ」（訳文筌蹄《せんてい》初編・三）の語義を参照すれば。或いは、「あまつゞき」の転訛か。」とのことで、ほかに『大硯《おおすずり》』と『井筒業平《いづつなりひら》河内通《かわちがよい》』の用例が引かれています。ここは、前句の「世の中」を「稲の作柄」の意味に取り成しての、単純な心付けです。「雨の降り続く具合が思い通りになっている年であって」という句意です。

N：『続境海草《ぞくさかいぐさ》』（寛文十年〈一六七〇〉刊）夏巻にも早苗の題で「濃州加納にて／雨次も時にかなふの早苗哉　大坂 玖也《きゅうや》」とあり、適度な雨が豊作を招いたということです。

96 不慮にさい〳〵きくほとゝぎす

S：「ほとゝぎす」で夏にしています。動物《うごきもの》鳥の句でもあります。付けはまず、雨に対してホトトギス。たとえば『随葉集』には「郭公《ほととぎす》→雨」の形で寄合語として登録されていまして、「むかしおもふ草の庵の夜るの雨になみだなそへそ山郭公」の歌が引かれます。『新古今和歌集』（三・夏）の俊成の歌です。この歌の影響でホトトギスは雨の夜によく鳴くということになっておりますし、実際そういう習性があるようです。前句が雨続きの話題ですから「さい〳〵きく」と付けたわけです。また、言葉の上で「おもふやうなる」に「きくほとゝぎす」が対応しているとも言えます。一句は、思いがけなくも、何度も何度も繰り返しホトトギスの声を聞く、の意です。ホトトギスの本意は待っていてもなかなか鳴いてくれないことにありますから、予期せぬ声をたびたび聞いて、こいつあ果報だ、やれ嬉しや、という心持ちの句です。

N：農事から風流事へ、雨の話題が見事に転じられています。それにしても、のちに宗因さん、「世の中の」百韻では「4礫ふりさけあくるしの、め／5いづくより追出され行時鳥」（本書25頁）と詠んでいることを思うと、この96はホトトギスの本意に沿っていてとても穏やかですね。

97 **淀舟に此比《このごろ》下り又のぼり**

S：夏は一句で捨てて雑にしました。『産衣』の「舟ニ旅ニ非《あら》ざる分」に、「川舟」を挙げて「淀舟、すみだ舟の外ハ、皆旅ニ非ずと也」と説明していますので、この句は「淀舟」で旅の句ということになります。また、「舟」が水辺《すいへん》の体用《たいゆう》の外《ほか》です。淀はホトトギスの名所でした。『竹馬集』には「子規→淀のわたり」「淀→時鳥」の寄合語が見え、「淀」の項では「いづかたに鳴て行らん子規よどのわたりのまだ夜ふかきに」（『拾遺和歌集』二・夏、壬生忠見《みぶのただみ》）が引かれています。寄合語の典拠はこの歌と言うことができます。宗因は、「さい〳〵きく」ことになったわけを、「淀舟」で往復した（下ってまた上った）からだ、と、理屈で付けています。「淀舟」は中世・近世の淀川の川船で、過書（河関通行免許）を持って関料を免除された「過書船《かしよぶね》」の一つ。「旅客用には人乗せ三十石船があって、水主四人、乗客二十八人を定員として伏見―大坂八軒屋間をふつう一日二往復し、下り半日、上り一日で運航した」（『国史大辞典』）とのことです。「淀舟に乗って、最近大坂まで下り、また淀へ上ってきた」のです。

N：「淀舟」と「時鳥」を取り合わせた句はたくさんあり、貞徳も「淀舟でこひこがるるやほととぎす」（『崑山集《こんざんしゅう》』五・夏）と詠んでいます。これは期待していたのに聞けなくて残念だという句で、「焦がるる」に舟の縁語の「漕ぐ」が掛けられています。宗因の発句にも延宝四年（一六七六）の「於淀／淀舟ぞやれ付合ぞほとゝぎす」があり（『俳諧三部抄』所収）、淀舟に乗ったら時鳥の声を期待する、というのがお約束になっていたようです。

98 **次第こそあれ巡礼の札**

S：雑の句です。「巡礼」で旅・釈教・人倫の句であるとして良さそうです。「巡礼」は各地の寺社霊場を巡拝してまわることです。仮名草子『尤《もつともの》双紙《そうし》』の「めぐるもののしなじな」に「三十三番の札を打にめぐるは順礼」とあるように、

「札所《ふだしょ》」の柱や壁などに木や金属の「札」を祈願のために打ち付けて回るものでした。今では札を納めて朱印をいただくようになっています。また、「巡礼」と言えば西国三十三所の巡礼を指すのが一般的だったということもわかります。西国三十三所巡礼は、南は紀州、北は丹後、東は美濃、西は播磨の範囲で散在している三十三か所の観音霊場を歩くことです。付けは、近畿地方を旅して歩く話題から巡礼を連想したのです。そもそも西国三十三所を巡るには「淀舟」で上り下りする行程は入らないはずで、そんなことをする人は横着で不届きな巡礼者なわけですから、とがめ立てする心で「次第こそあれ」と付けていると思われます。一句としては、「正しい順序というものがあるのだ、順礼をして札を打つにも」の意です。

N：『類船集』に「札→順礼」とあります。「次第こそあれ」をとがめ立てするととらず、正しい順序を守るためにわざわざ淀舟で下ってはまた上るのだ、と取っても済むのではないでしょうか。何となく怪しげな巡礼ですが……。

99　幾人《いくたり》の楽書《らくがき》をする花の寺

S：名残の折のウラの花によって春になりました。「花」ですから植物木で、「寺」が釈教で、「幾人」は人倫です。「巡礼」に、「楽書」と「寺」を付けています。『類船集』には「楽書」の項がありまして、付合語として「順礼」を挙げ、さらに「廻廊《クハイロウ》、宝蔵《ホウザウ》、鳥居、橋《ハシ》の欄干《ランカン》などもけがすは三十三所の観音まうで也」という解説があります。西国三十三所巡礼はすでにもう観光旅行になりかかって、不心得な巡礼者が目立ったんでしょうかね。前句の「次第こそあれ」を「作法というものがあるはずだ」と読み替え、その不作法ぶりを具体的に述べた、心の付けです。一句の意は「何人もが、ラクガキをしている、花の盛りの寺」。花は桜です。元禄二年（一六八九）山中温泉での芭蕉らの俳諧歌仙に、「遊女四五人田舎わたらひ　曽良／落書に恋しき君が名も有て　芭蕉」という付合があるのを思い出しました。以前「山中三両吟について」（85に前出『風雅と笑い』所収）なる稿で解説したことがあります。

N：今でも神社仏閣には落書きが付きもの。海外で教会に落書きをして叱られた大学生もいましたっけ。『信徳十百韻』第八にも「年を経て伽藍は作り出したり／札の面やらくがき禁制」の例があります。

100 **こしおれうたも春のなぐさみ**

S：挙句、前句の「花」を受けておだやかに「春」。「こしおれうた（腰折歌）」とは上句と下句のつながりが悪い和歌のことですが、へたくそな和歌一般を指して言い、自歌を謙遜する時にも言います。たとえば、『醒睡笑《せいすいしょう》』四に「昔より奇特有馬の湯ときけど腰をれ歌はなほらざりけり」という、なかなか上手な狂歌があります。前句の「楽書」に歌なんかもまじっているものとして、それを書いている人物の心理を付けています。また、花見に歌は付きもの。『拾花集』と『竹馬集』に「花↓讀哥《よむうた》」、『類船集』に「歌↓花見」があります。「へたくそな和歌も、春の一興だ」という句意になります。

N：挙句にふさわしく、のどかな終わり方ですね。宗因自身がこの百韻を謙遜している句のように受け取れます。これにて百韻終了。我々もパソコン入力で曲がった腰を伸ばしましょう。やれやれ、どっこいしょ。

三　宗因独吟「花むしろ」百韻注釈

＊初出、『近世文学研究』第4号（二〇一二・一二）
＊頴《え》原《ばら》文庫本（ペン写）の『西翁十百韻《さいおうとっぴゃくいん》』に前書が伝えられています。
また、覆刻版『宗因千句』に三箇所の異文があります。
＊なお、この巻の29には、現在の人権意義からは不適切と思われる発想が見受けられますが、作品の時代背景に鑑みて、そのことも避けずに注釈しています。

S：今回は『宗因千句』の中から、「花むしろ一けんせばやと存候」を発句とする独吟俳諧百韻を読んでまいります。これは寛文三年（一六六三）の春に江戸で詠まれた百韻です。宗因、五十九歳でした。

N：宗因は、寛文二年（一六六二）三月に大坂を出発して、夏は江戸に滞在し、秋には内藤風虎《ふうこ》のいる磐城平まで足をのばします。そしてそこを基点に松島など陸奥の名所を見て歩きました。宗因の奥州紀行は江戸に戻って越年するまでを記しています。「花むしろ」俳諧百韻が成ったのは、寛文三年の春のこと。実は、江戸の旅宿で、宗因は悲しい報せを受け取っていました。故郷に残した娘が、前年の七月に身まかったというのです。親として、子に先立たれるほど辛いことはないでしょう。奥州紀行には、その悲嘆が描かれるものと描かれないものの二つのパターンがあるのですが、詳しくは尾崎さんの論（「前口上」本書3頁参照）を御覧下さい。

また、風虎といえば露沾《ろせん》の父でもありました。宗因を始め、重頼《しげより》・季吟《きぎん》らと親しく交わり、貞門・談林のパトロンであった風虎、門人に沾徳《せんとく》らを擁し、芭蕉・其角らと交流をもった露沾、ともに俳諧に深い関心を寄せた二人ですが、親子仲は悪く、露沾は結局家督を相続せずに退身してしまいます。この困った親子喧嘩については、大村明子さんの「風虎と露沾―父子の確執―」（『近世文芸　研究と評論』四十六号、一九九四・六）が詳しく述べています。

S：さて、版本の『宗因千句』には「江戸ニ而《て》前書略ス」となっていますが、『西山宗因全集　第三巻　俳諧篇』の「校異」によれば、柳亭種彦《りゅうていたねひこ》旧蔵本のペン写である潁原文庫本には、次のような前書が伝えられています。ただしここでは、適宜濁点を付してみました。

今を初の誹諧の日も行末ぞ久しき。そも〳〵是は奥州方より出《いで》たる誹諧にて候。我いまだ都方の誹諧を見ず候程に、此春おもひ立、都へのぼり候。又、よき次でなれば、武州江戸のはいかいをも一見せばやとぞんじ候。旅衣すゑはる〳〵の誹諧をけふおもひたつうらおもて、句なみのどけき春霞○脱文歟一句かきぬらん跡末もいざ白紙《しらかみ》のはる〳〵と。さしもおもひし百韻の名残の裏につきにけり、〳〵。しばらく此所にのさばつて、所の誹諧を聞くがよかんべい。

これは謡曲「高砂《たかさご》」の冒頭のパロディというべき文章で、全体として、この俳諧の百韻の運びを脇役の旅人の道行《みちゆき》になぞらえています。『新日本古典文学大系　謡曲百番』によって、「高砂」の冒頭を引いてみましょう。

今を始《はじめ》の旅衣、今を始の旅衣、日も行末ぞ久しき。ワキ「抑《そもそも》是は九州肥後国《ひごのくに》、阿蘇の宮の神主友成《ともなり》とは我事《わがこと》也、我未《いまだ》都を見ず候程に、此度《このたび》思ひ立《たち》都に上り候、又よき次《ついで》なれば、播州高砂の浦をも一見せばやと存候。ワキ・ワキツレ「旅衣、末遥々の都路《みやこぢ》を、末遥々の都路を、けふ思ひたつ浦の浪、船路のどけき春風も、幾日《いくか》来ぬらん跡末も、いさしら雲の遥々と、さしも思ひし播磨潟、高砂の浦に着にけり、高砂の浦に着にけり。ワキ「急《いそぎ》候間、播州高砂の浦に着て候、此所において松の謂《いはれ》を尋ばやと存候。

「奥州方より出たる」は、もちろん、寛文二年の秋から冬、宗因が奥州をめぐって江戸にやってきたことをふまえています。「うらおもて」「白紙」「百韻の名残の裏」といった連歌俳諧の書式の用語で洒落のめしています。最後の「しばらく此所にのさばつて、所の誹諧を聞くがよかんべい」は、江戸風の奴言葉《やっこ》をわざと用いて、「しばらくここに居座って、江戸の誹諧を聞こうじゃあないかい」と言っています。

N：前書のあるなしでは、あった方が断然楽しいですね。田舎者めかして、「奥州方」の「誹諧」と言っています。「我いまだ都方の誹諧を見ず」がおかしい。「所の俳諧を聞く」とは江戸の俳人と交流を持つということでしょう。この巻は宗因の独吟ですが特に江戸風に詠まれたということではなく、作品自体は、むしろ、江戸俳人への挨拶なのではないでしょうか。それでは例によって、百韻の全体の本文を、各句の式目上の属性と共に掲げることにいたしましょう。宗因の俳諧を読むがよかんべい。

【初折《しよおり》オモテ】

1　花むしろ一けんせばやと存候《ぞんじそろ》　春（花むしろ）、花の句　植物木《うえもの》（花）

2　しばし借屋をかる家ざくら　春（家ざくら）　植物木（家ざくら）、居所体《きよしよたい》（借屋・家）

3　弁当も五人組にや霞むらん　春（霞む）　聳物《そびきもの》（霞む）

4　詰番《つめばん》の日も夕暮の空　雑　時分《じぶん》（夕暮）

5　ものまうも今はあらしの風の音　雑

6　秋ふけがたになる藪医師《やぶくすし》　秋（秋ふけがた）　植物草《うえもの》（藪）、人倫《じんりん》（藪医師）

7　うつり行月や運気をしらせん　秋（月）、月の句　天象《てんしよう》（月）、夜分《やぶん》（月）

8　雲霧さつと払ふ野軍《のいくさ》　秋（霧）　聳物（雲・霧）

【初折ウラ】

9　御剣《みつるぎ》の光のほどはあらはれて　雑

10　きこえし宮の罰《ばち》のはやさよ　雑　神祇《じんぎ》（宮）

11　何時《なんどき》と打や太鼓のなるみがた　雑　名所《などころ》（なるみがた）、水辺体《すいへんたい》（なるみがた）

12　道場まいりの蜑《あま》の捨舟　雑　釈教《しやつきよう》（道場）、水辺用（蜑）、水辺外《ほか》（舟）、人倫（蜑）

13　肩衣《かたぎぬ》もしほたれたりしを引かけて　雑　衣類（肩衣）

14　茶のまふあらばわぶとこたえむ　雑

15　夜咄《よばなし》の勝手には皆ねぶたがり　雑　夜分（夜咄）

16　日待《ひまち》はとかく小うたしやみせん　雑　芸能（小うた・しやみせん）

17　傾城《けいせい》に雨にとめられ室《むろ》泊り　雑　恋（傾城）、旅（室泊り）、降物《ふりもの》（雨）、名所（室）、人倫（傾城）

18　西国くだりうき名たつ浪　雑　恋（うき名たつ）、旅（西国くだり）、水辺用（浪）

19　赤旗は落行《おちゆく》色をうしなひて　雑

20　せがきの場《には》に峯の松風　秋（せがき）　釈教（せがき）、山類体（峯）、植物木（松）

21　南無あみだ我身ひとつの空の月　秋（月）、月の句　釈教（南無あみだ）、天象（月）、夜分（月）、人倫（我身）

22　何おもひても六十の秋　秋（秋）　述懐（句意）

【二折《にのおり》オモテ】

23　さびしさは是非に及ばぬ宮の中　雑

24　散銭箱《さんせんばこ》はたゞからりちん　雑　神祇（散銭箱）

25　下手談義声ばかりをやからすらむ　雑　釈教（談義）

26　蟬の羽衣《はごろも》かるき上人《しやうにん》　夏（蟬）　釈教（上人）、動物《うごきもの》虫（蟬）、衣類（蟬の羽衣）、人倫（上人）

27　藤沢をたゞ一飛に飛こされ　雑　名所（藤沢）

28　かまくらがりに何とかけ落《おち》　雑　恋（かけ落）、名所（かまくら）

29　馬ずきもやめてちが〳〵ちばの介　雑　恋（ちは）、動物獣《けだもの》（馬）、人倫（ちばの介）

30　乗ものかきをあまたをかるゝ　雑　人倫（乗ものかき）

31　医しいへば威のつくまゝにはやるらん　雑　人倫（医）

32　爰《ここ》もかしこも法印〳〵　雑　釈教（法印）、人倫（法印）

33　出来ものは源氏供養の脇のさた　雑

34　尻もち月にねぶとわするゝ　秋（月）、月の句　天象（月）、夜分（月）

35　あたゝめし酒にや貌のしかむらん　秋（あたゝめし酒）

36　紅葉色づく前句むつかし　秋（紅葉）　植物木（紅葉）

【二折ウラ】

37　見わたせば山類水辺居所近み　雑

38　興に入江はたゞ絵図のうち　雑　水辺体（入江）

39　舟はそのむかし〳〵の雪の夜に　冬（雪）　降物（雪）、夜分（夜）、水辺外（舟）

40	幾節分をかさねきにけむ	冬（節分）	
41	此《この》村にくされ鰯のかしらして	冬（鰯のかしら）	動物魚（鰯）
42	こやしさま〳〵いるゝ田の原	雑	
43	衣手に鼻ふさいでや通るらん	雑	衣類（衣手）
44	誰やたそがれ出格子の前	雑	恋（句意）、時分（たそがれ）、人倫（誰）
45	いつもくる二蔵にはあらぬ文使	雑	恋（文使）、人倫（二蔵）
46	もたせてかへるきぬ〳〵の露	秋（露）	恋（きぬ〳〵）、降物（露）
47	長櫃《ながびつ》の中の秋風吹たちて	秋（秋風）	
48	古道具屋の夕暮の月	秋（月）、月の句	天象（月）、時分（夕暮）
49	詠めせん数寄者《すきしゃ》ゆかしき花の跡	春（花）、花の句	植物木（花）、人倫（数寄者）
50	白梅一枝椿一りん	春（白梅・椿）	植物木（白梅・椿）
	【三折《さんのおり》オモテ】		
51	御書中に春の山里おもひやり	春（春）	山類体（山里）、居所体（山里）
52	湯治とともに聞しうぐひす	春（うぐひす）	動物鳥（うぐひす）
53	明る夜の下踏《げた》の跡より雪消て	春（雪消て）	降物（雪）、夜分（明る夜）
54	小便しば〳〵柴ぶきの前	雑	
55	顔渕《がんえん》の庵《いほり》にによつと立ながら	雑	居所体（庵）、人倫（顔渕）
56	愚なるがごとく時宜なしにして	雑	
57	さか月の空打ながめつゞけのみ	秋（月）、月の句	天象（月）、夜分（月）
58	あれがなひとつ初雁の声	秋（初雁）	動物鳥（初雁）

59 秋の田の御代官へも手ぶりにて　秋（秋）　人倫（御代官）

60 事いでくるもふるき里人　雑　人倫（里人）

61 わや〳〵といふも伏見の夢の中《うち》　雑　夜分（夢）、名所（伏見）

62 枕の余所に寄魚荷舟《よるうをにぶね》　雑　夜分（枕）、水辺外（魚荷舟）

63 精進日《しやうじび》も明る海辺の朝朗《あさぼらけ》　雑　水辺体（海辺）、時分（朝朗）

64 ぢいばゞたちは跡のしら波　雑　水辺用（しら波）、人倫（ぢいばゞたち）

【三折ウラ】

65 法《のり》をきくつぶりひたひをつき合　雑　釈教（法をきく）

66 世を観ずれば只牛の角　雑　述懐《しゆつかい》（世を観ずれば）、動物獣（牛）

67 いの字をもしとぬ（ママ）は夢か幻か　雑

68 果報は寝てやついた国の名　雑

69 時鳥小刀鍛冶も耳たてゝ　夏（時鳥）　動物鳥（時鳥）、人倫（小刀鍛冶）

70 雨もたまらぬこの関の住　雑　降物（雨）、名所（関）

71 相坂《あふさか》の杉しゝ料を求めばや　雑　植物木（杉）、名所（相坂）

72 山たち出るだちんはなんぼ　雑　旅（句意）、山類体（山）

73 夜る〳〵に算用をする旅の空　雑　旅（旅）、夜分（夜る〳〵）

74 袋も秋のあかつきの鐘　秋（秋）　夜分（あかつき）

75 大黒も月には目をや覚すらん　秋（月）、月の句　神祇（大黒）、天象（月）、夜分（月）

76 あれて冷《すさま》じ毘沙門の堂　秋（冷じ）　釈教（毘沙門の堂）

77 谷風に鞍馬の花ははらりさん　春（花）、花の句　植物木（花）、山類体（谷）、名所（鞍馬）

78　あら名残おし春の都衆　春（春）　人倫（都衆）

【名残折《なごりのおり》オモテ】

79　あはれ身は一河《いちが》のながれ立かすみ　春（かすみ）　水辺体（一河）、聳物（かすみ）

80　ちぎりをむすぶせんじ茶の水　雑　恋（ちぎりをむすぶ）、水辺用（水）

81　もろ共にかならずおなじ仏棚　雑　釈教（仏棚）、恋（句意）

82　ねがへ門徒のうらおもてなく　雑　釈教（門徒）、人倫（門徒）

83　口にいふと心は帰命無量《きみやうむりやう》にて　雑　釈教（帰命無量）

84　よく〱見ればなりひらの歌　雑　人倫（なりひら）

85　かの沢にちつくりと咲《さく》かきつばた　夏（かきつばた）　植物草（かきつばた）、水辺体（沢）

86　卑下まんをする野守也けり　雑　人倫（野守）

87　ほうげたに毛貫《けぬき》を一つとらせばや　雑

88　いねぶりしつゝ隙有《ひまある》の体　雑

89　さびしくもくらす老後の食後にて　雑　述懐（句意）

90　養生がてら杖でそろ〱　雑

91　いでさらば僧を弔ひかたらふぞ　雑　人倫（僧）

92　月を帯たり十徳《じつとく》の袖　秋（月）、月の句　天象（月）、夜分（月）、衣類（十徳の袖）

【名残折ウラ】

93　時もはや夜寒になればもみ紙子　秋（夜寒）　夜分（夜寒）、衣類（もみ紙子）

94　風穴通すきり〲すかも　秋（きり〲す）　動物虫（きり〲す）

95　水茎のおかたの部屋に秋は来て　秋（秋）　恋（句意）、人倫（水茎のおかた）

96　ねてのあさけの紅粉《べに》かねもなし　　雑　　恋（紅粉・句意）
97　黒髪の雫ぞかよふなみだ川　　雑　　恋（なみだ川）、水辺体（なみだ川）
98　つぶりとなぐるみくづとならん　　雑　　恋（なぐるみ）、水辺用（みくづ）
99　花にあかぬ御舟におろす魚の骨　　春（花）、花の句　　植物木（花）、動物魚（魚）、水辺用（魚）、水辺外（舟）
100　青柳うたひさつ〳〵の声　　春（青柳）　　植物木（青柳）

【初折《しょおり》オモテ】

1　**花むしろ一けんせばやと存候《ぞんじそろ》**

S：発句《ほっく》です。「花むしろ」によって春で、花の句です。「花」は植物木でもあります。前書から引き続いて謡曲「高砂」を踏まえることは明白ですし、それによって俳諧になります。「播州高砂の浦をも一見せばやと存候」をもじり前書にも「武州江戸のはいかいをも一見せばやとぞんじ候」と述べていましたが、もう一度、発句でも謡の口ぶりを写したわけです。念の入ったことです。「花むしろ」は、連歌書の『匠材集《しょうざいしゅう》』に「花の座なり。筵《むしろ》の文に花あり」とあり、連歌語彙です。花見の座の意と、花模様の筵の意を挙げています。俳諧では『増《ぞう》山の井』に「花氈《ハナセン》、俳。花の散《チリ》しけるをも花筵と云《いふ》」とあります。こちらは、花模様の筵と、落花が地に散り敷いたさまを筵に例えているという意を挙げています。歌を検索しますと、長嘯子《ちょうしょうし》の『挙白集』一・春に「庭上落花／山風の庭に吹きまく花むしろまたいづかたにしきしのぶらん」があり、落花の花筵も和歌・連歌の語彙の内だろうと思われます。この発句では、落花の花筵の意を中心と見て「桜の花びらが地面に散り敷くさまを一目見たいと存じます」と解したいのですが、「さあ、花見の宴を開きましょう」などと、花見の座の意も含んでいるのだろうと思います。

N：特に落花を強調しなくても、花見の座の意味が中心なのでは？　前書「武州江戸のはいかいをも」や「所の誹諧を聞くがよかんべい」云々と考え合わせると、「花むしろ」は比喩的に俳諧の座を言い、江戸の俳諧作者たちに向かって「あなた方の作品（花）を見たいものだ」と呼びかけているのではないでしょうか。花模様の筵ととって、「花むしろのような美しい俳諧作品を見せておくれ」と呼びかけているとも取れます。時代は下りますが、安永二年（一七七三）、大坂の旧国《ふるくに》が諸国の俳士を集めて芭蕉百回忌取越の会莚を催しました。その際の蕪村《ぶそん》の句「うき草を吹きあつめてや花むしろ」も「花むしろ」を俳諧の座にたとえたものです。

S：そういった句意を、複層的にひっくるめているんだろうなあ。きっと。

2 しばし借屋をかる家ざくら

S：脇句《わきく》。発句の春を引き継ぎます。「家ざくら」で春で、植物木です。「借屋」と「家」は居所体《きょしょたい》です。なお、連歌書『無言抄』には「花に桜付けては苦しからざる也」とあり、俳諧の『御傘《ごさん》』にも「花に桜は付侍る……桜に花をばかたく付べからず」とあります。問題は、「借屋」の読み方です。「かりや」と「しゃくや」の両方が『日葡《にっぽ》辞書』に登録されていますし、しかも「しゃくや」の方には「すなわち、カシヤ」と注があります。むかしは、貸も借もカスとカリルの両様に使われましたから、「かしや」の可能性もありそうです。「かりや」「しゃくや」「かしや」、いずれも西鶴の浮世草子の用例があり、どれか一つを良しとする決定打がありません。ここでは、音読みによってより俳諧らしくするという意味から、「しゃくや」と読んでおきます。付けの発想としては、同じく謡曲でも今度は「忠度《ただのり》」を利用して、「借屋をかる家」としたと見られます。

　早日の暮れて候へば一夜の宿を御《おん》かし候へ。うたてやな此花の蔭ほどの御宿《おやど》の候ふべきか。実《げ》に〳〵これは花の宿なれどもさりながら。誰を主と定むべき。行き暮れて木の下蔭を宿とせば。花や今宵の主ならましと。詠めし人は此《こ》の苔の下。

この傍線部は『平家物語』によって有名な、平忠度の歌です。大河ドラマ「平清盛」を見てましたら、忠度は清盛の弟ですが、熊野からぽっと出て来た田舎武士のくせに歌は上手な人物として描かれていました。謡曲の利用を続けて、この歌を中心とする「忠度」の詞章に基づき、発句の「花」に対して宿を借りる話題を持って来たのです。たとえば、『塵《ちり》塚《づか》誹諧集』上所収の徳元《とくげん》の「行暮て花や借家の家ざくら」など、初期俳諧には同工の句が見出されます。『類船集』に「花→行暮し宿」「桜→舎《ヤドリ》」という付合語があるほどです。「家ざくら」は山桜に対置される語で、里桜と言うのに近いのですが、ここでは発句の「花」をしぼり込んで付けています。一句としては、「しばしのあいだ借屋をかりて家とする。そこには家桜が咲いている」というところでしょう。江戸にやって来た宗因、実際に「しばし借屋をかる」ことをしていたのかもしれません。

N：宗因の前書に「しばらく此所にのさばつて」とあり、これを受けての内容でしょうが、「しばし」という言葉、和歌はもちろん謡曲にも頻出します。「此程の。しばし旅居の仮枕」（「姨捨《おばすて》」）や、「道のべに。清水《しみず》流る、柳蔭。〱。しばしとてこそ立ちどまり」（「遊行柳《ゆぎょうやなぎ》」）など。後者は西行の歌による詞章ですが、前句《まえく》、付句の典拠と合わせて、用語も謡曲調と言えるかもしれません。「忠度」はもちろんのこと、「一見せばや」のワキ僧が宿を借りる体は謡曲の王道（?）です。花に行き暮れて、しばし宿を借りました。その家には見事な家桜が咲いていて、あたかも桜が主のようだ、と言うのでしょう。

S：桜があるほど大きな屋敷を借りたというのは、どうでしょうか。借家の近くに桜があったというだけではないでしょうか。というのは、付けに、秀句《しゅうく》（しゃれ）が混じっていると思われるからです。「一けんせばや」を「一間《けん》、狭《せば》や」と読み替えて「借家」を付けた、らしい。

N：よく付いていますねえ。でも、忠度の歌から考えれば、「家ざくら」に「借家をかる」が中心。桜の近所の家、とする要素はないように思います。むしろ、狭い家なのに、大木の桜があるから桜が主とも。

3　**弁当も五人組にや霞むらん**

S：第三です。春にすべきところで、「霞む」によって春。「霞む」は聳物《そびきもの》でもあります。「弁当」は、自前の弁当とも料理屋から取り寄せる仕出し弁当とも考えられますが、「五人組」に提供する仕出し弁当と見ておきます。「五人組」は、『国史大辞典』の説明の要点を引けば、「江戸時代における最末端の治安・行政単位。地域ごとに五戸前後を組み合わせ、年貢納入・治安維持の連帯責任単位とした」。幕府が五人組制度を施行させた時期はだいたい元和年間で、「五人組の編成方法は、町では家持（地主）と家主（家持の代理人）とをもって構成し、村では本百姓または高持《たかもち》百姓をその構成員とした」とのことです。つまり、町における五人組とは、家持ち・家主という確かな身分の町人を防犯などの目的のために組織化させたものでした。宗因の付けの発想としては、「借屋」から、そこの家主を含む五人組に、挨拶のために仕出し弁当を振る舞ったというのです。また、「桜」に「霞む」と付けています。『拾花集』に「花↓霞」とあります。また、『類船集』に「弁当↓花の陰」とあって、「桜」に「弁当」も付いています。一句の意としては「霞む」をどう捉えるかが問題で、それは「桜」を受けて春三句にするために出された語なのですが、「ぱっとしない状態になる。取るに足りない存在になる」（『日本国語大辞典』「かすむ」の⑤）の意として解釈できます。つまり、「仕出し弁当をあつらえて、五人組の方々に振る舞う。五人組ともなると、一人あたりの弁当の見映えは、霞がかかったようにぱっとしないありさまになってしまう」ということではないでしょうか。

N：一人当たりの弁当の見映えが悪くなる、という句意がよくわかりません。えらそうな五人組の登場によって、弁当を食べる楽しい雰囲気が霞んでしまう、台無しになってしまうのではないでしょうか。五人組は「公事訴訟の付添い・連判、質地証文・家督相続の保証や立合い、家出人の捜索など村政や日常生活に重要な役割をもっていた」（『国史大辞典』）のであり、家の貸し借りにも関わる立場でした。『阿蘭陀《おらんだ》丸二《まるに》番船《ばんぶね》』付句の部（下巻）に「屋さがしにすはすは動ク五人組／連判を以テのら猫のよし　秋田桂葉《けいよう》」の例があります。或いは、付けによってできた意味の通らない句――無心所着《むしんじょじゃく》――と解釈しても良いと思います。ところで、『類船集』には「莚↓弁当」もあって、打越しからの転じが良くありません。発句が花見のことを詠んでいるとすればいっそうよろしくないでしょう。

4　詰番《つめばん》の日も夕暮の空

S：雑《ぞう》で、「夕暮」により時分《じぶん》の句です。「詰番」とは、組の中で順番を決めて出仕、宿直などの勤務をすることですが、「五人組」から連想したことは明白です。また、前句の「弁当」を詰番の際のものとして、町人の五人組に提供される弁当は「霞む」ようなけちくさいものだという連想で付いています。言葉としては、「霞む」に「夕暮の空」も付いています。『随葉集』に「霞→空のしづか」、『拾花集』と『竹馬集』に「霞→夕の空」があります。一句としてそうした付け筋をまとめているのが「日も夕暮の」という歌言葉です。『新古今和歌集』三・夏の「をのづからすゞしくもあるか夏衣日も夕暮の雨のなごりに　藤原清輔」が本歌です。そこに雅びな感じを込めながら、「詰番の勤労奉仕の日もようやく夕暮れの空になろうとしている」と言っています。

N：「日も夕暮」の表現は、早く『古今和歌集』に「唐衣ひもゆふぐれになる時は返す返すぞ人はこひしき」（十一・恋一、読み人知らず）がありますし、『連珠合璧集《れんじゅがっぺきしゅう》』は「夕暮トアラバ」として『新古今和歌集』の「いづくにかこよひは宿をかり衣日もゆふぐれのみねの嵐に」（十・羇旅《きりょ》、藤原定家）を引いています。特に清輔の歌が本歌というのではなく、雅びさが狙いだったのでしょう。また、町人の五人組を武士のそれに読み替えたのではないでしょうか。『物種集《ものだねしゅう》』にも「もろ肌ぬいで八幡大名／詰番の間日こそなけれ灸の伽　以快《いかい》」の例がありますが、「詰番」は武士のことであって、町人には馴染まない言葉です。

5　ものまうも今はあらしの風の音

S：雑です。「あらしの風の音」もまた歌言葉です。『千載和歌集』六・冬「題不知／外山ふくあらしの風のをと聞けばまだきに冬のをくぞ知らる、　和泉式部」があります。しかしむしろ、「今はあらし」という言い回しが「嵐」に「あらじ」を掛ける掛詞として常套的なもので、『拾遺和歌集』三・秋「題知らず／とふ人も今はあらしの山風に人松虫の声ぞかなしき　よみ人知らず」あたりから始まり、謡曲「鉢木《はちのき》」に「さて松はさしもげに。枝をため葉をすかして。か、りあれと植ゑ置きし。そのかひ今は嵐吹く」と使われています。謡曲調俳諧で名高い宗因ならやはり「鉢木」の利用とすべきでしょう。付けは、詰番を、城の門番にあたった武士と見て、彼にとっての「夕暮」のありさまを付けていると思われます。『類船集』に「門→物申」があり、門の詰番に「ものまう（物申）」と声を掛ける体は自然な連想でしょう。一句としては門の詰番が思っているのです。「ものまう」と言ってやってくる来客もそろそろ絶える頃だな、嵐の風の音が激しくなってもいるし、と。

N：夕暮れと嵐の双方が、来客の絶える理由となっているのですね。のどかな一日の終わりが、一転、不穏な夕暮れとなりました。

6　秋ふけがたになる藪医師《やぶくすし》

S：「秋ふけがた」で秋にしています。見慣れない語ですが、晩秋を言っているのでしょう。秋の夜更けと見ては打越しに障ります。もちろん、次の句が月の定座《じょうざ》だから秋にしたのです。「藪」は植物草で、分類の異なる植物《うえもの》は二句去《にくさ》りですから、2の「家ざくら」とはすでに三句離れていて差し合いではありません。また、「藪医師」が人倫です。たとえば仮名草子『竹斎』が「山しろのくににやぶくすしの竹斎とて、けうがるやせぼうし一人あり」と名乗っております。当時すでに腕の立たない医者を指してこう言っていました。『類船集』にも「藪→医者」があります。「あらしの風の音」に「秋ふけがたになる藪」を付けました。晩秋の強風に藪がざわめくのです。それに、「ものまうも今はあらじ」から「藪医師」を導き出したのでしょう。患者が寄りつかないのです。強いて一句を訳せば、「藪」が上下に掛かると見て、「秋が更ける頃になる藪のあたりに住む、藪医者」ということですが、むしろ非道理の句とすべきではないでしょうか。

N：「藪」が上下に掛かるのではなく、「秋ふけがたになる」と「ふけがたになる藪医師」の重ねられた句とは考えられないでしょうか。「ふけがたになる」は比喩的に経営破綻を指すとか……。ただし、辞書では「更ける」に落ち目とか下り坂の意味は載ってないので、難しいかなあ。同じような付合の例に『宗因七百韻』「葉茶壺や」巻の「秋風の吹につけても藪医者　弘氏《ひろうじ》／ものもうあらば音はしてまし　宗因」があります。「音はしてまし」とは「秋風の吹くにつけても訪はぬかな荻の葉ならば音はしてまし」(『後撰和歌集』十二・恋四、中務)を本歌としており、藪医者を訪ねる者はいない、という付け心です。「藪医者」と「秋」がセットにされるところに、凋落の気分を感じます。なお、「嵐」自体も、孤独な心情を誘発させるものとして詠まれた言葉でした。季語ではありませんが、秋と冬の季節に多く詠まれています。

S：私は、「風の音」が騒がしい場所として、「秋ふけがたになる藪」でひとまとまりと考えます。

N：うーん。やっぱり「ふけがたになる藪医者」は無理でしょうかね……。ただ、単純な非道理ではなく、「あらしの風の音」「秋ふけがた」という世界と、訪れる患者のいない藪医者には、気分的に通うものがあるだろうとは思います。

7　うつり行月や運気をしらせん

S：月の定座で素直に「月」を出しました。秋で、天象・夜分の句になります。このままでは字足らずですが、覆刻版『宗因千句』では下五を「しらすらん」としており、「うつり行月や運気をしらすらん」で解釈します。「運気」は『日葡辞書』に見える語で、「人間の生命や官能に関連する天の運行・作用」だそうです。天体の動きから読み取れる人間の運勢。それが人の脈にも現れるとして、漢方医、言い換えれば「易医」に重視されました。付けは、「秋ふけがたになる」から「うつり行月」。加えて、「藪医師」を易の医者と定めて「運気」を付けています。手堅い言葉の付けで、しかも、一句の意は「日夜位置を変えてゆく月が人間の運気を教えるだろう」とうまくまとまっています。

N：漢方医の病理論を「運気論」と言います。『日本国語大辞典』に拠れば「中国、宋代の劉温舒《りゅうおんじょ》の論により、人は生まれながらに五行を身に備え、天地陰陽の生気に化育するといって、運(木・火・土・金・水の五行運転の気)と六義《りくぎ》(初・二・三・四・五・終の六節次序の気)をもって病理を説き、治療法を論じたもの」だとか。日本では鎌倉時代に広がり、近世に「易医」を生み出しました。

8　雲霧さつと払ふ野軍《のいくさ》

S：「霧」によって秋の三句めで、「雲」「霧」ともに聳物です。聳物《そびきもの》は二句去りですから、3の「霞む」に対してはすでに四句隔たっていて差し合いではありません。「野軍」は文字通り野での戦闘、野戦のことでしょう。付け方ですが、まず、「月」に「雲霧」が連想語です。『拾花集』に「霧……雲霧……→月ほのか」、『竹馬集《ちくばしゅう》』にも「霧……雲霧……→月の仄《かすか》」という熟語や寄合語が見いだせます。そして、「運気」を戦さの形勢の有利不利のことに読み替えて、「運気」の変化によって雲霧が晴れたと発想しています。句意は「雲霧がさっと吹き払われた、野戦さの戦場」となります。

N：謡曲「梅枝《うめがえ》」に「いざ〳〵さらば妄執の。雲霧を払ふ夜の。月も半《なかば》なり夜半楽《やはんらく》をかなでん」があります。前田金五郎氏の『西鶴語彙新考』（勉誠社、一九九三）によれば、「運気」は「雲気」と混同されていたようです。「雲気」は雲の色や形の変化をいいますが、それを観察して運勢などを判断した、つまり、「雲気」から「運気」を考えたのですね。ここで「雲」が出るのは、そのためでもあるでしょう。また、この「雲気」は兵学に利用されたそうです。前田氏は『軍法侍《ぐんぽうじ》用集《ようしゅう》』なる本により「必勝の気」「高上の気」などの用例を挙げています。こうした縁で「野軍」が導き出されています。

【初折ウラ】

9　御剣《みつるぎ》の光のほどはあらはれて

N：秋は三句で切って、雑の句です。「雲霧さつと払ふ」を、鮮やかに敵をうつ武士の活躍の比喩と見、その武士の「御剣」に焦点を絞っていくさの一場面を付けました。「御剣」とあるので、身分の高い武士、いくさの総大将でしょうか。雲霧を払う、というと何だか魔法の剣のようで、炎を払った草薙の剣も連想されます。謡曲「草薙《くさなぎ》」に、「敵責鼓《かたきせめつづみ》をうち懸けて火焔を放してかゝりけるに。尊剣《みことつるぎ》をぬいて。尊剣をぬいて。敵を払ひ忽《たちま》ちに。焔もたち退《しりぞ》けと。四方の草を薙《な》ぎ払へば。剣の精霊嵐となつて。焰も草も吹きかへされて……御剣もをさまり尊もつゝがましまさず。代《よ》を治め給ひし草薙の剣はこれなり。」とありますが、次の句がその草薙の剣のことですので、ここでは「御剣」を特定しないでおきます。謡曲「小鍛冶」にも、「隠《かくれ》はあらじ殊になほ。雲の上人《うへびと》の御剣の。光は何か闇《くら》からん」とあります。優れた武士の持つ貴い剣の光、その剣の威力が顕れて、ということでしょう。

S：「ほどは」の部分は字数合わせめいてますね。「御剣の光、あらはれて」と言っているだけかもしれません。もっと縮めれば「御剣、光って」となるのではないでしょうか。

10　**きこえし宮の罰《ばち》のはやさよ**

N：雑。「宮」で神祇の句です。前句の「御剣」を、熱田の「宮」の宝剣、三種の神器の一つである草薙の剣と特定しました。『類船集』に「剣→あつたの宮」があります。日本武尊《やまとたけるのみこと》が敵に囲まれて火を放たれた時、野火を払ったと言われます。その剣の威光が顕れたことを、神罰が早速に下った、としました。話には聞いていたこの神社の、神罰が下る早さよ、という意味になります。なお「罰」は次の句との関係から「ばつ」ではなく、「ばち」と読みます。

S：この付けで、「光のほどはあらはれて」を「威光があらわれて」と大仰に取って展開しているのだと思います。

11　**何時《なんどき》と打や太鼓のなるみがた**

N：雑。「なるみがた」で名所《などころ》の句です。水辺体と見ておきます。前句の「罰」を太鼓を叩くばちに取りなした付けで、『類船集』にも「罰《バチ》→太鼓」が載っています。また、熱田の「宮」から、その近所の歌枕「なるみがた」（鳴海潟）を付けました。宮（熱田）・鳴海はともに東海道五十三次の宿駅で、お隣どうし。『類船集』に「熱田→鳴海」の付合があります。鳴海潟は、鳴海宿の西方にあった海岸で、和歌では、千鳥と組み合わせて「鳥が鳴く」と詠む、または、「鳴海」に「成る」を掛けて詠む手法が多く用いられました。ここでも太鼓が鳴る、に言い掛けられています。たとえば『俳諧塵塚《ちりづか》』下、玖也《きゅうや》の道中名所百韻に、「宮の神事や前日よりゆく／遠々と禰宜《ねぎ》が鼓の鳴海がた」の付合があります。宗因は熱田の神事で神官が太鼓を鳴らした、としたのでしょう。宮で打つ太鼓のバチが早すぎて「いったい何時と打ったのか分からない、鳴海潟辺りに鳴り響く太鼓は」と、滑稽味を持たせて展開させたのです。

S：「きこえし」も、「有名な」から「聞こえてきた」に取り成しています。いわゆる時の太鼓です。笹本正治氏の『中世の音・近世の音』（講談社学術文庫、二〇〇八。初刊は名著出版、一九九〇）は連歌俳諧の読み解きにもとても参考になる書物なのですが、時刻を知らせる鐘や太鼓を城や寺院で打つようになって、「時刻に対する観念は戦国時代に大きく進んだ」（文庫二六四頁）のだそうです。実際に宮や鳴海の辺で時の太鼓を打っていたかどうかはわからないのですが、実際はどうあれ、「鳴海潟」にくっつけたことこそ宗因の狙いでしょう。

12 道場まいりの蜑《あま》の捨舟

N：雑の句で、釈教です。『御傘《ごさん》』に「道場」は釈教とあります。「蜑《あま》」が水辺用・人倫で、「舟」が水辺体用《すいへんたいゆう》の外《ほか》です（いずれも『連歌新式』による）。「道場」は仏道修行の場所で、寺そのものや、寺院としての格を持たない小さな建物、法会や法事のために作られた臨時の場所もいいます。また特に浄土真宗や時宗で念仏の集まりを行なう場所をいいました。『類船集』に「太鼓→道場」、「道場→時宗寺・一向宗・破太鼓」の付合があります。道場に太鼓は付きもの。そして、説法や談議などを聞きに行く「道場まいり」は、信者の楽しみの一つでした。『西鶴大句数《おおくかず》』第一に「似合《にあはひ》の女房呼で二親は／胸の霧やめ道場まいり」という付合《つけあい》の例があります。「ノリコさんのようないい嫁さんが来てくれて有り難いく〳〵。悩み事もなくなってこれからは道場参りできますねえ。なんまいだぶ〳〵」という老夫婦の会話が聞こえてきそうです。また、前句《まえく》の「なるみがた」に「蜑の捨舟」が付いています。「鳴海潟」と「蜑」のつながりは、たとえば『歌枕名寄《うたまくらなよせ》』に「なるみがたあさりにいづるあまならで身をうらみても袖はぬれけり　読み人知らず」（『続古今和歌集』十五・恋五）があり、『類船集』にも「鳴海→蜑」が載っています。歌語「蜑の捨舟」とは、蜑（漁夫）の乗り捨てた舟のことで、はかない身の上の象徴として詠まれました。ただし、ここではかなさとは無縁で、文字通り蜑が舟を乗り捨てて、道場参りに出かけた、という句意になります。「蜑」に「尼」を掛けているのでしょうか。

S：それはありますね。「太鼓」から「道場」、「なるみがた」から「蜑の捨舟」、二筋の言葉付けを組み合わせた四つ手付けですが、「あま」の言い掛けがこの句の上下をつないでいます。言葉の操作が中心で、一句ではあまりたいしたことを言っていない句のように思います。それにしても『西鶴大句数』のその付合って、一つのストーリーを五七五＋七七で語る趣きで、散文と隣り合わせですね。息子の影が薄いんですけど。

13　**肩衣《かたぎぬ》もしほたれたりしを引《ひき》かけて**

N：雑の句。「肩衣」は、真宗や時宗の門徒が道場参りや勤行の際に着用した礼服のことで、衣類です。着流しのまま肩に羽織ったので「引かけて」と言っています。前句の「道場まいり」からそれにふさわしい服装を付けました。『類船集』に「肩衣→門徒宗」の付合があり、『鷹筑波集《たかつくばしゅう》』所収日能《にちのう》独吟百韻に「文字さんだんをよりてこそ聞／肩衣のもんと参りは霜月に」の例があります。また、「しほたるる」は、衣服が潮水に濡れて雫が垂れる、の意味で、蜑や浦人の衣の形容に使われます。『連珠合璧集《れんじゅがっぺきしゅう》』に「海人トアラバ、しほたるゝ〈詞にてはしほるゝ心也〉」、また「しほたれ衣」という歌語もあります。前句の「蜑」から「しほたれたりし」が導かれました。蜑の道場参りだから肩衣も潮垂れてびしょびしょ、という心で付いています。

S：「しほたれたりし」を、濡れてびしょびしょ、とまで取らなくても。付けの上で「蜑」との関係からは海水を浴びて濡れていることにはなるのですが、中世から「汚れてよれよれ」の意でも「しほたるる」と言っていますし、一句としては「肩衣にしてもくたびれたのを引っかけている」としたいところです。「も」は、肩衣に注目させる「も」で、そもそもその人物の全体がみすぼらしいのでしょう。

灯挑《ちょうちん》に朝顔（『西鶴諸国ばなし』五の一「灯挑に朝顔」挿絵、国立国会図書館デジタルコレクションより）。茶の湯の客が肩衣を着ている。

14　茶のまふあらばわぶとこたえむ

N：これも雑の句。『俳大系』の注は、典拠として「わくらばにとふ人あらばすまの浦にもしほたれつ、わぶとこたへよ」（『古今和歌集』十八・雑）を挙げています。これは、須磨に流されたという在原行平の歌。業平のお兄さんですね。この歌に拠って前句の「しほたれたりし」に「わぶとこたえむ」と付けました。また、肩衣は正装として用いられましたから、それを着用する場として、茶事を想定したのです。たとえば、『時勢粧《いまようすがた》』五「露をもみ」歌仙に「涼しさや先さへぎるは手水鉢　維舟《いしゅう》／夏の茶事の戻《もぢ》の肩衣　金貞」の付合があります。行平の「わぶ」はつらい思いをしている、の意味ですが、この句では「わびさび」の「侘ぶ」でしょう。

S：「茶を所望」という客人があれば「貧乏で」と答えて断ろう、と解せなくもないのですが、なるほど、侘び茶の「侘ぶ」の方が変化があって面白い。着古した肩衣をわざと着たりして。

15　夜咄《よばなし》の勝手には皆ねぶたがり

N：雑の句。「夜咄」は夜に集まって話をすることです。夜分です。茶の湯関係では、特に冬の夕方から始まる茶会を「夜咄（の茶事）」といいます。「勝手」も茶道の用語にあり、茶事の道具をしまっておく場所、また茶事の用意を整える場所のこと。ただ、ここでは茶事としなくても良いように思いますが、どうでしょうか。なお、「夜咄の茶事」は季の詞として認められていません。夜咄が眠たいものだという詠み方は一般的で、『誹諧独吟集』所収一幽《いちゆう》独吟百韻の「まてどまてど月の遅きに眠くして／はしもとらせずながの夜咄し」や、『笈《おい》日記』の支考による芭蕉追善句「夜咄のねぶたかりしも夏の夢」などの例が見つかります。付け方としては、『類船集』に「茶→目さむる」、「物語→茶飲伽《チャノミトギ》」とあり、前句の「茶」から眠たい夜咄をつけたのでしょう。「夜ばなしがながながと続いている。その台所で控える女房や下男・下女らはみな眠たがっている」と解します。

S：そうですね。夜咄・勝手は茶道の語彙ではありますが、13→14が茶席の付けでしたので、14→15の付けは茶席ではない夜咄に読む方が良さそうです。「わぶ」は本来「つらく過ごしている」の意で、行平歌も実はそうでした。前句で侘び茶の「侘ぶ」だったのを、15の付けは本来の意味に取り成していると考えられます。「茶を飲みたい」との客所望に、台所では下男・下女が「眠くてしんどくて迷惑至極」と反応している。心の付けと言えるでしょう。

16　日待《ひまち》はとかく小うたしやみせん

N：雑の句。「小うた」「しやみせん」で芸能の句です。「夜咄」に、徹夜して日の出を待つ「日待」を付けました。『日《ひ》次《なみ》紀事』（貞享二年〈一六八五〉序）に、日待は、正月・五月・九月の三・十三・十七・二十三・二十七日、または吉日をえらんで行う、とありますが、行われる日は一定しなかったようです。『宗因千句』には「世の中の」百韻（本書の「二」、74頁）に「83さゞれ石の岩枕して日待して／84たばこのむかと火打付竹」があり、これは眠気覚ましに煙草をのむおとなしい日待ですが、眠らないように大騒ぎをする例も多く、遊興的な雰囲気の強い行事でした。『類船集』には「夜遊《ヤユフ》→日待」「三絃《シャミセン》→日待」の付合がありますし、『阿蘭陀丸二番船』下巻にも、「日待の座敷下戸はわるいぞ／浄瑠璃や声おかしくて拍子とり」という大坂俳人の春礼の句があります。庶民の娯楽の一つといってよいでしょう。ここは前句をおとなしい日待と取った付けです。前句の「夜咄」に、「何はともあれ、日待には小歌や三味線がつきものなのに……」という不満を述べたものです。

S：夜咄は静かで地味な会だが日待の会は派手で眠くならない、という対比で付けているという可能性もありませんか。微妙なところです。

17　傾城《けいせい》に雨にとめられ室《むろ》泊り

N：雑ですが、「傾城」で恋・人倫、「雨」で降物、「室」で名所《などころ》の句になっています。その上、「室泊り」は旅とすべきでしょう。「日待」を、航海の日和《ひより》を待つと読み替えて、室の湊を付けました。『類船集』に「日待→泊舟」の付合があります。兵庫県西部にある室津（室）は、古くから瀬戸内海の要港の一つとして栄えてきた所です。湊には女が付きものですが、特にこの室津は、遊女発祥の地として知られていました。前句の「小うたしやみせん」を室津の遊女の芸とみなしたのでしょう。『類船集』に「三絃《シャミセン》→傾城」「傾城→三味線」があります。『好色一代男』五の三は、世之介が「西国第一の湊」で「本朝遊女のはじまり」の地でありながら遊女の質の落ちてしまった室津を訪ね、教養も風情も好き心もあってなおかつ無欲な遊女に出会い、請け出して国元へ帰してやるという話です。江戸時代、三都（京・大坂・江戸）の洗練された遊廓に比べれば、室津の遊廓は実際田舎じみていたかもしれません。しかし、そうであってもさすが室津、という遊女発祥の地を称える内容になっています。この句も芸があり手管のある遊女を詠んでいますね。

S：「に・に」、「とめられ・泊り」と、反復のリズムがあります。そのへんも宗因らしい。「傾城の手管に止められ、また、雨にも止められて、室津に泊まっている」。

18　西国くだりうき名たつ浪

N：雑の句です。「うき名たつ」で恋の二句めにしていますし、「西国くだり」によって旅も二句めです。「浪」は水辺用です。室は播磨の湊ですから、「室泊り」から「浪」と「西国くだり」が付き、「雨」の悪天候に「たつ浪」、「傾城に……とめられ」から「うき名たつ」と、言葉の付けをとても手堅く重ねています。また、「うき名たつ浪」の「たつ」は、浮き名が立つ（恋の噂が広まる）、と、立つ浪、の掛け詞になっています。「西国下りの旅の途中、海上の波も立っているし浮き名も立っている」という句意です。天気が回復したら、ちゃんと出発するのでしょうか?

S：掛け詞を含む「うき名たつ浪」は和歌的な表現で、『為家千首』恋に「こひすてふあだのうきなはたつなみのあとなしとてもそではぬれつつ」という例があります。傾城との恋は「あとなし」になるものですから、大丈夫、ちゃんと出発するに決まってます。

19　赤旗は落行色《おちゆく》をうしなひて

N：雑の句が続きます。これで十一句連続です。「西国」といえば平家（『類船集』に「平家→西国舟」）、「赤旗」はもちろん平家の旗です。ちなみに源氏は白旗。『保元物語』下巻、「新院讃州に御遷幸の事」に「源平両家の郎等、白旗・赤旗をさして、東西南北へはせちがふ」とみえます。一本の樹に紅白の花が混じって咲く「源平桃」という桃がありますが、合戦で旗が入り乱れている状態を指しているのだとか。戦場での軍旗のひるがえる様子によって戦況を占ったところから、戦闘の形勢を「旗色」と言いますが、まさにその「旗色」が悪くなったのですね。「西国くだり」を都落ちとみて、海上での負け戦に逃げていくさまを付けたと考えられます。前句の「うき名」を「浮き名」から「憂き名」（立てられたくない辛い噂、ここでは戦に負けたことなど）に読み替えたと言えるでしょう。「落行《おちゆく》」で切れていると見ておきます。「赤旗をかざす平家の軍勢が落ちて行く。彼らの顔から血の気が引いて色を失っている」というところでしょう。

S：「色を失う」には中世から「顔色《がんしょく》をなくす」とか「青くなる」とかの意味の用例があります。この句は「赤旗」つまり平家方が「顔色を無くして」と言っているのですが、「赤」が退潮気味で「白」が席捲して「色を失う」というイメージ上の遊びがあります。また、もっと具体的に、赤い旗指物が浪の上に落ちる場面も想い描いているのでしょう。

20　せがきの場《には》に峯の松風

N：「せがき」でやっと秋になりました。「せがき」は「施餓鬼会《え》」の略語で、「餓鬼道におちて飢餓に苦しむ亡者（餓鬼）に飲食物を施す意で、無縁の亡者のために催す読経や供養」（『日本国語大辞典』）を言います。これにより釈教の句でもあります。本来施餓鬼会は期日を選びませんが、祖先の供養である盂蘭盆会《うらぼんえ》の時期に行われることが多く、『日次紀事』には「この月（七月）、朔日より十五日に至りて、諸寺院において施餓鬼法事を修す。これを盂蘭盆会といふ」とあり、お盆と混同されていたようです。秋の季を持つのも、お盆のころ行われるからでしょう。また、「峯」が山類体、「松」が植物木となります。施餓鬼会の際には祭壇に、大日如来を始め五如来の名前を記した五色（白・黒・赤・黄・緑）の旗をたてました。『類船集』に「旗→施餓鬼」、また「落ル→峯の松風」とあります。前句の「赤旗」を平家の旗から施餓鬼の旗に読み替え、旗が飛ばされて落ちたのは「せがきの場」に吹き下ろした「峯の松風」のせい、と原因を付けました。供養の場で旗が飛んで行くって、ちょっと怖いですが。

S：平家一門に対して「せがき」している場面とすれば、ああなるほどそれで「赤旗」ばかりが落っこちたのか、という因縁めいた発想とも読めます。それに、ただの風ではなく「峯の秋風」と細かに指定したのは、「落行」に対してあしらっているからと考えられます。

21　南無あみだ我身ひとつの空の月

N：月の句で、秋で天象で夜分です。この位置、初折ウラの十三句めは本来花の定座《じょうざ》ですが、発句に花が詠まれているのでここには詠まず、代わりにこの面にここまで出なかった月を詠んでいます。そのことが、9から19まで雑がずっと続いた要因にもなっています。また、「南無あみだ」で釈教の句です。それに、「我」も「身」も『連歌新式』に人倫の語として登録されていて、「我身」が人倫ということになります。「南無あみだ」はもちろん「南無阿弥陀仏」。もっと略せば「なんまいだ」。阿弥陀仏の加護を求める詞で、これを唱えて極楽往生を願いました。前句の「せがきの場」

に付いています。また、『類船集』に「峯→月」があります。「月」とからめた「我身ひとつの」という表現は、『古今和歌集』四・秋上、『百人一首』にも採られた大江千里の「月みればちぢに物こそ悲しけれ我が身一つの秋にはあらねど」を踏まえたものでしょう。或いは、『伊勢物語』の「月やあらぬ春や昔の春ならぬわが身ひとつはもとの身にして」の可能性もあるでしょうか。付けの心は、施餓鬼供養の場ですから念仏を唱えているのです。そこに峯から松風が吹いて、空には月が昇り、見回せばそこには自分一人。大江千里は我が身一つの秋ではない、と歌いましたが、ここでは自分一人で月と向き合っているのですね。それにしても、どうも一句の意味が解釈しにくくて困るのですが……。

S：月は「真如の月」として釈教がらみでよく持ち出されますので、「せがきの場」から「南無あみだ＊ひとつの空の月」と、この句の大部分を引き出していると思います。また、「峯→月」の連想も働いています。そして、「我身ひとつの」という固定的言い回しを利用して、「＊」の所に「我身」を放り込んで調子を整えた句なのではないでしょうか。どうやら「南無阿弥陀仏。空の月がたったひとつ輝いている」という大枠に、「南無阿弥陀仏。我が身はひとりぼっち」という別の文脈が重なっているようです。矛盾するわけではありませんので、二重のまま解しておいてそれでよろしいかと思います。

22　**何おもひても六十《ろくじふ》の秋**

N：秋の三句めです。句意により述懐《しゆつかい》と見られます。『類船集』に「月→老が身」とあり、前句の月を眺めながら念仏を唱える人物の、老いを嘆く心情を付けました。『新古今和歌集』藤原隆信の歌に、「ながめても六十《むそぢ》の秋はすぎにけり思へばかなし山のはの月」（十六・雑上）があり、これを踏まえたものでしょう。人生の終焉も近くなり、「何を思ってももはや六十歳、どうにもならない」というやるせない思いです。悲しみもくたびれも切なさも籠められている凝縮した表現がうまいなあ。本歌よりもしみじみと身近に感じられます。この章の最初に、宗因は江戸に来て娘の死を知らされたと述べましたが、「奥州紀行」には「打すて、こはなぞ老の年の暮」など、子に先立たれた悲しみが記されます。もしかしたら、こんな実感も込められていたかもしれません。

S：前句の注で取り上げた大江千里《おおえのちさと》歌から「秋」が出されたとも考えられます。宗因この年五十九歳。少し、現実の心情に関わっている句でしょうか。いま「どうにもならない」と解釈してくれましたが、踏み込んで言えば「さまざま悔やんでみても、もはや取り返しがつかない」というニュアンスで捉えたいと思います。

N：この六十年という区切りについては、前田金五郎氏が、豊富な用例を挙げて、古代から近世までは「人生六十年」が常識であった、と述べておられます（『西鶴語彙新考』）。「人間五十年の究り」（『西鶴置土産《おきみやげ》』）という一方で、「およそ人の寿命は六十也」（『竹斎《ちくさい》はなし』）という考え方もあったのですね。実際、乳幼児を除いた成人の平均死亡年齢は、江戸時代でもほぼ六十歳だそうです。干支がひとめぐりして、翌年には還暦。老いを嘆くタイミングなのです。

S：我々も老いを嘆く心情をちょっとは理解できる年になってしまいました。

N：「我々」？

S：我が身ひとつはもとの身、ではおれませんよ。それにしても、年金受け取るまでまだ遠いなあ。

【二折《にのおり》オモテ】

23 **さびしさは是非に及ばぬ宮の中**

S：雑です。「宮」はここでは宮中の意と見て、神祇《じんぎ》とはしません。また、『連歌新式』の「体用事《たいゆうのこと》」に宮を非居所と定めています。ここは、秋は寂しいものという自然な連想で展開しました。さらに、「六十」と「宮」が、白楽天の「新楽《しんが》府《ふ》」の其七「上陽白髪人」による連想語です。この話題は恋の運びに用いられることが多いのですが、この句の表面には恋が表れていませんので、恋句とはしません。17 18で恋を詠んだばかりですし。元和四年（一六一八）版『白氏文集』によって出だしの部分を引きます（読みは**S**による）。

上陽人　　上陽の人

紅顔暗老白髪新　　紅顔暗に老いて白髪新たなり
緑衣監使守宮門　　緑衣の監使　宮門を守る
一閉上陽多少春　　一たび上陽に閉ざされて多少の春ぞ
玄宗末歳初選入　　玄宗の末の歳　初めて選ばれ入りて
入時十六今六十　　入りし時は十六　今は六十
同時采擇百余人　　同時に采《と》り擇《えらば》れたるもの百余人
零落年深残此身　　零落　年深うして此の身を残せり
（以下略）

「是非に及ばぬ」とは「どうしようもない。しかたがない」ということで、一句の意は、「さびしさはどうしようもない、宮中の有様」ということです。

N：『宗因千句』「世の中の」百韻（本書の「一」、48頁）でも、「40年がよるならよる〳〵の雨／41捨られて命のこんの灯に」の付合《つけあい》に「上陽白髪人」が活用されていました。「彼帝おはしまさざる其後は　西似《さいじ》／六十余年の国ぞさびしき　利方《りほう》」（『大満千句』第六）や「櫛入レぬ影は六十《ムソジ》の荊《いばら》にて　其角／御所に胡座《アグラ》かく世を夷也《ウヅイ》　芭蕉」（『虚栗《みなしぐり》』）など、俳諧によく見かける題材で「六十」がキーワードになっています。

24　**散銭箱《さんせんばこ》はた〻からりちん**

S：雑。「散銭箱」を神祇と見ておきます。「賽銭箱」のことです。ここの「からりちん」は、『日本国語大辞典』を参照するなら、②として示されている「まったく何もないさまを表わす語。金銭についていう場合が多い。すってんてん。すかんぴん。ちんからり」の意。貞享三年（一六八六）刊の浮世草子『好色三代男』四の六の「金の入る事斗《ばかり》、水ころびにころびて、日比《ひごろ》の蔵の内はからりちんの手拍子」という用例が挙げられています。宮中の「宮」から神社の「宮」へ読み替えるという、わかりやすい取り成しをして「散銭箱」を付けています。また、「さびしさ」を銭のないさまとしての「からりちん」なのです。「賽銭箱は、まったくすっからかん、銭が少しも入っていない」。

N：「からりちん」は俳諧では金銭に用いられた例が少ないのですが、狂歌では『後撰夷曲集《ごせんいきょくしゅう》』に「辞世／親もなし子もなし跡に銭もなしからだ斗はからりちん也　成安」がありました。俳意の薄い打越しと前句から、お金の話題に大転換です。

25 下手談義声ばかりをやからすらむ

S：雑。「談義」を釈教と見ておきます。「談義」は僧が経を説き、仏の教えを語ることですが、それが下手なお坊さんなのですね。「散銭箱」は神社にもお寺にもありますから、ここの付けではお寺のそれに読み替えて談義僧を想起し、彼が「声ばかりをやからす」としました。この句が原因で前句が結果という理屈の付けです。「下手な談義は、力みかえって声ばっかりを嗄《か》らすようだ。誰にも聞いてもらえない」。だから、賽銭箱もスッカラカンなのです。

N：力説すればするほど、聞く側は醒めていく……大学の講義でこうなったら悪夢ですね。『類船集』に「長《ナガキ》↓下手の談義」、「下手↓長き談義」とあります。現代で話の長いのは医者と坊主と政治家と、あとは大学教員だそうで。

26 蟬の羽衣《はごろも》かるき上人《しやうにん》

S：「蟬」によって夏で、動物虫《うごきもの》です。「上人」が釈教《しやつきよう》であり、人倫でもあります。「蟬の羽衣」はここではその上人が着るものですから、衣類になります。「上人」は僧侶の敬称で、前句からの連想で人格的に「かるき上人」としたのです。それに加えて、「声をからす」ものを「蟬」と付け、上人が蟬の羽衣を軽く着ているとまとめました。「蟬の羽衣」は歌言葉で、『後拾遺和歌集』三・夏に「ひとへなる蟬の羽衣夏はなをうすしといへどあつくぞありける　能因法師」、『千載和歌集』三・夏に「けさかふる蟬の羽ごろもきてみればたもとに夏はたつにぞありける　藤原基俊《ふじわらもととし》」といった用例があります。句意は、「かるき」が上下に働いていると見て、「蟬の羽衣（夏の薄い衣）を軽く着ている、軽薄な上人」

というところでしょう。

N：「談義」「声をからす」に「蟬」が付いたのは、「経よむ声の蟬に似たれば、あまたに鳴くや蟬ぶきやうとも言ひなし」（『山の井』）などとあるように、蟬の声が読経に似ていたからでしょう。『類船集』にも「経→蟬」の付合が載っています。蟬のような声では、確かに下手談義で御利益もなさそうです。なお『山の井』が引くのは貞徳の「衣着てあまたに鳴やせみぶ経　貞徳」（『犬子集』三）。千人の僧に同じ経を読ませる「千部経」に「蟬」を言い掛けています。

27　**藤沢をたゞ一飛に飛こされ**

S：式目上は雑で、「藤沢」によって名所《などころ》の句になります。『俳大系』の注に、

「上人」―「藤沢」。藤沢（神奈川県）には藤沢寺がある。遊行《ゆぎょう》寺とも。遊行上人一遍の開創。

とあるとおりで、付け筋は明白でしょう。念を入れて付け加えるなら、時宗総本山、藤沢寺＝遊行寺の歴代の住職が「遊行上人」と呼ばれます。諸国に遊行して念仏を勧めて歩きますので、移動する体が詠まれるのももっともなことですが、その上に前句の「蟬」を受けて「たゞ一飛に飛こされ」たとしています。「藤沢をひとっ飛びに飛び越えなさって」という句意。付けの発想におけるこの奔放な想像力、この句の中身どおりの軽さこそ、宗因俳諧の魅力です。

N：時宗と藤沢については、『時勢粧』の独酌独吟百韻にも「うけつぎし師匠を思ふ時宗寺／西もひがしも藤沢のみち」（四・上）の例が見えます。『国史大辞典』には「（藤沢寺は）正中二年（一三二五）正月、時宗開祖一遍の孫弟子遊行四代呑海《どんかい》が、遊行を隠退したのち、実兄俣野五郎景平の助力を得て開山。それより隠退した遊行上人の閑居の地となり、代々の住持を藤沢上人という」とありました。蕪村の「よらで過る藤沢寺のもみぢ哉」（『自筆句帳』）句について、『蕪村全集』（講談社）が「回国修行を済まさぬうちは藤沢寺に帰住しなかった遊行上人の例に倣い」と注を付けていますように、遊行上人は「♪休むことも許されず♪」諸国を行脚したのです。後に中興期の俳人蓼太《りょうた》は、『七柏集《ななかしわ》』（天明元年〈一七八一〉刊）において宗因について「古風を踏破し新風を起し、一句の晒落に人を絶倒せしめ、俳諧一劇場をな

し、世に檀林風と称す。誠に天下に俳諧の名人といふもの、宗因・芭蕉の外《ほか》なしと聞ゆ」と称賛し、「腮《おとがい》をとかしむ」付合のひとつとして、25「下手談義」句からこの句までの三句を挙げています。

28　かまくらがりに何とかけ落《おち》

S：雑で、この二折オモテでほかに恋らしいところがありませんので、この句と次の句がおそらく恋でしょう。「かけ落」で恋にしたと見ておきます。ただし、寛永から元禄までの俳諧作法書の「恋の詞」に「かけおち」は登録されていませんが。また、「かまくら」が名所です。「がりに」は普通、人物のあとについて「……のもとへ」を表します。人物ではないところが苦しい用い方ですが、「鎌倉まで」と言いたいのだと思われます。なぜこう苦しい表現になったかと言いますと、「くらがり（暗がり）」の秀句を狙ったせいです。前句の「藤沢を飛び越えた」ということに対して、「鎌倉まで、何と駆け落ちしよった」と付けました。そこに「夜の暗がりにまぎれて」の意を押し込んだのです。

N：「かけ落」は、恋人たちの駆け落ちという意味よりも先に、貧困や悪事によって逃亡し行方をくらますという意味で使われており、恋の詞とは限りません。ただ、一方で、「をく算盤《そろばん》の玉造り口　宗恭／欠落は小町が果の名也けり　素玄／せなかにおへるおもひいか程　直成」（『天満千句』九）では、直成は恋の駆け落ちと取り成していますし、「むんずとくんで新枕《にいまくら》する／欠落者三年めにて見付たり　調也」（『誹諧当世男』）の例も恋句と考えられそうです。ここも恋と取っておきたいですね。飛ぶように走って逃げる男女といえば、『更級《さらしな》日記』の竹芝寺縁起で、姫を背負い、超人的なスピードで飛ぶように逃げたという男が思い出されます。

29　馬ずきもやめてちが〱ちばの介

S：雑です。「ちばの介」という人名で人倫です。26の「上人」の人倫からは二句隔たっており、ぎりぎりですが差し合いではありません。人名としては濁って読むのが自然でしょう。ただ、ここには「ちは（痴話）」が言い掛けられていて、それにより恋です。『はなひ草』に「ちは」を恋としています。また、「馬」が動物　獣《けだもの》。『俳大系』注では、「千葉介常胤は、鎌倉方の武将。「痴話」にかけた」としています。『国史大辞典』で「千葉常胤　ちばつねたね」を引きますと、

一一一八―一二〇一　平安・鎌倉時代前期の武将。下総権介常重の子。母は大掾政幹の娘。（中略）治承四年（一一八〇）九月、源頼朝の挙兵に加わるとともに、下総国内の敵対勢力を駆逐し、さらに頼朝をして佐竹氏を攻撃させて相馬御厨の支配を回復した。元暦元年（一一八四）二月、源範頼に属して摂津国一谷の戦に、さらに西国での平家追討に軍功を挙げた。文治五年（一一八九）の奥州藤原氏攻撃の際には、東海道大将軍として出陣、軍功により奥州に所領を与えられた。（中略）頼朝の信頼も厚く、頼家の七夜儀を沙汰し、文治三年八月には洛中警護のために上洛するなど、東国御家人の重鎮とされた。さらに西国の範頼あての頼朝の書状にも、常胤を大切にすべきことが特に記されたり、建久三年八月の政所始めの際、政所下文による所領安堵に満足せず、頼朝直判のある下文を求めたことはよく知られている。（以下略）

とのことです。近世初期俳諧ではわりと有名な人物らしく、たとえば、『新増犬筑波集』に、「月星は皆はれもののたぐひにて／まくも色よく染し千葉殿」の付合があり、「前の「はれもの」を「はれがましき」にとりなす。月に星は千葉殿、誰も知たる事也。」と注があります。「月星」が紋所としてすぐに連想されるようですが、宗因はそれは用いていません。「ちがちが」は、片足を引きずって歩くさまを表す言葉です。付けの発想は、「かまくらがり」に鎌倉の武将である「ちばの介」を付け、「かけ落」を馬で駆けているときに落ちたと読み替えて、「馬ずきもやめてちが〳〵」と付け、また、恋としての駆け落ちの話題に「痴話」を付けていると思われます。言葉をもらすことなく付けに利用していると言えます。

N：千葉常胤が落馬によって片足不自由になった、という話があればよいのですが、不明です。落馬で死んだというのであれば、頼朝ですけど、なぜ「ちばの介」なのでしょう。『ゆめみ草』五に「山の真上や月と星あひ／ちば殿の幕打まはすかりくらに　元正」とありますが、『新増犬筑波集』の「まく」も狩猟の際の幕でしょうか。前句の「かまくらが

り」を「鎌倉狩り」と読み替えて頼朝の家来を想起し、家来の中から「ちばの介」に足の不自由なことをいう「ちんば」を掛けて用いたのかもしれません。

30 **乗ものかきをあまたをかるゝ**

S：これも雑です。「乗ものかき」が人倫でしょう。つまり「かごかき」です。「乗もの」は身分ある人や婦人が乗る高級な駕籠。ここは単純な心の付けで、馬に乗れなくなって、そのかわりに駕籠かきが必要になるという発想です。「乗物を担ぐ者をたくさん雇い入れている」という句。

N：馬も乗物の一つです。『類船集』に「乗物→馬」があります。駕籠かきを大量雇用という発想がおかしい。

31 **医しいへば威のつくまゝにはやるらん**

S：これも雑。「医」はこの句では医者のことなので、人倫でしょう。人倫の句数《くかず》は二句なので、三句は続け過ぎです。この句形では上五が理解できませんが、覆刻版『宗因千句』では上五を「医といへば」としていまして、そちらに従って解釈します。「乗もの」に乗るにふさわしい職業として医者を連想しました。駕籠かきがたくさん傭われているというところから、繁盛している医者にした、心の付けです。『類船集』に「乗物→医者」があります。一句としては、「医者といえば『い』が付くもの。威勢がつくにしたがって、はやるのであろう」という意。

N：「世の中の」百韻（本書「一」、52頁）48でも引きましたが、「乗物→医者」といえば、「乗物をかたづけてやれ朝《あさぼらけ》朗／身はさぢでたつ袖の白雪」（『夢助』）の付合が、医者と言わずに「身はさぢでたつ」で医者を暗示した（医者の匙加減《さじかげん》、というやつですね）、いわゆる「ぬけ」の代表例として知られます。「ぬけ」が成立するほど、強固な付合だったということです。

32 **爰《ここ》もかしこも法印〳〵**

S：雑が続きます。「法印」により釈教で、人倫です。人倫の四句めで、式目上大きな違反です。「法印」は、「中世以降、僧侶の称号に準じて、儒者・仏師・医師・連歌師・画工などに授けられた称号」（『日本国語大辞典』の「法印」の③）です。原義にしたがって釈教としておきます。付けとして、「威のつく」に、医者の位である「法印」を付けたことは明白です。『類船集』に「法印→医者」があります。「はやる」様子を具体的に描写した、「こちらからも、あちらからも、『法印法印』とお呼びが掛かって」という句です。

N：前にも指摘したことですが、リズムがいいですよね。たとえば「ちがちがちばのすけ」。そして「ここもかしこもほーいん、ほーいん」。「そーいん」の句ってラップに合いそう。

33 **出来ものは源氏供養の脇のさた**

S：雑。『俳大系』の注に、

「法印」―「源氏供養」。謡曲「源氏供養」は、安居院法印聖覚の作と伝える「源氏物語表白」に拠ったもので、ワキに安居院の法印が登場する。

とあります。「源氏供養」は、石山寺に参詣した安居《あごゐ》院の法印と随伴の僧が、紫式部の霊に出会う能です。「安居院」とは、『新日本古典文学大系　謡曲百番』の同曲の注を引けば、「比叡山東塔北谷竹林院の里坊の名。藤原通憲《みちのり》（信西）の子の澄憲《ちょうけん》が住し、以後、その子孫が代々受け継いだ。澄憲の子の聖覚も、父と同じく安居院法印と呼ばれた安居院流唱導の大成者で、源氏物語表白《ひょうびゃく》の作者と伝える」とのことです。「源氏物語表白」とは源氏供養に際して唱える願文で、能の山場の曲舞では後ジテの紫式部がこれに乗って舞います。宗因は「法印」を、謡曲「源氏供養」のワキの安居院の法印に読み替えました。謡曲「源氏供養」では、「（前ジテ）なふなふ安居院の法印に申べき事の候／（ワキ）法印とはこなたの事にて候か、何事にて候ぞ」のように「法印」の呼称が使われます。『類船集』に「法印→源氏供養」があるように、「源氏供養」をすぐに想起させる語だったようです。また、「出来もの」は、『日葡辞書』に「職人による細工物、酒など、立派に出来あがったもの」と説明されているような意味としてよいでしょう。つまり一句は「秀逸にできているのは、謡曲「源氏供養」のワキの役柄だ」ということです。

N：脚本としての「源氏供養」の出来がよいのではなく、今回ワキを演じた能役者がすばらしい、とも取れますが。それって歌舞伎的発想で、宗因を読むには苦しいでしょうか。

34　尻もち月にねぶとわするゝ

S：二折オモテの定座《じょうざ》を一つ引き上げた月で、秋、夜分《やぶん》、天象の句になります。付けの発想としては、「出来もの」を皮膚病のでき物に取り成して、それは「尻」の「ねぶと」であるとしたところに中心があります。「ねぶと」はいわゆる「おでき」の類で、太ももやお尻によくできるものです。その付け筋に加えて、謡曲「源氏供養」に「互に心を。おきもせず。寝もせで明かす此夜半《このよは》の。月も心せよ。石山寺の鐘の声」のように「月」が登場することを利用して、「もち月」を詠み込みました。その上で、「尻もち搗き」という語を秀句として入れています。「望月の美しさにねぶとの痛みを忘れた」と同時に「尻餅をついてねぶとの痛みを忘れた」とも読める、凝った作りの句です。

N：尻餅をついたら、お尻のねぶとはとっても痛そうなんですが……。道理に合わない点を楽しんでいるのでしょうか。尻もちにもち月を掛ける例には、古いところで「おもしろと尻もち月の詠《ながめ》哉」（『毛吹草』一・同意の句、作者不明）の例があります。

35　あたゝめし酒にや貌のしかむらん

S：「あたゝめし酒」で秋の二句めとしました。酒を飲んで顔をしかめるというのはふつうと逆です。そのふつうじゃないところが俳諧性です。前句の、望月を眺めている場面に対して、当然、酒を飲んでいると連想しました。『拾花集』と『竹馬集』に「煖酒《あたためざけ》→月の友」があります。ただ、その人物は「ねぶと」を持っていて、酒によって痛みが増して顔をしかめると想像したのです。『類船集』には「癤《ネブト》」の項目があって、「温薬辛辣《ウンシンラツ》のたぐひを服してねぶとゝなれる事多し」と述べています。「温薬」には「あたゝめし酒」も入るのではないでしょうか。さらには「月」と「貌」が一般的な連想語でもあります。「あたためた酒のせいだろうか、顔をしかめているよ」。

N：なるほど。尻もちでねぶとが痛まないのもふつうと逆の俳諧性なんですね。前句と同様に、常識とは逆の句を付けた。

S：ここ二句は「あまり寒さに風をいれけり」（『犬筑波集』などの付合の前句）の俳諧性。

36 **紅葉色づく前句むつかし**

S：「紅葉」によって、秋で、植物木です。「あたゝめし酒」とくれば「紅葉」を出すのは連歌俳諧を通じてのお約束のようなものです。典拠はもちろん『和漢朗詠集』の「秋興」に採られた白楽天の対句「林間煖酒焼紅葉、石上題詩掃緑苔（林間に酒を煖めて紅葉を焼《た》く、石上に詩を題して緑苔を掃《はら》ふ）」です。『随葉集』には「あたゝめ酒→紅葉がもと」、『拾花集』と『竹馬集』にも「紅葉→煖酒」「煖酒→めづる紅葉」があり、『類船集』にも「紅葉→煖酒」が見えます。そして宗因は、前句の人物が顔をしかめたわけを、「前句むつかし」として受けました。この一句の意味にはまとまりがありません。「紅葉が色づいて、そこで連歌か俳諧かをやっていると、難しい前句が巡ってきた」と説明できなくはありませんが、ここで宗因はそのような文脈をこしらえようとしたのではなくて、二つの付け筋から見つけた語句をぽんぽんと並べただけだと思われます。言葉の付けから生まれた遣句です。

N：「紅葉色づく」を前句の一部と取れないこともないですが、付合から考えると、そういうことですかね。

【二折ウラ】

37 **見わたせば山類水辺居所近み**

N：雑の句。おもてむき「山類・水辺・居所」は式目用語として詠み込まれていますので、この句の属性として扱う必要はないだろうと思います。前句の「紅葉」から「見わたせば」を付けました。『俳大系』の注が指摘するように、「見わたせば花も紅葉もなかりけり浦のとまやの秋の夕暮」（『新古今和歌集』四・秋上、藤原定家）が本歌です。さらに式目用語「山類・水辺・居所」を用い、前句に付けにくいという状況を、それらの句が近いので自分の句には使えない、と具体化しました。「見わたせば」を、懐紙に記されたそこまでの句の行き様《よう》を見渡すこととしたのですね。途方に暮れている初心者の体でしょうか。宗匠の宗因さんなら、こうした時はきっとヒントを出して救ったにちがいありません。

S：この句、当時の作者が山類水辺居所その他の差し合いを気にしながら付け進めていたことがよく分かる句です。

38 **興に入江はたゞ絵図のうち**

N：雑の句。「入江」により水辺体になります。前句の連歌俳諧用語を、山や海や家のことに取りなして、それは絵の中の世界だと付けました。見渡すものを懐紙から絵図に替えたのです。特に水辺に注目して「入江」を取り上げて付けています。これは「興に入」と掛詞になっていますから、「興に入る入り江」として解します。「とても魅力的な入り江のありさまは、ただもっぱら絵画の中に描かれているだけ。（現実の風景ではないのだが）」。

S：山水画を見ますと、よく、「こんな風景ほんとにあるの？」と感じるような、誇張された空間が広がっています。そういうデフォルメについて「たゞ絵図のうち」と判断を下した句ですよね。

39 **舟はそのむかし〳〵の雪の夜に**

N：「雪」で冬で、降物の句です。「夜」が夜分、「舟」が水辺外です。『拾花集』『竹馬集』には「江→釣舟」の寄合語があり、前句の「入江」から舟を思い、そして舟と「興に入」から王子猷《おうしゆう》と戴安道《たいあんどう》の故事を連想した句です。中国の晋の文人王子猷は、雪の夜、興の起こるまま小舟に乗り友人の戴安道を訪ねますが、その門前まで行って引き返しました。人にその理由を尋ねられた子猷は「興に乗じて来たり、興尽きて返る。何ぞ必ずしも戴にまみえんや」と答えたといいます。友といっしょに夜の雪の風情を楽しもうと思ったけれど、途中で満喫してしまったのでしょう。興が尽きればわざわざ寄る必要もないというところ、超自由人！　ここまで来たからには、とか、久しぶりだし、とかいう発想はないんですね。この故事により子猷は「脱俗」の象徴的存在になりました。この逸話は、正史である『晋書《しんじょ》』の他、『世説新語《せせつしんご》』などの逸話集や、初学用の故事集で日本でもよく読まれた『蒙求《もうぎゅう》』にも収録され、俳諧の題材として定着しました。たとえば「酒も尽れば興つきにけり　季吟／やら寒や雪の夜明けの舟遊び　打雨」（『俳諧塵塚』上・「盆山に」百韻）の例があります。打雨の句は、雪の夜明け、舟の上では酒も尽きたら寒くて興も尽きるだろう、と子猷をからかったもの。宗因句の句意は「昔々雪の夜に舟を出した」というだけですが、前句の「興に入江」と合わせるとその人物は王子猷ということになり、今その絵図を眺めているという場面になるでしょう。この故事は画題としても好まれ、時代は下りますが、蕪村にすてきな絵（王子猷訪戴安道図）があります。

S：蕪村には「鮎くれてよらで過行夜半《すぎゆくよは》の門」という発句もあります。王子猷の雪の夜を、夏の夜に反転させた句です。それから、この故事の流れを汲んでいる絵画として、伊藤若冲《じゃくちゅう》の拓版画「乗興舟《じょうきょうしゅう》」を思い出します。王子猷の人気の高さ、なかなかのものです。

40　**幾節分をかさねきにけむ**

N：「節分」で冬の句の二句めです。「節分」は立春・立夏・立秋・立冬それぞれの前日のことですが、特に立春の前日をいいます。春になる前の日ですから、季は冬です。『類船集』に「節分→宝船」「船→節分」の付合語があります。節分の夜、枕の下に宝船の絵を敷いて寝る風習がありました。良い夢を見たら来年福を得るといい、悪い夢を見たら絵を水に流します。その図柄は、古くは、舟の帆に悪夢を食べる「貘《ばく》」の字を描いたものであったり、また舟の積み荷が稲穂だけであったりしたといいますが、やがて金銀や米俵など数々の宝を積んだ舟が描かれるようになりました。この連句成立からおおよそ二十年後の『日次紀事《ひなみきじ》』にも「船の内に種々の珍宝を画く」とあります。なお、『日次紀事』と同時代の西鶴の『西鶴諸国ばなし』（貞享二年〈一六八五〉刊）三の五「行末の宝舟」では、七人の男が光り輝く舟に乗って諏訪湖の底へと旅立ちます。タイトルや人数から考えても、これは七福神のパロディー。宝船に笑顔の七福神が乗り込んでいるというおなじみの宝船の絵柄が、ぼちぼちできていたのでしょうか。なお、この風習は、江戸で正月二日に行われ、今はそちらの方が主流になりました。句意は「いったい何回節分を重ねてきたことだろう」となります。前句の「むかし〳〵」に応じて、やや慨嘆している感じがうかがわれますが、雪の節分の夜、宝船を準備する人物としては少々暗い？

S：冬で「舟」のある前句に、王子猷の話からいかに転じて付けるか、苦心しているように思います。結局「舟」を宝舟にしたのです。旧暦では節分・立春に前後して正月元旦が来るわけですが、元旦は人々がいっせいに一つ年齢を重ねる日でした。新年に老いを嘆くことは古典的テーマです。この句の懐旧慨嘆の気分はそんなところから来ています。

41　此村《この》にくされ鰯のかしらして

N：「鰯のかしら」で冬の三句めです。冬は三句連続が上限です。「鰯」で動物魚。鰯の頭を柊《ひいらぎ》に挿して門口に飾るのも節分の行事です。『類船集』に「鰯→節分」の付合があります。俳諧の季寄せ『山の井』の「歳暮」の項に「節分は……夜に入れば、むくりこくり（＝鬼）の来るといひて、背戸・門・窓の戸など堅くさして、外面には鰯の頭と柊の枝を、鬼の目突きとてさし出だし」と説明しています。柊は尖った葉で目を突くので鬼が嫌がるというのでしょう。鰯が選ばれたのは、その臭さからといわれています。しかもこの句の鰯は、幾節分をかさねたほどの筋金入りの「くされ鰯」。「この村では、くさった鰯の頭を使っているぞ」という句です。「鰯の頭も信心から」という信仰の力も、その強烈な匂いに、「鬼の目にも涙」。

S：年季の入った「くされ鰯」ってすごいくさそう。でも、そこまで読み込まなくてもよくて、宗因としては「節分」に付けただけではないでしょうか。節分の鰯の頭が一年後にも残ってるというのは想像しにくい。それから、「此村に」がどうして出て来たのか、腑に落ちません。字数合わせの気味があります。その点で一句立ては弱く、「鰯」を用いて前後で転ずるのが主たる目的だったように思います。ちょっともたもたしているところ。

N：いやいや、節分の鰯を片づけない家も多いのですよ。院生に確認したら、一年後に取り替えるのがしきたりです、と胸を張って答えられました。ずぼら？　と思ったのですが、この冬、うちのご近所でも柊に刺さった鰯のミイラを発見しました。とはいえ、誇張されているのはもちろんです。

42　**こやしさまぐ〳〵いるゝ田の原**

N：雑になりました。前句の「村」に「田」を付けました。『拾花集』に「田→村」の寄合語があります。また、「くされ鰯」に「こやし」を付けました。鰯は江戸時代の重要な肥料でした。油を絞った鰯を乾燥させた干鰯《ほしか》は、菜種などの油かすと共に代表的な金肥《きんぴ》（お金を払って買うタイプの肥料。自家製でないモノ）です。前句の「くされ鰯のかしらして」を「腐った鰯の頭を肥料として入れて」の意味に取り成しています。「田の原」はあまり例を見ない言葉ですが、「山田の原」や「小田の原」などと同様でしょう。「原」には深い意味はなく、広々とした田んぼと解釈しておきます。この村では、「田の原にさまざまな肥やしを入れている」のですね。「くされ鰯のかしら」もそのひとつ。前句の、普通でない「鰯」を、ある村の試行錯誤の材料としました。さて、効果の程や如何に。

S：正保二年（一六四五）刊の『毛吹草』五に、徳元の発句で「うふる田は海も手伝ふ鰯かな」というのがあります。干鰯が普及していたことが分かります。

43
衣手に鼻ふさいでや通るらん

N：雑の句。「衣手」で衣類です。さまざまなこやしの匂いに堪えきれず、袂で鼻をふさいで通るであろうと、とてもわかりやすい句意付けです。もうこの付けでは鰯に限りません。さまざまと言っていますが、やはり主体は糞尿でしょう。もっとも、「田の原」に「衣手」は、『百人一首』の第一首、天智天皇の「秋の田のかりほの庵の苫をあらみわが衣手は露にぬれつつ」による連想語です。

出格子（『諸艶大鑑』二の四「男かと思へばしれぬ人さま」挿絵、国立国会図書館デジタルコレクションより）。出格子に人々が取り付いて中の遊女を覗いている。

S：私の子どもの頃には「野壺」というのがまだ身近にありました。さいわい落っこちたことはありませんが。でも、「肥えたご」を担ぐ姿はもう見かけませんでした。バキューム・カーのそばを鼻ふさいで通るというのは日常的な経験でしたけどね。それにしても、強烈な悪臭の漂う世界に「衣手」なんていう雅語がまぎれこんでいる。この落差も宗因流の一端ではないでしょうか。

44
誰やたそがれ出格子の前

N：雑の句。句意により恋の句でしょう。「たそがれ」は時分。『連歌新式』によれば「誰」は人倫の扱いになります。「誰や」は「だれや」や「たれや」ではなく「たそや」と読んだ方が、「たそやたそがれ」と調子がよいと思います。三条西実隆《さんじょうにしさねたか》に「よりてみむまねくはたそやたそがれの野べはをばなが袖とわくとも」（『雪玉《せつぎょく》集』）の例があります。この歌を踏まえているというのではありませんが。付合としては、前句を顔を隠したさまと読み替えて「誰？」と尋ねた体です。「出格子」は外側に張り出して作った格子窓を言いますが、ここでは遊廓を想定しているのでしょう。遊廓の張見世には格子窓が使われ、その内側で遊女が客を待ちました。そこから「格子」は遊女自身を表したり、遊女の位の一つの名称として使われたりします。『類船集』にも「格子→傾城」とあります。『談林十百韻《とつぴやくいん》』の「難波潟質屋の見せの暮過て　松臼《しょうきゅう》／出格子の前海わたる舟　一鉄《いつてつ》／あだ浪のながれの女小うなづき　在色《ざいしき》」という三句連続では、一鉄の句の「出格子」は、松臼の句と付くと質屋、在色の句が付くと遊廓のそれとなります。ここも次の句を遊廓と取りたいので、そうでない別の家の「出格子」ととった方が良いのでしょうか。ただ、全句が恋という『宗因千句』所収「花で候」百韻には「露にぬれものほうかぶりして／霧ふかき出格子に立門に立／引よせ貌《かほ》の見ゆる三味線」という付合があり、こちらは「出格子」を前後ともに遊廓として用い、恋の句としているようです。宗因のこの句も、鼻のあたりを袖で覆って通ることから見て、遊廓の可能性が高いように思います。『色道大鏡《しきどうおおかがみ》』二「寛文格」にも、遊廓に入るには編み笠をかぶることを良しとし、「夫《それ》遊郭に入る人は、それかあらぬかのやうに見なしたるこそ風流なるべけれ。おもてをむき出したるを恥ざるは、いたくふつ、かなり」と言っています。もっとも顔を隠すわけは、払いがたまっているからとか、馴染みの遊女に隠れて別の遊女を物色しているからとか、ほかにも色々考えられますが。「人の見分けが付きにくいたそがれ時、遊女の居る出格子の前に、客がやってきた。誰ですか、誰ですか」という句です。

S：ここの「出格子」を、前後ともに遊廓のそれと見ることに賛成します。クサイ話題を恋に転じたところが手柄でしょう。

45　**いつもくる二蔵にはあらぬ文使**

N：雑の句。「文」は『はなひ草』や『御傘《ごさん》』に句体により恋としていますから、ここでは「文使」を恋文を運ぶ使いと見て、恋の句と考えます。また、「二蔵」は人名ですから人倫になります。出格子の前に立つ人物に「誰や」と不審を抱いた理由として、いつも来る文使い（二蔵ちゃん？　二蔵どん？）ではなかったから、という句意付けです。前句《まえく》を遊女の思い、もしくはセリフと見たのです。「二蔵」は下男の通り名です。ほぼ同展開の付合《つけあい》として、『宗因千句』所収「関は名のみ」百韻に「誰が小者ぞととへど答へず／出格子に捨文《すてぶみ》してや帰るらん」の例があります。出格子で文のやりとり、というのがお定まりのパターンだったのでしょう。

S：二蔵についてはすでに『俳大系』に「二蔵、下男の通名」という注がありました。もう少し踏み込んで辞書類を見ますと、鍛冶屋の徒弟に多い通り名のようですね。よく「仁蔵」とも書きます。『男色大鑑』六の五に「鉱《あらかね》の槌打《つちうつ》二蔵までも、天王寺《てんわうじ》清水《きよみづ》汐干《しほひ》などいひて遊日《あそぶ》なり」のような用例があります。

46　もたせてかへるきぬ〲の露

N：「露」で秋、「きぬ〲」で恋の句です。「露」は降物《ふりもの》でもあります。前句の「文」に「きぬ〲」が付いています。「きぬ〲」は、男女が共寝をした翌朝、それぞれの衣を身に付けて別れることから、その衣や共寝の翌朝、そして朝の別れそのものを意味する言葉です。漢字で書くと、「衣衣」、または「後朝」。『類船集』に「文→後の朝」、「玉章《タマヅサ》→後朝」とありますが、これは男が家に帰ってから女のところに手紙を遣わす習慣があったからでしょう。一句は「もたせてかへるきぬ〲」に「きぬ〲の露」が言い掛けられている構造ですが、その文使いに後朝の衣を持たせて帰るという付けの意図がよく分かりません。使いが服を持って帰るなら、男は何を着て帰ったのかな？　それとも女の服をもらったのかな？

S：それは「これでお別れだ、おまえとは二度と会わない」という中身の文で、それで、遊女の部屋に男が置いたままにしていた着替えの服を下男に持たせて返したのではないですか。やって来たのも、息子の遊びをのみこんでいるいつもの二蔵どんじゃなくって、親の遣わしたコワイ顔の文使いだったりするのです。「露」は当然、涙を暗示してますよね。衣類に遊女の涙がこぼれているのでしょう。その点からも、恋の終わりと読みたいところです。

47　**長櫃《ながびつ》の中の秋風吹たちて**

N：「秋風」で秋の句です。ここで三句続いた恋から離れます。「長櫃」は短い脚の付いた長持ちのような箱で、衣類や所道具を入れました。たいてい棹をわたして二人で担いで運びます。前句の「もたせてかへるきぬ」から連想したのでしょう。また、「露」と「秋風」は寄合語《よりあい》です。恋の場面で「秋」といえば「飽き」を掛けるのが常套手段。「吹きたつ」は、吹き始めるの意味です。したがって「秋風吹たちて」という表現は、秋風が吹き始めて秋が来た、という季感を表すとともに、お互い（どちらか？）の心に恋の終わりの気配が生じた、という意味を含みます。具体的には離縁の場面でしょうか。前句の「きぬ〴〵」では男が女のもとを立ち去りますが、ここでは離縁された女が自分の衣類を持って実家に帰ることになります。その秋風が長櫃の中に吹き始めた、とするのがおかしいですね。別れの涙に濡れた衣服が入っている長櫃だから、その中に秋風（飽き風）が吹き始めた、という理屈ですが、「長櫃の中の秋風」は非道理とまでは言えない？

S：女が離縁されて実家に帰る場面に転じたというのは賛成。「中」には男女の「仲」が言い掛けられているでしょう。それに「秋」には「空き」も掛けられていませんか。長櫃ごとではなくて、「きぬ」を直接手に「もたせてかへる」というふうに前句を読んでいる付けだと思います。秋風が吹き始める頃、夫婦の「仲」に「飽き」の風が立ち、衣服を持たせて返したことで婚家の長櫃の「中」が「空き」、というのではないでしょうか。ずいぶん凝っています。多重の文脈を押し込んだ句ですが、一句が立たないわけではなく、非道理とまでは言えないように思います。

N：「空き」と取るのは苦しい。それは次の句で読み替えている趣向です。私はやはり、長櫃ごと衣服を持たせて実家に返したと読みたいですね。持ってきたものは持って帰る。離婚の基本です。共同で買った本とかはどうなるのかな？

48 古道具屋の夕暮の月

N：「月」で秋の三句め、天象の句です。二折《にのおり》ウラの月をここで出しました。「夕暮」により時分ですが、「夕暮の月」と夜分でない時間帯が指定されていますので夜分にはなりません。「秋風吹たちて」から「夕暮の月」という雅の連想と、「長櫃」から「古道具屋」という俗の連想から成っています。前句の「秋」を「空き」、すなわち長櫃が空っぽの様子と読み替えて、古道具屋に払い下げた、という句意にしました。24の「散銭箱《さんせんばこ》はたゞからりちん」と少し似ていますね。空っぽの長櫃を売り渡した古道具屋、夕暮れの月がいかにもわびしげです。

S：むしろ私は、前句からすでに、長櫃の中が「空き」になったと表現しているように思うのです。

49 詠《なが》めせん数寄者《すきしゃ》ゆかしき花の跡

N：「花」で春、花の句。秋が三句続いて、ここで春に直接移っても問題はありません。花の定座なので、月に花を強引に付けています。また、「花」は植物木、「数寄者」は人倫です。「数寄者」とは、風流人また特に茶人を指す言葉で、前句の「古道具屋」から連想したのでしょう。ここでは茶もたしなむ風流人と、広い意味で解しておきます。『崑山集』十三・冬に「埋火もほり出しこのむ数寄者哉　貞宜」の例があり、数寄者がいわゆる掘り出し物の道具を好んだことがわかります。また、風流人は当然のことながら月花につけて詩歌を詠むもの、『類船集』にも「花→数寄者」の付合があります。「数寄者ゆかしき…跡」とは、その場所が数寄者ゆかりの場所なのでしょう。『大坂檀林桜千句』第七の「外面の草もみな料理がた　益友《えきゆう》／柴の戸も流石数寄者の栖にて　如昔」の付合にあるような、物好みの草庵の跡であるのかもしれません。数寄者ゆかりの地で、花の跡を眺めながら、数寄者の如く詩歌を詠もうという句意になります。「花の跡」とは、花の散った跡をいう語で、「散りにけりあはれうらみのたれなれば花の跡とふ春の山かぜ」（『新古今和歌集』二・春下、寂蓮）などの和歌以来の例がある雅語です。

S：雅語ではありますが、宗因にとっては歌言葉というより謡曲の語彙ではないでしょうか。たとえば「鞍馬天狗」の

「松嵐《しょうらん》花の跡訪ひて」など、謡曲によく出てきます。芭蕉の若いころの「何者か詠捨たる花の跡／江戸にも上野国本の春」（延宝四年〈一六七六〉芭蕉・杉風両吟「時節嘸《じせつさぞ》」歌仙）という例がありました。花の跡を訪れて句歌を詠むのは一つの発想パターンだったのかもしれません。

50　白梅一枝椿一りん

N：「白梅」「椿」で春、植物《うえもの》木の句です。「椿」は花の意味でなければ雑ですが（『御傘《ごさん》』など）、「一りん」とありますので、春季の言葉になっています。前句の「花」を具体化しました。梅も椿も茶の湯に使われる花ですから、前句の「数寄者」をはっきり茶人と見なして付けを発想しています。『類船集』の「椿」の項には「日あたりのよき所は冬もさきて、水仙・梅など、さし合て生《イケ》侍る」という記事があり、この句でも梅とセットで活けられたもののようです。この句、活け花の名を並べ上げただけですが、「白梅一枝」という言い方は「長恨歌《ちょうごんか》」の「梨花一枝《りかいっし》」を意識しているのかもしれません。

S：ハクバイか、しらうめか。「一枝」を「ひとえだ」と読んでは字余りですから、やはり音読みで揃えて「ハクバイイッシ」と読むのが自然でしょうか。でも「つばきイチリン」は音訓まじりますね。「しらうめイッシ」も有り得るかも。判断に迷います。

【三折《さんのおり》オモテ】

51　御書中に春の山里おもひやり

S：春です。「山里」により山類体で居所体です。前句を、手紙に添えられていた二種の花と見て、その手紙の内容に展開させたのでしょう。『類船集』に「文→花の枝」があります。また、「梅」によって「山里」を出しています。『随葉集』に「冬咲梅→山里に日のさす」、『類船集』に「梅→春を知る山里」「山里→梅暦」があります。「椿」の字には「春」

が含まれているということを、「御書中に春」に効かせているのかもしれません。一句としては「いただいたお手紙の文面から、春の山里の様子を想像しております」ということです。

N：45「文使」も手紙関連ですが、折も替わったので良いのでしょう。王朝なら梅の枝に文を付けていたところです。山里ですから都会より春も遅く、また花も豊富なのでしょう。「春の山里」は「さくら花さかばまづみむとおもふまに日数へにけり春の山ざと」（『新古今和歌集』一・春上、藤原隆時）などと歌に詠まれます。

52 **湯治とともに聞しうぐひす**

S：「うぐひす」で春をつなぎました。動物鳥《うごきもの》です。「春の山里」とくれば「うぐひす」。定型的な連想と言えます。『和漢朗詠集』「春鶯」の「鶯の声なかりせば雪きえぬ山里いかで春をしらまし　中務《なかつかさ》」（『拾遺和歌集』にも）がそのおおもとです。『拾花集』と『竹馬集』には「鶯→山里」、『類船集』には「山里→鶯の声に春を知」があります。また、山里に湯治に出かけて知人に手紙を出すというのも自然な連想です。『類船集』に「文→湯の山」があります。手紙にまつわる付けが連続して、どうも三句めの変化に乏しいというのは、やや問題です。「湯治をしながらウグイスの声を聞いた」というつもりでしょう。湯治は冬至のしゃれかなあ、と疑っているのですが。鶯を聞くには早すぎますかね。

N：冬至では冬になるのでは？

S：そうですね。冬になるように句を作っては式目違反ですから、冬至の言い掛けはなさそうですね。

53 **明る夜の下踏《げた》の跡より雪消て**

S：「雪消て」で春、降物《ふりもの》です。「明る夜」は夜分《やぶん》です。「跡」、49に同字がありますが、三句去ってますから式目違反ではありません。「下踏」を「げた」と読んでいるのは『俳大系』ですが、前後の運びから見ても、妥当でしょう。現代の我々にも、温泉宿に下駄は付きものだという感覚がありますね。浴衣を着て外湯に浸かりに行くのに下駄は欠かせません。入ったことがある湯で言えば、野沢温泉とか、山中とか、城崎とか、道後とか……。いつごろからそういうことになっているのか、自信を持って言えないのですが、ここの付けでも「湯治」に「げた」を付けていると見ておきます。鶯の声を聞いたという話題から「雪消て」としています。『随葉集』に「鶯の鳴→雪きゆる」、『拾花集』と『竹馬集』と『類船集』に「鶯→雪消し庭」とあります。それを「げた」と結びつけて自然な文脈を作り出しました。曰く、「夜が明けて外を眺めると、ゆうべゲタで跡をつけたところの雪が、まず最初に消えている」。

N：湯治に行きたい……。温泉ではありませんが、蕪村の句に「春雨やゆるい下駄借す奈良の宿」（『はるのあけぼの』）があります。下駄を貸す宿も多かったのでしょう。

54　小便しば〳〵柴ぶきの前

S：雑です。「下踏《げた》」からお茶に連想を働かせ、柴葺きの茶室を付けています（176頁の挿絵参照）。『南方録《なんぼうろく》』に「露地の出入は、客も亭主もげたをはくこと、紹鷗《ぜうおう》の定め也」とありまして、茶室に至る露地の出入りには下駄を履くのが決まりです。『類船集』にも「路地→げた・雪踏《セキダ》」とあります。また、おそらく、下品な付け筋をわざと織り交ぜて、「雪消て」いるわけを「小便しば〳〵」垂れたせいだとしているのだと思います。下駄の足跡の行く先から雪が消えとるぞ、なんや、オシッコした人がようけおるんや、という理屈です。句意は、「小便をしばしば、柴で葺いた建物の前でしている」とまとめられます。前句との関係では、その建物は茶室です。茶を喫したあと、尿意を催した慎みのない客が茶室の軒先で放尿するという場面。もちろん「しばしばしば」の語呂合わせを楽しんでいます。

N：茶の話題は49の「数寄者」と近すぎます。特に茶室にしなくとも、田舎のありさまと取っておけば良いのでは。なお、「しばしば」と「柴」の語呂合わせは、謡曲にも「柴舟のしばしばも。暇ぞ惜しき」（「兼平」）などとあります。また、「小便」と「しばしば」ということでは『正章千句《せいしようせんく》』「せせなぎにすめばぞ霞むよはの月／小便しさしたてるしばしば／しまぬ座ははやくいなうかいぬまいか」（第三）を見つけました。

S：なるほど。柴葺きの田舎家でも通ります。茶に関わる話題が近いというのもわかります。でも、茶室にした方が、諧謔味があって断然面白いと私は思います。とりすましてお茶を飲んでいた客が路地に出て……。田舎家にしてしまうと、そこ、もったいないなくないですか。

55 顔渕《がんえん》の庵《いほり》にによつと立ながら

S：雑で、「顔渕」が人名なので人倫で、「庵」が居所《きよしよ》の体（『連歌新式』による）です。よく知られている通り、顔渕は顔回とも言い、孔子の一番弟子です。その貧乏生活は『論語』雍也《ようや》に「賢なるかな回や一簞《たん》の食《し》、一瓢の飲、陋巷《ろうこう》に在り」と書かれています。『俳大系』の注は「さながら宿りも夕顔の、瓢簞しばしば空し、草顔淵が巷に滋し」（謡曲「半蔀《はじとみ》」）という典拠を指摘しています。付け加えれば、これは『和漢朗詠集』「草」の「瓢簞 屢空《しばしばむな》し、草《くさ》顔淵が巷《ちまた》に滋《しげ》し。藜藋《れいてう》深く鎖《とざ》せり、雨原憲《げんけん》が枢《とぼそ》を湿《うるほ》す。（瓢簞屢空、草滋顔淵之巷。藜藋深鎖、雨湿原憲之枢）直幹《ちよくかん》」による詞章です。「藜藋」はあかざのことで、「原憲」もまた孔子の貧乏な弟子の一人。結局、直幹（橘直幹）の詩句は自らの清貧ぶりを述べたものです。ここの付けは、『類船集』に「柴→庵」とある通り「柴ぶき」から「庵」を出しまして、さらに、『和漢朗詠集』ないし謡曲「半蔀」によって「しば〳〵」から「顔渕」を引き出しました。ここでは「柴ぶき」を茶室から「庵」に読み替えています。また、「小便」に「によつと立ながら」と付けています。この「によつと」のニュアンスが難しいのですが、『日葡辞書』では「急に、または思いがけず物があらわれる、つまり出現する」と説明されていますから、「立っているままで」という状態を形容しているのではなくて、「立ち上がったときに」という動作について、その急なさまを形容しているものと思われます。「孔子の弟子の顔渕が、庵にて、急に立ちあがったと思ったら」という句です。付合の上では、あの徳高き顔渕が立小便しているなんてことになってしまいました。このような、価値を極端に引き下げる技法は宗因らしいと思います。

N：顔渕は貧窮で有名ですから、粗末な庵がふさわしい。『虚栗《みなしぐり》』に「顔淵が麦食《むぎめし》愛のひとつにて　才丸《さいまろ》／蓼《たで》も藜《アカザ》も露

ふかき庭　子堂」（上・冬）の例もあります。子堂の句は『和漢朗詠集』に拠った付けをしていますね。「によつと」は、例えば「眺望も一かたならぬ清見潟／雲間によつとはや水の月　鱸氏催笑」（『時勢粧』四・上）のように、月や太陽といった天体に使われることが多い副詞です。芭蕉の「むめが丶にのつと日の出る山路かな」（『炭俵』）もこれに近い感じでしょう。

S：余談ながら、以前、私は酒見賢一氏の『陋巷に在り』を読みました。顔回を主人公にした、なかなか派手な空想に富んだ小説でした。呪術の闘い。すごかったです。

56　愚なるがごとく時宜なしにして

S：雑。「顔渕」の人物描写を続けた、心の付けです。「時宜」は「おじぎする」つまり、その時その場にふさわしい挨拶をすること。顔渕は社交的な挨拶もしないというのです。「によつと立」ったりして、「時宜なし」なのです。また、彼が「愚なるがごと」き人物であったという理解は、たとえば『中華若木詩抄《ちゅうかじゃくぼくししょう》』に「孔子と顔回と参会の時は一向愚人のやうなぞ。これこそ、真の伝法なれ」という例があり、中世以後の日本に広まっていたものと思われます。一句の意味は「愚か者であるかのように、挨拶さえもしないで」ということです。

N：顔渕から「愚なるがごとく」については、『論語』の「賢なる哉回也」を引っ繰り返したのかと思いましたが、「愚人のやう」という認識があったのですね。この「愚人」は世間体や他人の思惑など気にしないという意味でしょう。

57　さか月の空打ながめつゞけのみ

S：「さかづき」と言い掛けになってはいますが、「月」の意も込められていますので、秋で、月の句で、天象・夜分です。ここで三折オモテの月を詠みました。『類船集』に「酒→馬鹿」があり、やっぱり酒は馬鹿になる薬ですから、「愚なるがごとく」に飲酒の体を付けて、「さか月……つゞけのみ」としました。その飲酒の場を月見の席として、「月の空打ながめ」の語句を押し込んでいます。これは、前句からの付けというよりも、そろそろ月を詠まねばならないという式目上の要請から出たものでしょう。「月の出た空をうち眺めながら、酒を続け呑みに呑んでいる」という句意です。「月はさながら盃だ」という比喩的見方をしているのかもしれません。

N：「つゞけのみ」は「愚なるがごとく」にも付きますが、「時宜なし」を遠慮がない、の意味に読み替えて、具体的な行為を付けたともとれます。ほんと、「酒は静かにのむべかりけり」で、かぱかぱ呑むものじゃあないです。ところで、「さか月」に「月」を掛ける例は和歌にもありますし、宗因が点を掛けた百韻にも「請出して君をみんとは思ひきや　定祐／口添てやるさか月の影　素玄」（『宗因七百韻』三吟百韻）の句があります。もっとも、素玄さんの句は無点でした。

58　**あれがなひとつ初雁の声**

S：「初雁」により秋の二句めで、動物鳥《うごきもの》の句になります。前句《まえく》の「月・空」から「初雁の声」を出しました。『随葉集』に「鴈わたる→月のさやか」とあるなど、連歌俳諧の連想語として「月→雁」は定番です。「空→雁」も常識的な連想といって良いでしょう。また、付け心としては、酒の肴に初雁の声を所望するという流れです。「がな」は、願望を表す助詞です。「ひとつ、初雁の声でも聞こえてくると良いのだがな」と。

N：「初雁」は、秋の到来を告げるのではなく、秋の深まりを告げる景物です。風流な肴を所望。ここは独酌とみたい。

59　**秋の田の御代官へも手ぶりにて**

S：秋の三句め。「御代官」が人倫です。江戸時代の「代官」は、『日本国語大辞典』の説明を借りますと、

⑤江戸時代、幕府の直轄地（天領）数万石を支配する地方官の職名。勘定奉行に属し、管地の年貢収納と司法検察を主務として管地の民政一般をつかさどった。多くは二〇〇俵級の下級旗本が任命された。＊俳諧・犬子集《えのこ》〔1

６３３〕一六・魚鳥「倉にたはらをつみかさね置　代官をうけつぐみこそめでたけれ」ということで、この句では「年貢収納」の任に当たっている「御代官」が詠まれていますし、『犬子集』の用例からは、裕福な「めでた」い役職と認識されていたことが伺われます。「手ぶり」は、風習の意とか手つきの意とかではなく、ここでは「手ぶら」つまり何も持っていないことを意味していると思われます。「手ぶり」が古い語形で「手ぶら」に変化したのは近代のようです。付けは、まず、「初雁」が降りるところとして「秋の田」を付けて秋の三句めを果たしました。そして、「初雁の声でも聞こえてくれ」という願望を、代官を手ぶらで帰さざるをえない村人の気持ちとしました。一句としては「秋の田の出来を調べに来た御代官様に対しても、何もお土産を渡さず、手ぶらで帰すことにして」といった意になります。

N：「初雁」に稲の「初刈り」を読み取ったのでは。「かりがね」に「いねかり」を掛けた例として「ほに出てひさしくなりぬ秋の田のいねかりがねも今ぞ鳴くなる　源師頼《もろより》」（『堀川百首』）があり、この歌は『竹馬集』にも引かれています。

60　**事いでくるもふるき里人**

S：秋の句数は満たしましたので、ここはもう雑《ぞう》にしました。「里人」が人倫です。よくわからない、困った句です。「田」に「里人」は自然な流れでしょう。付けの心が不明で、前句のような代官にもへつらわない態度は「ふるき里」の「里人」だからこそ「いでくる」「事」なのだ、という発想かと一応思われますが、すっきりしません。一筋縄ではいかない古き里人と読みたいのですが……。一句としても曖昧な句で「何か事件が起こるのは、古い里の里人だからこそ」と、とりあえずしておきます。

N：ここは一揆を付けたのではないでしょうか。白姓一揆は十六世紀末から起こっています。「おこす一揆にまじる百姓／手にならす鍬形打た甲《かぶと》きて　玖也《きゅうや》」（『続境海草』付句）などの例もあります。古くからの集落の人々が、最近の代官の横暴ぶりに決起！　来ても当然手ぶらで帰すのです。

▼尾崎千佳さんのご指摘。「手ぶり」を「ならわし・風習」の意に取り成して「ふるき」を付けているとのこと。また、「事」は、「例えば山公事や境争いのような出来事が、新開地でない「ふるき里」であるからこそ出来しがちというのではないか」。あるいは、「代官に土地のならわしによって「事いでくる」経緯を説明する「里人」の姿か」という解も示して下さいました。

▽「手ぶり」の取り成し、納得です。「事」をどう捉え、両句による場をどう想定するかは、一揆から田の境目論まで、解釈に幅を持たせても許されそうに思います。言い換えれば、宗因はそのあたり漠然と詠んでいると見たいところです。

61　わやくといふも伏見の夢の中《うち》

S：雑です。「夢」により夜分で、「伏見」により名所の句となります。付け筋はおそらく、「ふるき里」を「伏見」と定めたところに中心があります。「伏見」を字義通りに「伏して見る」と解して「夢」を連想することは、『類船集』に「伏見→夢」が示されているように常套的な発想です。そこから「伏見の夢の中」としました。そこに、「事いでくる」に対する「わやくといふ」の言葉の付けをしています。「わやく」はおおぜいの人々が騒ぎののしるさまを表しますが、宗因の俳諧の名を高めた『蚊柱百句《かばしらのひやつく》』にも、「ぎをんのえあつた所で又候哉《またぞろや》／おぼえたかとてわやくの声」とあります。そちらは喧嘩でわやわや言っていますね。要するに、一句は、「伏見で伏して見ている夢の中で、人々のわやわやという声を聞いた」のでしょう。

N：どんな事件が起こったのかしら。実際の事件をあてこすった時事句の可能性もありますね。もしかしたら、秀吉ネタ？

62　枕の余所に寄魚荷舟《よるうをにぶね》

S：なおも雑です。枕は夜分で、これで夜分が二句続きました。「舟」は水辺体用の外《ほか》です。「伏見・夢」から「枕」は、当然の展開ですね。そして「伏見」で「わやくといふ」ものとして、「魚荷舟」を想起したのでしょう。「魚荷舟」は

「魚荷飛脚」の使う舟ですが、「魚荷飛脚」とは、『日本国語大辞典』によれば、「江戸時代、大坂、堺と京都の間を往復した飛脚。魚荷を運搬するかたわら飛脚も兼ねたところからいう」とのことです。略した「魚荷」という言い方で、『宗因三百韻』の「よれくまん」百韻にも「大坂を今朝立越る磯のなみ　似春《じしゆん》／魚荷のかずのゆくゑしらずも　幽山／上書に参《まゐる》と斗《ばかり》状見えて　宗因」というふうに出てきます。魚荷飛脚の舟は、多数の小舟がまとまって、朝大坂を発し夜伏見に着くものだったらしい。この句は、夜、伏見の船場で大阪湾の魚を陸に揚げている場面ということになります。淀川の旅客を運ぶ下り舟は夜伏見を出発しますから、それに乗り込んで「さあ寝よう」としている客が、到着した魚荷舟の「わや〱」の声を聞いているのでしょう。その状況を「枕の余所に寄」としているのは、何か典拠があるのかもしれませんが、ちょっとわかりにくい表現です。「人が眠っている枕とは離れたところに、魚の荷を積んだ飛脚舟（＝魚荷舟）が寄り集まっている」と解しておきます。

N：「枕の余所」の使用例は俳諧には見つからず、和歌でも「うつつとも思ひぞわかぬ子規《ほととぎす》夢の枕のよその一こゑ　雅有《まさあり》」（『東撰和歌六帖』）などほんのわずかしかありませんでした。うとうと夢うつつで聞いているのでしょう。

63　**精進日《しやうじび》も明る海辺の朝朗《あさぼらけ》**

S：雑です。「海辺」は水辺体です。「朝朗」は時分ということになります。「精進日」は身を慎んで仏道修行に励む日で釈教になりそうにも思われますが、65が明白な釈教ですから、どうやら宗因はこの63に釈教の意識を持っていなかったようです。『日葡辞書』では「シャウジン」について「魚も肉も食べず、結婚式やその他の儀式などを避け、身を潔く保つこと」という説明が与えられています。多いのは身内の忌日とかですね。精進日が明けると、魚類肉類も食べ「身を潔く保」たずに諸々の欲望を開放することになります。「ラマダン明け」というのもきっと同じような感じなのでしょうね。この句の付け方は、まず、「枕」に「明る・朝朗」の時間帯を付けています。それに、魚荷舟を、「魚荷飛脚」の舟ではなく一般の「魚の荷を積んだ舟」と読み替えて、「精進日」が明けた「海辺」の家に、朝、魚の商人が舟を寄せたのだ、としたものです。一句だけの意は「朝になり精進日も明けた、海辺のほのあかりの時分」となります。

N：ラマダンはお日様が沈んだら食事をとることができ、この期間は却って豪勢なメニューになるそうですよ。我慢したご褒美ですね。「焼鳥の鶉《うづら》なくなる夕まぐれ　二葉子《じようし》／精進あけの三位《さんみ》入道　桃青」（『俳諧江戸通町《えどどおりちよう》』下・付句）の例もあります。

64　ぢいばゞたちは跡のしら波

S：雑です。「しら波」が水辺用、「ぢいばゞたち」が人倫です。水辺が三句続きましたが、62外・63体・64用となっていて、差し合いを避けています。付けの発想の中心は、前句の「精進日」を、この句の「ぢいばゞたち」を弔うためとしたことです。そこに「朝朗」の寄合語である「跡のしら波」を組み合わせて、「爺さん婆さんたちが世を去って」という内容を表現したのです。「跡のしら浪」ははかないものの象徴ですね。爺さん婆さんたちははかなくなった、ということです。もちろん、『拾遺和歌集』二十・哀傷の「世中を何にたとへむ朝ぼらけ漕ぎ行く舟の跡の白浪　沙弥満誓《さみまんせい》」（『万葉集』所収歌の異伝）が寄合語の典拠です。たとえば『類船集』には「白波→こぎ行船の跡」があり、この歌が当時の俳諧においてもよく知られていたことが分かります。死んでしまった爺さん婆さんが、忌日の終わりとともに「朝ぼらけ漕ぎ行く舟の跡の白浪」のように遠ざかり、この世での痕跡を失い忘れられてゆく……。ユーモアの中に奥深さがあって、うまいなあ宗因さん、て思います。

N：宗因は「世の中の」百韻（本書「一」、39・40頁）でも、「28跡しら浪となりし幽霊／29世の中は何にたとへんなむあみだ」と詠んでいました。

【三折ウラ】

65　**法《のり》をきくつぶりひたひをつき合**

N：雑の句。「法をきく」で釈教になります。「ぢいばゞ」ら隠居したご老人の楽しみといえば、寺参り。そこから説法を聞くという意味の「法をきく」を付けました。「法をきく」は釈教歌でよく用いられる表現です。また、『類船集』に「皺→老人・額・浪」がありますので、「ぢいばゞ・しら波」から「ひたひ」が付いてもいるでしょう。額に皺の寄ったご老人のみなさんがお寺で説法を聞く様子ですが、いかにも熱心に、お堂いっぱいにぎっちり詰めかけている感じですね。なお、「額を合わせる」とは額がつくほど近く寄る、というだけの意味で、「額を付き合わせる・額を集める」という言葉を、集まって相談すると言う意味で用いるのは、もう少し時代が下ってからです。

S：「しら波」をしらが頭の集団に見立てた付けもまじっていると思います。「じいさんばあさんたちが白波のようだ」という前句について、説法の場に白い「つぶり」が寄り集まっていて、シワの波が寄った「ひたひ」もいっぱいあって、という場面と種明かししたのです。

66　**世を観ずれば只牛の角**

N：雑の句。「世を観ずれば」で述懐です。「牛」が動物《うごきもの》の獣です。前句の説法の内容を付けました。『竹馬集』に「世→法に入」の寄合語があります。また「ひたひをつき合」という状況を牛相撲とみて「牛の角」という言葉を付けました。「牛」に「憂し」が言い掛けられています。「心静かにこの世の事を考えれば、なにごとも「憂し」と見える世の中」、とまでは常識的な発想ですが、前句の縁で「牛の角」と言ってしまったために、「この世はあたかも牛の角」と、わけがわからない句意になりました。

S：非道理気味の句ですが、ただ、強いて意味が通るように取れば、「心静かにこの世のことを考えるならば、なににつけても「憂し」、それはつまり牛の角を突き合わせるようにいさかいごとだらけだ」という意味に取れなくはありません。宗因の意図にあるかどうか、微妙なところです。

67　いの字をもしとぬは夢か幻か

N：雑の句が続きます。「夢」は俳諧でも同字五句去《ごくさり》と特別扱いされる字の一つで、61に出て間もないのですが、ちょうど五句隔たっていて差し合いを逃れています。「しとぬは」は、覆刻版『宗因千句』では「しらぬは」とあり、句意からもそちらが良いでしょう。付けは、『俳大系』が指摘するように、「ふたつ文字牛の角文字直ぐな文字ゆがみ文字とぞ君は覚ゆる」（『徒然草』六十二段）を典拠としています。後嵯峨院の皇女悦子内親王が、幼い時に父院に贈ったという歌で、「ふたつ文字牛の角文字直ぐな文字ゆがみ文字」とは「こいしく」の謎。この歌に拠り、前句の「牛の角」から「いの字」を付けました。『類船集』にも「角→文字」の付合が載ります。また、意味の上から「世を観ずれば」に「夢か幻か」が付いています。謡曲「朝長《ともなが》」の「（ワキ）灯《ともしび》の影幽《かす》かなるに。まさしく見れば朝長の。影の如くに見え給ふは。若《も》し〳〵夢か幻か。（シテ）もとよりも夢幻の仮の世なり」や、幸若舞「敦盛《あつもり》」の「人間《にんげん》五十年、化天《けてん》の内を比ぶれば、夢幻のごとくなり」などの詞章もあるように、この世を夢幻と観ずるのは一般的な考え方です。このはかない世の中で、いの字をも知らないのは夢か幻か、という句意になります。「いの字をも知らない」とは、「いろは」のいの字も知らない、すなわち、無知をいうのでしょうか。

S：一句の意味、曖昧です。言葉の付けを二重に組み合わせて生み出した、一句立ての不確かな句です。典拠から、「恋」の「い」の字をも知らない、という解釈ができなくもないのですが、前後に恋の運びがありませんので可能性は弱いでしょう。

68　果報は寝てやついた国の名

N：雑の句。前句の「いの字」から、狂言の「伊文字《いもじ》」を思い寄せ「ついた国の名」としました。妻を得ようと清水観音に詣でた大名は、霊夢を見て、太郎冠者《かじゃ》に、西門のきざはしにいる女を連れてくるよう命じます。女は「恋しくは尋ねてきませ伊勢の国伊勢寺本に住むぞわらはは」の歌を残して立ち去りますが、太郎冠者は肝心のその歌を忘れてしまいました。関を据えて道行人をつかまえ、何とか歌の続きを知ろうとします。冠者「恋しくは問うても来ませい、い、までは憶へたが、後は忘れた」。道行人「是は「い」の字の付いた国であらふほどに、一つ二つ言ふてみませう、思ひ当たつたら、答へさつしやれい……」というわけで、「いの字の付いた国の名、く、いの字の付いた国ならば、伊賀の国の事かのふ」と「い」で始まる国の名を挙げていくのが印象的な狂言です。宗因一座の『天満千句』第五にも「国里をくはしく尋て候へば　利方／いの字といふて跡かたもなし　宗恭」の付合があり、「いの字」といえばこの狂言とパターン化していたのでしょうか。前句を粗忽者の太郎冠者と見た付けです。また、「夢」に「寝て」も付いています。「果報は寝てや」は幸運は自然とやってくるのを気長に待つべきだ、という意味の諺「果報は寝て待て」のこと。大名が霊夢によって妻を得たのを指していて、文字どおり寝て夢を見たおかげで幸運が舞い込んできた、ということでしょう。

S：私はちょっと違うニュアンスで読みたい。「果報は寝て待て」とことわざに言うけれど、寝ているうちに国の名が付いた、ということで、「国の名＋守」（信濃守とか山城守とか）のように、受領としての名が付いて出世したということではないでしょうか。前句の「いの字をもしらぬ」を、字の読み書きが出来ないという意味に取りなして、それでも「果報は寝て待て」と言うとおり……という心でじゅうぶん付いている。たしかに、「いの字」から「国の名」を出したのは狂言の「伊文字」でしょうが、句の意味にまでは入り込まない、あしらいの言葉付けでは。

N：字の読み書きができない、という意味だけだとあまり変化がないように思ったのですが、「伊文字」の筋まで踏まえるのは無理かなあ。

69　**時鳥小刀鍛冶も耳たてゝ**

N：「時鳥」で夏、動物《うごきもの》鳥です。「小刀鍛冶」は人倫です。『俳大系』に、前句《まえく》の「ついた国の名」を受領の意として「小刀鍛冶」を付けたと注しています。受領といっても平安時代の国守のことではなく、優れた職人や芸人が、名誉として名乗りを許された官位を言います。たとえば、義太夫節の創始者竹本義太夫が名乗った、竹本筑後掾《ちくごのじょう》が有名でしょう。「小刀鍛冶」とは、小刀やかみそり、はさみなど、小さな刃物類を作る職人で、西鶴の『好色一代男』には「七条通に、駿河守金綱《するがのかみきんつな》と申す小刀鍛冶」（五の一）と、まさに「小刀鍛冶」が受領名を名乗る例があります。『やつこはいかい』に「国名を望む夏のどうなか／ぶつきれる刀の鍛冶の参内に」とあり、職人にとって受領名はあこがれのもの、まさに「果報」でした。また、付合上は、「果報」は「時鳥」の声を聞くことにもあてはまります。名誉と風雅と、「果報」が二通りに使われているのですね。『時勢粧《いまようすがた》』に「耳果報寝よとの鐘か時鳥　竹口」（第二）の例があります。時鳥は夜に鳴くものですから、「寝て」待つ。幸運にも受領名を得た小刀鍛冶が、寝床で時鳥の鳴き声に耳を澄ます、これぞまさに「果報は寝て待て」という状況です。

S：激しい金属音を立てて仕事の最中の小刀鍛冶も、ホトトギスが鳴くかと耳を立てて聞こうとする。風雅な鍛冶屋です。『宗因千句』の発句の一つに「やくわんやも心してきけほと丶ぎす」（「やくわんや」は「薬罐屋」）があります。何か、金属加工業とホトトギスのあいだに、特定の連想関係があるのかもしれません。

70 雨もたまらぬこの関の住

N：雑。「雨」で降物《ふりもの》です。地名としての「関」は名所《などころ》になります。「郭公《ほととぎす》→雨」（『随葉集』）の寄合《よりあい》語のとおりの付けです。「雨もたまらぬ」は決まり文句「たのむ木の本に雨もたまらぬ」を略したもので、頼みにしたあてがはずれる、という意味。頼りにした木から雨漏りがする、ということですね。『玉海集《ぎょくかいしゅう》』春に「ちり時や雨もたまらぬ家ざくら　吉次」の例がありますが、これは桜が雨といっしょにどんどん散っていく情景に、花見のあてがはずれた、との残念な思いを掛けたものでしょう。「関」は岐阜県南部の地名で、中世以来、鍛冶の町として知られ、室町後期には関の孫六という刀鍛冶の名匠も出ています。江戸時代には農具や家庭用の刃物も生産されました。我が家の安物の包丁にも「関の孫六」と銘打たれています。『類船集』に「小刀→関」の付合があります。また「関」は関所の意味で、時鳥にも付きます。「関路郭公《せきぢのほととぎす》といへる心をよめる／あふさかの山ほととぎすなのるなりせきもる神やそらにとふらん」（『千載和歌集』三・夏、源師時）など、関所を越える時鳥は歌の題材となり、時鳥と関の戸（関所の門、関所そのもの）は寄合語になっています。「関の住」とは関に住んでいること。『談林十百韻《だんりんとつぴやくいん》』第二に「兼保《かねやす》のたれおもひみだる、　松臼《しょうきゅう》／しのび路はつらき余所目《よそめ》の関の住　卜尺《ぼくせき》」という付合がありますが、これも前句の「兼保」を刀鍛冶と見て「関の住」と付けたのでしょう。また、しのび路に関所の意が効いてもいます。宗因の句に戻れば、当てが外れたこの関所のすまい、という意味になります。前句と合わせれば、つまり、期待していた時鳥の声が聞こえなかったのでしょう。

S：「たのむ木の本に雨もたまらぬ」は、謡曲「二人静《ふたりしづか》」に「さるにても三吉野《みよしの》の。頼む木蔭の花の雪。雨もたまらぬ奥山の音さわがしき春の夜の。月は朧にて」のように出て来まして、宗因は謡曲を利用したと見るべきかもしれません。一句の意としては、関の住まいが実際に雨に降られていると読むこともできます。

71　**相坂《あふさか》の杉しゝ料を求めばや**

N：雑の句。「杉」で植物木で、「相坂」は名所《などころ》です。「関」を相坂（逢坂）の関に取り成しました。逢坂の関は大津市の南、逢坂山にあった関所で、東海道・東山道の京都への入口にあたります。『百人一首』に「これやこのゆくも帰るも別れつつしるもしらぬもあふさかの関」という歌がありますが、作者の蝉丸《せみまる》が逢坂山に住んだという伝説があり、今も蝉丸神社が残っています。杉は「逢坂の関の杉むら葉をしげみたえまに見ゆるもち月のこま」（『堀川百首』）など、逢坂の関を詠む際の題材のひとつでした。『随葉集』にも「相坂→杉むら」の寄合語があり、『類船集』にはさらに「関→杉村……相坂」「杉→関路」も登載されています。「しゝ料」とはおそらく「ししろ」のことでしょう。『雍州府志《ようしゅうふし》』（貞享元年〈一六八四〉刊）六・土産門上・材木の条に、土佐の国の言葉であること、奈良で神獣である鹿を大事にしたところ田畑を荒らすようになり、鹿の餌代に換え、また鹿の出入りを阻む牆《かき》を作る土佐の材木のことを鹿料《ししろ》と言ったのだとあります。この句では逢坂山の杉ですが、『江戸時代語辞典』には、土佐産でなくても、この種の鹿の横行を防ぐ木材を広くいう、とあります。『大坂檀林桜千句』第八「屋根のつづくりしがらきの奥　均朋／完料の槙のそま川浪よせて　由平《ゆうへい》」（この句の『俳大系』注に拠れば「完」は「宍《しし》」に同じらしい）の付合では、近江信楽《しがらき》の材木ですから、産地にこだわる必要はなさそうです。歌に名高い逢坂の杉から「し、料」を求めたい、という句意です。前句の「雨もたまらぬ」を理由にした心の付けとも言えます。家を建て替えたい、ということでしょうね。

S：「し、料」が具体的に分かりにくいですね。逢坂の関に住んでみたら鹿の食害がひどくて「雨もたまらぬ」ありさまなものだから「し、料」として鹿を防ぐ柵の木材を請求しようということでしょうか。私としては、その人物を蟬丸に特定してもよいかと思います。最初読んだ時、これは「し、」（おしっこ）する料金のことかと思いました。相坂の杉林の中に蟬丸が住んでいると、街道の旅人が放尿して通り、蟬丸は「雨もたまらぬ」と嘆いているのです。それで、トイレ代ぐらい求めようか、と。でも、54に「小便しば〳〵柴ぶきの前」とあったことでもあり、「し、料」がはっきり「鹿料」なら、強くは主張いたしませんが。

N：こやしに鼻をふさいで通ってましたし（42・43）、トイレ代と読んでは臭いネタが多すぎませんかね。

72　山たち出るだちんはなんぼ

N：雑の句で、句意から旅の句と思われます。「山」が山類体です。『拾遺和歌集』三・秋の「少将に侍《はべり》ける時、駒迎《こまむかへ》にまかりて／相坂の関の岩角《いはかど》踏みならし山立ち出づる桐原の駒　大弐高遠《だいにのたかとお》」の歌により、「相坂」に「山たち出る」を付け、前句の「料を求めばや」から、「駒」を経由した連想で「駄賃はなんぼ」と付けました。「山から出るのに馬を使うといくら？」という句意ですが、前半「山たち出る」の歌語に対し、後半「だちんはなんぼ」の俗語のアンバランスがすごい。

S：『俳大系』は「山だち」と濁って読んでいます。山賊と見たのでしょうが、拾遺歌の流布度から言ってやはり「山立ち出る」でしょう。『竹馬集』に「逢坂→きりはらの駒」があり、その歌が引かれています。

73 **夜る〳〵に算用をする旅の空**

N：雑の句で、これも旅の句です。「夜る〳〵」により夜分《やぶん》です。前句の「だちんはなんぼ」に「算用」を付けました。旅先で、毎晩毎晩金勘定をしているというのです。コンビニにATMがあるじゃなし、手持ちの金はしっかり管理。ここでは「始末者」と言われるような商人を想定しておきます。

S：異論なし。その日の経費を記録する旅人。連歌にはない、俳諧らしい話題です。

74 **袋も秋のあかつきの鐘**

N：秋が始まりました。次の句で月を詠むことを予定してのことと見えます。『産衣《うぶぎぬ》』によれば「あかつき」は夜分。夜分の二句連続です。「あかつきの鐘」は夜明けを告げる鐘で、「夜る〳〵」と「旅の空」から、「あかつきの鐘」は自然な連想です。「袋」は特にお金を入れる巾着をいい、『類船集』にも「袋→金・銭」の付合語があります。「秋」には「空き」が掛けられています。「凮の神の袋の口やあきの空　重次」（『犬子集』四・秋上）などと同じ手法ですね。毎晩計算するのは始末のためでなく、もう巾着も空っぽになりそうだから。「あかつきの鐘」がいかにもわびしい感じですが、ここに「尽き」や「金《かね》」が掛かっているようにも思います。「秋の暁の鐘の時分、金も尽き、巾着袋もカラッポになった」と。

S：あれ、「あき」の掛け詞は一度見ましたね。47の「長櫃の中の秋風吹たちて」。同じ技法を繰り返して、宗因さんここは少しマイナス点です。「あかつきの鐘」に「尽きの金」が掛けられているというのは賛成です。

75 **大黒も月には目をや覚すらん**

N：「月」で秋の二句め、天象、夜分。夜分はこれで三句連続ですが、式目上許容されるぎりぎりの数です。三折ウラの月の句です。「大黒」は神祇でしょう。もちろん七福神の一人、大黒天のことで、打ち出の小槌と大きな「袋」がトレードマークですね。『類船集』にも「袋→大黒」の付合があります。また、『拾花集』に「月→鐘の音」、『類船集』に

「鐘→ねざめ」とありますので、「あかつきの鐘」に「月」「目を覚す」が付くという手堅い句です。大黒さまも月の光には目を覚ますだろう、という句意ですが、そんなに寝ていた？　しかも野宿っぽい？　大黒は僧侶の妻の隠語でもありますが、ここでは違いますよねえ？

S：前後を見ても、ここには梵妻の発想はなさそうです。むしろ、「大黒＝闇」も「月」に目を覚ますという、文字づらの遊びがあるように思います。

76 あれて冷《すさま》じ毘沙門の堂

N：「冷じ」で秋の三句めをこなしています。「毘沙門の堂」で釈教です。「大黒」に対して「毘沙門」（＝多聞天）。福神付け（漬け？）です。このコンビは宗因のお気に入りだったのでしょうか。「つぶりをも」百韻（本書の「一」、141頁）でも「76呉服棚にも月の入暮／77花の春いはふ大黒多門天」と使われていました。また、「月」に「冷じ」は寄合語。『拾花集』に「すさまじき→月の霜」がありますし、また「月冷じ」という言葉もあります。大黒が目を覚ました場所は、月光に荒れ果てた姿を照らし出される毘沙門堂でした。「毘沙門堂」は毘沙門天をまつるお堂ですが、特に京都出雲路にあった天台宗の門跡寺院の「毘沙門堂」が有名です。謡曲の「西行桜」にも「毘沙門堂の花盛り」などと謡われる花の名所でしたが、織田信長の兵によって焼失しました。山科の地に再興されるのは寛文五年（一六六五）のこと、つまりこの百韻製作当時はまだ焼失したままです。荒れた毘沙門堂といえば、当時の人は具体的なそのお堂を思ったのではないでしょうか。

S：正保四年（一六四七）に成った貞室の『正章千句《せいしようせんく》』の第一に、「化妖物《バケ》は蜈《ムカデ》と露も疑はで／毘沙門堂の隅《スミ》なるる僧」という例があります。これは宗因の百韻の十六年前ですが、出雲路の毘沙門堂の「あれて冷じ」いさまは、「化妖物《バケ》」が出そうなほどだったのでしょう。

77　**谷風に鞍馬の花ははらりさん**

N：秋三句を終えて「花」により春に直接季移りしました。ここは花の定座《じょうざ》です。植物木《うえもの》になります。「谷」は山類体、「鞍馬」は名所です。まず大筋として、「毘沙門の堂」に「鞍馬」を付けています。牛若丸修行の地として名高い鞍馬寺の本尊は毘沙門天です。鞍馬もまた花の名所で、この地の桜は特に雲珠《うず》桜と称されました。馬の鞍の飾りの「雲珠」を地名の「鞍馬」の縁で言ったもので、特別な種類の桜ではありません。謡曲「鞍馬天狗」にその花の見事さがうたわれます。「はらりさん」はきれいさっぱり消えてなくなったさまを表します。前句の「あれて冷じ」を天候のことと読み替えて、谷風のために花がすっかり散ってしまった、と付けたのです。『竹馬集』に「風→ちるはな」、『類船集』に「冷《スサマジ》→雨風」とあります。鞍馬は天狗も住むせいでしょうか、しきりに谷から峰へ風が吹き昇ります。「冷じ」には興ざめの意味もありますから、落花にがっかりした感じも効いています。

S：いや、俳諧でも、花を詠むのに「きれいさっぱり散ってしまって興ざめだ」という詠み方はふつうしないのではないでしょうか。「はらりさん」の受け取り方が問題なのですが、どちらかと言えば、落花がはらりと一気に散って空を流れてゆくさまに感動を催している場面と解釈したい。「あれて冷じ」い天候なので強風により花が散ったという付筋ではあっても、「冷じ」を興ざめの意として受けているのではないと思います。

N：秋の「冷じ」に直接花を付けなければならなかったところが、そもそも無理筋だったのでは？

78　**あら名残おし春の都衆**

N：春の二句めです。「都衆」により人倫の句です。折端《おりはし》の遺句と言ってよいでしょう。鞍馬の花が散るという話題に、行く春を惜しむ都の衆を付けました。『随葉集』に「名残をしたふ→花のちるかげをさらぬ」、『拾花集』に「都→花みる袖」など、類似の発想があります。都から鞍馬の遅い桜を見に来たけれど、はや散ってしまい、もはや今年の花もこれまで、というところでしょうか。「はらりさん」の軽い感じに「あら名残おし」が応じています。「後夜《ごや》の鐘の音《ね》。響《ひびき》ぞ添ふ。あら名残惜の夜遊《やいう》やな。をしむべし。〳〵。」（謡曲「西行桜」）など、謡曲でも用いられる表現です。

S：むしろ、「鞍馬天狗」に「西行桜」と著名な謡曲のネタをポンポン並べている付けと言うべきでしょう。寛文六年（一六六六）刊、ほぼ同時代の『古今夷曲集《ここんいきょくしゅう》』に曰く「見渡せば柳桜に都衆だてこきまぜて行《ゆく》東山」。花の時には着飾って行楽に余念ないのが「都衆」でした。裕福な上流の町人ですね。

【名残折《なごりのおり》オモテ】

79 **あはれ身は一河《いちが》のながれ立かすみ**

S：「かすみ」により春の三句めで、聳物《そびきもの》の句です。また、「一河」により水辺体。『俳大系』の注は「一樹一河の流れを汲むも、他生の縁ぞと聞くものを」（謡曲「錦木」）との関連を指摘しています。「同じ樹の陰に共に宿り、同じ川の流れを共に汲み合うのも、みな前世からの因縁である」という諺です。「袖触れ合うも多生の縁」とほぼ同じ。前句の意から、「あはれ身は一河のながれ」つまり「哀れ深いことに、人の身は、「一河の流れ」の諺の通り、前世の因縁で結ばれている」と付けています。さらに、春らしい景色を「一河のながれ立かすみ」と詠んでいます。二つの付け筋を「一河のながれ」で一本化した句です。しいて謡曲の文句取りというほどではなくて、諺利用の句と言うべきでしょう。

N：同じ諺を使った例に「さらばのみぎり結ぶ青柳　宗因／春もはや一河の流れの女とて　同」（『宗因七百韻』宗因・弘氏両吟「葉茶壺や」百韻）があります。こちらも春の終わりですね。春の名残を霞にしのぶ趣向には、定家の母の死を悼んだ「春がすみかすみし空の名残さへけふをかぎりの別なりけり　藤原良経」（『新古今和歌集』八・哀傷）があります。この歌の霞は荼毘《だび》の烟でもありました。

80 **ちぎりをむすぶせんじ茶の水**

S：ここで雑にしています。「ちぎりをむすぶ」により恋になります。「ちぎり」を、『毛吹草』には「連歌恋の詞」に収め、『はなひ草』には「句体により恋」としています。「水」で水辺用。前句に利用されている諺「一河のながれ」の続き「を汲む」の部分を想起し、「むすぶせんじ茶の水」と展開させました。しかもその諺の意が因縁の話というところから、「ちぎりをむすぶ」という上七を付けてもいます。また、『類船集』に「茶→あはれ」とある連想も効いているようです。「むすぶ」を挟んだ上下二つの文脈を持つ句で、その二つの文脈を合理的につなごうとはしていない、無心所着句です。宗因俳諧らしい付けの一例です。一句の意を取りにくいのですが、強引に訳せば「煎じ茶の水を、手ですんで汲む。そのように、人と契りを結ぶ」となりますか。

N：前句の「身は……ながれ」に流れの身の女を連想しているのでしょう。したがって「ちぎりをむすぶ」のは自然な展開ではないでしょうか。そう取る方が恋がはっきりします。先程引いた『宗因七百韻』の例も「流れの女」、遊女を詠んだものでした。

81　もろ共にかならずおなじ仏棚

S：雑で、「仏棚」と言っているのが釈教、そして句意から恋の句となります。『世話焼草』に「しなばもろ共」を恋の詞としています。その、「死なばもろとも」という決まり文句を引き延ばしたような句です。前句の「ちぎりをむすぶ」を夫婦関係と見定めて、一緒に死んで同じ仏壇にまつられるように約束していると発想したのでしょう。さらに、「せんじ茶」は「仏棚」に供えられるもの、という関係でも付いています。「仏棚」はつまり仏壇です。『類船集』に「茶→仏前」「茶碗→仏棚」があります。「もろ共」には同時にという意味合いも含まれていますから、「二人一緒に、同時に、同じ仏棚にまつられましょう」の意となります。

N：「死んだら同じ蓮の上（台《うてな》）に」とはよく聞く言い回しですが、それとは少しニュアンスが違うのですね。死んでもいっしょ、でなくて、死ぬ時はいっしょ。同じ仏壇にまつられようね、なんてやだあ。口説きの文句としては御免蒙りたい。でも、ひょっとしてこれは衆道の契りかも。

82 ねがへ門徒のうらおもてなく

S：雑で、「門徒」により釈教、人倫です。「門徒」はここでは浄土真宗の信徒を指して言っていると思われます。前句を、浄土真宗の門徒の願いとした付けで、「もろ共」を「門徒」全般に拡大した発想をしています。その門徒であればこそ、「ねがへ」と下知されている内容は明確で、「後世を願い、極楽往生を願え」ということになります。また、一句の中で「門」と「うらおもて」が縁語で、言葉遊びをしていると言えます。まとめると「門には裏門・表門があるが、門徒宗の信者なら、裏表なく（かげひなたなく）極楽往生を願うがよい」という句意です。

N：浄土真宗では、西本願寺を御表、東本願寺を御裏というので、「門徒のうらおもてなく」は、東西宗派の区別なく、という意味もあるでしょう。「降つもる雪ふみ分て講参《こうまいり》　柴舟／おうらおもても杉の一むら　均朋」（『大坂檀林桜千句』六）は「講参」（講を組織しての参詣）に「おうらおもて」が付いています。

83 口にいふと心は帰命無量《きみやうむりやう》にて

S：雑です。「帰命無量」により釈教。こういう信心がらみの句は説明しにくいものですが……。「帰命無量」は、阿弥陀如来への帰依を表す言葉で、「門徒」がよく唱える唱名です。『犬子集』十三に「門徒坊主のしのびぬる比《ころ》／月の夜に帰命無量の頭巾きて」という、言葉の付けの類例がありました。宗因はここで、前句に言う裏表のない門徒の姿を描いていると見ます。「口にいふと心は」が取りにくいのですが、「口にいふ（事）と心（に思う事）は（ともに）」というふうに補い、「口にも「帰命無量」と言うし、心でも「帰命無量」と思い、本心から信仰している」といった意味だろうと考えてみました。

N：「口にいふと心は」をそう読むのは無理でしょう。口で唱えると、心は帰命無量になった、とするのが自然です。念仏って、そういうものでは？　ところで『犬子集』の用例がそうであるように、「奇妙」に言い掛けているということはないでしょうか。口に「帰命無量」と唱えると、奇妙なことに、心も自ずとそうなる、と。

S：イヤ。「奇妙」は次の句を付けた段階で読み替えられて発動する、と読んだ方が展開として面白いと、私は思います。

84 **よく〳〵見ればなりひらの歌**

S：雑。「なりひら」が人名ですので人倫の句となります。打越しに人倫があって、差し合いです。うっかりミスでしょうか。「帰命無量」を「奇妙無量（すばらしさ、はかりしれない）」に取りなして、「誰かが口調も意味もすぐれた歌を詠んだものだと思っていたが」と前句を解し、「よくよく読むと業平の著名歌だった」という状況に転じて付けたのです。釈教からいかに鮮やかに離れたかが見所だと思います。

N：「よく〳〵見れば」は「誠《まこと》に妙《たへ》なる白衣《しらぎぬ》の。よく〳〵見れば縫目もなし」（「佐保山《さほやま》」）など、謡曲に多い表現です。俳諧にも「しやうじのさいにまじる不精進／雉やきをよくよくみればたうふにて」（『犬筑波集』雑）などの例がありま す。芭蕉の「よくみれば薺《なづな》花さく垣ねかな」（『続虚栗《みなしぐり》』）は「万物静観皆自得」の句だといわれていますし、実際そうなのでしょうが、用語は謡曲をヒントにしたのかも。業平の歌は「心あまりて言葉足らず」（『古今和歌集』仮名序）ですから、よくよくみないとわからなかった。

85 **かの沢にちつくりと咲《さく》かきつばた**

S：「かきつばた」により夏にしました。植物草です。また、「沢」が水辺体です。「なりひらの歌」と言えば『伊勢物語』の「かきつばた」の折句《おりく》の歌「唐衣《からころも》きつ、なれにしつましあればはる〴〵きぬる旅をしぞ思《おもふ》」、という予想範囲内の連想ですね。宗因としては流して付けている感じがするのですが、それでも、「よく〳〵見れば」に「ちつくりと咲」としたところなんかは、言葉を上手にあしらっています。「ちつくり」はつまり「ちょっぴり」。それから、『俳大系』の注は「その沢にかきつばたいとおもしろく咲きたり」という『伊勢物語』九段の本文を引きますが、なるほど、「かの沢に……咲」という言い回しはそこから取っています。一句の意は「かの沢（八つ橋の渡された沢）にちょっぴりだけ咲いている、かきつばた」。

N：歌枕八橋《やつはし》、かろうじて面目を保つというところですね。

86 卑下まんをする野守也けり

S：雑で、夏は前句一句だけで切りました。「野守」は人倫になりますから、またここで打越《うちこ》しとの差し合いを犯しています。百韻全体の序破急の急にさしかかって、細かい式目はおかまいなしになってきたのかもしれません。『俳大系』は、「前句「沢」から「野守」を出す。「野守にてましまさば、これに由ありげなる水の候は、名のある水にて候か」（謡曲「野守」）」と注を付けています。そのとおりで、宗因は謡曲「野守」を背景として「沢」に「野守」を付けました。その野守が、「イヤモウこの沢にはかきつばたが咲いておりますよ、どうぞご覧下さい、自慢するほどのことはございませんが、ハイ、ちっくりとだけ……」などと「卑下まん」しているという心の発想です。謡曲「野守」にも「杜若」にも、この通りの場面があるわけではありませんが。「卑下まん」は「卑下慢」で、表向きへりくだっている態度を見せて、実は自慢しているということです。たとえば上沼恵美子さんの話芸の得意技ですね。一句の意味を取れば、「へりくだっているような口ぶりで実は自慢をする、野守であるよ」となります。

N：謡曲「野守」では、野守がワキの山伏に対して「われら如きの野守」と卑下しつつ、鬼の持つ真の野守の鏡を見せに来ます。それを踏まえて「卑下慢」と言っていると思います。野守を「卑下慢」と評したところが面白い。

87 ほうげたに毛貫《けぬき》を一つとらせばや

S：雑です。前句の「卑下」を「髭」の意味に取り成して、「毛貫」を付けました。髭を自慢する野守に、毛抜きを与えたいという心で付けています。その背景には、どうやら狂言「鬚矢倉《ひげやぐら》」（「髭櫓」）がありそうです。洛中に住む大髭自

犀の鉾（『伴大納言絵詞』国立国会図書館デジタルコレクションより）。「犀の鉾」とそれを持つ髭面の放免。

慢の男が、その髭面のゆえに大嘗会《だいじょうえ》に犀《さい》の鉾《ほこ》（ねじれた木の鉾）を持つ放免の役を仰せつけられました。妻は夫の髭を嫌い、夫婦喧嘩となります。ぶたれた妻は大勢の女の仲間と共に押し寄せ、櫓を首に掛けて防ぐ夫の大髭を、毛抜きで抜き取ってしまいます。「さばかりまんずる大ひげを、大《おおき》な毛抜きではさまれて、〳〵、根ながらぐつとぞぬきにける」（『天理本狂言六義《きょうげんりくぎ》』「鬚矢倉」の「抜書」より）。おお怖《こわ》。この妻ほどではないにしろ、むさくるしい髭づらを憎む心で「毛貫」を持たせたいというのです。「ほうげた」は「頬桁」。頬ぼねのあたり。野守とかは、髭をむさくるしくのばしている者が多かったことでしょう。あらためて句意を述べれば、「頬桁の髭を抜くために、毛抜きを一つ、くれてやりたいものだ」となります。

N：「鬚矢倉」の女房の気持ちそのものを表現した句とは考えられないでしょうか。つまり、「大な毛抜きで」夫の髭をガッキと挟みむしり取るぞ、と。そういえば、ちょっとそのむさくるしい髭が気になりまする。

S：いたゝゝゝいた〳〵い。許しやつされませい、〳〵。（逃げる）

N：やるまいぞ、〳〵。（追い込む）

88　**いねぶりしつゝ隙有《ひまある》の体**

S：雑。これは「毛貫」によって転じを図った遣句《やりく》です。「毛抜きを与えたい」理由を「ヒマそうなので」とした心の付けです。ヒマそうな人物がヒゲとか鼻毛とか抜いている場面はいかにもありそう。一句としては「居眠りしている様子からすると、ヒマらしい」ということです。

N：髭を抜く、という点では打越しから少々変化が乏しいかも。

89　さびしくもくらす老後の食後にて

S：雑が続きます。句意から述懐としておきます。とてもわかりやすい展開で、前句の人物のいかにもヒマで「いねぶり」などしているさまから、その人物を独居老人として、しかも食後の時間であると付けました。「ひとり寂しくも暮らしている老後の、食後の時間であって」。老人はさびしいということは、『拾花集』『竹馬集』に「老→さびしき心」なる寄合語があるなど、連歌的な本意です。宗因の実感と取る必要はないでしょう。なお、「食後」の読み方にはショクゴとジキゴの二通りの可能性があります。『日葡《にっぽ》辞書』は両者を拾っていまして、ジキゴのほうの説明に「ショクゴという方がまさる」とありますので、ショクゴの読みでよさそうです。

N：『類船集』に「老→眠」があります。また、実際食後は眠いもの。『続山井《ぞくやまのい》』に「蝶や花に露を食後の一眠　如貞」（春之発句下）の例がありますが、これは「蝶」と「眠」の付合（荘周の故事）に「食後」をからめたところが俳諧です。宗因句も「食後」と置くことで現実味（俳諧性）が増します。

90　養生がてら杖でそろ〳〵

S：なおも雑です。これまたずいぶん分かりやすい。人物に焦点を当てた素直な心の付けです。老後に「杖」はいかにもふさわしく、『類船集』に「杖突《ツエツク》→老人」とあります。食後に養生のため歩いて運動するというのは自然な発想。「健康のための運動がてら、杖でそろそろと散歩に出る」ということです。

N：少し後のものですが、貝原益軒の『養生訓』（正徳三年〈一七一三〉刊）の一に健康法として「身体は日々少づつ労働すべし。久しく安座するべからず。毎日飯後に、必ず庭圃の内数百足しづかに歩行すべし。雨中には室屋《しつおく》の内を、幾度も徐行すべし」などとあります。たしかに、一日パソコンに向かっていてはよろしくありません。

91 **いでさらば僧を弔ひかたらふぞ**

S：雑です。「僧」により人倫の句です。このあたり、あっさり早く付けていますね。ここでは前句の人物の、散歩の行く先と目的を付けています。「弔ひ」の表記にとまどうのですが、「訪」の意味の「とぶらひ」に宛てた字と見ます。「語ろうぞ」と言っているので、「僧」は死んではいないはずです。宗因さんとしては謡曲調のセリフの句に仕立てて面白くしているのでしょう。「さあ、それでは、お坊さんを訪問して、語り合おうではないか」ということでしょう。

N：謡曲に「いでさらば」の例はいくつかあります。「さらば夢中に伊勢物語の其《その》品々を語り給へ。いで〳〵さらば語らんと。花の嵐も声添へて」（「雲林院《うんりんいん》」）が近いですね。

92 **月を帯たり十徳《じっとく》の袖**

十徳（「談林六世像賛」八代市立博物館未来の森ミュージアム所蔵）。いちばん奥が宗因。六人とも法体《ほったい》で十徳を着ている。

S：宗因さん、うっかりしてましたね。この名残折のオモテ、ここまで月を詠むのを忘れていたでしょ。ぎりぎりになって「月」をなんとか詠み込んだ風情です。秋、月の句、天象、夜分の句となります。また「十徳の袖」は衣類です。「十徳」は、『角川古語大辞典』が詳しかったので引きますが、

> 脇を縫い付けた服。僧衣の直綴《ぢきとつ》が変じて道服となり、さらにそれを簡略にしたもの。隠棲した老僧や法体の俗人が着用したが……室町期から旅行の服ともなって広く用いられた……江戸期には、医者、茶人、俳諧師、絵師など長袖剃髪の者が、紋

所を付け、胸紐・菊綴をつけるなどして、羽織のように着用した。

とあります。つまり、「十徳」を着そうな人物は「隠棲した老僧や法体の俗人」「医者、茶人、俳諧師、絵師など長袖剃髪の者」です。ここは何かの職業を表すというよりは、隠居らしい服装として持ち出したのではないでしょうか。『談林十百韻』所収の「くつろぐや」百韻に「御恩賞今つゞまりて九寸五分　志斗／隠居このかた十徳の袖　一鉄」の例があります。さて、ここの付けの発想のネタは『和漢朗詠集』の「僧」の「野寺《やじ》に僧を訪ひて帰るに月を帯ぶ、芳林に客《かく》を携へて酔《ゑ》ひて花に眠る（野寺訪僧帰帯月、芳林携客酔眠花）鮑溶《ほうよう》」です。時間の経過を含んだ付け方で、僧を訪問して語り過ごしたもので「月の光の中を十徳の袖が帰る」のです。ただ、ここでやっと月を出したのもまずいのですが、90が訪問者、91が訪問先の僧のこと、そしてでまた訪問者の姿に戻るのは、三句がらみと言わざるを得ず、まずい運びです。

N：百韻もあと少し、というところで息切れでしょうか？　江戸時代の『和漢朗詠集』には「月を帯たり」と読む例もあり、その方がここにぴったりです。

【名残折ウラ】

93　**時もはや夜寒になればもみ紙子**

N：「夜寒」で秋で、夜分の句です。「もみ紙子」は衣類でしょう。「月」に「夜寒」が付くのは本書「二」の「つぶりをも」百韻脇・第三の「夜寒の寝覚酔ざめの袖／がぶ〳〵と月にうす茶を立呑て」でも説明しました（93・94頁）。和歌のパターンに、秋の夜更け、肌寒くて眠れずに月を眺めるというのがあります。また、「十徳の袖」から衣類の「もみ紙子」を連想しました。「紙子」は厚手の和紙に柿渋を塗り、もんでやわらげて衣服に仕立てたもので、軽くて温かいため、老人用の服や防寒具として重宝されました。芭蕉も『おくのほそ道』の旅で「紙子一衣《いちえ》は夜の防ぎ」として荷物に入れています。安価なため貧乏人の服というイメージもありますが、この句ではそこまで考えなくてもよさそう。前句を隠居した老人と見て、早くも夜寒の時期になったのでもみ紙子を出して着る事だ、という句意になります。

S：「十徳」との関係はどうなのでしょうか。前句は「十徳の袖」に月光を浴びて夜道を行くさまですが、この句になって夜寒だからもみ紙子を着たとするのは、うまくない。「季節ももう、夜寒のころになったから、もみ紙子がほしいものだ」と、その人物が思っている中身とするほうが、話がつながると思います。

94　**風穴通すきりぐ〵すかも**

N：「きりぐ〵す」で秋で、動物虫《うごきもの》の句です。「きりぐ〵す」は現在のコオロギのこと。秋の夜、鳴き声で人の悲しみをかきたてる虫として和歌に詠まれます。西行に「きりぎりす夜寒に秋のなるままによわるか声のとほざかりゆく」（『新古今和歌集』五・秋下）などがあり、「夜寒」と「きりぐ〵す」は寄合語です。中国の『礼記《らいき》』に「蟋蟀《しつしゅつ》（きりぎりす）壁に居る」とあることから「壁」に鳴くこともよく詠まれますが、ここでも壁に風穴をあけたのでしょうか。「夜寒」には「風」も付いています。もうひとつの付けは「もみ」から「きり」（錐）です。「きりぐ〵す」に「錐」を掛けるのは初期俳諧の常套手段。「寒き夜や壁に身をもむきりぐ〵す」（『犬子集』四）などはその例で、宗因句とかなり似ています。「風穴通すきり」と「きりぐ〵す」を言い掛けにして仕立てたのですが、宗因句は、きりぎりすが壁に風穴を開けるという非道理の句になっています。却って風が吹き込んで寒いでしょうに……。

S：「風穴」は建物の壁とか床下とかに作り付けるもので、錐で通すというのが、細い穴すぎて、どうも腑に落ちません。付け筋にまだ見落としあるかも。「風穴通すきり」もまた非道理、なのかもしれませんが。

▼尾崎千佳さんの説は、「外面で鳴くきりぎりすのか細い声が風穴を通してかろうじて聞こえてくるのを惜しんで、「もみ紙子」で寒さをしのぎながら風穴を放置している、ということ」で、「きり」が言葉のあしらいに過ぎず、終助詞「かも」に一句の主人公の慨嘆がこもると見て、「風穴を通してかろうじてきりぎりすの声が聞こえるんだよなあ（寒いけど塞げないよなあ）」、とのことです。

▽これは、尾崎さんの説は合理的解釈に過ぎるのではないでしょうか。夜寒の季節に錐で風穴を通すという非常識こそ、宗因の狙いだったと読みたいのですが。というのは、「あまりさむさにかぜをいれけり／しづのめがあたりのかきをおり焼て」（『犬筑波集』雑部）という付合が知られていて、ここも発想としてはそれをなぞっているのではないかと思うからです。

95　**水茎のおかたの部屋に秋は来て**

N：秋を四句続けています。句意から恋の句です。「水茎のおかた」により人倫です。『竹馬集』などに「蛬《きりぎりす》→水茎の岡」の寄合語が載り、本歌として「水茎の岡の浅茅のきりぎりす霜のふりはや夜寒なるらん」（順徳院、『歌枕名寄』、『続後撰和歌集』七・秋下）が挙げられています。「水茎の岡」は本来固有名詞ではなく「水茎の」が「岡」にかかる枕詞ですが、平安末期には「水茎の岡」という固有の歌枕とも考えられるようになりました。ただし、場所は諸説あってどこだかわかりません。この地名に女性への尊称「おかた」を言い掛けて「水茎のおかた」さま、という人名にしました。ここでは愛妾の一人でしょうか。『俳諧塵塚』上の季吟・散木両吟和漢俳諧に「屋形堅柱礩（屋形は柱の礩《イシヅエ》に堅し）／水茎のおかたと寝間はかはらめや　季吟」の例があります。なお季吟の付けは次の句に出てくる『古今和歌集』歌に拠ったもの。きりぎりすは秋の夜の悲しみをかきたてる虫ですから、恋の終わりを連想したのでしょう。「秋」に「飽き」を掛けて、「水茎の御方さまの部屋に秋が来た」、つまり「御方さまが飽きられた」という句意です。

S：付けとしては、「風」に「秋は来て」もありますね。それから、『宗因千句』所収「御鎮座の」百韻にも「8あらいたはしやなくきりぐ〱す／9水茎のおかた独りを宿に置／10たゞ一くだり捨文のあと」と似たような展開があります。お気に入りのパターンなのでしょう。

96　**ねてのあさけの紅粉《べに》かねもなし**

N：雑にしましたが、恋を続けました。「べに」は『はなひ草』に句体により恋の詞とありますし、句意からも恋です。

「かね」は鉄漿、お歯黒。「紅粉かねもなし」とはつまり化粧しないということです。『俳大系』に付合の本歌として、『古今和歌集』の「水茎の岡の屋形に妹とあれと寝てのあさけの霜のふりはも」（二十・大歌所御歌、よみ人しらず）を指摘しています。この歌は『歌枕名寄』にも収められており、これに拠って「水茎のおか」から「ねてのあさけの」（共寝をした夜明け方）が付きます。また、謡曲「安達原《あだちがはら》」に「かゝる憂き世に秋の来て。朝けの風は身にしめども」とありますが、これも意識しているとするのは少々くどいでしょうか。句の後半は、前句の飽きが来た人物を、男性から女性に読み替えたもの。共寝をした翌朝なのに、「水茎のおかた」なる女性はその男に飽きて化粧もしない、と。見送りも布団の中からだったりして。なんかかったるい〜い感じですね。

S：この二句だけなら、女が化粧もしなくなってしまってそのため男の心に「飽きは来て」、と解釈できなくもありませんが、94→95が男の心の「飽き」であることからすると、96で女の心に転じたとするほうが良いでしょう。それにしても、またしても「秋」を読みかえて付けていて、ワンパターンに感じてしまいます。

97　黒髪の雫ぞかよふなみだ川

N：雑の句です。「なみだ川」は『毛《け》吹草《ふきぐさ》』に連歌恋の詞、また『便船《びんせん》集』に恋の詞とされていますので、それにより恋の句です。「川」ですから水辺体でもあります。「紅」に対して「黒」、或いは「かね」に対して「黒」が付きます。「なみだ川」は川のように流れる涙、すなわちたくさんの涙が流れることをいう歌ことばですが、「黒髪の雫」や「髪に雫が通う」という表現は和歌に見つけられませんでした。黒髪に涙をこぼす、それが川のように流れるという意味でしょうか。悲しい別れの場面ですが、捨てられた、とまで取ってしまうと三句がらみになりますので、恋人たちの後朝《きぬぎぬ》とみておきます。

S：変わった表現ですね。男が女の黒髪にこぼす涙の雫と見てはいかが……ちょっと無理か。

98　つぶりとなぐるみくづとならん

N：雑の句です。『世話焼草』に「身を投る」が恋の詞とされていますので、恋の句と考えられます。「みくづ」を水辺用と見ておきます。この付けの典拠は『拾遺和歌集』源《みなもとの》　順《したごう》の「涙河底の水屑となりはてて恋しき瀬々に流《ながれ》こそすれ」（十四・恋四）という恋歌です。涙の川に身を投げて、水屑となってしまおうとは、入水自殺のこと。前句と合わせれば恋ゆえの自殺以外考えられませんが、一句としてはさまざまに原因が考えられ、恋から離れようとしている句と見られます。「つぶり」は頭のことで、「黒髪」に付きます。「つぶりとなぐる」は変な言い方ですが、水に沈みこむ意の「ずぶり」と掛詞になっているのでしょう。どぼんと頭から飛びこんで、というこの前半部に俳意が込められています。

S：「なぐる身」と「みくづ」の「み」が言い掛けでは。「ずぶりと頭からこの身を投げて、水屑となって死んでしまおう」。源氏の浮舟《うきふね》か、御伽草子の『横笛《よこぶえ》草紙』かとも思いましたが、直接的なつながり（たとえば黒髪の雫とか、頭から身を投げるとか）は見つかりませんでした。

99　花にあかぬ御舟におろす魚の骨

N：「花」により春、匂いの花の句で、植物木になります。「魚」が動物魚で水辺の用、「舟」で水辺体用の外《ほか》です。水辺の縁で「御舟」を出し、「みくづとならん」ものを具体的に「おろす魚の骨」とした付けです。「つぶり」から（髪を）「おろす」の連想もあるでしょう。『類船集』に、若衆の話題ではありますが、「おろす→前髪」という付合語があります。この句は、「花にあかぬ御舟」つまり「花をいつまでも存分に楽しんでいる高貴な方の花見舟」までが雅的な世界で、そこに宴の食べ物として「魚」を下ろすというところが俳諧です。花見に魚の骨という俳諧は、他にも『俳諧中庸《つねの》姿《すがた》』の政定独吟歌仙発句に「きのふ見し花の枝折《しをり》や魚の骨」という例があります。なますを召し上がった貴人が、残った魚の骨をつまんで水面へ放り投げるさまを想像してしまいました。

S：いやいや。高貴な御方の舟ですからね。普通は料理人も乗っていて、その場で魚をおろして骨を投げているのでしょう。ただ、包丁の技は武士のたしなみの一つですから、お殿様が趣味で魚をおろしているという可能性はあります。

100　青柳うたひさつ〳〵の声

N：「青柳」で春にした挙句です。植物木でもあります。「柳は緑花は紅」の定型句があり、「花」と「柳」は寄合語です。また、『類船集』に「謡《ウタヒ》↓船人・船頭」とあり、前句の「御舟」に「うたひ」が付いています。「青柳」は春の新緑の柳のことでもありますし、催馬楽《さいばら》の曲名でもあります。同様の例に「青柳やしなだれ声でうたひもの　種介」（『境海草』春）があります。「さつ〳〵」とは雨や風の音を表します。花見の舟人が「青柳」の曲を歌うのですが、それが風の音のように爽快に響くというのです。実はこれ、前書と発句で用いた謡曲「高砂」の、最終部分、「千秋楽には民を撫で。万歳楽には命を延ぶ。相生の松風颯々の声ぞたのしむ。〳〵」を踏まえているのでしょう。「高砂」に始まり、「高砂」に終わる、こういう百韻の構成もあるのですね。

S：そのぶん、「御舟におろす魚の骨」からの付け筋は省かれています。予定されていた挙句で、付けは軽い。「さしもおもひし百韻の名残の裏につきにけり、〳〵」。ではこのあたりで、千秋楽、万歳楽。

四　宗因独吟「立年の」百韻注釈

＊初出、『近世文学研究』第5号（二〇一三・一二）。
＊異本として、唐津市近代図書館蔵『歌仙』所収本文があります。

N：『宗因千句』から四つめに取り上げますのは、寛文四年（一六六四）正月に成立した、「立年《たつとし》のかしらもかたい翁かな」を発句とする独吟百韻です。

S：『西山宗因全集　第五巻　伝記・研究篇』の年譜によれば、宗因はこの春に六十歳を迎え、連歌では、「よそにみしや難《かた》き六十《むそぢ》を今日の春」（『宗因発句帳』春）と詠み、俳諧では、「六十の元日／十六の若文字返せ老の春」（『貝殻集』）と詠んでいます。連歌発句は「他人の身の上の事と思っていました。六十歳まで生き延びるのは難しいことですが、今日新年を迎えて、我が身もその六十歳となりました」といった句意。俳諧発句は文字遊びで「今日で六十の老いの春。ひっくり返して、若い年齢『十六』にして欲しい」と言っています。むちゃな願いですな。連歌と俳諧の表現の違いがよくわかりますね。また、若水とか若松とか、新年を寿ぐ「若」の字を用いて「若文字」と言っています。そして、六十歳記念の俳諧百韻がこの「立年の」巻です。六十歳は耳順《じじゅん》の年。翌年は還暦のお祝いですね。

N：この百韻には、異本があります。『西山宗因全集　第三巻　俳諧篇』の翻刻では、初版本『宗因千句』を底本にして、対校本として唐津市近代図書館蔵『歌仙』を取り上げています。細かな異同も少なくなく、それらは注釈を進める中で「唐津本」と称して触れていきますが、何より、唐津本には前書があります。次がその前書です。適宜、濁点、句読点を補いました。

春の始《はじめ》の御祝《おんよろこび》は貴方にむかいて、しきだいの下にはいあがりて、風はあらで、市中のちりまぶれ成《なる》老翁有《あり》。忍徳有。足にいたみなく、腹に味ふ道なし。人に恋られねば鼻ひる事もなく、なす事なければまつ事なき春、なぐさみにひよくらひやう〳〵たんの軽口にもあらぬ事を書付侍りける也。見る人ほゝえむべかめれど、のとふまく、耳に随ひぬ老ぼれしつみゆるさるべし。ゆるされずは□□□　西翁

（春の始の御祝の挨拶には貴方の邸宅に向かいまして、玄関の間の下に這い上がり、風が吹いているというわけでもないのに、町なかの塵にまみれてほこりだらけの老人がおります。「忍徳有」（それでも、隠れた徳があるのです？）。足は丈夫で、食べ物に美味を求めることもありません。人から恋をされないので噂されてくしゃみする事もなく、する事もないので何

かを待つ事もありません。そんな春、なぐさみにと、ひょくらひょうひょう、瓢箪のような軽口というわけでもないのですが、俳諧を書き付けてみました。見る人はきっとにっこり笑ってくれるでしょうが、「のとふまく」(宣わく?)、六十歳になった老ぼれなので、失礼の罪を許してくださいな。ゆるされないなら□□□　西翁)

ざっと、このような訳になるでしょうか。冒頭部は『庭訓往来《ていきんおうらい》』の巻頭、つまりお正月の挨拶の手紙を模しています。「春の始の御悦《おんよろこび》、貴《き》方《はう》に向《むかつ》て先《ま》づ祝ひ申し候《さうら》ひ訖《をはん》ぬ」(『新日本古典文学大系　庭訓往来　句双紙』岩波書店)。さらに、『伊勢物語』八十一段を踏まえています。左大臣　源　融《みなもとのとおる》が河原院に建てた大邸宅で、ある晩宴会が開かれました。参会者がこの屋敷のすばらしさをほめたたえる歌を詠む際、「そこにありけるかたゐおきな、板敷《いたじき》の下にはひありきて、人にみなよませはてゝ、よめる」とあります。身分の低いぱっとしない翁が最後にすばらしい歌を詠む、というのがこの段の面白さなのでしょうが、さてこちらの老翁の百韻はいかがでしょうか。

S：同じ寛文四年(一六六四)の俳諧の歳旦吟として、磐城平七万石の若様、内藤義概《よしむね》に、「風虎《ふうこ》翁に申つかはす／春や先《まづ》貴方にむかつて岩城山」なる発句を送っています(『夜の錦』ほか所収)。前書の書き出しの「春の始の御祝は貴方にむかいて」とこの発句との一致から見て、この百韻の送り先も内藤義概＝風虎でしょう。ちなみに、風虎は宗因の十四歳年下でこの年すでに四十六歳ですから「風虎翁」と呼ばれるのも不自然ではないのですが、藩主となるのはまだ六年先でした。

【初折《しよおり》オモテ】

独吟

1　立年《たつとし》のかしらもかたい翁かな　　春(立年のかしら)　人倫《じんりん》(翁)

2　岩にゐぼしをきそ始して　　春(きそ始)　衣類(ゐぼし)

3　小鼓のなるは滝の水霞む日に　　春(霞む)　聳物《そびきもの》(霞む)、山類用《さんるいゆう》(滝)、水辺用《すいへんゆう》(水)

4　遊山《ゆさん》のまくを春風ぞふく　春（春風）

5　さくら花ふりさげ重や軽からん　春（さくら花）　植物木《うえもの》（さくら花）

6　六尺ゆたかにかへる都路　雑《ぞう》　人倫（六尺）

7　武者ぶりもさやけき月に勝軍《かちいくさ》　秋（月）、月の句　天象《てんしよう》（月）、夜分《やぶん》（月）、人倫（武者）

8　矢さきにわたる雁《かり》またの声　秋（わたる雁）　動物鳥《うごきもの》（雁）

【初折ウラ】

9　秋の田のかりほの庵《いほ》の棟上て　秋（秋の田）　居所体《きよしよ》（庵）

10　わが衣手ににぎる赤飯《あかめし》　雑　衣類（衣手）

11　寺入《てらいり》の子をおもふ道や深からん　雑　釈教《しやつきよう》（寺）、人倫（子）

12　三井の鐘つく事なとがめそ　雑　釈教（三井の鐘つく）、名所《などころ》（三井）

13　花ちらす志賀の山風何とせう　春（花）、花の句　植物木（花）、名所（志賀）

14　分別皃《ふんべつがほ》な春の里人　春（春）　人倫（里人）

15　御異見やあたりほとりにかすむらん　春（かすむ）　聳物（かすむ）

16　あらはれにけりりんきいさかひ　雑　恋（りんきいさかひ）

17　我恋はやぶれ紙張《しちやう》の中々に　雑　恋（恋）

18　碁盤にむかひものおもふ比　雑　恋（ものおもふ）

19　心には何《なに》や栢《かや》の木ばかりにて　雑　植物木（栢の木）

20　よしのゝ奥のしれぬ歌よみ　雑　名所（よしの）、人倫（歌よみ）

21　白雪を有明の月と見そこなひ　冬（白雪）、月の句　天象（月）、夜分（月）、降物《ふりもの》（白雪）

22　旅立すればぞつと寒風　冬（寒風）　旅（旅立）

【二折《にのおり》オモテ】

23 古郷はちりけもとよりこひしくて　雑　旅（古郷は……こひしくて）

24 もぐさひねりし妹《いも》が面かげ　雑　恋（妹が面かげ）、人倫（妹）

25 土器《かはらけ》のわれをいとひて床離《とこばなれ》　雑　恋（句意）、人倫（われ）

26 浮世の嵯峨は貧といふもの　雑　述懐《しゆつかい》（浮世）、名所（嵯峨）

27 置質《おくしち》は南無釈迦無二のきれ刀　雑　釈教（南無釈迦無二）

28 法花経ほどの手柄ばなしよ　雑　釈教（法花経）

29 妙薬は一味の雨のつれ〴〵に　雑　釈教（一味の雨）、降物（雨）

30 赤とんばうも見えぬ夕暮　秋（赤とんばう）　動物虫（赤とんばう）、時分《じぶん》（夕暮）

31 月影や鼻毛のばして待ぬらん　秋（月影）、月の句　天象（月影）、夜分（月影）

32 あほうげなりし秋霧の雲　秋（秋霧）　聳物（霧・雲）

33 奉公人槙立山《まきたつやま》をはひ出にて　雑　植物木（槙）、山類体（山）、人倫（奉公人）

34 高野《たかの》ゝ奥もつまる世の中　雑　名所（高野）

35 墨染の袖枕にもきせる竿　雑　釈教（墨染の袖）、衣類（墨染の袖）

36 火打の石の床《とこ》に起ふし　雑

【二折ウラ】

37 台所さびしき夜半《よは》の独下女《ひとりげぢよ》　雑　恋（句意）、時分（夜半）、夜分（夜半）、人倫（下女）

38 猫より外のをとづれもなき　雑　恋（をとづれもなき）、動物獣《けだもの》（猫）

39 恨文《うらみぶみ》鰹かくほど書ちらし　雑　恋（恨文）

40 おもひは色に出《いづ》る酒《さか》びて　雑　恋（おもひは色に出る）

41	つより行恋のたねかも地黄丸《ぢわうぐはん》	雑	恋（恋）
42	おごられにけり若やがれけり	雑	
43	鬢髭《びんひげ》をりんと作りて錦きて	雑	衣類（錦）
44	蜀《しょく》の江《え》よりやきたる船頭	雑	水辺体（蜀の江）、名所（蜀の江）、人倫（船頭）
45	都落《みやこおち》をちこち人も聞及び	雑	人倫（をちこち人）
46	月に平家を一句望《のぞむ》ぞ	秋（月）、月の句	天象（月）、夜分（月）、芸能（平家）
47	語る夜の長浄瑠璃の其後《のち》に	秋（夜の長）	時分（夜）、夜分（夜）、芸能（浄瑠璃）
48	ものに感ずる露よなみだよ	秋（露）	降物（露）
49	からし酢に彼《かの》花の春紅葉鮒《もみぢぶな》	雑、花の句	植物木（花）、動物魚《うお》（紅葉鮒）
50	誠に此さきあふみ路の人	雑	旅（あふみ路）、国名《くにのな》（あふみ）、人倫（人）

【三折《さんのおり》オモテ】

51	敦賀より問《とひ》もてくれば四里余《あまり》	雑	旅（句意）、名所（敦賀）
52	日は何時ぞはやき昼食《ちうじき》	雑	
53	早苗とる作りだふれのぶしやう者	夏（早苗とる）	植物草（早苗）、人倫（ぶしやう者）
54	つもる借銭山ほと丶ぎす	夏（山ほと丶ぎす）	動物鳥（山ほと丶ぎす）
55	村雨のひがたく見ゆる公事《くじ》をして	雑	降物（村雨）
56	霧立のぼる在京の人	秋（霧）	聳物（霧）、人倫（人）
57	身にしめて医学の窓にさし向ひ	秋（身にしめて）	人倫（身）、居所体（窓）
58	心《しん》肝じんに月をながむる	秋（月）、月の句	天象（月）、夜分（月）
59	老らくが思案《しあん》半《なかば》の秋の風	秋（秋の風）	述懐（句意）

60　孫子《まごこ》それ〴〵に山田麓田《ふもとだ》　雑　人倫（孫子）

61　石上《いそのかみ》ふるく目《め》出《で》度《たき》庄屋殿　雑　人倫（庄屋殿）

62　やふし分すや律儀なるらん　雑

63　白鷺を烏といへどうなづきて　雑　動物鳥（白鷺・烏）

64　眼《まなこ》とぼつく熊野山伏　雑　旅（山伏）、釈教（山伏）、夜分（山伏）、山類用（山伏）、人倫（山伏）

【三折ウラ】

65　藤代の谷にころりとこけの行《ぎやう》　雑　釈教（こけの行）、山類体（谷）、名所（藤代）

66　さかをとしにもはなつ鉄炮　雑

67　行鹿《ゆくしか》はあれへ是《これ》へと声々に　秋（鹿）　動物獣（鹿）

68　心にほめよ秋の野ゝけい　秋（秋の野）

69　謹《つつしん》で屛風の絵なる月を見て　秋（月）、月の句　天象（月）、夜分（月）

70　けふの賀いはひ申《まうす》口上　雑

71　堀川のおとゞの為の小袖台　雑　人倫（堀川のおとゞ）、衣類（小袖）

72　からくれなゐを何とそめどの　雑　居所体（そめどの）

73　おいま女郎朝日かゝやく花見さい　春（花）、花の句　恋（おいま女郎）、植物木（花）、人倫（おいま女郎）

74　うぐひすよりも初娌《よめ》の声　春（うぐひす）　恋（娌）、動物鳥（うぐひす）、人倫（娌）

75　あら玉の春たちすがた髪がゝり　春（あら玉の春たち）　恋（たちすがた髪がゝり）

76　はねつく〳〵とかいま見らるゝ　春（はねつく）　恋（かいま見）

77　なまめいた男有けり近隣《ちかどなり》　雑　恋（なまめいた男）、居所体（隣）、人倫（男）

78 人つかふすべしらぬ笑止さ　雑　人倫（人）

【名残折《なごりのおり》オモテ】

79 おかしげに鑓《やり》をかまへて参《まゐり》さふ　雑

80 おとがひくだりこぼすさかづき　雑

81 いとけなくいとあひらしく時宜《じぎ》をして　雑

82 膝をならぶは一門の中《ぢう》　雑

83 かくれなき和田の塩風呂立さかり　雑

84 枝きりすかす笠松の陰　雑　植物木（笠松）

85 植木屋も比《ころ》とや月をめでぬらん　秋（月）、月の句　天象（月）、夜分（月）、人倫（植木屋）

86 先《まづ》やすらひて腰かけの露　秋（露）　降物（露）

87 秋更《ふく》る小野ゝ小町はいたはしや　秋（秋更る）　恋（小野ゝ小町）、人倫（小野ゝ小町）

88 あなめ〳〵になみだはら〳〵　雑　恋（なみだ）

89 聞《きく》やいかにうき妻恋は鼠すら　雑　恋（妻恋）、夜分（鼠）、動物獣（鼠）

90 ひとり寝覚《ねざめ》を米櫃のもと　雑　恋（ひとり寝覚）、人倫（ひとり）

91 昔おもふ納戸住居は荒果て　雑　述懐（昔おもふ）、居所体（納戸）

92 草の庵は錠かぎもなし　雑　居所体（草の庵）

【名残折ウラ】

93 ぬすまれんものとて何もあらばこそ　雑

94 古句《ふるく》のことばずしかへしつゝ　雑

95 世にふるは更に時雨の雨合羽《あまがつぱ》　冬（時雨）　述懐（句意）、降物（時雨）

96　旅からたびにたび〳〵の空　　雑　　旅(旅)
97　花は花柳は遊行柳にて　　春(花・柳)、花の句　　植物木(花・柳)、名所(遊行柳)
98　たゞ一念に春なれや春　　春(春)
99　気さんじに銭かねつかへ弥生山　　春(弥生山)　　山類体(弥生山)
100　天下ゆたかにながき日の比《ころ》　　春(ながき日)

【初折《しょおり》オモテ】

独吟

1　立年《たつとし》のかしらもかたい翁かな

N：発句。「立年のかしら(頭)」で春です。「立年」には「辰年」が掛けられており、寛文四年の正月の作品であることがわかります。「翁」は人倫の語です。『伊勢物語』八十一段、前書が踏まえていた少し前の部分「そこにありけるかたゐおきな」を詠み込んでいます。「かたい」は路傍で人に物乞いをする者、いわゆる乞食《こつじき》を指します。『伊勢物語』では、左大臣やお客さんの親王たちと比べ業平の身分を卑しめて使った言葉ですが、宗因の前書の翁はみすぼらしさがさらにアップ。これはもちろん宗因自身のことを述べている卑下の意味もあるでしょう。また、「かしらもかたい」は丈夫である、という意味です。前書にも「足にいたみなく」とありました。年が改まり、辰年の年頭になりまして、私のように、元気ではあるけれど賤しい老人がご挨拶に参りましたことです、という新春を言祝いだ句です。宗因さん、昨年は江戸から帰庵後小倉に旅行、まだまだお元気です。

S：歳を取りますとたいがい頭が固くなる、つまり頑固者になる、柔軟な思考ができなくなるもので、宗因はこの句で「私もガンコになりました」と言っているみたいに取りたくもなりますが、それはないようです。当時、例えば狂言の「附子《ぶす》」に「十口あまりみなになるまでくうたれども、しなれぬことのめでたさよ。あらかしらかたや候」とあるように、身体的に丈夫で壮健なことを「かしらかたし」と言いました。

2　岩にゐぼしをきそ始して

N：脇句です。「ゐぼし」で衣類、「きそ始」で春。お正月に新しい着物を着始めることを「着《き》衣始《そはじめ》」といいます。年頭の意の「立年のかしら」に付けています。また、「かしらもかたい」を本当に堅い頭の意味に取って、「岩」を付けたのでしょう。石頭《いしあたま》ならぬ岩頭《いわあたま》ですね。岩の頭に、新年の改まった装束である烏帽子をかぶせました。「年の頭春たてゐぼし着初哉　豊島　当黒」（『崑山集《こんざんしゅう》』一・春）など、貞門に似た発想の句がありますが、この宗因句になりますと非道理の句ですね。年の初めだというので岩も新しくおろしたての烏帽子をかぶっているなんて。前句から連想語を引き出し組み合わせることで、理屈に合わない空想的な句を仕立てたのです。

S：こういう非道理句が宗因流の特徴の一つです。なお、「着る」という動詞は、古くは頭から下半身まで身に付ける全般について広く使っていたそうです。けれど、室町時代から江戸時代にかけて、「かぶる」「かづく」「はく」が「きる」の領域を侵して使われるようになりました。この句には「烏帽子を着る」という言い方が入っていまして、現代語の感覚からすると違和感がありますが、当時はまだ「烏帽子をかぶる」という言い方は一般的ではありませんでした。

N：あちこちに「烏帽子岩」ってありますが、まあ、ここでは関係ないでしょう。

3　小鼓のなるは滝の水霞む日に

N：第三です。「霞む」により春で、聳物《そびきもの》の句。春の三句めをこなしています。「滝」が山類の用で、「水」が水辺の用です。前句からの付け方としては、「岩」を山中の岩として「滝」を付けました。『拾花集』ほかの連歌寄合書に「岩→滝」「滝→岩根」の寄合語が有ります。さらに、「ゐぼし」に対して、祝儀性が強く正月によく演じられる能楽「翁」の詞章を付けました。謡曲「翁」に「鳴るは滝の水。鳴るは滝の水日は照るとも。絶えずとうたりありうとうとうとう」。

『類船集』にも「烏帽子↓能・地うたひ」の付合語が見えます。また、「小鼓」は「翁」の囃子として用いられる楽器なのでここに引っぱり出されたのでしょう。烏帽子を岩に着せるなら、小鼓は滝の水音と、春の初めのおめでたい気分が続いていています。句意をまとめにくいのですが「小鼓が鳴る、「翁」の「鳴るは滝の水」のところで。滝の水が霞む春の日に。」という具合。

S：「小鼓」を打っている演奏者が「ゑぼし」を付けているという想像もできます。年始の「きそ始」が「霞む日」に行われるというのもふさわしい。有馬に「鼓滝」がありまして、想定されているのかもしれません。ただ、ネタが謡曲「翁」の詞章だというのが、発句の「翁」に引っかかっていて転じが弱いように思われます。まあ、このあたり内藤の若様に対する新春のご挨拶で、ベタな展開になっても気にしていないのでしょうけど。

4　遊山《ゆさん》のまくを春風ぞふく

N：「春風」で春四句め。三句で終わってもよい所なのですが、まだ春を続けています。「遊山」は行楽のことです。前句を、滝の近くで「小鼓」を打つ場面ととり、それを人々の「遊山」と見なしたのです。また、『随葉集』ほかの連歌寄合書に「霞↓春風たゆる」の寄合語があります。つまり、普通には春風がパタリと絶えて霞がかかるという発想をしますが、この付けでは霞んでいたところに春風が吹き始めて、これから霞が晴れるという流れを想定しているのでしょう。「滝・霞・春風」というのは、たとえば「春風を滝つ岩ねにせきかねて霞におつる花のしら波」（『新千載和歌集』二・春下、西園寺入道前太政大臣）のように、大変和歌的な景です。この句では、遊びに来た一行が張り巡らせた「まく」（幕）をクローズアップしている点に、近世的な行楽の風景を描こうという意識があるのでしょう。もちろん、「春」は「張る」との掛詞です。「遊山の幕を張ると、そこに春風が吹いてくる」。どんちゃん騒ぎではなく、上品な遊びですね。

S：小鼓ほかに伴奏をさせて、幕の内で謡曲を謡ったり舞ったりするのです。上品と言えば言えますが、今ならば、ハンディなカラオケ・マイクで歌うような感覚でしょう。

5　**さくら花ふりさげ重や軽からん**

N：「さくら花」で春を五句まで続けました。植物の木の句です。「花」とはあっても木の種類を「さくら」と限定していますので、花の句とはなりません。あとで同じ折の13に「花ちらす志賀の山風何とせう」が出ますが、それがこの折の花の句です。『随葉集』に「花のちる→春風のふく」なる寄合語がありますし、『類船集』には「幕→花見」の付合語が載せられています。『類船集』にはさらに、「幕」の項の説明に「東山の桜のさかりには、春風に幕のひらめく折から、伽羅の香ほのめくは、花の香にもおとらず」とあって、「幕」から花見の景を連想するのはごく自然なことと言えます。それに、「遊山」にはお弁当がつきものですよね。これを「さげ重」にいれて運びます。「さげ重」は「提げ重箱」の略で、携帯用の持ち手のついた重箱。酒器もセットになったスグレモノです。ここはすっかり食べてしまって、もう中身がなくなったので軽くなったというのでしょう。春風に桜の花びらが空から降る中、すっかり軽くなったさげ重を振りながら帰る、というのでしょうか。「ああよく食べました」って。原文は「ふりさけ」ですが、仰ぎ見るという意味の「ふりさけみる」が掛けられているのかもしれません。『宗因千句』「来る春や」百韻、本書の「五」に「87頭痛にもふりさけ見ればちる桜／88おこりも夢もさめぎはの春」（374頁）がありますがどうでしょう？

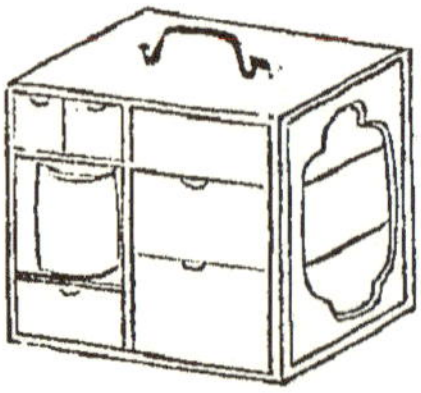

さげ重（『和漢三才図会』上之巻、国立国会図書館デジタルコレクションより）

S：清濁の違い目がありますし、「ふり」の掛詞が充分に技巧的ですから、「ふりさけ」まで言い込めているというのはうがち過ぎの解のように思います。むしろ、「重」と「軽」の字が並んでいるのが言葉のお遊びでしょう。

6　**六尺ゆたかにかへる都路**

N：春の連続は式目上五句が限度ですから、ここで雑《ぞう》の句にしました。「六尺ゆたか」は背丈が六尺をはるかに超える、という意味で、背の高い人を指す決まり文句です。「六尺」は一八〇センチ超。『類船集』に「六尺→大男」があります。

江戸東京博物館の資料に拠れば、江戸時代の平均身長は男性で一五五～一五八センチ、女性で一四三～一四六センチだそうですから、六尺を超えるとなれば相当大きい。『剣客商売』など池波正太郎の時代小説にもよく「六尺ゆたかの巨漢」が出てきます。前句を、提げ重箱を軽げに持つ人物に焦点があると読み替えて、大男を付けたのですね。『拾花集』『竹馬集』『類船集』に「都→花みる袖」があります。この句は、「六尺ゆたかの大男が、郊外に出かけてゆったりと都へ戻ってくる」さまを思っているのでしょう。

S：「六尺」にはもう一つ別の意味があります。『日本国語大辞典』によれば、「江戸時代、駕籠舁《かごかき》をはじめ、賄方《まかないかた》・掃除夫など雑役人の総称。江戸幕府では紅葉山御高盛六尺二〇人・御賄六尺三八八人・御風呂屋六尺一二人など頭とも数百人の六尺を抱え、それぞれに役米・金、役扶持《ふち》を給した」のだそうで、武家に仕えた「雑役人」です。5と6の付けではそちらの意味で取ってよさそうで、それなら「六尺」をたくさん引き連れての帰り道ということになります。なので、6は人倫の句とすべきでしょう。で、6から次の7へ展開するときに、身長の「六尺」に読み替えていると見られます。

N：人倫の「六尺」の意味合いがあることは認められますが、「六尺ゆたか」を六尺がたくさんと読むのはどうかなあ……。

7　**武者ぶりもさやけき月に勝軍《かちいくさ》**

N：月の定座です。「月」で秋、天象・夜分の句になります。「武者」で人倫です。前句の「六尺ゆたか」な人物を、堂々たる武者と定めました。「武者ぶり」は武士としての振るまい、容姿を言い、『天満千句』第七に「あつぱれ武者ぶり村雨の露　利方」の用例があります。「さやけき」が上下にかかり、武者ぶりのさわやかさ、と、清らかな月、の意味。「ゆたかにかへる」に堂々たる勝ち戦を想像したのです。一句としては、勝ち軍の兵が、清らかな月のもと、さわやかな武者ぶりを示しているのです。6までは正月からお花見まで春ののんびりとした句が続き、何となく変化に乏しかったのですが、ようやく大きく転じました。

S：「さやけき」は「さわやか」というよりは、よく見える状態を言っているのではないでしょうか。さわやかな武者ぶり、ってのは現代的な捉え方じゃないかな。武者ぶりも、月も、はっきりと目に見えているということでしょう。

8　矢さきにわたる雁《かり》またの声

N：「わたる雁」で秋の二句めにしています。動物鳥《うごきもの》の句です。「武者」「勝軍」という戦がらみの言葉に「矢さき」「雁またの声」を付けています。「月」に「雁」は常套的な付けですね。「雁また」は、内側に刃のついた二股の鏃《やじり》を付けた矢のこと。狩猟用として普通の矢に用い、また、音を立てて飛ぶ鳴りかぶらに付け、戦闘の開始にあたって、敵陣に射込む大事の矢としても用いられました。「雁」と「雁また」を掛ける例は「かりまたや見捨ていぬる花うつぼ」（『崑山集』四・春）など、貞門俳諧にみられます。句意は「音をたてて飛ぶ雁またの矢の、その先を雁が鳴きながらわたっていく」という意味になります。

S：これ、綿密な言葉の付けからできている句で、「矢さきにわたる雁の声」なら分かりやすいのですが、武者・軍からの連想で「雁また」を押し込んで、ちょっと複雑な句に仕立てています。矢の飛ぶ先を「雁の股」が渡って行く、その矢は「雁股」の矢である。シャレを楽しんでいるのだと思います。貞門の『犬子集《えのこ》』四・雁に、「かりまたのかりまたを射る矢のね哉　元宣《げんせん》」という例があって参考になります。それから、前句の「月」は「弓」と縁語なので、「月」と「矢」も繋がっていると見られます。

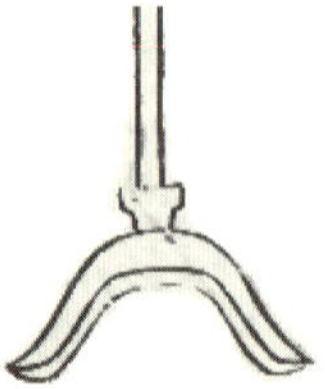

雁また（『武用弁略』巻三、国立公文書館所蔵、同館デジタルアーカイブより）

【初折ウラ】

9　秋の田のかりほの庵《いほ》の棟上て

S：秋の三句めの位置に「秋の田」を持って来ました。「庵」は居所の体です。棟上げの時、棟の上に矢を置く習慣がありました。その習慣によって、前句の「矢」から「棟上て」に展開したのです。『類船集』にも「矢↓棟上」があります。それから、連歌の発想として、「わたる雁」に「秋の田」が言葉で付いています。『連珠合璧集《れんじゅがっぺきしゅう》』に「秋の田↓鴈」が見出せます。かつ、矢の先を雁が渡るというのは、その矢は家の棟にある矢だから、という種明かしの理屈によっても付いています。このように、付けの発想は綿密にたどることができるのですが、一句としてはムチャクチャなことを言っています。「秋の田の稲刈りのための仮小屋の棟上げをして」。実際にはそんな農作業小屋のために棟上げなんかするはずがありませんよね。これはまたしても非道理の句なのです。もちろん『白人一首』の第一首、天智天皇の「秋の田のかりほの庵の苫をあらみわが衣手は露にぬれつゝ」の言い回しを途中まで拝借して、その上で「棟上て」という接続の悪い語句を無理にくっつけた結果です。なお、唐津本では「棟上て」が「むね上に」となっています。でも、結びが「に」だと、6の「ゆたかに」、7の「月に」、8の「矢さきに」、そしてここで「に」が四つ続くことになって、「棟上て」のほうが良いですね。

N：上棟式の方法は時代や土地によって様々ですが、矢を詠み込んだ例には「恋は弓をれ矢こそ尽ぬれ／棟上にやかたくづれて君もこず」（『あぶらかす』）がありました。こちらは涙なしには読めない恋の句ですね。

10　わが衣手ににぎる赤飯《あかめし》

S：季はここで雑にしました。「衣手」を衣類と見ておきます。現代の言葉としては「セキハン」と音読みしたくなるところですが、『類船集』にある「アカメシ」との振り仮名に従います。付け方ははっきりした四つ手付けです。前出の天智天皇の歌によって「秋の田のかりほの庵の」に「わが衣手」と付け、それに、「棟上て」に「にぎる赤飯」と付けました。『類船集』に「赤飯↓棟上」の付合語が見えます。棟上げの祝いに赤飯を炊いたのでしょうね。一句の意としては、「衣手」はほんらい袖の意味ですから「私の袖でにぎるアカメシ」ということになりますが、「衣手」で「手」を意味させているつもりなのかもしれません。言葉の付け優先で、句意がちょっとおかしなことになっているのを気にしてないとも解せます。

N：付け筋は明らかです。『百人一首』の第一番でもあり、作者が天智天皇だということはよく知られていますので、天皇が赤飯を握っている所を想像する人もいるんじゃないかな。お赤飯は小豆を入れて蒸すのでほんのり赤くなります。Sの出身地山梨でお赤飯を食べたとき、赤くて甘くてびっくり。何と普通の小豆ではなく、甘納豆が入っていました。あまり赤くならないので食紅を使うところもあるようです。子供たちは大好きでした。

S：私は、お赤飯は甘い物だと信じてました。

▼大谷雅夫先生からコメントあり、そのまま引きます。「赤飯のにぎり飯は今はコンビニに売っていますが、それは江戸時代にもあったのでしょうか。祝いの赤飯をそのようにするのを見たことがないので気になりました。」

▽言われてみると不審ですね。棟上げの赤飯を「にぎる」ものでしょうか。にぎり飯は中世以前「屯食（とんじき・どんじき・とじき）」と言われていたようです。赤飯は「こわめし・おこわ」ですから、「おこわの屯食」のような用例が見つかるといいのですが……。

11　**寺入《てらいり》の子をおもふ道や深からん**

S：雑です。「子」によって人倫の句です。「寺」の字によって釈教と見るべきかと思います。「寺入」とは、子供が寺子屋で勉強し始めることです。『類船集』の「強飯《コハイキ》」の解説として「手習子の寺入にはかならずこは飯をして送る」とありまして、「赤飯」は今でも「おこわ」という言い方が通用するように「強飯」と同じでしょうから、「赤飯を握る」ことを「寺入の子」に対する愛情溢れる行為と見た心の付けです。寺子屋に入学する時、「こは飯」を手習いの師にあてて持たせて送り出したもののようです。一句は「寺子屋に通い始めた子供を思う、親の心の道理には深いものがある」の意。

N：小豆を入れない白い強飯は凶事のもの、赤い強飯（赤飯）は吉事のもの、となったのは江戸時代の中期ころだといいます。『菅原伝授手習鑑《すがわらでんじゅてならいかがみ》』の寺入りの段で、寺入りする子供に付き添ってきた親が重箱に入れてきたのはお餅でした。

赤飯にしろ、お餅にしろ、みな御祝儀の気持ちですね。また「子をおもふ道」は歌ことばです。『後撰和歌集』十五・雑一の「人のおやの心はやみにあらねども子を思ふ道にまどひぬるかな　藤原兼輔」が有名ですね。雅の言葉をあえて「寺入り」という俗の話題に使ったのです。

12　**三井の鐘つく事なとがめそ**

S：この句も雑です。「三井」は名所《などころ》。また、「三井の鐘つく」によって釈教としておきます。ここの付け方は、はっきり謡曲「三井寺《みゐでら》」を踏まえています。人商人《ひとあきびと》に連れ去られたわが子の行くえを尋ねて、女が駿河国から都にのぼり、清水寺で「三井寺に行けば会える」という夢のお告げをさずかります。その三井寺では、折からの名月のもと、その子が僧たちに伴われて月見をしていました。そこへ女が現れ三井寺の鐘を撞こうとしてとがめられ、鐘の故事などを語って狂い舞い、鐘を撞きます。子は彼女が母であることに気付き、再会の場面となります。「子故に迷ふ親の身は、恥も人目も思はれず」というような詞章がありまして、前句の「子をおもふ道や深からん」から謡曲「三井寺」を想起し、「三井寺の鐘を撞くのをとがめるな」と付けたのです。「三井寺」の登場人物の「子」は、なるほど「寺入の子」です。

N：「三井寺」は人気の曲で、俳諧にもよく利用されました。『類船集』に、「三井↓古寺・狂女・謡・能」や「子↓三井寺」、「狂人↓三井の鐘つく」などが載っています。『俳大系』に指摘がありますが「三井寺」の「今宵の月に鐘つくこと、狂人とてな厭ひ給ひそ」に拠って、母親のセリフを付けたのでしょう。

13　**花ちらす志賀の山風何とせう**

S：ここで「花」を詠んで春にしました。植物の木です。「志賀」が名所《などころ》です。近江国の、琵琶湖の南西部の広い地域を指す地名で、前句に出ている三井寺も「志賀」にあります。そんなわけで、ポイントとしての名所から、そこを含む広いエリアの名所を出した付けです。そしてまた「志賀の山」は桜の花の名所で、とくに、散る花がよく詠まれるところでした。典拠は、『古今和歌集』二・春下の、「しがの山ごえに女のおほくあへりけるによみてつかはしける／つらゆき／あづさゆみはるの山辺をこえくれば道もさりあへず花ぞちりける」でしょう。宗因が得意とする謡曲でも、「志賀」に「雪ならば幾度袖を払はまし、花の吹雪の志賀の山。越えても同じ花園の」とあります。なお、もう一ひねりが、ここの付け方にはあります。「鐘つく」ことによって花が散るという発想を活かしているのです。『新古今和歌集』二・春下、能因法師の歌に「山里にまかりてよみ侍ける／山里の春の夕暮きてみればいりあひの鐘に花ぞちりける」があり、花は「いりあひの鐘」（夕暮の鐘）によって散るというのがお約束でした。本意なのです。『随葉集』にも「花のちる→入あひのかね」「鐘ひゞく→花のちる」の連歌寄合語があります。そのような前提に立って、たとえ三井の鐘を撞かなくたって志賀の山風が吹いて花を散らすのだから、鐘を撞く人物を咎める必要はないという凝った理屈で付けています。一句の意を取るなら「花を散らす、志賀の山風を、どうしよう。どうしようもないなあ」というところでしょうか。

N：意味がとりやすく、すっきりした一句ですが、注釈する立場からすると色々説明することの多い句です。「何とせう」という口語を使うことで、俗謡のような、調子の良い仕立てになっています。常矩《つねのり》にも「なんとせう世に捨られて橋の下／川ぞひ竹の性わるの果」（『蛇之《じゃの》助《すけ》五百韻』）の例があります。また、夕暮れの鐘で花が散る、の例句は枚挙に暇がないほどたくさんありますので、芭蕉の例を一つだけ。「ふる里のふるがねの声花散て　桃青／志賀山の春ふいごふく風　桃青」（『桃青三百韻付両吟二百韻』）。「がね」に「鐘」と「（古）金」を掛けて、前句の「花散て」に、「志賀山」の風がふいごを吹く、と付けています。金属の精錬作業を絡めていますが、宗因の句と発想が重なります。

S：謡曲「三井寺」には能因法師の歌が「山寺の……」の形で引かれていますから、宗因も芭蕉も謡曲を利用しているという意識なのかもしれません。

14 **分別皃《ふんべつがほ》な春の里人**

S：「春」により、春の二句めです。「里人」が人倫になります。人倫は二句去りですから11の「子」に対してぎりぎりで違反にはなりません。付け方は、前句をセリフと見て、それを言っている人物のことを「花・志賀」に結びつけて「春の里人」としています。「分別皃」は、いかにも物の道理をわきまえていそうな顔つきなわけですが、それは「何とせう」の部分から導き出されたものです。「どうしようもないんだよねー」って言って済ましちゃう、いかにも分別のありげな、爺臭い里人なのです。

N：「分別皃」は老人やえらそうな人を連想させる言葉ですね。「春の里人」は歌語で「ちる花をのへのかねにかへりみて夕山いづる春の里人　法印雲聖」（『玉葉和歌集』十四・雑一）なんてすてきな歌もあるのに。「分別」って風雅の対極ですよね。

15 **御異見やあたりほとりにかすむらん**

S：「かすむ」によって春の三句めです。聳物《そびきもの》です。この百韻の3 4も「霞む」「春風」が並んでいましたから、ちょっと既視感《デジャブ》が……。言っては悪いけど、もう少し工夫があってもいいのではないでしょうか。それはともかく、付けは、「分別皃な……人」に対して、いかにもそういう人がしそうな「御異見」を付け、「春の里」に対しては「あたりほとりにかすむ」と付けています。「御異見」は今の言い方なら「お説教」という感じでしょう。「あたりほとり」は「近いその辺」です。句意を直訳すれば「お説教だよ。そのあたりで霞んでいるみたい」となりますが、四つ手付けによってできた無心所着句《むしんしよじやく》と見えます。

N：無心所着は言い過ぎで、お説教が「かすむ」とは、意味をなさなくなっている、或いはうやむやになっている、という意と取ることができるのでは？　「あたり」は歌語ですが、「あたりほとり」と調子よくなると俗語になります。「御異見」ももちろん俳言。

16　あらはれにけりりんきいさかひ

S：春は三句で終わり、雑にして、「りんきいさかひ」により恋の句にしました。『はなひ草』『毛吹草』ほか俳諧の作法書に、「りんき」（悋気）を恋の詞としています。ヤキモチを焼いてする喧嘩が「りんきいさかひ」です。前句の「異見が霞む」を「説得も効かない」という状況と読み替えて、それは「りんきいさかひ」のこととした、心の付けと言えるでしょう。「嫉妬から起こった喧嘩が、表面化した」のです。

N：「かすむ」に対して反対の意味の「あらはれにけり」を付けた、と見ることもできます。「りんきいさかひ」は「男のいたづらなるによりおこりたる悋気いさかひの、修羅をたつるなり」（『醒睡笑《せいすいしょう》』六）と壮絶な争いになる傾向があります。他人の御意見なんて耳に入りませんね。いや、入らないらしいですね。

17　我恋はやぶれ紙張《しちやう》の中々に

S：雑で、恋の二句めです。「紙張」は「紙帳」とも書きまして、紙製の蚊帳のようなものです。蚊帳よりも簡素です。夏には蚊を防ぐため、また冬には寒さをしのぐために、かぶって寝る道具でした。基本的に、恋の心で付けています。「我恋はやぶれ紙張の中」が一つの文脈で、「りんきいさかひ」するぐらいだから、もはや「我恋はやぶれ」た「中」（仲）なのです。その破れ具合を「やぶれ紙張」の如くだと喩えたかたちです。そして、「中」も引き延ばして「中々に」とし、意欲はあるけれど現実は意に反する気持ちを表していると思われます。「我が恋は、やぶれた紙の蚊帳のように破れてしまった仲である。なかなかに、うまくいかずにもどかしい」。

N：恋の心を破れた紙帳に託すものでは、『時勢粧《いまようすがた》』五にこんな例があります。「見るもうし古き枕の塵いくつ　維舟／夢も紙帳も共にやぶるゝ　金貞」。なお「紙帳」は江戸中期頃からは夏の季となりますが、宗因の頃はまだ季を持ちません。ところで、『東日記《あずまにっき》』に「紙張」の出てくる面白い句がありました。「夫《それ》はそれ宗因の紙帳難波風　友静／中比《なかごろ》

は紹巴《じょうは》奈良団《うちは》より　言水《ごんすい》」。連歌師が見栄を張るのに、「宗祇の蚊帳」という言葉があります。宗祇と同宿し、一つ蚊屋に寝たといって自慢をするんですね。これが『東日記』の延宝頃になると「宗因の紙帳」だという。難波の宗因流の浸透ぶりが分かります。付句は奈良出身の連歌師紹巴に土地の名産団扇を取合わせたものです。ちょっと前は紹巴だった、というのでしょう。

18　碁盤にむかひものおもふ比

S：雑の恋を続けました。「ものおもふ」については、「物おもひ」の形で『毛吹草』の「連歌恋の詞」に登録されています。この付けは、「紙張《しちやう》」を碁の用語である「シチョウ」に取り成した点が見どころです。征・止長・翅鳥・四丁・四町と、さまざまな書き方をするようです。『角川古語大辞典』の解説がわかりやすいので引きます。「囲碁用語。逃げる相手の石をジグザクに追って、常にあと一手で相手の石を取ることのできる状態をいう。この状態にすることを「しちやうに掛く」といい、一度この形になると、中の石は脱出する可能性が全くないことから、一般にも、相手を窮地に追い込む意に用いる」。つまり、「シチョウ」から「碁盤にむかひ」と付けた言葉の付けで、さらに、「我恋は」に「ものおもふ」を付けています。でも句意は分かりやすくて、「碁盤に向かって、碁の手を考えるよりも、恋の物思いをしている、このごろである」というところでしょう。

N：「やぶれ」も碁の縁語ですね。『類船集』に「破《ヤブル》→碁の地」があります。念のためですが、『拾花集』に載る連歌寄合に「恋→人しれぬ思ひ」があります。

S：碁のことはまったくわからないのですが、諸星大二郎の『碁娘伝《ごじょうでん》』というマンガを読んでいて「シチョウ」のことを知りまして。

N：ああ……碁の勝負の後、碁石を飛ばして戦うやつ……。

19　心には何《なに》や栢《かや》の木ばかりにて

S：雑で、恋も離れました。「栢の木」が植物の木です。付け方は、「碁盤」にはカヤの木が適材であることから「栢の木ばかり」と付け、「ものおもふ」に「心には何やかや」と付けています。『類船集』に「榧《カヤ》→碁盤」と出てきますし、俳書『ゆめみ草』一・春に「うちかすむ碁ばんも榧のきの目哉　堺 重成」という句例があります。もちろん「かや」は掛詞で、「心には何やかや考えるばかりで」に「栢の木」を押し込んだ句です。無心所着とまでは言えませんが、「栢の木」が意味の上で浮いています。むしろ句の調子良さを狙ったみたいですね。

N：『宗因千句』の「関は名のみ」百韻に「33我恋は小風呂にあまる斗也《ばかり》／34むねには何や栢の木のきれ／35蚊ふすぶる思案半《なかば》に月は入」と、恋・「何や栢の木」・思い煩う、という似たような展開があります。

20　よしの丶奥のしれぬ歌よみ

S：なおも雑の句です。「よしの」で名所、「歌よみ」で人倫の句になります。「よしの、奥」と付けたのは、大和の吉野が榧の木の産地だからです。『類船集』には「榧《カヤ》→吉野」があります。しかし総体的には心で付けていまして、吉野山は奥までも桜の名所だということを前提に、それを知らず「栢の木ばかり」を詠んでいる下手な歌詠みを趣向したのではないでしょうか。前句を、「心の中では栢の木のことばかり考えている」というふうに取り成し、「吉野山の奥のことがわかっていない歌詠みだよ」と種明かししたものと考えます。

N：吉野は隠栖の地でもありました（『類船集』に「桑門《ヨステヒト》→吉野山」）。ここは吉野の奥に隠遁し、どうしているのか分からない歌詠みのことを付けているのではないでしょうか。前句を俗世のことに思い悩む人とみて、潔く吉野の奥に隠れた人を付けたと見ることができます。次句で、吉野のことを知らない歌詠みに読み替えたのでは？

S：展開からするとその方が変化があって良さそうですね。次の句を見てみましょう。

21　**白雪を有明の月と見そこなひ**

S：月を出さねばならない初折ウラの最後の長句。「白雪」と組み合わせて冬の月にしています。「白雪」が降物《ふりもの》、「月」が天象で夜分《やぶん》です。『俳大系』の注に「あさぼらけ有明の月と見るまでに吉野の里に降れる白雪」（『古今和歌集』六・冬）が指摘されています。作者は坂上是則《さかのうえのこれのり》、『百人一首』に入ってまして有名です。吉野の里の白雪を、有明の月が地上を白く照らしているのかと訝しく見るという歌です。『竹馬集』には「吉野→雪・有明・月」という、この歌による寄合語があります。「よしの」からこの本歌によって心で付けました。前句を「吉野のことを知らない歌詠み」と取りまして、「吉野は雪の名所だということも知らないのか、白雪を有明の月光と見誤ったりしているよ」という心で付けている。川柳の「うがち」みたいに、坂上是則をからかっている感じです。なるほど、20→21こそ「吉野山の奥のことがわかっていない歌詠み」の話だとすれば、19→20は吉野山中行方不明の歌人としておいた方が面白いかな。

N：うーん。そもそも是則が雪を月の光と詠んでいるので、歌そのままの情景を、「見そこなひ」と俗語で表現しているだけでは。まあ、結局は見損なったんだね、とからかっているのかな?

22　**旅立すればぞつと寒風**

S：「寒風」で冬、二句めです。サムカゼではなくてカンプウでしょう。というのは、謡曲で大抵カンプウと読んでいることからの判断です。また、旅の句です。ここも心による付けで、理屈が整っています。前句では「白雪を有明月と見誤った」のですが、それで「旅に出ようと戸外へ出たら、ぞっと身が冷えるような、寒風に吹かれる」目に遭ったというのです。雪が積もっているのだったら出発を思いとどまったのにね。

N：ぶるぶる。有明の月は旅立ちに見る景ですね。遺句《やりく》です。

【二折《にのおり》オモテ】

23　**古郷はちりけもとよりこひしくて**

N：雑の句。ふるさとが恋しいという内容から、旅の句の二句めとしておきます。『類船集』に「古郷↓旅」とあり、「旅立」から「古郷……恋しくて」と付け、「ぞつと寒」に「ちりけもとより」と付けました。「ちりけもと」は、首筋の中央あたりをいいます。ここがぞくぞくと寒くなることってありますよね。言葉をしっかり付けたために、首筋から故郷が恋しい、というおかしな句意になっています。

S：和歌や連歌の伝統的詠み方では「ふるさと」は京の都で、「旅立」は京から地方へ出発することです。俳諧ではありますがここもそれで、寒風に吹かれながら都を離れる場面でしょう。

24　**もぐさひねりし妹《いも》が面かげ**

N：雑、「妹が面かげ」で恋の句にしています。「妹」で人倫です。前句の「ちりけ」は灸を据える灸穴のひとつです。ここに灸を据えると、「癲癇《てんかん》狂乱腰背いたみ、小児の驚癇《きやうかん》五疳を治す」（『鍼灸重宝記《しんきゆうちようほうき》』享保三年〈一七一八〉刊）と言われ、発作的な病気や腰・背中の痛みに効いたようです。『俳諧蒙求《もうぎゆう》』にも「ちりけもとよりぞつとしらゆふ／灸のてん勧請《くわんじやう》申おろされて　備前了観」と灸に付けた例があります。ここでは、灸治に用いる「もぐさ」を付けました。「もぐさ」はヨモギの葉の裏の白い毛を綿のようにしたもので、これをひねって形を整えて火を付けます。『類船集』に「捻《ヒネル》↓艾《モグサ》」の付合もあります。これが俗の付け。旅にあって故郷や、そこに置いてきた恋人を思うのは、和歌の常套的な旅の詠み方ですから、「古郷は……こひしくて」から「妹が面かげ」が、雅の付け筋になります。もぐさをひねっていた彼女の俤が恋しい。きっとちりけもとにお灸を据えてくれた恋人なんでしょう。

S：灸というと、つい『おくのほそ道』の冒頭部分の「三里に灸すゆるより」を思い浮かべます。旅人は灸をすえるものという連想があるのかもしれません。

25
土器《かはらけ》のわれをいとひて床離《とこばなれ》

N：雑の句です。内容から恋の句で、二句めです。自称の「われ」が人倫の語です。この「床離」は、単に朝起きて寝床から離れるのではなく、夫婦が寝床を別にする、愛情が薄れる、の意味でしょう。「とこばなれ」という名詞ではそうした離別の例は見付けられなかったのですが、「とこはなる」という動詞だと、「あひかたらひ侍りし女、やうやうとこはなるる契になりて、もとすみ侍りける山里へおくりつかはすとて」（『源三位頼政集』）などの例があります。もしかしたら「とこはなる」「とこはなれ」と動詞で読むのかもしれません。また、『類船集』に「土器《カハラケ》→艾《モグサ》」とありました。これは、「灸するとき、土器にいれてあぶりかわかしもちゆ」（『ゑ入年中重宝記』元禄七年〈一六九四〉刊）ということから、付合語になったのだと思われます。近松の『今宮の心中』に、

「是、きさ・二郎兵衛、油火とぼして艾をもみ、先二三百ひねつてをきや」と、打連れ奥に入にける。「あつ」と言ふて、二郎兵衛、行灯《あんどん》とぼしつかはらけあぶり。艾出してもまんとするを

と土器をあぶって艾をもんでいます。艾の湿気を取るためです。「かはらけ」には年頃になっても陰部に毛の生えない女性のこともいいますから、無毛である私を嫌って夫は床離れをした、という意味になります。バレ句ですね。前句の「妹」の側の心理に移りました。

S：幻に「妹が面かげ」を男が見るのは、「床離れ」状態にされている女が男を思っているから、という発想でしょう。付け加えると、どうも諺を引っ掛けているらしい。元禄五年刊の『町人嚢《ちょうにんぶくろ》』の序に「土器のわれにも用有とかや」とありまして、器のカケラのように不用に思われるものでも何かの役に立つことがあるという譬えです。諺の言い回しを取り込んだだけで、句意には関わらないように思えますが。ただ、「我」だけでなく「割れ」の意味合いを読み取ってよいのならば、「土器の割れ」ってのはもう一段階バレ句に読んでよいように思われます。

26　浮世の嵯峨は貧といふもの

N：雑、「嵯峨」で名所《などころ》の句にして、恋を離れました。『はなひ草』や『御傘《ごさん》』では「浮世」を述懐としていますので、述懐としておきます。前句の「土器」に「嵯峨」を付けました。『庭訓往来』の諸国特産品の中に「嵯峨土器」があり、京都西山の嵯峨は土器の産地として有名でした。『類船集』にも「土器」と「嵯峨」が相互に付合語となっています。なお、「浮世の嵯峨」は謡曲に頻出する言葉で、「憂き世の性《さが》」と掛詞になっており、つらい不遇の運命、といった意味になります。たとえば、謡曲「百万《ひゃくまん》」では、生き別れになった子を探す母の旅路を「雲に流るる大井川、誠に浮世の嵯峨なれや、盛り過行《すぎゆく》山桜、嵐の風松の尾」と謡っています。土器が割れている、という状態を「貧」とみて、この無常の世の中の嵯峨でつらい運命といったら、「貧しさ」というものだ、という意味になるでしょうか。う〜ん、訳しにくい。

S：付け筋としては、「土器」から「嵯峨」、「土器の割れ」から「貧」、のほかに、前句の恋の句意を「浮世の性」で受けているのではないでしょうか。「嵯峨」という表記は付けの上のことで、一句としては「この憂き世でつらいことは貧というもの」と解せばよく、スッキリ。

N：私の解ではモヤットでした。

27　置質《おくしち》は南無釈迦無二のきれ刀

N：雑、「南無釈迦無二」で釈教の句となります。嵯峨にある清涼寺は、平安末期、奝然《ちょうねん》が宋から持ち帰った釈迦像を祀ることから、釈迦堂と呼ばれています。無言劇である大念仏《だいねんぶつ》狂言が行われることでも有名ですね。『類船集』に「嵯峨→釈迦堂」「釈迦→嵯峨」の付合が載っています。ここでは、「嵯峨」に「南無釈迦無二」を付けました。釈迦の尊称である「釈迦牟尼」（「牟尼」は聖者の意味）に、またとないという意味の「無二」が掛詞になっています。「きれ刀」はよく切れる刀でしょう。前句の「貧」からお金の工面を連想し、質入れする具体的なものを付けました。「質に置くのは、無二の切れ味の刀である」という文の中に、釈迦如来を祈る「南無釈迦牟尼」を嵌め込んだ無心所着の句でしょう。

S：口調が良い句です。何か念ずるときに「南無ナントカカントカ」と唱えますから、「きれ刀」に対して念を送っている感じがあります。そう見ると無心所着とも言い切れないですね。

28　法花経ほどの手柄ばなしよ

N：雑。「法花経」によって釈教を続けました。まずは「南無釈迦無二」から「法花経」（法華経）という付けです。また、「無二のきれ刀」を自慢とみて、「手柄ばなし」を付けているのでしょう。わかりやすい付け筋なのですが、「法花経ほど」というのが、どういう比喩なのかがよくわかりません。たとえば、『荘子』のような手柄話、というと、相当大げさなのね、と納得できるのですが。法華経のような手柄の自慢、って？　そのわからないところが面白い、のかな。

S：ありがたーい手柄話、という解はいかがでしょう。何にせよ、こんなふうに、付け筋の組み合わせから突拍子もない比喩が出来てくるのも、宗因流の一端です。

29　妙薬は一味の雨のつれ〴〵に

N：雑の句。釈教の三句めです。「雨」が降物。「法花経」から仏語「一味の雨」を付けました。「一味の雨」とは、法華経の薬草比喩品にある語で、雨がすべての国土草木に平等に降り注いですべてを潤すことから、仏の教えがどのような人々にも与えられることを喩えた言葉です。釈迦牟尼・法華経、と続いてちょっとしつこいかな。「一味」とは仏語で同一、平等であることですが、漢方で一種類の薬品を「一味」ということから、良く効く薬、「妙薬」としたのでしょう。「ふるや一味の面かすむそら／気ぐすりよ弥生にめづらしきのこゑ　言慰」（『続山井《ぞくやまのい》』）のような例がありす。「つれ〴〵に」は、雨の縁で言ったもの。『随葉集』に「雨のふる→つれ〴〵」、『類船集』に「徒然→永雨」とありました。よく効く薬は仏の説いた教えである、という句意と、雨が降ってすることがなく退屈さに、という句意が繋がった無心所着の句。妙薬は雨のつれづれに法華経ほどの手柄話をすること、と前に返って訳しても、意味は通じませんね。

S：あと、一句としては謡曲をかすめてもいますね。『俳大系』の注には、「「仏平等説、如一味雨」（法華経・薬草喩品《やくそうゆほん》）。「妙なる御法の一味の雨に」（謡曲「藤戸《ふぢと》」）など。」とあるのですが、「藤戸」は誤りで「藤」です。しかし、ここに引く謡曲としては「定家」がより適当だと思われます。「定家」には「荒痛《あらいた》はしの御有様やなあらいたはしや、仏平等説如一《ぶつびやうどうせつによいち》味雨《みう》、随衆生性所受不同《ずいしゆじやうしやうしよじゆふどう》。（中略）只今《ただいま》読誦し給ふは薬草喩品よなふ（中略）げにもげにも、是ぞ妙なる法《のり》の教へ。普《あまね》き露の恵みを受けて。二つもなく、三つもなき。一味の御法《みのり》の雨の滴《しただ》り、皆潤ひて草木国土、悉皆成仏の機を得ぬれば」というように出てきます。『俳大系』の注はありがたいのですが、残念ながらミスがないわけではありません。

N：我々も残念と言われないよう気をつけましょう。

30　赤とんばうも見えぬ夕暮

N：「赤とんばう」で秋になりました。動物虫《うごきもの》の句。「夕暮」が時分です。『和漢三才図会《わかんさんさいずえ》』という江戸時代の百科事典に、赤とんぼの特に深い赤色のものは「焼末して用ふれば、よく喉痺及び小児の口舌の病を治す。甚だ神功あり。本草に陰を強くし、精を止め、陽を壮にし、水臓を煖むといひて、咽喉を治ずることを載せず。然れども家秘の妙薬此の如くなるもの少なからず」（五四「蜻蛉」）とあり、薬に使われました。今でも、黒焼きにしたものをのどの薬として使う人もいるとか。なので、前句の「妙薬」に「赤とんばう」が付くのでしょう。「つれ〴〵」には、例えば『堀河百首』に「つれづれとさびしき宿の夕暮に荻のは風ぞ人だのめなる　肥後」などの歌がありますので「夕暮」が付いているのでしょう。「秋の夕方、（薬となるべき）赤とんぼも見えない」。この句意だけでは面白味がもう一つですね。やはり付合に工夫があるとみるべきでしょう。

S：前句の「一味」ってのは唐辛子の粉のことですよね。なので、唐辛子に形の似ている「赤とんばう」を出したとも考えられます。『日本国語大辞典』で「一味唐辛子」は「七味唐辛子」に対して言うとあって、「七味唐辛子」を引きますと「唐辛子・胡麻・陳皮《ちんぴ》・けし・菜種・麻の実・山椒などを砕いて混ぜ合わせたもの」とありました。その【語誌】によれば、「寛永二年（一六二五）、江戸両国薬研堀で中島徳右衛門が売り出したのを初めとする」のだそうで、宗因の時代にはすでに「七味唐辛子」がありました。ならば、「一味」で唐辛子を指していたと見てよいかもしれません。さらに、赤とんぼを唐辛子と見る用例を、と探しましたが、文化元年（一八〇四）刊の評判記『五百崎《いおざき》虫の評判』に「蜻蛉」について「はねをもいだら唐からしはどうだ」と評している例が見つかりました。『五百崎虫の評判』は市川白猿・烏《う》亭焉馬《ていえんば》共編で、役者評判記をまねて虫を役者に見立てて名物を評判した本です。時代がかなり下るのでこの解釈は弱いかなという気もしますが……。でも、「あのねのね」の「赤とんぼの唄」と同じ発想の例を江戸時代に見つけて、「えへへ」という気持ちです。

▼尾崎千佳さんからは、「唐辛子は舶来の当時新規な食材、談林俳諧の好んでとりあげるところ」で、宗因に「すりこ木も紅葉しにけり唐がらし」句あり、それは自筆短冊の最も数多く伝わる人気の句だというご指摘をいただきました。それから、木越治氏のブログ、「俳号は三七丸」の二〇一三年六月十日「芭蕉と其角と赤とんぼ」に、元禄十年（一六九七）刊『俳諧曾我』所収の「赤卒《トンボウ》　羽が落たら唐がらし　藤六」が初出の由、さらに同句が芭蕉と其角の問答から生まれたという俳諧話もあるらしい、と見えていると、教えてもらいました。

▽宗因にとっての唐辛子についての補足、ありがとうございます。木越先生のブログも見てみました。『誹諧曽我』に出てくるとは。私どもの調べが行き届きませんでした。其角などに付会されて説話化してきたというのも面白い問題ですね。

31　**月影や鼻毛のばして待ぬらん**

N：「月影」で秋の二句め、月の句ですから、天象で夜分です。『拾花集』『竹馬集』に「夕→待月」があります。また、鼻毛が長いことを「鼻毛で蜻蛉」（咄本『やぶにまぐわ』享保三年〈一七一八〉刊）とか「鼻毛で蜻蛉をつる」（教訓書『世《せ》話詞渡世雀《わことばとせいすずめ》』宝暦三年〈一七五三〉刊）などと言って、愚か者の描写に用いました。したがって、「赤とんばう」に「鼻毛のばして」が付きます。鼻毛をのばすのは、愚か者のさま、とりわけ女にでれでれする様子をいいます。まあ、どんな人でも、これが伸びてると見た目の賢さは一〇分の一くらいになりますね。「夏の夜は利発な人のはなげ哉　天満空存」（『ゆめみ草』夏二）は、鼻毛が長いのが阿呆なら、短いのは利発（夏の夜は短い）、とひねった面白い句です。宗因のこの句、月の出を待つのは風雅な話題ですが、それをぼーっと、鼻毛を伸ばして待っているのでは、ザンネン。

S：一句としては、女とイチャイチャしながら月の出を待っているとも読めますね。それから、ここの連想は「赤とんばうも見えぬ」と「鼻毛のばして待」がつながっていて、赤蜻蛉がまだ見えないうちから準備万端鼻毛を伸ばして「釣ってやるぞ」と待ちかまえている、という文脈での付けではないでしょうか。そのほうが、アホのレベルが高くて、俗諺をうまく利用していて、ユーモアに富むように思います。「ぼん、何しとんねん」「おっちゃん、わし、ためしに鼻毛伸ばしたんや、ほんでな、トンボが来《き》いへんかなて、空見て待ってんねん」。

N：次の句であんたのこと言うてはるで。

32　あほうげなりし秋霧の雲

N：「秋霧」で秋の三句めをこなしました。「霧」と「雲」が聳物です。「月影……待ぬらん」に「秋霧の雲」と付けました。『随葉集』に「きりのはる丶→月のさやか」「月のさやか→雲きりのはる丶」とあります。「あほうげ」は愚かにみえるさま。「げ」は接尾語です。意味から「鼻毛のばして」に付きます。『天満千句』第八にも、宗因さんの付句で、「抜みだす鼻毛の雫露もなし　宗恭／あほうげすつきり晴わたる月　梅翁」と、「鼻毛」に「あほうげ」を付けた例が見出せます。鼻毛をのばして月の出を待っている男に対し、愚かにも秋の霧が雲となってたちこめる、というのでしょうか。

S：秋の条件を意識しつつ、四つ手付けで付けた遣句と言ってよいでしょう。「アホみたいな雲やわ」という、擬人的な比喩の句です。無心所着とまでは言えないと思います。

33　**奉公人槇立山《まきたつやま》をはひ出にて**

N：雑《ぞう》の句になりました。「槇」により植物の木、「山」により山類体、「奉公人」により人倫の句です。「槇立山」は杉や檜など「槇」（真木）が生い茂っている山をいいます。『新古今和歌集』五・秋下の寂蓮法師の「むら雨の露もまだひぬ槇の葉に霧たちのぼる秋の夕暮」の歌により「秋霧」に「槇立山」が付いています。また「はひ出」はハイデと読み、田舎から都会に奉公に出て来たばかりの人を言います。「山をはひ出」ということで、いかにも山から這い出してきたばかりの奉公人、という感じになりますね。同じような意味の言葉に「山出し」があります。前句の「あほうげな」る人物を、まだ都会に慣れない田舎者の奉公人、と定めました。その奉公人は、杉や檜がそそり立つ山から這い出してきたばかりの田舎者だ、というのです。

S：「槇立山」という言葉自体は、同じく寂蓮法師の『新古今和歌集』四・秋上所収歌「さびしさはその色としもなかりけり真木たつ山の秋の夕暮」から来ているのでしょう。

34　**高野《たかの》ゝ奥もつまる世の中**

N：雑の句です。「高野」により名所《などころ》の句です。「槇立山」を高野山と定めました。『随葉集』に「槇立山→高野山」というドンピシャの寄合語があります。なお、針葉樹の中に「高野《こうや》槇《まき》」という種類の木がありますが、これは高野山に多いことから名付けられたと『大和本草《やまとほんぞう》』（宝永六年〈一七〇九〉刊）に記されています。高野は紀伊国の歌枕で、空海が金剛峯寺を建立したことで有名ですね。遁世地であり、信仰の山でした。「高野の奥」はその更に奥地なのですから、俗界から遠く離れた地をいいます。「つまる」は「詰まる」で、景気が悪くなること。そんな高野の奥まで不景気となり、奉公人となって人々が山を下りてくる、という心の付けでしょう。笑い話なんでしょうが、このご時世、笑えません。

S：20に「よしの、奥のしれぬ歌よみ」がありました。似た言い回しをついつい使ってしまったようです。

35 墨染の袖枕にもきせる竿

N：雑です。「墨染の袖」で釈教で、衣類になります。29までの三句が釈教でしたから、三句去《さんくさ》りの式目には違反していないとはいえ、同じ二折オモテでまた釈教が出るのはうるさく感じます。付けはまず、「高野」に「墨染の袖」（『類船集』に「高野山《タカノ、》→墨染の袖」）。これに「袖枕」を言い掛けました。もう一つの付けは、「つまる」から「きせる竿」。昔の人が煙草を呑むのに用いたキセルは、吸い口と、煙草をつめる火皿のついた雁首を、羅宇《らう》という管でつないだもの。「きせる竿」とはこの羅宇のことで、普通は竹でできています。ここに脂《やに》がたまると詰まってしまうので、掃除がかかせませんでした。『鷹筑波集』一にも「次第次第につまる世の中／たばこをばのめどさらへぬきせる竹」という、似たような付けの例があります。墨染めの衣を着た僧侶、袖を枕に寝るときも枕元にはキセル竿がおいてある、という句意になります。「墨染めの袖」にからめて、「きせる」は「着せる」も意識しているのかな？　ところでお坊さんって煙草吸っても良いのでしょうか？

S：ここの付けも『鷹筑波集』の付合《つけあい》も、「世」は竹の節《よ》のことにもなるから、「つまる世の中」に「きせる」と付けていると見られます。取り成し付けです。なかなか綿密な付けだと思います。

36 火打の石の床《とこ》に起ふし

N：雑。付けはまず、「きせる」から「火打の石」です。「火打の石」は火打金《ひうちがね》（鉄片）と打ち合わせて火を打ち出す道具です。硬い石、特に石英などが用いられました。また、「枕」から「床に起ふし」が導かれています。この二つの付合を「石の床」という詞で結びつけたのですね。前句35の作り方と似ています。「石の床」は「石床《いはとこ》」という語を崩した言い方ではないでしょうか。岩の表面が寝床のように平らになっている所を言い、『万葉集』から用例があります。この句は、火打ち石の床に起き伏しして生活している、と言っています。絶対安眠できない。いや、狭い。お坊さんの修行としてもこれは変で、つまり、非道理の句なのです。

S：「火打の石の床」は、火打ち箱のことかもしれません。火打ち箱に起き臥ししているのかも。いずれにせよ非道理ですが。

【二折ウラ】

37　**台所さびしき夜半《よは》の独下女《ひとりげぢょ》**

S：雑ですが、句意から判断して恋にしていると思われます。「夜半」が時分で夜分、「下女」が人倫となります。付けは、「火打の石の床」から、火打ちの道具を「台所」でつねひごろ取り扱う「下女」を持ち出したものです。また、「床」は恋に関わる語ですから、「さびしき夜半・独」を言葉として付けています。『拾花集』『竹馬集』に「床→ひとりね」という寄合語があります。さらに、「独下女」には典拠がありまして、酒呑童子《しゆてんどうじ》物の御伽草子や能で有名な「独り武者」すなわち藤原保昌のもじりと見られます。たとえば能の「土蜘蛛」には「これは音にも聞きつらん。頼光の御内に其名を得たり独武者」と出てきます。なのでここは、「石の床に起ふし」を鬼退治に向かう武者の旅寝として「独武者」を想起し、「火打」との関係でそこをひねって「独下女」としたらしい。一句の意は単純で「台所に、夜中、下女がたった一人で寂しそうにしているよ」というところ。なお、唐津本は「夜半の」を「夜半に」にしていますが、「に」が三句連続するよりは「夜半の」がよさそうです。

N：『類船集』の「床」に「岩がねの床に嵐をかたしきてひとりやねなんさよの中山」（『歌枕名寄』他に入集、作者は藤原有家）の歌を引きます。もっとも一句は「床→ひとりね」の寄合語を使っているのであって、この歌を意識していたわけではないでしょう。なお「独下女」の語は『天満千句』にも「まはれば野辺になつみ水くみ　素玄／お薬のお影によつて独下女　利方」（第七）とみえます。これは独りで大奮闘の下女でしょうか。宗因の造語を真似てみたのかも。

▼尾崎千佳さんは「独り武者」藤原保昌を解釈に取り込むことに否定的で、『天満千句』の例もそうだが、「隙なき内にも灸すへさする　幸方／独下女里へしばしの夕間暮　梅翁」（『梅酒十歌仙』）の例を見ても、「独り身の下女」のつづめた言い方

と見る方が妥当ではないか、というご意見です。

▽「独武者」のもじりと見たのは、前句の「石の床に起ふし」が鬼退治に向かう武者にふさわしいと思ったのです。「石の床に起ふし」するは誰ぞ、「独武者」かと思いきや、そこは「火打の石の床」、なればそいつは「独下女」、というような意識が働いているのじゃないかな、と。やや捨てがたい解です。

38 猫より外のをとづれもなき

S：なおも雑で、「をとづれもなき」により恋の句です。「猫」により動物《うごきもの》の獣《けだもの》の句でもあります。「さびしき……独下女」に対して心で付けていて、また、台所に来そうな動物として猫を付けています。『類船集』に「台所→猫」があります。一句としては「猫が来る以外に、誰も訪ねてこない」ということで、分かりやすい遣句です。なお、唐津本は「猫より外に音信ぞなき」としていますが、「ぞ」を使って強調する必然性がないので、「の……も」で良かろうと思います。

N：和歌では「□より他に訪ねてくるものがいない」の文脈で□に入るものは、風とか時雨とか自然現象がほとんどなのですが、ここでは「猫」。『俳諧塵塚』にも「寒さうな柴の庵の夕食に／猫より外は問人もなし」（下・意春独吟）とあり、俳諧では定番だったようです。でも、夜更けに猫が尋ねて来るなら、私はとっても幸せですけど。

39 恨文《うらみぶみ》鰹かくほど書ちらし

S：雑の恋が続きます。「恨文」による恋です。恨む気持ちを書いた手紙ですね。恋の話題をつないで、「誰も来ない」という前句の話題から、「恨文」をたくさん書くという心で付けたのです。これまた分かりやすい恋の付けで、『拾花集』『竹馬集』に見える連歌寄合語「恨→忘らる、中」のパターンです。そこに、「猫」から「鰹かく」をあしらって付けている。『類船集』に「猫」と「鰹」が相互に付合語となっています。もちろんこの連想関係の「鰹」は、カツオブシのこと。「恋の相手を恨む手紙を、鰹節を削ったほどに、たくさん書き散らして」といった句意です。こんな手紙が来たら引いちゃいますね。よその恋のダシにされるのが関の山。

N：今でいうと、元カレとか元カノとかストーカーとかが、相手に一日百通もメールを送るようなものでしょうか。鰹かいて猫に食べさせてた方が幸せなのに。「鰹かく」は手紙と関わらせて使われたようで、西鶴にも「くちあいてゐる猫の妻恋／鰹ぶしかくともつきじ文の内」（『西鶴大句数』第七）と、大変良く似た例があります。宗因の句は、打越しが台所の下女だったので、ちょっと三句がらみ。

40　**おもひは色に出《いづ》る酒《さか》びて**

S：雑で、「おもひは色に出る」により恋です。まずは、恋の心で付けを発想しています。恨みのこもった手紙を書き散らしている人、気持ちが態度に表れてますよ、って。そこに、前句で削ったカツオブシは「酒びて」の料理に使うものだ、という発想を織り込みました。「酒びて」は肉や魚を酒に浸して味付けする料理法で、ダシや薬味を使うものです。漬け込まれるとその肉や魚が色を帯びます。宗因はそのさまを「色に出る酒びて」と言ったのです。強いて一句のまとまった意味を求めれば、「酒に浸されて色が変わる料理のように、その人の思いが表情に出ている」という所でしょうか。「色に出る」が上下に働いていて、下が上の比喩であると取ってみました。なお、最初にこの句を見たとき「恋に悩む人物が酒びたりになっているのでそれとわかる」という意味かと思ったのですが、現代語の「酒びたり」という表現は辞書の用例を見る限り明治初期までしか遡れないことがわかりまして、おそらく、宗因に「人が酒にひたっているかのように酒を飲み続けている」という発想はなかっただろうと思われます。

N：「酒びたり」だと暗い恋を引き摺りすぎ。でも、いずれにせよ料理ネタで「台所」から離れていません。『宗因千句』の「関は名のみ」の巻に、付け運びがほとんど同じ例があります。「7のら猫の目にもさやかに秋はきて／8鰹いろなる紅葉みだるゝ／9苔むしろ酒びてにして立わかれ」。このあたりは、あまり深く考えず、頭に入っている付合でさっさと作っているのでしょう。

41　**つより行恋のたねかも地黄丸《ぢわうぐはん》**

S：雑。「恋」により恋。恋の連続は五句が限度で、ここが五句めになっています。「おもひは色に出る」を「つより行恋」で受けた付けです。「つよる」は「強くなる」の意。で、「我が恋は色に出にけり」状態にまで強くなってきたわけですが、その原因を「地黄丸」に求めました。地黄という植物の根から造られる丸薬で、精力剤ないしは催淫剤の代名詞です。『好色一代男』最終話、女護の島に渡る好色丸《よしいろまる》には、五十壺積み込まれていました。「地黄丸」が「酒びて」で造られるものだとすればここの付けの上で好都合ですが、そこまでは確認できませんでした。地黄を酒に漬けて「地黄酒」と称して飲むことはありますから、その連想が効いているのかもしれません。それから、「恋のたね」は歌言葉で、『続後拾遺和歌集』十二・恋二の中務卿宗尊《なかつかさきようむねたか》親王の歌、「波のうつ岩にも松のたのみこそつれなき恋の種と成りけれ」といった例があります。丸薬だからこそ「恋のたね」と言ったのですね。「だんだん強まる恋心の種だよ、精力剤の地黄丸は」。なお、唐津本は「たねかも」を「種かと」にしています。「かも」なら詠嘆の終助詞と取れるので収まりがよいのですが、「かと」なら「いふ」などの述部が欲しい。たとえば、「かたつぶりかと夕暮の空」（『守武千句《もりたけせんく》』第一百韻より）のように掛詞にすることもよくあります。そのような述部がないので、「種かと」の可能性は低いでしょう。そもそも「も」と「と」の字体は紛れやすいですから、単純な誤記ではないでしょうか。

N：『類船集』に「酒↓地黄」とあります。例えば『俳諧中庸姿《つねのすがた》』の恋の句に「奇毒酒《キドクシユ》を十府《トフ》の菅薦《スガゴモ》七八杯／さて地黄丸君を寝させて」という危ない句もありました。「恋の種かと」の形は「恋の種かと地黄丸（を飲んでみた）」と解せなくもありませんが、あえて「かも」から読み替える必要はないかも。

42　**おごられにけり若やがれけり**

S：雑です。ここはどうしても恋を離れなければならない所でした。「地黄丸」の効能を「……けり……けり」と列挙し、心であっさりと付けて恋離れしようとした遺句です。「おごられにけり」は「驕り高ぶっておられました」、「若やがれけり」は「お若くなられました」。「れ」は共に敬意を表す助動詞でしょう。

N：恋に戻らないために、こうした流す句が必要なのでしょう。

▼尾崎千佳さんからは、地黄丸の効能としては男性が性的に「興る」意に解し（その場合「れ」は自発）バレ句とした方が良い、次の句では実盛が奮い立つさまに取り成していると見たい、というご意見が届きました（摘要です。具体例を挙げて下さったのですが、スミマセン、省略しました）。

▽なるほど、問題の箇所、版本『宗因千句』に濁点はありませんから、「おこられにけり」と読む可能性があります。でも、要は、「おごる」を地黄丸の効能と言えるか、の判断かと思います。「気が大きくなる、ハイになる」と理解すれば通るのではないでしょうか。それに、次の句の実盛には「興る」よりも「驕る」の方が素直でしょう。

43　**鬢髭《びんひげ》をりんと作りて錦きて**

S：雑。「錦」により衣類の句。ここは『俳大系』の注の指摘が的確だと思います。「鬢髭を墨に染め、若やぎ討死すべき由、常々申し候ひしが、……又実盛が、錦の直垂を着ること私ならぬ望みなり」（謡曲「実盛」）。つまり、『平家物語』の登場人物で能にも作られて有名な武士、斎藤実盛《さねもり》の俤による付けで、謡曲の文句取りでもあります。実盛は平家方の侍でしたが、寿永二年（一一八三）五月二十一日の加賀国篠原の合戦で、戦死を覚悟して錦の直垂《ひたたれ》を着、白毛を黒く染めて臨み、木曽義仲軍の手塚光盛に討たれました。実盛は老兵と侮られないようにと、若作りして戦場に出たのです。句意としては謡曲に語られる実盛そのままで、「鬢髭（モミアゲと、口のまわりのヒゲ）を凜とこしらえて、美しい錦の着物を着て」。「りんと作りて」は、現代語なら、「ピシッとキメて」でしょうか。

N：『新増犬筑波集』の「淀川」の「口鬚をちんちりりんと捻たて／はりをまんずる其をとこぶり」の注に「自慢のものはひげをひねり上るなり」とあります。ここもそんな感じでしょう。また、『望《も》一千句《いちせんく》』に、同じように「実盛」を下敷きにした「ながながの旅の戻りに錦着て／作りひげするなりのいかつさ」とありますが、こちらは墨で書く作りひげのことです。宗因の句にも「作りて」とありますが、さて、この髭はホンモノ？

44 **蜀《しよく》の江《え》よりやきたる船頭**

S：まだ雑が続きます。「船頭」が人倫。「蜀の江」は水辺体で名所としておきます。「蜀の江」は「蜀江《しよくかう》」を読み直した語でしょう。前句の「錦」から、「蜀江の錦」という熟語を介して「蜀の江」と付けたのです。「蜀江の錦」には、奈良時代の輸入品、中世の輸入品、京都西陣で織られた模造品といろいろあるようですが、源平合戦の時代を背景とするならば中世の輸入品を想定すべきかと思います。『源平盛衰記』で、武士の装束の説明に「蜀江の錦」が出てきます。図柄の説明を『日本国語大辞典』から借りますと「八角形の四方に正方形を連ね、中に花文、龍文などを配した文様を織り出したもの。この文様を蜀江型といい、種々の変形がある」とのことです。前句の人物の着た錦を「蜀江の錦」と想定したのですね。付け筋としてはさらに、「鬢髭」をいかにも「船頭」らしい特徴と見たのでしょう。「よりやきたる」で二つの付け筋をつないで文として整えています。「蜀江から来たのだろうか、この船頭は」という句意。立派なかっこうをしている船頭を登場させたことになるのが、可笑しい。

N：船頭は小船を操る者だけでなく、廻船の船長も意味しました。ここでも異国から来た立派な船の船長さんなのかも。蜀江から小船で来た方が面白いですけどね。

蜀江の錦（『求古図譜織文之部』天保11年〈1840〉序、国立国会図書館デジタルコレクションより）

45 **都落《みやこをち》をちこち人も聞及び**

S：ここまでが雑で、十三句も続きました。「をちこち人」により人倫の句です。前句の「船頭」は遠いところから来たようだけど、実は都落ちする高貴な人物を舟に乗せていたのだ、と発想した付けでしょう。「さる人物が都落ちしたぞ」という噂は、あちらこちらの無関係な人も聞き及んでいる、という句です。

N：船頭から、船頭の乗せている人へと転じました。蜀江は蜀の都の成都付近の川ですから、成都から「都落」してきたものという連想かも。異国の都落ちですね。都の人が舟の上で都を恋しがるのは、連歌の旅の句によくあるパターンです。連歌寄合に、「都をおもふ→すまの浦人・舟の上」（『随葉集』）や「都を思ふ→左遷・泊舟」（『竹馬集』）などとあります。「みやこをちをちこちひと」も面白い言い方ですね。「をちこち」は中古以降は和歌に限って用いられる雅な言葉でした。

46　月に平家を一句望《のぞむ》ぞ

S：「月」によってやっと秋にしました。また、天象・夜分の句です。二折ウラが残り五句になり、月と花を両方詠み込まなくてはならないという事情がありました。なので、「月」は強引に持ち出されている感じです。この句の「平家」は、平家琵琶とか平曲とか呼ばれる音曲のことで、芸能の句になります。『俳大系』には「一句　平曲の一段」と注があります。前句の「都落」に「平家」を付けています。それに、「をちこち人も聞及び」と、平家琵琶の一段を語れと所望するということを、呼応させていると思います。ある人物が、月のさやけさを愛でて平曲を聞きたいと言った場面。「平家」には「月見」の段もありますしね。ただ、43に実盛が現れましたのに、また「平家」関係に戻すのは近すぎてよろしくない。

N：強引に月を出すというのはその通りですが、都を思うことには、「月」も寄合です。「都を思ふ→旅ねの月・月の下臥《したぶし》」とか「月→都の空」などが『拾花集』に載っています。また、一句の中でのことですが、「月」と「平家」も結びつきの強い言葉です。其角に「平家也太平記には月も見ず」（『十二月箱』）がありますし、『宗因千句』「とへば匂ふ」百韻にも「58とぜんなままに琵琶をだんずる／59打あげて平家を一句語り出／60さえたる月に声つかふなり」と続く例があります。「平家」を聞くのは、月見にふさわしい風雅な行為だったのです。

47 **語る夜の長浄瑠璃の其後《のち》に**

S：「夜の長」によって秋にしています。「語る夜」は恋句にも使われそうな言葉ですが、「浄瑠璃」を「語る」という話題ですから、恋とは取りません。また、同じ面《おもて》の41までが恋でしたので恋にするにはよくない場所でもあります。「夜」が時分・夜分です。「月」に対して「夜の長」きことを付け、「平家」に「語る」と「浄瑠璃」とを付けています。『拾花集』に「月→永夜」、『竹馬集』に「月→長き夜」「長夜→見る月」があります。『類船集』には「語ル→浄瑠璃・平家」があります。「浄瑠璃」で芸能の句。「秋の夜長に、長々と浄瑠璃を聞いたその後に」という、言いさした形の不完全な句ですが、「さらに平家を一句所望」と前句に戻る仕立てになっています。

N：「長浄瑠璃」とはあまり聞かない言葉で、普通名詞ではなく、長々と聞いた、と解しておくのがよいようです。夜長は明かしかねるものですから、心を慰めるために浄瑠璃や平曲を聞くのでしょう。

48 **ものに感ずる露よなみだよ**

S：「露」により秋、三句めです。降物《ふりもの》でもあります。次の49では必ず「花」を詠まないとなりませんので、秋の季感の薄い秋の句にしています。前句に続いて、恋になりそうな語（なみだ）を含みながら恋の意は弱い。付けとしては、浄瑠璃を聞いて涙をこぼすという、自然な連想で展開してます。また、秋のつながりで「夜の長」に「露」をあしらってもいます。『拾花集』と『竹馬集』に「長夜→はてなき露涙」の寄合語があります。「ものに感じやすくて、露のこぼれるように涙がこぼれることよ」。なお、唐津本では下七が「白きなみだと」になっています。でもそれでは意味の通じがたい上に、「露」を欠いては秋の三句めを果たせませんので、唐津本の形は採れません。

N：『紅梅千句』第九に「方丈に秋の蛍のきえかへり　長頭丸《ちようとうまる》／式部がおもひ露よなみだよ　友仙」とありますが、これは恋句ですね。宗因の句はあえて恋にしないようにしているのでしょう。

49　**からし酢に彼《かの》花の春紅葉鮒《もみぢぶな》**

S：「花」「紅葉」が揃い、直前に秋三句があって、後ろが雑なので、ここは雑のつもりで作られていると思われます。これで二折の「花」を何とかこなしました。植物《うえもの》の木です。「紅葉鮒」は動物《うごきもの》の魚《うお》です。有名な杜甫「春望」詩の「感時花濺涙、恨別鳥驚心（時に感じては花にも涙を濺《そそ》ぎ、別れを恨んでは鳥にも心を驚かす）」によって「感ずる……なみだ」に対して「花の春」を付けています。「露」に秋つながりで「紅葉」を付けました。『随葉集』『拾花集』『竹馬集』いずれにも「紅葉→露」が見えます。さらに、卑近な発想によって「なみだ」に「からし酢」と付けています。「彼」は句形を整えるために入れたのでしょう。こうして、個別の語の出て来かたは押さえられるのですが、一句としては無心所着句です。「辛子酢によって紅葉鮒のなますを食べる」という文脈に「彼花の春」を無理に押し込んだ句。「花」と「紅葉」を並べた語調の良さを狙っているようです。なお、唐津本は上五の「……に」を「……を」としています。どちらでも通じそうで、良し悪しの判断が付きません。

N：特に付け加えることはありません。

50　**誠に此さきあふみ路の人**

S：雑の句です。「あふみ路」で旅と見ておきます。「あふみ」が国名《くにのな》、「人」が人倫です。「あふみ」は「近江」と「逢ふ身」の掛詞ですから、「逢ふ身」の方で恋に取れなくもないのですが、前後が恋の句ではないのでここも恋とは見ません。付けの発想の上でも、「彼花の春・紅葉」に「誠に此さきあふみ」と付けているのですが、それは「花や紅葉の佳い季節に再び逢えるか」という意味合いで、恋ではなく老いの感慨が主題だと言えます。また、「紅葉鮒」に「あふみ路」をあしらっています。『類船集』に「近江」と「鮒」が相互に付合語として挙がっています。一句としては「まことに、将来、ふたたび巡り会うことのできる身であろうか、近江路にいる人」というような意に解せますが、むしろ、付けの趣向に興の中心がある句だと思います。

N：47 48でも、恋のような恋でない句が出てきました。「逢ふ」は『世話焼草』では恋の詞とされていますが、『毛吹草』や『御傘《ごさん》』では認められていません。ここは恋でないとみて良いでしょう。ただ、花や紅葉に再び逢えるかどうかというのは、老いの感慨に限定されないように思います。

【三折《さんのおり》オモテ】

51 敦賀より問《とひ》もてくれば四里余《あまり》

N：雑。句意により旅。「敦賀」により名所《などころ》の句です。敦賀は越前国（福井県）の歌枕で、古くは大陸と日本をつなぐ港であり、江戸時代は北陸道の重要な宿駅でした。京へ上る際、北陸道はここで近江へ行く道と、若狭への道に分かれます。それで前句の「あふみ路」に「敦賀」が付いています。「問もてくれば」は尋ねて持ってくる、ではなくて、「問もてゆく」（だんだんに尋ね尋ねして行く）の語に依りながら方向を逆にしたものでしょうか。敦賀から道を尋ね尋ねてやってきて、四里あまり、という意味になります。前句の人物の行程を具体的に付けました。

S：敦賀から南へ行く街道は、峠道を上って下って琵琶湖湖岸の近江塩津に出ます。現代の鉄道の路線距離で敦賀・近江塩津間を調べましたら一四・五キロでした。トンネルのない当時の峠道なら確かに「四里余」（一六キロ余）というところでしょう。

52 日は何時ぞはやき昼食《ちうじき》

N：雑。言葉ではなく、句意で付いています。旅人の様子を付けました。「今何時だろう、お昼には早いかな」というところでしょうか。人の歩く速度は大体時速三から四キロと言いますから、一里は一時間あまりでしょう。日の出とともに歩き出して四里だと、途中休憩を入れてもちょっとお昼には早い。なお「昼食」は「Chùjiqi　チュウジキ」（『日《にっ》葡辞書』）です。

S：おそらく、旅人がお日様の位置で時刻を判断しようとしているのですね。正午よりは早いけれどもう四里ぐらい歩いたからお昼を食べようか、というニュアンスに取りたい。それから、「問もて」に「日は何時ぞ」と質問の体を付けているのも、付けのテクニックというものでしょう。

53 **早苗とる作りだふれのぶしやう者**

N：「早苗とる」で夏にしました。植物草《うえもの》です。「ぶしやう者」が人倫です。50の人倫「人」からは二句去っており差し合いではありません。この面にはこれからむやみに人倫が登場して、少々うるさく感じられます。ここの付けは、早いお昼を食べる人物を「ぶしやう者」としたのです。漢字で書けば不精者。怠け者、ものぐさな人のことです。「早苗とる」は苗代で育てた早苗を取ることで、田植えの準備ですね。旅から農作業へと場を転じました。「作りだふれ」は、作物を栽培しても成果のないこと。また、不作のため倒産することをいいます。ここでは前者に取って、作り手が不精者だからきっと「作りだふれ」になるだろうよ、という心で読んでおきます。早苗を取ってはいるけれど、すぐに飽きてお昼を食べ出すような不精者じゃ、どうせ稲は育ちゃせん、てね。前句、お昼を食べている不精者を見た人の感想とも取れますね。私も、原稿を書いていると、すぐに何か食べたくなりますが。

S：「作りだふれ」の解については異論ありません。前句を第三者からの視点として付けたとする方が、変化があって良いと思います。キーボードの上にお煎餅の屑をこぼさないでください。

54 **つもる借銭山ほとゝぎす**

N：「山ほとゝぎす」で夏の二句めです。動物《うごきもの》の鳥。前句の不精者がたくさん借金をしているという自然な連想です。「作りだふれ」を、「身代が倒れた」と読み替えたのでしょう。そこに、「早苗とる↓ほとゝぎす」（『拾花集』他）をあしらいました。時鳥《ほととぎす》は農事と関係が深く、田長鳥《たおさどり》の異名も持っています。「つもる借銭の山」（俗の話題）と「山ほと、ぎす」（雅の話題）を「山」で結合させた無心所着《むしんしょじゃく》。無理に訳せば、積もった借金の山では山時鳥が鳴いている……。

S：時鳥にはシャッキントリという異名がありますから……というのは冗談です。

55 村雨のひがたく見ゆる公事《くじ》をして

N：雑です。「村雨」は雑の降物です。「借銭」から「公事」を付けました。「公事」とは訴訟およびその審理、裁判のことを言います、『類船集』の「公事」に「親の跡に子どもいくたりも有こそ後よからぬ物、人の家に子孫おほきたぐひか。借銭に乞《コイ》つめられ一町をうごかすは見ぐるし。さきばら後ばらの子はたがひにいどみあふ事とぞ。有職《イウソク》に公事のかた人の鏡ならんこそとかけり」とありまして、公事に多いのは相続争いだったと知られます。また、宗因には「堀川の深ひ工《たくみ》があらはれて　武仙／古金《かね》からかねかし銀《がね》の公事　梅翁」（『天満千句』第二）の例があり、今回の句同様、借金に関する公事を詠んでいます。これに「ほと、ぎす→村雨」の伝統的な寄合語をあしらいました（26頁参照）。「ひがたく」は「干がたく」で、「干る」には「乾く」の他に「終わる」とか「片が付く」の意味があり、上下に掛かります。「村雨が降って地面が乾きがたく見える」と、「決着のつきがたくみえる公事」の二つの文脈でできている句です。

S：この句の場合、無心所着として済ませるよりは、上が下の比喩になっていると理解すべきかもしれません。なかなかぴったりくる比喩ではありませんか。地面がぬかるんでいるみたいに片が付かない訴訟事、というのです。

N：ぐっちゃぐっちゃで収拾の付かない公事なんですね。

56 霧立のぼる在京の人

N：「霧」で秋にしました。聳物《そびきもの》です。また、「人」により人倫の句です。53に人倫の「ぶしやう者」がいまして、ここも二句しか離れていませんが、違反ではありません。ここは『俳大系』の注にあるように、寂蓮の「村雨の露もまだひぬ槇の葉に霧たちのぼる秋の夕ぐれ」（『新古今和歌集』五・秋下）に拠る付けです。「在京」は都に滞在している人のことで、訴訟沙汰では採決が下るまで京に留まる人がよくいました。謡曲「砧《きぬた》」に「われ自訴《じそ》の事あるにより在京仕りて候。かりそめの在京と存じ候へども、当年三とせになりて候」とあります。また、『正章千句』に「長在京はさぞな退屈／少々の御訴訟ならばやめられよ」（第三）の付合もあり、公事は長引くと大変だったということがよく分かります。この56は「のぼる」が上下に掛かり、「霧がたちのぼる」と、「地方から上京して滞在する」という二つの意味になっています。先の見えない公事、まったく五里霧中ですね。

S：付けによって出てきた二つの意味を、くっつけっぱなしで抛り出した、これぞ無心所着という句です。ただ、32→33にも同じ寂蓮の歌が使われていましたから、ちょっと遠輪廻《とおりんね》気味でいけませんね、宗因先生。

57　**身にしめて医学の窓にさし向ひ**

N：前句から秋になりましたから秋でなくてはなりません。「身にしめて」で秋にしました。「身」が人倫の語で、人倫の二句連続は問題ありません。また、「窓」は居所の体です。在京の理由を公事から学業に転じて付けました。「学問の窓」という言い方は良く用いられますが、「医学」という語を使った句は珍しく、『俳大系』を検索してもこの一例だけでした。秋の季語として「身にしむ」は、寒さや冷気が身体にしみ通って感じられること。和歌では、秋・風・夜・月・色などの語と共に、骨身に染み通るような、ひとしお深く感じ入る気持ちを表します（『歌ことば歌枕大辞典』）。「て」につなぐと「身にしみて」になるはずのところ、「身にしめて」と下二段に活用する例も多くみられます。秋を続けるためここに用いられたのですが、「心から打ち込む」の意味もあることを利用して、医学への志を示しているのでしょう。「秋の日の碁会に黒の手が出来て　可頼／身にしめてかく和歌の墨付　長久」（『紅梅千句』第九）などの例があります。秋気が身にしみて感じられる頃、医学に打ち込み猛勉強することだ、という意味でしょう。

S：宗因自身、かつて、連歌を学ぶために京都に留学していました。背景に見て取ってよいかもしれません。「学問の窓」に関して言えば、『類船集』に「学問→窓の内」があります。「窓」は、自分の部屋で窓に向かって机を置いて勉強しているというような「窓」ではなくて、学問を教授してくれる塾とか寺とかの表象としての「窓」なのです。「同窓会」の「窓」もそうですね。だから、「医学の窓にさし向ひ」を意訳するなら、医学の塾で真剣に学んで、としたいところです。

58　心《しん》肝じんに月をながむる

N：秋の三句め、「月」で秋にしました。天象・夜分《やぶん》の句です。前句でも触れた言葉の連想ですが、「身にしめて」にふさわしい「月をながむる」を付けています。また『類船集』には「窓→月を待」の付合もあり、「窓にさし向ひ」も「月をながむる」につながっています。『類船集』の「窓」には「窓ごしに月さし入てあし引のあらし吹く夜は君をしぞおもふ」（『万葉集』は「月おしてりて」、他に『夫木《ふぼく》和歌抄』『袋草紙』など）の歌が引かれています。「心肝じん」は「心肝腎」でしょうか。心臓と肝臓、腎臓をいいます。前句の「身」と「医学」に対し、内臓の名前を付けたのは分かりやすい。ただ、「心肝」も「肝腎」または「肝心」も心そのもの、または心に深く感じることを言いますので、句意としては、心の底から深く感動して月を眺める、ということになります。勉強の手を休めて、ふと窓を見上げると大きな月。医学生だけに、内蔵で月を堪能するのですね。

S：「心肝腎」の用例を一つ。『崑山集』一・春部に、「祝ふ腹や心肝腎のざうに餅　如淵」という発句がありました。

59　老らくが思《し》案半《あんなかば》の秋の風

N：「秋の風」で秋。内容から言って述懐の句です。『拾花集』『竹馬集』に「老→めでこし月」があり、「月をながめる」に「老らく」が付いています。月を眺めて深く感じる人を、医学生から転じて老人としました。「月」には「秋の風」

もあしらわれています。唐津本に「老らくは」とあります。「老らく」は老いや老年、また老後の楽しみのこと。「は」だと「老らく」は老人そのものの意味にしか解せませんが、「老らく」＝「老人」ではなくて、ここは「老らくが思案」で老年の思案と考えておきます。また、前句の「ながむる」は物思いに沈んでぼんやりみつめることでもありますから、思いがまとまらないという意味の「思案半」が付きます。『増補　玉海集《ぎょくかいしゅう》』に「小頸《こくび》かたげて月ぞながむる／読歌に思案半のあきの空　勢州常念寺　昌把」（付句・上）と良く似た例があります。月をながめながら、老年故のさまざまな考え事に途方に暮れていると、折しも秋風が吹いてくることだ。人生の晩年、ひんやりとする句です。

S：「老らく」は歌語です。たとえば、『続古今和歌集』十七・雑上に「秋懐旧といへる心をよみ侍りける／前大納言忠信／おいらくのわが身のかげはかはれどもおなじむかしの秋のよの月」のような例があります。月を見て老いを感じるという状況も、このように和歌にあることです。

60 **孫子《まごこ》それ〲に山田麓田《ふもとだ》**

N：秋を前句まで四句続けたので、雑にしました。「孫子」が人倫です。前句の思案の内容を付けました。老らくの思案なので、孫や子に田を分け与えるという遺産分配についての思案です。『拾花集』『竹馬集』に「早田↓秋風」や「小田の畔↓秋風」があり、「秋の風」に「田」をあしらっています。「山田」は山の中の田。「麓田」は山裾の田。土地持ちの財産分与は面倒そう。

S：分かりやすい。異論ありません。

61 **石上《いそのかみ》ふるく目出《めで》度《たき》庄屋殿**

N：雑。「庄屋殿」が人倫です。前句に一族繁栄の気分を見て、栄えている庄屋を持ち出してきました。心で付けていて、言葉による連想は特にありません。「石上」は「ふる」にかかる枕詞。いかにも歴史ある立派な庄屋さんです。

S：ここ、三句で一つの話になっていて、展開が乏しいですね。

62　やふし分すや律儀なるらん

N：雑。この句はよくわかりません。まず「やふし分」ですが、『俳大系』は「やうし分（養子分）」と見ています。古くめでたい庄屋であれば、養子も取りそうですね。「養子分すや」で養子分にする、の意味でしょうか。「養子分にするなんて、律儀なのだろう」ってこと？　うーん、律儀なのは普通養子の方だと思われるので、律儀と思われる人物を養子にしたのかな？　何となくおさまりが悪いです。

S：「やふし」が「養子」なら、おそらく「すや」は「にや」の誤りで、「養子の身分であるから、何事につけ律儀なのであろう」の意味になるかと思います。前句の「庄屋殿」が養子なんでしょう。しかし、仮に「養子」だとすると、打越しの「孫子」と同字を含むことになって差し合いですし、人倫が三句連続するのが違反ですし、次の次の句64に人倫がまた出てきますのでそちらとも差し合います。つまり、「養子」はあまり可能性がない。テキスト不全のため、分からない句とすべきです。そのために次の付けも分からなくなっています。

▼金田房子さんと尾崎千佳さんから本歌のご指摘をいただきました。『古今和歌集』十七・雑歌上、布留今道《ふるのいまみち》の、「日のひかり藪し分かねば礒《いそ》の神ふりにしさとに花も咲きけり」を踏まえているとのこと。

▽ありがたいご指摘。この『古今和歌集』の歌には、「礒神の並松《なむまつ》」が俄《にわか》に五位の叙任を蒙ったので詠み贈ったという詞書が付いています。「日のひかり藪し分かねば」は、帝の恩恵は日の光のように地をあまねく照らすという比喩です。だとすると、宗因は前句の「石上ふるく」に「やぶし分《わか》ずや」と付け、「目出度庄屋殿」に「律儀なるらん」と付けていると考えられます。『古今和歌集』歌を踏まえて、句意は「律儀なこと、「藪し分かず」という言葉のとおり、日の光は藪にも射す」というところでしょうか。本歌の作者名「布留今道」も連想の契機になったと見られます。これにて一件落着。

63
白鷺を烏といへどうなづきて

N：雑。「白鷺」「烏」が動物の鳥です。前句を「養子分で律儀」な人物と取るなら、どのくらい律儀なのかを具体的に付けた句ということになるでしょう。諺に「烏を鷺」（『毛吹草《けふきぐさ》』）というのがあり、黒い烏を鷺と言い張るように、わざと反対のことを主張する、不合理なことを強引に言い通すことをいいます。「鷺を烏」も同じ意味。白鷺を烏というような無理なことをいっても、逆らわずにうなずいている従順なさまと解釈できます。

S：前句の本文が不確かなので、この付けも理解しにくくなっています。なぜ「白鷺」や「烏」が出てきたのか。「やぶし分すや」の正体が分からないとどうしようもありません。

▼尾崎千佳さんは、「やぶ」を「野巫（呪術で治療を行った田舎の巫医）」もしくは「藪医者」の意に取り成し、「律儀」もばか正直の意に読み替えて、句全体の心で「白鷺を烏と言ってもうなづいている野巫は、物の道理が分からないのだろうか、いや、ばか律義なんだろう」と付けているという解釈です。

▽前句の解釈が出来ましたのでこの付けの理解も進められます。前句の「律儀」ぶりを具体化したという大筋の付けには違いありません。近世初期俳諧なら「やぶ」を藪医者として用いるのはごく普通だと思います。「野巫」より「藪医者」を選択した上で尾崎さんの解釈に同意します。付け加えれば、本歌の主語であった「日のひかり」からの連想で「烏」をあしらったのでしょう。『類船集』に「鴉→日輪」があります。

64
眼《まなこ》とぼつく熊野山伏

N：雑。「山伏」で旅の句になります。また、「山伏」は釈教・夜分・山類の用・人倫の語です。『類船集』に「鴉→熊野」「熊野→山からす」とあります。烏は熊野の神の使いでした。「熊野山伏」とは、熊野の本宮・新宮・那智の三社で修行する山伏のこと、またそこに参詣する山伏のことを言います。「とぼつく」はまごまごしてうろつくこと。「熊野山伏は厳しい修行で目を回しているのか」の意で、前句と続ければもう鷺だか烏だかわからない。まともな判断ができない状態です。難しい前句を、「烏」にすがってうまく転じました。

S：「とぼつく」は俳諧でも用例の少ない俗語です。この宗因の句以外では、『細少石《さざれいし》』（寛文八年〈一六六八〉刊）に「おぼろ夜はとぼ月まはる山路哉　定吉」というのがあったぐらいです。

▼尾崎千佳さんは「とぼつく」の用例として、延宝三年（一六七五）四月頃興行「六尺や」百韻（『梅翁俳諧集』所収）の「曲鞠を請て流してありやあり　風虎／とぼつくめあひ簾《こす》の俤　紫塵」の付合を追加して下さいました。その上で、「とぼつく」は目のはっきり見えないことではないか、というご意見です。

▽「とぼつく」、辞書数種に当たり直しましたが「目のはっきり見えない」ニュアンスで説明しているものはありませんでした。近世初期俳諧の一部の局地的な用法として視界不全のさまを言うことがあったと見ておきます。

【三折ウラ】

65　**藤代の谷にころりとこけの行《ぎやう》**

S：雑です。「こけの行」によって釈教《しやつきよう》。「谷」は山類の体、「藤代」は名所《などころ》です。「藤代」（藤白）は和歌山県海南市の海岸沿いの地名で、そこから熊野参詣道が山中に入って行きます。「藤代の御坂」というのが歌枕ですが、峠路から藤代の海岸を望む景色の佳い、しかし険しい坂道です。この句の「藤代の谷」は「藤代の御坂」の辺りの谷ということでしょう。前句の「熊野山伏」がいそうな場所を「藤代」と定めました。『類船集』に「熊野→藤代の松・山臥」「山臥→熊野」があります。そしてその山伏は視力があやしくて「谷にころりとこけ」て落ちるという発想の付けです。また、山伏の修行を、苔の上に臥すという意味で「苔の行」と言うのですが、この語は「こけ」に「虚仮《こけ》」の意味を見、山伏をあざけって使う場合がありました。この句もおそらくそうでしょう。つまり「こけ」は「こける（転げる）」「苔」「虚仮」の三重の掛詞です。「苔の行をしているという山伏、なるほど虚仮なことで、藤代の谷にころりと転げ落ちて行く」という句意です。『類船集』に「身をなぐる→虚仮の行」という付合語がありますから、山伏はうっかり谷に落ちるのでなく、修行の一つとして谷に投身するようです。たいへんですね。一般人から「虚仮」と思われるのも当たり前ですね。なお、唐津本は「藤城のほりにこほりと」になっていますが、それでは意味を取れません。付けとして「熊野山伏」の通り道は「藤代」であるべきで、「藤城」と書いてしまったところから「ほり」云々となってしまったのでしょう。

N：歌謡集『松の葉』所収の吾妻浄瑠璃「寛濶一休《かんかついっきゅう》」にも、山伏の峰入りを「雲に起き伏す兜金《ときん》も外れて、ころり〳〵とこけの行」などとあります。ちなみにこの「寛濶一休」は「紀の路なる、高野山にぞ入給ふ、堂塔門院古寺古跡、拝み巡りてその後は、花にも痛し首の骨」と宗因の著名句「ながむとて花にもいたしくびの骨」を引いています。

66　**さかをとしにもはなつ鉄炮**

S：雑です。「谷にころりとこけ」に「逆落とし」と付け、「虚仮の行」に「はなつ鉄炮」と付けました。「鉄炮を放つ」には「嘘を言う」とか「大ボラを吹く」という意味がありますので、「虚仮」のような人物がでたらめな嘘を言い放つという連想です。たとえば狂歌ですが『後撰夷曲集《ごせんいきょくしゅう》』に「いつはりいふを世話に鉄炮はなすといへば／偽と思ひながらも鉄炮のはなしにきもをつぶしぬる哉」という用例があります。一句としては、「転がり落ちながらなおも嘘を言っている」となります。

N：壮絶ですね。落ちながらもウソを突き続ける……大ボラ吹きもここまでくるとちょっと尊敬。

67　**行鹿《ゆくしか》はあれへ是《これ》へと声々に**

S：「鹿」によって秋にしました。動物の獣の句です。「行」字が打越《うちこ》しにあり同字の差し合いです。ただし、ギョウとユクは別の語と考えたのかもしれません。一ノ谷の合戦で、鵯《ひよどりごえ》越から攻める義経軍が平家の陣営の背後の急斜面を降り奇襲をかけようとする有名な場面で、鹿が義経の軍勢に驚き「大鹿二つ、妻鹿《め》一つ、平家の城墎一谷へぞ落ちたりける」（『平家物語』九・坂落）とあります。この章段の名前「坂落《さかおとし》」から「鹿」を出しているのですが、それは言葉のあしらいに過ぎず、付けの心としては「はなつ鉄炮」に対して猟師どもが鹿狩りをしている場面として付けています。

『類船集』に「鉄炮→猟人」があります。「鹿があっちへ行くぞ」「鹿はそっちへ行くぞ」と、何人もが声々にさわいでいる、という一句の意です。

N：46にも「平家」が出て来ました。宗因は平家ネタも好きで、今まで読んだ百韻では必ず一度は使っています。

68 心にほめよ秋の野ゝけい

S：「秋の野」によって秋の二句めとしました。これは転じに工夫のある付け方だと思います。前句を「鹿があちらにも、こちらにも」複数いるものと読み替えて、秋を繋ぎ、鹿を含む秋の野の全体を詠んだ心の付けです。萩やら女郎花やら薄やら、秋の花々が咲き乱れる野です。秋の野に鹿がいるという連想は、『随葉集』に「鹿の鳴→野・野のくるゝ」、『拾花集』『竹馬集』に「鹿→花野・萩原」とあり、自然なものです。「けい」は「景」で、「心の内に嘆賞しなさい、この秋の野の景色を」という句意となります。狩猟の場面が、秋の野の美景にがらっと転換しています。鮮やかです。

N：風雅な句意ではありますが、「けい」が俳言、また「ほめよ」という言い方も和歌では用いません。

69 謹《つつしん》で屛風の絵なる月を見て

S：絵の中であれ月は月、秋三句めで、天象で夜分です。『拾花集』『竹馬集』に「花野→月」があって、まずは連歌的発想で「秋の野ゝけい」に「月」を付けています。そして前句では実際の景色だったのを「屛風の絵」にしてしまったところが俳諧です。「心にほめよ」という命令口調に「謹で」も響き合っています。「謹んで、屛風の絵の中の月を拝見して」。

N：秋の野は代表的な屛風絵の題材です。現実の景を付句で絵の景にしたり、その逆をしたりするのは俳諧によくあるテクニック。重頼の例を挙げておきます。「勢もあつぱれ武者と誉はやし／筆こまやかに色絵の屛風／山の姿花の梢にほれ心」（『時勢粧《いまようすがた》』第六）。

▼現実の景と絵の景を入れ替えるテクニックについて、尾崎千佳さんによれば「連歌においても常套的転じ方」とのことで、「屏風尽せぬ言の葉の色／月見えてさながら山をうつし絵に／窓の前よりはるゝうす霧」（宗因独吟『浜宮千句《はまのみや》』）、「詠めやる四方の霞のたゝずまゐ／絵によくにたる山のべの春／つれづれとあかず屏風に向ひゐて」（寛永十七年〈一六四〇〉春興行宗因独吟「見ばや見し」百韻）ほかの例を示して下さいました。なので、そこに俳諧があるとは言えず、「謹で」にある、というご意見です。

▽なるほど。連歌でもよくある手、ということがよく分かりました。当時「屏風」は連歌語彙であるということも。

70　**けふの賀いはひ申口上《まうす》**

S：雑の句です。「賀いはひ」は「賀の祝い」の語による表現で、長寿を祝うことに限定した言い方です。『日本国語大辞典』の「賀の祝い」の説明を引きますと「中国から伝わった風習で、四十の賀（初老）から始めて、十年ごとに五十の賀、六十の賀などといって祝ったが、室町時代末から四十二歳、六十一歳（還暦、本卦がえり）、七十歳（古希）、七十七歳（喜の字、喜寿）、八十八歳（米寿）などに祝うようになった。皇室・貴族・民間を問わず行なわれる」とのこと。全体としては、前句の絵屏風を、あらたまった賀の祝いの座敷に立てられたものと見た心の付けですね。言葉としては、「月の賀」という語もありますから、「月」と「賀」が付いています。一句は「本日の、長寿の祝いに、申し上げる挨拶の口上」ということです。

N：「謹で」に「申口上」の繋がりも自然です。

71　**堀川のおとゞの為の小袖台**

S：雑。「堀川のおとゞ」により人倫の句、「小袖」により衣類の句です。『俳大系』の注に、「むかし、堀河のおほいまうちぎみと申すいまそがりけり。四十の賀、九条の家にてせられける日」（伊勢物語・九七段）。「堀川のおとゞ」（おほいまうちぎみ）は、太政大臣藤原基経。昭宣公。良房の養子。

とあります。藤原基経（八三六～八九一）は、宇多天皇代に最初の関白となって、藤原氏の勢力を拡大した人物です。「小袖台」は、小袖を載せておく台でしょうか。ここの付けは、『伊勢物語』九十七段によって「けふの賀」に「堀川のおとゞ」を付けた発想で、前句の「口上」の一部を句に整えたのです。「これは、堀川のおとどのための、小袖の台であります」と。祝いの品として小袖などの衣料を贈ることがよくありました。たとえば、御伽草子の『鉢かづき』（渋川版）に「さて舅殿への御引出物には、銀《しろかね》の台に、金《こがね》の盃据へ、金にて作りたる、三つなりのたち花、金十両、唐綾、織物の御小袖三十かさね、唐錦十反、巻絹五十疋、広蓋に積ませ参らせる」という箇所があります。

N：口上で「おとゞの為の」とは言わないでしょう。引き出物をクローズアップした句だと思います。『天満千句』第九に「扨口上を野べの月かげ　利方／しつかりと台にのせたる花の枝　西花《さいか》」とあり、やはりプレゼントは台の上に載せています。

72 **からくれなゐを何とそめどの**

S：雑。「そめどの」を居所の体と見ておきます。ここも『俳大系』に注があります。「「堀川のおとゞ」―「そめどの」。染殿の后は、文徳天皇の女御、良房の女。」染殿は藤原良房の邸宅のことで、文徳天皇女御となった良房の娘明子が晩年ここに住み、染殿の后と呼ばれました。また、陽成天皇がここで生まれています。「堀川のおとゞ」に「そめどの」をあしらいながら、小袖の色を「からくれなゐ」として付けています。「唐紅の色を、何とよく染めたことであろうか」という意に、「そめ」を掛詞とし、あしらいによって「そめどの」を付け足して成った、無心所着句です。唐津本では上七は「からくれないに」ですが、「を」でも「に」でも意味は通じそうで、良し悪しはっきりしません。

N：堀川の「川」で染色の作業をしているという連想もあるでしょうか。『百人一首』の「ちはやぶる神世もきかずたつたがはから紅に水くくるとは　在原業平」なども連想されます。染殿の后は、貞門でも「色いづれそめどのの后竜田

姫　和州郡山住定幸」（『増補　玉海集』三・秋）などと染色がらみで詠まれました。

73　おいま女郎朝日かゝやく花見さい

S：「花」を詠んで春にしました。植物の木になります。「おいま女郎」は人倫で、女を登場させることで恋の句に扱っているだろうと思います。打越しに人倫がありましたので差し合いです。「おいま」とは、針仕事に雇われている女性のことで元は「お居間」らしい。「女郎」は、当時は遊女を言う語とは限らず、「上﨟《じょうろう》」と同意で貴家の奥向きに勤める女性を言うこともあります。たとえば『好色一代男』四の四に「去《さる》大名の北の御方に召つかはれて、日のめもついに見給はぬ女郎達やおはした也」という用例があります。また、「女郎」は、女性の名のあとに付けて軽く親愛感を示す呼びかけ表現でもありました。結局「おいま女郎」とは、貴族や大名の屋敷で針仕事をしている女性に呼びかけているのです。唐紅《くれなゐ》に染められた布地を、「おいま」が今取り掛かっている針仕事の衣料とした付けで、染殿のような御殿の話なので「女郎」が付く訳です。染殿は桜花の美しさによっても有名でした。また、唐紅の色から「朝日か、やく花」への連想も効いています。「見さい」は当時流行歌謡の文句です。要するに、針仕事をしている「おいま女郎」よ、朝日に輝く桜の花を御覧なさい、といった句意になります。「見さい」については母利司朗氏の論考「見さいの歌謡と俳諧」（『俳諧史の曙』清文堂、二〇〇七）があります。そこから歌謡の例を拾うならば、「小原木踊《おはらぎおどり》」系として、「あの花見さい、此の花見さい、皆咲きつれた花どもを」（『采女歌舞伎草紙絵詞《うねめかぶきそうしえことば》』）のような歌詞が、この句に近いでしょうか。

N：そうですね。『ゆめみ草』五の廻文の句には、「いざみなはなみ座いざ皆花見さい　住吉未次」や「いざみなは楽さよさくら花見さい　堺一円」など「花見さい」を使った例があります。親しまれていた言い方なのですね。

74 **うぐひすよりも初娌《よめ》の声**

S：「うぐひす」で春で動物の鳥です。「娌」が人倫で、前句からの恋を続けています。『はなひ草』『世話焼草』で、「嫁」が恋の詞とされています。「初娌」は結婚したばかりの嫁、新妻です。花嫁。「花」に、「うぐひす」と「娌」が言葉として付いています。『拾花集』『竹馬集』に「花↓鶯」、『類船集』に「花↓鶯・婦《ヨメ》」があります。また、「おいま女郎」が嫁に来てくれるよう願っているという心で付いているのでしょう。「鶯の声よりも、新婚の嫁の声を聞きたい」という意。

N：春を告げる喜ばしい鶯の声に、新妻の声を並べる発想は、「若き蕨《わらび》の手先さかづき／初娌は鶯声をほのめかし」（『時勢粧』六）と重頼の句にも見えます。まだ遠慮も恥ずかしさもあって、なかなかしゃべらない。初々しいですね。

S：これが十年、二十年たつと……。

N：何かおっしゃりやがりました？

75 **あら玉の春たちすがた髪がゝり**

S：「あら玉の春たち」によって春の三句めとしています。明確な恋の言葉はないのですが、「たちすがた髪がゝり」を女性の姿態として恋の句にしているのだろうと思います。前後を恋と見る限りは、ここも恋でなければなりません。「たちすがた」は「立ち姿」で、立っている姿というそのままの意。「髪がゝり」は髪の垂れ下がっている様子です。これらは前句の「初娌」の姿として付いています。それと、「うぐひす」に「あら玉の春たち」を付けています。古歌では「あらたまの年立帰《かへる》朝《あした》より待たるゝ物は鶯の声」（素《そ》性《せい》法師、『拾遺和歌集』一・春、『和漢朗詠集』「鶯」）が著名で、その調子を模しているのでしょう。一句としては、「たち」が上下に掛かり、「新玉の春が立ち、新年になった」と「立ち姿に、髪を下げている」の二文を強引にくっつけている構造で、句意をまとめにくいのですが、つまりは「新年の女性の姿は美しい」という話として理解できます。

N：髪のかかり具合は、王朝文学において女性の重要な美的ポイントでした。『源氏物語』では、しつこいほど「かみのかかり」について言及しています。江戸時代は髪を結い上げているのですが、ここは王朝文学に見られる伝統的な女性美を意識しているのでしょう。俳諧ではあまり例のない詞です。「春たつ」に「立ち姿」を言い掛けた例には、「四方にけふ霞や春の立姿　正甫《せいほ》」（『歳旦発句集』）がありました。

76
はねつく〳〵とかいま見らる丶

S：「はねつく」で春をもう一句続けました。「かいま見」（垣間見）、つまり覗き見は、『毛吹草』に連歌恋の詞、『世話焼草』に恋の詞として登録されていますから、これも恋の句です。「春たち」に「はねつく」と付け、「たちすがた髪が丶り」を「かいま見らる丶」相手の様子として付けています。「はねつく」は『毛吹草』にも登載された春の詞で、延宝六年（一六七八）序の『色道大鏡』七・翫器部に「はねつき　尤正月の手すさびなり」とあり、『類船集』には「はね↓正月」があります。当時もうお正月の遊びとして定着していました。71↓72以来、四つ手付けを連発してますね。この一句の意は、「つく」が上下に掛かっていて、「若い娘が羽根を付く様子を、つくづくと垣間見てしまって」となります。眼を血走らせてたりして。

N：王朝の美女を連想させる詞「髪が丶り」から、『伊勢物語』や『源氏物語』の恋の始まりの定番「かいま見」を持ってきたのでしょう。光源氏が紫の上を、また柏木が女三の宮を初めて見る場面でも「髪ざしいみじううつくし」（若紫）、「髪のか丶り給へるそば目、言ひ知らずあてにらうたげなり」（若菜・上）とあります。特に女三の宮は、見られたときの姿を「袿《うちき》姿にて立ち給へる人」と形容され、「宮のかかりは実《げに》いつく島／鞠場にて見るや女三の立姿」（『誹諧独吟集』正章《せいしょう》独吟百韻）などの例句もあります。ただし正章句の「かかり」は蹴鞠用語。宗因句を女三の宮の当代化とみるのはちょっと難しいかなあ。とりあえず、王朝の美女を羽根突きしている姿に当世化したところが俳諧です。今だとテニスでしょうか？　つくづく見てると通報されそう。

▼金田房子さんによれば、「羽根つき」は宮中で男女に分かれて行われた（『看聞御記《かんもんぎょき》』）らしく、「羽子板」の語は『下学集』にも載るので、「当世化」とは言えないとのこと。
▽これは私どもの確認の不足でした。当世化は言い過ぎ。でも『源氏』から時代はかなり下りますね。

77 **なまめいた男有けり近隣《ちかどなり》**

S：雑になりました。「なまめいた男」により恋で、人倫の句です。ここは二句去っていますから差し合いにはなりませんが、このあたり人倫が多いですね。なお、「なまめく」が『毛吹草』に連歌恋の詞、『便船集《びんせんしゅう》』に恋の詞として登録されています。それから、「隣」は居所の体です。『俳大系』の注には「その里に、いとなまめいたる女はらから住みけり。このをとこ、かいまみてけり」（『伊勢物語』一段）という指摘があります。その通りで、「かいま見らるゝ」から「なまめいた」の言葉付けを核とした付け方です。しかし、『伊勢物語』では「女はらから」について「上品、優美」と讃える語だった「なまめいたる」を、「なまめいた男」に変えたことで「好色な、下心のある」の意味に変えて使っていますし、前句の「見らるゝ」を自発の意から受身の意に取り成していると思われます。つまり、前句の主語を「女はらから」に移し、覗き見している人物を「近隣に住む色好みの男」としたのです。『随葉集』には、「かひまみる→なまめきたる」があり、その解説として「かひまみるとは垣などのあはひよりみたるやうの事なり……又なまめくとはなりひら春日の里にていとなまめひたる女はらから住けりと伊勢物語にあり、それをなりひらかひまみ給ふ、なまめくとはうつくしきかたち也」と言っています。『類船集』にも「隣→垣間見」があります。『伊勢物語』初段は、近世初期の連歌・俳諧にとって、とてもポピュラーな題材でした。
N：恋が続きます。「近隣」は近所のこと。『源氏物語』にも見える言葉ですが、「隣」と違って歌語ではないので、「ご近所さん」でしょうか。一気に俗っぽくなる気がします。羽根を突くのは複数だから、「女はらから」であることが響いていています。本来「なまめい」ているのは女の方なのですが、それを男に逆転させたことで意味が変わるのがおかしい。

▼大谷雅夫先生より、『文選』の「好色賦」を踏まえている可能性を指摘されました。曰く、美男で知られた宋玉が、好色だという人の非難に対して、「東家」の絶世の美女が「牆《かき》に登りて臣を闚《うかが》ふこと三年、今に至りて未だ許さざるなり」と反論したところです。万葉集（巻二・一二六）の左注にも、石川女郎《いしかわのいらつめ》が大伴田主《おおとものたぬし》に言い寄ろうとして失敗した話を載せており、そこにも女郎が「東隣の貧しき女」と自称しています。東隣の女が美男子と通じようとする話は、伊勢物語ほどではもちろんないのですが、知られた故事だったのではないでしょうか。もし、これを典拠と見るなら、前句の「はねつくづくとかいま見らるる」を、文字通り、羽根つきをしている娘がつい隣の様子に目を奪われているさまを言う表現ととり、その視線の先のお隣には「なまめいた男」がいたことよと付けたと読めるような気がします。「男有りけり」は、その存在に気づいたという女の心の表現になるでしょう。

▽いやこれは、「かいまみ」に「なまめいた」と付けばどうしたって『伊勢物語』を押しのけて『文選』で読むというのは困難ではないでしょうか。「男有けり」にしても「昔男有けり」の文句ですし。ただ、この付合、大谷先生の言われるように、「はねつく」女が、隣の男を「かいま見」ているという解はあり得ますね。イイ男を見つけたという「女の心の表現」と読むと「垣間見」の常識の逆を行って確かに俳諧性が強くなります。

かいまみ（『伊勢物語』、国立公文書館所蔵、『伊勢物語慶長十三年刊嵯峨本第一種』〈和泉書院、1981 年〉より）

▼その後、尾崎千佳さんからは、「近隣」は連歌ではしばしば用いられるという指摘をいただきました。「ねられざりけん永き夜な夜な　玄陳《げんちん》／よそに打砧の音も近隣　能円」（寛永十六年〈一六三九〉四月二十一日興行「草に木に」百韻）、「えにしなりとは其身にもしれ／うつすよりむつまじくせん近隣」（年

次末詳宗因独吟「時しあれや」百韻）といった例があるとのことです。

▽ご指摘ありがとうございます。用例によってよくわかりました。となると、ここは用語としてはずいぶん連歌的な句と言えるかと思います。

78 **人つかふすべしらぬ笑止さ**

S：雑で、「人」により人倫の句です。「笑止さ」という語は解釈の幅が広くて、宗因の当時の用法としては、おおよそ三通りに分けて考えることができます。一つめは「困っているさま」、二つめはそれを他者の視点に移しての形容で「気の毒さ」、三つめはさらにマイナス評価の要素が加わって「（笑いたくなるような）ばかばかしさ」。前句との関係で言えば、「なまめいた」を「生《なま》めいた」に取り成して未熟者と見、そのご近所から「人を使うやり方も知らないような未熟な人の気の毒さよ」と思われている、という心の付け方をしていると思います。そして、三つめの意味に読み替えられて次の句に続くのです。なんだかこの三折ウラは説明することがたくさんあってくたびれましたな。宗因先生が力を入れて付けている感じです。この本を読んで下さっている皆様も肩が凝ったことでしょう。

N：院生から「イケメンへのひがみ」という意見が出ました。発想としては面白い。

▼大谷雅夫先生の読みは、前句の解釈と連動して、「美男子を見つけても使いの者を送ることまではできない女の気の毒さ」とのことです。東隣の女の話は媒酌人を介さない女の求婚を笑うものであり、「人つかふ」とは媒酌人を使うことをそう言っているのではないか、という説です。

▽この句の解にも『文選』までは見なくてよいと思うのですが、「人つかふすべ」を明確にして下さったのはありがたい。右の通り私どもは漠然としかとらえていなかったのですが、付けの上では、恋をしても人に「媒《なかだち》」を頼むことを知らない気の毒な人物、としてよく理解できます。

【名残折《なごりのおり》オモテ】

79　おかしげに鑓《やり》をかまへて参《まゐ》さふ

N：雑。「笑止」をばかばかしい、の意味に読み替え、前句の人物を武士へと転じました。うまく人を使うこともできない、というところからかたくなな人物を連想したのでしょう。「おかしげ」はここでは滑稽な、とか、怪しげな、の意味で、褒め言葉ではありません。「さふ」は「候」のくだけた形で、「いざ出陣」的な状況なのでしょうか？「変な体勢で鑓を構えて「参り候」なんて言っている」。或いは大名行列の槍持ち奴かとも考えてみましたが、そうすると、前句が主君で付句は使われる人、という付けになります。『類船集』に「仕《ツカフ》↓鑓」があるのは、こちらの発想でしょうか。狂言ネタかなあ、と思ったのですが、みつかりませんでした。

S：前句をばかばかしい人物のこととして、その人物は武士で、家来を使いこなすこともできなければ、まともに鑓を扱うこともできない、と展開したのでしょう。流行の踊りに「槍踊」というのがあるのでもしかしたらそれかとも思いましたが……。詰め切れませんね。ともあれ、武家出身の宗因だからこのような付けが可能だったという気もいたします。

80　おとがひくだりこぼすさかづき

N：雑。『類船集』に「鑓↓頷《オトガイ》」があります。これはあごがとがって突き出ていることを「槍おとがい」と言うからで、前句の人物をそのような顔立ちの人としました。酒を飲むと、長いあごにこぼれくだってしまうのですね。『俳諧塵塚』に「えりにのみつくはさもしき人心　正章／おとがいくだりこぼす物くひ　季吟」（上、正章・季吟両吟百韻）と、よく似た例があります。「おとがいくだり」で、あごの長い人を指すのかもしれません。だらしないなあ。それにしても、同一人物の描写が続きすぎませんか？

S：「鑓」に「おとがひ」と付けて、前句を酒の上の不埒《ふらち》と読んで酔態の描写を続けたのではないでしょうか。「槍おとがい」だと盃の酒をこぼすと決まったものでもないでしょう。「槍おとがい」と言えば、映画『椿三十郎』のラスト、

「乗った人より馬が丸顔」という伊藤雄之助の名台詞がありました。リメイク版では藤田まことでした。『男はつらいよ』では寅さんが米倉斉加年をつかまえて「どぶ板のそっくりかえったツラ」と悪態ついてましたっけ。

N：私なら嶋田久作（『帝都物語』）を思い浮かべる。最近ではベネディクト・カンバーバッチ（『シャーロック・ホームズ』）も、すてき。

81　いとけなくいとあひらしく時宜《じぎ》をして

N：雑。唐津本に「あひらしく」が「あいらしき」とあります。仮名遣いとしては「あい」が正しい。「くーき」はどちらも有り得ますね。前句《まえく》の酒をこぼす人物として、弁慶を思い寄せました。幸若「高館《たかだち》」では、敵に喉笛を射られた弁慶が、義経から来世までと契る坏《さかずき》を頂く場面に「あら何ともなや。吭《ふえ》が切れたる事なれば、血にまじはりて、此酒が、胸板を下りに、さらりさらりと流れけり」とあります。その直前、義経の息子の若君は「胸板を下りに、朱《あけ》の血潮に染《そ》み返し、流るゝ血を御覧じて、いたいけしたる御手にてかき撫でさせ給ひつゝ、ひしひしと抱《いだ》き付、わつと叫ばせ給ふ」と弁慶にすがりついています。『類船集』に「幼《イトケナシ》→高館最後」の付合語もありました。ただし、「高館」から言葉は借りてきていますが、句の情景は子供らしくてあどけない挨拶（時宜）をした、というので、酔っ払った大人と礼儀正しい子供の対比になっています。

S：「高館」をどこまで汲みとるかが難しい。表向き大人と子供の対比の心で付けていると見せて、裏には弁慶の最期を響かせているというところでしょうか。

▼大谷雅夫先生は弁慶を読みとることに否定的で、「むしろ、ここは前句の「こぼす」をうけて、幼い子が盃事をして父親か主君に挨拶しているさまを想像して付けたと読みたい」、「ままごと遊びと見ることも可能か」というご意見です。

▽たしかに、「高館」を取り込まなくても通じる付けなのですが、あご辺りから酒をこぼすとあるとつい弁慶の最期を連想しまして……。実は余り自信ありません。ただ、前句とこの句で幼児による酒席のまねごとと取ってしまうと80→81→82で

一つながりになって三句がらみになるので、やはり「酔っ払った大人と礼儀正しい子供の対比」に読みたいところです。

82 **膝をならぶは一門の中《ぢう》**

N：雑。唐津本に「膝をならぶは」が「ひざをならぶる」となっています。特に句意に差はありませんが、「る」だとすらすらしすぎてしまう感じがします。小さな子供が挨拶をする場を一門が集まったところとしました。「一門」は「平家一門」のように同族と取るのが一般的でしょうが、学問とか武道、芸能の流派も指します。大人がずらっと膝を並べてかしこまっている道場で、小さな子供が新しく入門の挨拶をする、というのが何だかけなげなのですが、想像しすぎかなあ。

S：「る」だと、前句に凭れて一句立てが弱くなりますので、「は」の方がよさそう。「一門」はいろいろに想定可能ですが、もしかしたら、岩城の内藤風虎の一門にいとけなき男の子がいたのかもしれない。って、これまた想像しすぎかなあ。

83 **かくれなき和田の塩風呂立さかり**

N：雑。「和田」は、この句としては氏の名と見て名所とはしないでおきます。『類船集』に「一門→和田酒もり」があります。「和田酒もり」とは曽我物の幸若・浄瑠璃の曲名です。鎌倉幕府の御家人和田義盛が「一門九十三騎を引き具して、山下宿河原《やましたしゆくがはら》長者の宿所にうち寄つて、夜日三日の酒盛」（幸若「和田酒盛」）を行い、評判の遊女虎を呼びました。虎は恋人の曽我十郎祐成に操をたてますが、母と十郎の説得により、座敷に出ます。十郎も「一門九十三騎、車座にはらりと居流れ」る座敷に呼ばれ、虎の思い差しの盃を堂々と受けたのでした。ここは十郎までは出さず、単に和田一族の酒盛りを思い寄せたものでしょう。そこに「膝をならぶ」から連想した「塩風呂」をくっつけたものと思われます。「塩風呂」は、海水や塩水を沸かした湯気を用いた蒸し風呂や、半円形の竈で松葉を焚き、灰を取り去ってから塩水で濡らしたむしろを敷いて、その蒸気にあたるものなどがありました。後者は古来山城国八瀬のものが有名でしたが、京都や江戸では市中にそうした風呂屋が営業していたようです。宗因自身にも「塩風呂よりの帰《かえる》さに、青松軒にて／塩風呂に入江のあしも若やぎたり　天満 梅翁」（『阿蘭陀《おらんだ》丸二《まるに》番船《ばんぶね》』上）と塩風呂に入った記録があります。青松軒は宗因門人で『阿蘭陀丸二番船』の編者宗円のこと。大坂にも塩風呂があったのでしょう。「立さかり」は盛んに立つ。世に知られた和田の塩風呂が盛んに立ち並んでいる、という意味になります。「かくれなき和田の……さかり」に「塩風呂立さかり」をはめ込んで「和田の塩風呂」という「?:《ハテナ》」のお風呂を作りました。「和田の塩風呂」って、どこかにあったのでしょうか。

S：「塩風呂」については、カタカナ本『因果物語』中に「慶安四年三月。要津長老、京四条ノ塩風呂ニ、入玉フ処ニ」という用例がありますから、近世初期の京で「塩風呂」の営業がされていたことがわかります。「和田の塩風呂」については、次の句の説明の中で。

84 枝きりすかす笠松の陰

N：雑の句が続きます。「笠松」で植物《うえもの》木の句です。「笠松」とは、枝が四方に広がって笠のような形になっている松のことですが、特に摂津の和田岬（現兵庫県神戸市兵庫区）付近にあった笠松は有名でした。「和田」から「笠松」の付けで、この句が付くと「和田」は摂津の地名になるのです。『俳大系』注は「輪田の笠松や箕面の滝つ波も」（謡曲「善《う》知《と》鳥《う》」）を引いています。謡曲に基づく連想ということも十分ありそうです。また、「塩風呂」には松葉を焚きますから、「塩風呂」から「枝きりすかす……松」を連想したとも考えられます。「枝きりすかす」とは枝を切って間が透くようにすること。前句の「かくれなき」を文字通り、露わである、と取ってのあしらいにもなっています。せっかくの笠松がすけすけになってもったいない。

S：『類船集』に「風呂→兵庫」という付合語があります。兵庫、すなわち輪田泊、いまの神戸港です。確証を得られていないのですが、摂津兵庫の和田岬のあたりに実際に風呂があって、そこが「和田の塩風呂」だった可能性はありそうです。

N：『好色一代男』五の二に、室津の揚屋名を「立花風呂」「丁字風呂」「広島風呂」などと挙げていますので、その手の風呂では？

85　**植木屋も比《ころ》とや月をめでぬらん**

N：「月」で秋、天象、夜分《やぶん》。「植木屋」で人倫。前句の「枝きりすかす笠松」が明らかに「月」を誘っていますよね。時代は下りますが、『渭江話《いこうばなし》』（元文元年〈一七三六〉刊か）四に「手はまだきれぬ今に扶持方　如拙《じょせつ》／月にとて伐すかしたる杉檜　花睡」の例があります。宗因の作が面白いのは「きりすか」した人物を「植木屋」としたところ。植木屋はここでは、庭木の手入れをする植木屋さんですね。笠松の枝を切り透かし、植木屋も月を愛でているだろう、という発想の心の付けですが、この木、他人の木？　自分の木？

S：「比とや」とは、「月の見頃だというので」でしょう。具体的には、八月仲秋の名月の頃なので、です。顧客の庭の松の木の枝を刈って自分も松の葉越しに月を見ようという、風流を解する植木屋さんです。

86　**先《まづ》やすらひて腰かけの露**

N：「露」で秋の二句めにしています。「露」が降物《ふりもの》です。「月」と「露」は常識的な寄合語です。また、「やすらひて」も「入りやらで夜ををしむ月のやすらひにほのぼのあくる山のはぞうき　藤原保季《やすすえ》」（『新古今和歌集』十六・雑歌上）のように「月」が山の端に入るのをためらう動作として詠まれますので、「月」に付いています。「月」の動きではありませんが、『百人一首』の「やすらはで寝なましものをさよふけてかたぶくまでの月をみしかな」（『後拾遺和歌集』十二・恋二）も連想されます。この句では、月の動きではなく、植木屋のしぐさをいっています。まずゆったりと腰掛けて休息する、その腰掛けには露が降りていることだ、という意味になります。

S：茶の湯の「腰かけ」と見たいですね。茶室に入るまでの外露地と内露地の二箇所にしつらえられるものです。『茶道大辞典』を見ますと、「茶事の際、ここに待ち合わせて亭主の迎付を待ち、また中立ちをして再び席入りの合図を待つための施設で、円座や煙草盆などが置かれる」とのことです。だとすると「先《まづ》」には、これから茶室に入る前に、という気分を読み取るべきかと思います。また、「露」とは、腰掛けの周辺に水を打ってあることかもしれません。本書「三」の14の挿絵（176頁）を参照して下さい。

N：成程。『類船集』に「路地→植木」とありますし、茶室のある庭の手入れと見たのですね。

87 秋更《ふく》る小野ゝ小町はいたはしや

N：「秋更る」で秋の三句め。「小野、小町」で恋かつ人倫の句です。人倫が打越しに来ていて差し合いです。基本的に美女の名は恋になり、『俳諧初学抄』には「小野小町」が恋の詞に入っています。付けは『俳大系』に指摘されるように、謡曲「卒塔婆小町」に拠るものでしょう。乞食の老女（実は小町）が朽木に腰を掛けるところの「余《あまり》に苦しう候程に、これなる朽木に腰をかけて休まばやと思ひ候」です。絶世の美女小町は、晩年にみすぼらしい老女に零落したとされました。「卒塔婆《そとば》小町」でも、卒塔婆に腰を掛けるのを見とがめて教化しようとした僧を散々に言い負かす知識の持ち主でありながら、老醜の身を恥じています。そうした小町のおちぶれた姿について「いたはしや」と言ったのでしょう。秋が更けた頃、老いて落魄し物乞いの身となった小町は可哀想だ、というのです。「更る」は季節が深まる、また人が老いる、の意味で、上下に掛かっています。「露」に「秋更る」があしらわれています。

S：上下に掛かるとは「秋更る小野」と「更る小野、小町」ですね。「いたはしや」とは、秋が深まりいよいよ寒くなるというのに小町が放浪していることへの感想でしょう。

88
あなめ〳〵になみだはら〳〵

N：雑になりました。恋の二句めです。「なみだ」は『俳諧初学抄』『世話焼草』『便船集』などで恋の詞とされる一方、『御傘《ごさん》』では句体によるとされますが、前句から恋が始まったばかりですからここも恋でなければなりません。『俳大系』の注通り、謡曲「通小町《かよいこまち》」の「秋風の吹くにつけてもあなめ〳〵、小野とはいはじ薄生《すすきお》ひけりとあり。これ小野の小町の歌也」に拠っています。小町の髑髏の目の穴に薄が生えて、髑髏が和歌を詠んだというのです。「秋風が吹くにつけても、薄があたって目が痛い。ああ。目が……目が……。この原を小野とは言いますまい、薄が生い茂っているのだから」と。「あな」には感嘆詞の「あな」と髑髏の目の穴、「小野」にはその場所のさまと小野小町が掛けられています。この伝説は『無名草子《むみょう》』や『袋草紙』などさまざまな説話集に見え、中には、小町の歌は上の五七五だけで或る人（業平とするものも）が哀れに思い薄を抜いて下の七七を付けた、とする伝説もあります。さて、この句で涙を落としているのは誰でしょう？　謡曲「通小町」では、小町に通い詰めた挙げ句恋を成就できず死んだ深草少将が「共に涙の露」と泣きます。でも、少将は小町を恨みこそすれ「いたはしや」とは思っていないでしょうから、後に髑髏を見て小町に同情した「或る人」が涙をはらはらと流した、と解釈しておきます。

S：髑髏の歌、「小野とはいはじ」がよく分かりませんね。「小野」を入れたかっただけなのかな。付けとしては「いたはしや」と「なみだはら〳〵」も繋がっていまして、涙をこぼすのは能の観客だと見ることもできます。小町は、以前読んだ「つぶりをも」百韻（本書の「二」、146・147頁）でも「84わかいこゝろのうせぬ老人／85よろ〳〵と立て小町が舞の袖／86はかまのすそにけゝまづきぬる」と老女として登場していました。それにしてもムスカは「あなめ〳〵」と言っていたんだな。せえので、バルス。

N：縁起でもない。

89　聞《きく》やいかにうき妻恋は鼠すら

N：これも雑の句。「妻恋」で恋の三句めです。「鼠」で動物獣の句であり、夜分（『はなひ草』）でもあります。「穴」といえば「鼠」、『類船集』にも載ってます。また連歌寄合に「涙→うき別」（『拾花集』他）があり、ここでは「なみだ」から「うき妻恋」と付けたのでしょう。また、「聞やいかに」は『俳大系』の指摘通り「聞くやいかにうはの空なる風だにも松に音するならひありとは」（『新古今和歌集』十三・恋歌三）の宮内卿の歌に拠っています。「妻恋」は夫や妻など、配偶者を恋い慕うことを言う歌語で、鹿やキジなどの動物にも用いられますが、ここではそれを鼠としたのが俳諧です。鼠が妻を恋うて涙をこぼして泣いているのでしょう。「あなたはどうお聞きになりますか？　相手を恋う辛い物思いは鼠でさえするというのに」という句です。「妻恋をしないあなたは鼠以下」（五七五にまとめてみました）。御伽草子の『鼠草子《ねずみのそうし》』を思い出させます。

S：『はなひ草』以来の俳諧作法書に春の季題として「猫の妻恋」がありますし、たとえば『時勢粧《いまようすがた》』二には「猫妻恋」という題で「妻恋の関や戸障子猫の声　村田正春」という句があるように、俳諧で妻を恋うのはまず猫なので、それを鼠に移した笑いとも見えます。「ふとんの中は猫のゴロゴロ」（七七でつけてみました）。

90　ひとり寝覚《ねざめ》を米櫃のもと

N：雑の句。「ひとり」で人倫になります。また、「ひとり寝」が恋の詞ですので「ひとり寝覚」も恋と見て、恋四句めです。『類船集』に「鼠→米蔵」、「米→鼠」、また「寝覚→荒鼠」がありますので、「鼠」に対して「米櫃」と「寝覚」が付いています。また、「うき妻恋」に「ひとり寝覚」（独り寝していて眼を覚ますこと）を付けています。米櫃のそばですから、賄い方の下女か誰かでしょう。きっかけは鼠の暴れる音、というのが俗ですね。

S：「ひとり寝覚」は歌言葉です。たとえば『千載和歌集』十五・恋五「秋夜恋といへるこころをよめる／顕昭法師／秋の夜を物おもふことのかぎりとはひとりねざめの枕にぞしる」。この句は文としては「ひとり寝覚を米櫃のもと（でする）」の（でする）を省略したものでしょう。

N：この89 90の内容は、37 38の句の内容と何だか似通ってよろしくありません。

91　昔おもふ納戸住居は荒果て

N：雑の句です。「昔おもふ」は文字通り懐旧の語で、式目の上では懐旧は述懐の一体として扱います。「納戸」は居所の体でしょう。恋が四句続きましたので、そろそろ恋離れです。「ひとり寝覚」を恋から懐旧にしました。『随葉集』に「昔をおもふ→ねざめ」とあります。また、いかにも「米櫃」がありそうな場所として「納戸」を設定しました。「納戸」は屋内の物置部屋ですが、居間や寝室としても使われます。『日本国語大辞典』では、『貞丈雑記《ていじょうざつき》』十四の「御調台は今下々にて納戸といふに同じと云り」を引いて「納戸と帳台（寝台）が混同されて同義に使われたことが窺える。民家で、物置のことではなく、寝室を納戸と呼ぶのもその名残であろう」と述べています。昔は立派な納戸を寝室として暮らしていたが、今ではすっかり荒れ果ててしまった。お納戸に住み続けているのだが、そこは米櫃から何からごちゃごちゃとおいてあるはんとの物置になってしまった。そこで一人わびしく寝覚めて昔を思い出しているという感じ。落ちぶれて女房に逃げられた男性だと思ってしまうのはマズイ？

S：『天満千句』八に「三行半《みくだりはん》納戸の奥に取籠り　西花《さいか》／米櫃あくればみゆるよこ物　西似《さいじ》」という、納戸に米櫃が置いてあることが分かる例があります。それから、主格を女房に逃げられた亭主とする解釈は、打越しの「うき妻恋」との関係の上でダメ。せっかく恋を離れましたから、この際逃げた女房にゃ未練はない。

92　草の庵は錠かぎもなし

N：雑の句。「草の庵」は居所の体。「昔おもふ」に「草の庵」は定番の付けです。『新古今和歌集』の「昔おもふ草のいほりの夜の雨になみだなそへそ山郭公　藤原俊成」（三・夏）によるもので、連歌寄合としても定着していました。宗因は「世の中の」百韻（本書の「一」、46・47頁）でも「39師走やらいつやらしらぬ草の庵／40年がよるならよる〳〵の雨」と、同じ歌に基づく付けをしています。昔は立派な家に住んでいたけれどそれも荒れ果ててしまい、今は草の庵が栖。「錠かぎもなし」を貧しくて荒れ果てた居所のさまとしてしまうと転じが弱くなるので、隠逸の人物のものにこだわらぬありさま、と取っておきます。草の庵には錠もなけりゃ鍵もない、の具体性が俳諧ですね。

S：前句の「納戸住居」を過去の話として、「今は草庵に住んでいる」と展開した心の付け。「納戸」と「錠かぎ」に、言葉の上の連想関係があります。

【名残折《なごりのおり》ウラ】

93 **ぬすまれんものとて何もあらばこそ**

S：雑。すごく単純な心の付けですね。草庵に錠も鍵もないのは、盗まれる物が何もないからだ、との理由を述べた遣句《やりく》です。『類船集』に「鑰《かぎ》→盗人」。

N：はい、その通りです。

94 **古句《ふるく》のことばずしかへしつゝ**

S：雑。「古句」とは昔の人の詠んだ句ということです。「ずし」は「誦し」、「ずしかへしつゝ」で「節を付けてくりかえし読み上げながら」となります。ここの付けは、狂言の「連歌盗人《ぬすびと》」に拠っています。連歌の会の当番に当たった貧乏な男二人。金持ちの連歌仲間の家に盗みに入る。ところが、連歌懐紙を見つけてついつい連歌を始めてしまう。懐紙の発句は「水にみて月の上なる木の葉哉」で、「あれは去年の懐紙じゃ」と言って読み上げる場面があります。そうしているうちに主人に見つかりますが、主人の句にみごとに付けて許され太刀などをもらいます。宗因は、前句を「盗まれた物は何もなかった」意として「連歌盗人」の話を取り込み、劇中の「去年の懐紙」の発句を「古句」と言って、登場人物を断片的に描写したのです。

N：何も盗まなかった、という句意から「連歌盗人」を思い寄せた、ということでしょうか。去年の懐紙だと記さないテキストもあり（『狂言記』、新日本古典文学大系による）、ちょっと遠い気もするのですが、単に世俗を捨てた風流人の様を付けたのでは面白みに欠けますね。盗人の脇句は次の句に利用されているようですし、典拠とみておきます。

95 **世にふるは更に時雨の雨合羽《あまがっぱ》**

S：ここで「時雨」を使って冬を一句入れました。句意から述懐としておきます。降物《ふりもの》です。『俳大系』の注は「世にふるもさらに時雨のやどり哉　宗祇」（『自然斎発句《じねんさいほっく》』）を引いています。「古句」を「昔から知られている句」の意味に取り成して、宗祇の古句を利用してみせました。「やどり」が小さくなって「雨合羽」になってしまったところが笑えます。また、前句で利用されていた「連歌盗人」の連歌の脇句「時雨のおとをぬすむまつかぜ」の「時雨」が意識されているかもしれません。宗祇は「この世に長らえるのも、じつは、降る時雨の中でひととき雨宿りをするぐらいの、短い時間だ」と詠んだのですが、雨宿りならまだ良くて、「私は降る時雨の中を雨合羽を着て歩いて行くのです」という句意。なお、唐津本は「世にふるは空に時雨の雨羽織」という形になっているようですが、宗祇の句を踏まえなくては付けのポイントが失われますから「更に」とあるべきです。また、「空」では次句に同字があってたいへん不審。さらに、「雨合羽」か「雨羽織」については、どちらも『毛吹草』に見える当代の語ではあるのですが、次の句が旅になるのでそれにふさわしいのは「雨合羽」かと思われます。この句の場合、異文は唐津本の杜撰《ずさん》でしょう。

N：『宗因七百韻』所収の「よい声や」百韻で、「はらはら鳥も皆ばらり立　定祐《ていゆう》／旅人の笠に木葉の雨合羽　保俊《ほしゅん》」の付合に対し、宗因が「ひら九流の小歌きく様に候」と評しています。「ひら九流」は平九節。江戸初期の流行歌で、京都の平野九郎右衛門尉が歌い出したといいます。ただ、句のどのあたりが小歌っぽいのかがわかりません。もしかしたら「雨合羽」のへんかも。ところで、宗祇の発句、芭蕉の「世にふるもさらに宗祇のやどり哉」以前に、こんな風に使われてたのですね。なお、其角の門人淡々《たんたん》は、親友祇空《ぎくう》（芭蕉門）が宗祇の墓の前で剃髪したとき、「世にふるも更に芭蕉のやどり哉」の句を贈っています。二番煎じを懼れないところが淡々らしい。

96 旅からたびにたび〳〵の空

S：駄洒落みたいな句ですね。雑で、旅です。宗祇の発句から連想して「旅からたび」を引き出しました。「時雨」に対して「空」も付いています。「旅の空から旅の空に、たびたび出かけている」。いよいよ最終盤になって、これは口調の良さが身上の遺句です。

N：三度笠に道中合羽だと股旅ものをイメージしてしまうのですが、それはもっと時代が後。でも、カタギじゃあなさそう。あれ、宗因さんもたびたび旅に出かけてましたっけ。

97 花は花柳は遊行柳にて

S：「花・柳」で春、名残折《なごりのおり》の花の句です。植物の木。「遊行柳《ゆぎょうやなぎ》」は名所《などころ》でしょう。『俳大系』の注には、「「柳は緑、花は紅」による。「帰るさ知らぬ旅心、法に心や急ぐらん。これは諸国遊行の聖にて候」（謡曲「遊行柳」）」とあります。「柳は緑、花は紅」とは、蘇軾《そしょく》の詩の「柳緑花紅真面目」から来た成句で、自然そのままであること、または、ものにはそれぞれの自然の理が備わっていることを表しています。禅語としても浸透しました。付けは、前句がひたすら「旅」を強調しているところから、旅する遊行上人がワキ僧となっている能、「遊行柳」に展開したと思われます。また、『拾花集』『竹馬集』に「旅→柳を折」があり、旅立つに当たって柳の枝を折る風習からの連想もあしらわれているかもしれません。『角川古語大辞典』の「柳を折る」項によれば「旅行の餞別に柳を折る。中国の楽府《がふ》「折楊柳」によったもので、連歌で多く用いる」とのことです。それに、「たび×3」の句に、「花×2+柳×2」の繰り返しを繋ぎました。はずむリズムの引き継ぎ、呼吸で付けている感じです。一句の意は、「ものにはそれぞれの自然の理があって、花は花らしく咲き、柳は柳らしい緑の芽吹きを見せる。柳なら、わけても、遊行柳」。

N：はたしてこの句からもう「柳は緑花は紅」を踏まえているでしょうか？　次句で明確に踏まえるのでは？　花と柳の取り合わせは歌にもたくさんあり、まだ特定の成句を出す必要はないように思います。一句の意味も「（旅の途中で見たさまざまな）花はそれぞれが花として美しいが、柳はなんといっても遊行柳だ」で良いのではないでしょうか。

98　**たゞ一念に春なれや春**

S：春の二句めです。『俳大系』の注は「なかなかなれや一念十念」（謡曲「遊行柳」）を指摘しています。なるほど、謡曲「遊行柳」の文句取りで「一念」と「なれや」を使っているのでしょう。ただし、「一念」は謡曲本来の「一度念仏を唱えること」の意ではなくて、「ただひたすらに思い込んで」の意で使われています。総体的には春の景物である花・柳を受けた心の付けです。ここではっきり前句の典拠を「柳は緑、花は紅」と見て、それが禅語でもあることが「たゞ一念に」に響いています。「ただひたすらに、春であることよ、春であることよとばかり喜んでいる」という意。ここも、「春×2」の繰り返し表現を用いています。

N：まるで連綿体。「春なれや春」の「なれや」は、詠嘆の意味です。露沾《ろせん》の句に「へい起うへい春なれやなれや春」（『誹諧坂東太郎』一・春）というすごい句があります（「HEY」って表記したい）。

99　**気さんじに銭かねつかへ弥生山**

S：「弥生山」は旧暦三月頃に見る山ですので、春。山類体でもあるでしょう。『御傘《ごさん》』には「やよひ山　名所にあらず。ただ春の山と云事也」とあります。「春」に「弥生」をあしらいながら、春に浮かれた人物の金遣いの話題に展開した心の付け。「弥生の山で、気晴らしに銭金を使いなさいよ」です。桜の咲いている花見山、きっと見世とか大道芸とかが出ているのでしょう。

N：いやいや、豪華弁当ですよ、きっと。ああ、またおなかがすいてきた……。『信徳十百韻《しんとくとっぴゃくいん》』九に「尋ぬらん花の木陰の幕の紋／伽羅《きやら》の香ゆかし弥生山風／恋衣浅黄がのこに春見えて」とみえて、「弥生山」が花の山であることがうかがえます。

100 天下ゆたかにながき日の比《ころ》

S：「ながき日」で春。四句続きました。前句の贅沢ぶりに「天下ゆたか」と付け、「弥生」に「ながき日の比」と付けた、とても単純な四つ手の付けで、句の意味も穏やかにまとまっています。「天下の暮らし向きが豊かにうるおう、春の日長のころ」。挙げ句らしい祝言の句。

N：「ながき」は「天下」も受けてるのでは？　内藤家への新年の挨拶です。さて、うちも今夜は打ち上げに奮発して銭金使いましょう。どこか地酒の美味しいところで、お刺身と野菜をたくさん食べたい。

五　宗因独吟「来る春や」百韻注釈

＊初出、『近世文学研究』第6号（二〇一四・一一）。
＊洒竹《しやちく》文庫蔵『ふみはたから』に異文あり。

【初折《しょおり》オモテ】

岩城にて

1 来る春や寅卯《とらう》の間《あひ》と岩城山　春(来る春)　山類体《さんるいたい》(岩城山)、名所《などころ》(岩城山)

2 難波津さらり明《あく》るのどけさ　春(のどけさ)　水辺体《すいへんたい》(難波津)、名所(難波津)

3 やらんやら梅匂ふ夜に舟出《ふなで》して　春(梅)　植物木《うえもの》(梅)、夜分《やぶん》(夜)、水辺外《すいへんほか》(舟)

4 月もかすめる風はどちかぜ　春(かすめる)、月の句　天象《てんしょう》(月)、夜分(月)、聳物《そびきもの》(かすめる)

5 事とはん雨がふらふかふるまいか　雑《ぞう》　降物《ふりもの》(雨)

6 やう〳〵もはやよき田植比《ごろ》　夏(田植)

7 里の子のおほきになるは程もなし　雑　居所体《きょしょたい》(里)、人倫《じんりん》(里の子)

8 年切《ねんきり》とてやひまもらふらん　雑

【初折ウラ】

9 草履より取あがるべき望《のぞみ》にて　雑

10 御堂《みどう》の縁の高きまじはり　雑　釈教《しやつきよう》(御堂)

11 けふこそは関白殿の歌の会　雑　人倫《じんりん》(関白殿)

12 四十にみたせたまふよろこび　雑

13 うまず女とおもひの外の初産《うひざん》に　雑　恋(うまず女・初産)、人倫(うまず女)

14 さまがむすぶのかみさまの中　雑　恋(むすぶのかみさま)、神祇《じんぎ》(むすぶのかみさま)

15 かねの緒やちぎりと共にかけぬらん　雑　恋(ちぎり)、神祇(かねの緒)

16 あげ銭はらふ天秤のをと　雑　恋(あげ銭)

17 商《あきなひ》にのぼり都をふらめきて　雑

18 何がどうやらしら川夜ぶね　雑　水辺体（しら川）、水辺外（夜ぶね）、夜分（夜ぶね）

19 給酔《たべゑふ》た花見がへりのものがたり　春（花見）、花の句　植物木（花）

20 春やむかしの昨日《さくじつ》の空　春（春）　述懐《しゆつかい》（春やむかし）

21 少年のもとの身にして目は霞　春（霞）　聳物（霞）、人倫（身）

22 月はてらせど学び捨文《すてぶみ》　秋（月）、月の句　天象（月）、夜分（月）

【二折《にのおり》オモテ】

23 冷《すさま》じく持《もち》あらしたるお道場　秋（冷じく）　釈教（お道場）

24 秋もくれ行廿《にじふ》八日　秋（秋）

25 書送る手紙のおくの山颪《おろし》　雑

26 今を初瀬の人やよぶらん　雑　名所（を初瀬）、人倫（人）

27 せんじ茶をふる川のべの宿がへに　雑　居所体（宿）、名所（ふる川のべ）、水辺体（ふる川のべ）

28 隣あいだをむすぶ水桶　雑　居所体（隣）

29 丸《まろ》がたけくらべ腰つきなまめきて　雑　恋（なまめきて）、人倫（丸）

30 君とをどりはしゆんでくる〳〵　秋（をどり）　恋（君）、人倫（君）

31 色に出る盆かたびらのこいあさぎ　秋（盆かたびら）　恋（色に出る）、衣類（かたびら）

32 寺へまいるもこゝろ有あけ　秋（有あけ）、月の句　釈教（寺）、夜分（有あけ）、天象（有あけ）

33 忍び〳〵すゝめ申せし宮軍《みやいくさ》　雑

34 錦のはたをくだし給はる　雑

35 見るも哀はる〴〵旅を相思ひ　雑　旅（旅）

36 夢にもとこそむかし男の　雑　恋（句意）、夜分（夢）、人倫（むかし男）

【二折ウラ】

37 恋は只捨入道《すてにふだう》のひとり寝に　雑　恋（恋・ひとり寝）、釈教（捨入道）、人倫（捨入道）

38 明石がた〲ふるふあかつき　雑　夜分（あかつき）、水辺体（明石がた）、名所（明石がた）

39 粉薬《こぐすり》も聞合《ききあはせ》たるほとゝぎす　夏（ほとゝぎす）　動物《うごきもの》鳥（ほとゝぎす）

40 目まひげしきに立花《たちばな》の下　夏（立花）　植物木（立花）

41 右近衛《うこんゑ》をめしの遅きにひだるがり　雑　人倫（右近衛）

42 心はしらず皃《かほ》は中将　雑　人倫（中将）

43 とらはれて是非もなく〱東《あづま》迄　雑

44 馬につけ行《ゆく》関の庭鳥　雑　動物獣（馬）、動物鳥（庭鳥）

45 汁鍋や遠《をち》かた人を待ぬらん　雑　恋（人を待）、人倫（遠かた人）

46 夕霧立てながめ出《で》女房　秋（夕霧）　恋（出女房）、聳物（夕霧）、人倫（出女房）

47 秋の季は又いづくにかものおもひ　秋（秋の季）　恋（ものおもひ）

48 此里のみの月ではあるまい　秋（月）、月の句　居所体（里）、夜分（月）、天象（月）

49 花の陰宿をかさずは出ていなう　春（花）、花の句　植物木（花）、居所体（宿）

50 かすんだつらや山賤《やまがつ》の体　春（かすんだ）　聳物（かすんだ）、人倫（山賤）

【三折《さんのおり》オモテ】

51 白雪やむさ〱髭に残すらん　春（白雪……残す）　降物《ふりもの》（白雪）

52 野は若菜つみところほる比　春（若菜・ところ）　植物草（若菜・ところ）

53　きて見さい何なけれ共草の庵　雑　居所体（草の庵）
54　世のうきよりはとぞんじ侍《はんべ》る　雑　述懐（世のうき）
55　たつぷりとしづむ汨羅《べきら》の江の辺《ほとり》　雑　水辺体（江）、名所（汨羅）
56　簀《す》巻《まき》にしたる浦の里人　雑　水辺体（浦）、人倫（里人）
57　御法度のからき塩鶴売まはり　雑　動物鳥（鶴）
58　とかく奢《をごり》はやまぬふるまひ　雑
59　さゝがにの雲の上人《うへびと》色にふけり　雑　恋（色にふけり）、動物虫（さゝがに）、人倫（雲の上人）
60　うづらとり〱はては妹《いも》がり　秋（うづら）　恋（妹がり）、動物鳥（うづら）、人倫（妹）
61　あだ名のみ種々にいはれの野べの露　秋（露）　恋（あだ名）、降物（露）、名所（いはれの野べ）
62　萩のもちなしをみなへしなら　秋（萩・をみなへし）　植物草（萩・をみなへし）
63　月めでゝ腹へらしたる旅枕　秋（月）、月の句　旅（旅枕）、天象（月）、夜分（月）
64　あがればやがて舟の酔覚《ゑひさめ》　雑　水辺外（舟）

【三折ウラ】

65　ながめやる海辺の里の二階より　雑　水辺体（海辺）、居所体（里）
66　内蔵立《たつ》る住よしのすみ　雑　名所（住よし）
67　松風はあれから是におさまりて　雑
68　苺《こけ》のむしろにねの時の夢　雑　植物草（苺）、夜分（ねの時の夢）
69　いにしへの御跡いざやとぶらはん　雑　述懐（いにしへ・跡……とぶらはん）
70　名をすゝがでは今度の合戦　雑

71 会稽や大慶のうたうたふべし　雑　名所（会稽）
72 錦繍を着て家に入聟《いりむこ》　雑　恋（入聟）、居所体（家）、衣類（錦繍）、人倫（入聟）
73 聞えたるかれはすきものだうけもの　雑　恋（すきもの）、人倫（かれ）
74 梅干くふたまねはそのまゝ　雑
75 膳くだり扠《さて》もうどんやこぼすらん　雑
76 茶屋のあるじが下につぶやく　雑　人倫（あるじ）
77 清水《きよみづ》の月やら花やら知《しり》もせで　春（花）、花の句、月の句　植物木（花）、天象（月）、夜分（月）、名所（清水）
78 用捨なくつく春の夜の鐘　春（春）　夜分（夜）

【名残折《なごりのおり》オモテ】

79 うらゝかな咄なかばにさらば〳〵　春（うらゝか）
80 尻やけざるをちとたしなみやれ　雑　動物獣（さる）
81 初娌《よめ》はそだちをひとがいふものぞ　雑　恋（娌）、人倫（娌・ひと）
82 女は氏はともかくもあれ　雑　恋（女）、人倫（女）
83 房崎の浦はるかなる末盤盛（ママ）　雑　水辺体（房崎の浦）、名所（房崎の浦）
84 買はやらかす新酒《しんじゆ》島かげ　雑　山類体（島かげ）、水辺体（島かげ）
85 つどひきてかゝる釣舟客の舟　雑　人倫（客）、水辺外（舟）
86 しけ日和にやなれる大東風《おほごち》　春（東風）
87 頭痛にもふりさけ見ればちる桜　春（桜）　植物木（桜）

88　おこりも夢もさめぎはの春　　春（春）　　夜分（夢）
89　北山の何がし坊にかりまくら　　雑　　旅（かりまくら）、釈教（何がし坊）、山類体（北山）、名所（北山）
90　おなじ料理をあすも茸狩　　秋（茸狩）　　植物草（茸）
91　へついにも紅葉折たく月の暮　　秋（紅葉・月）、月の句　　時分（暮）、夜分（月）、天象（月）、植物木（紅葉）
92　時雨露けきひざまくりして　　秋（時雨露けき）　　降物（時雨・露）

【名残折ウラ】

93　あばら屋の不破の関守にくいやつ　　雑　　居所体（あばら屋）、人倫（関守・やつ）、名所（不破の関）
94　銭がほしくばいでものみせん　　雑
95　おさなひのしつけにいたく切もぐさ　　雑　　人倫（おさなひ）
96　此あたりには針たてもなし　　雑　　人倫（針たて）
97　間《ま》数《かず》多き襖障子《ふすま》はまばら也　　雑　　居所用（襖障子）
98　さぐりまはりて出《いづ》る寝所《ねどころ》　　雑　　居所体（寝所）
99　忘るなよ物おとすなよ花に旅　　春（花）、花の句　　旅（旅）、植物木（花）
100　ことのはつくる日も永日記　　春（日も永）

N：これこれ、各句の注釈に入る前に、前書「岩城にて」について説明してたもれ。

S：はいはい。仰せの通りに。『俳大系』には「寛文二年（寅）岩城に赴く。」と、簡単な注があります。簡単すぎてちょっと不親切なので、もう少し詳しく宗因の足跡を見ましょう。『西山宗因全集　第五巻　伝記・研究篇』の「西山宗因年譜」によれば、宗因は、寛文二年（一六六二）三月、大坂を発って東海道を下り、夏の間は江戸に滞在。七月から九月にかけて奥州磐城平に赴き、同地藩主の嫡子・内藤義概《よしむね》（号・風虎《ふうこ》）に歓待されました。八月後半には塩竈や松島まで足を伸ばして、奥州の旅の記を複数書き残しています。そして十月、江戸に出てそのまま越年しています。この百韻の発句に言う「寅卯の間」から「来る春」とは、卯の年すなわち寛文三年（一六六三）の新春と考えられます。「西山宗因年譜」には、「〇正月、江戸旅宿において、「来る春や」俳諧百韻を独吟し、年始の挨拶かたがた、磐城平の内藤風虎に送るか。」としています。

N：？？？　はてさて。「岩城にて」を素直に受け止めれば、新年を磐城平で迎えたように思わるるが、江戸で詠まれた百韻なのかえ。

S：おっほん。もっともな疑問ですな。でも、二種の道の記（「奥州紀行」「陸奥行脚記」）の末尾に、江戸で年を越したことが明白な記事があります。このへんの事情、いろんな可能性が有り得ると思います。『宗因千句』出版にあたり宗因以外の誰かが発句中に「岩城山」とあるという単純な理解から前書を加えてしまったとか、宗因としては磐城平で年を越してこの百韻を風虎に贈るつもりで用意していたところ予定が狂って百韻はそのまま残ったとか。

N：「西山宗因年譜」の「送るか」の「か」は、矛盾があるけど解決できる材料がないということですね。

S：ついでに言いますと、宗因はこの江戸滞在中の十二月に娘の死去の報を受けて悲しみに沈んでいました。宗因五十八歳の年の暮でした。これから見ていきます「来る春や」百韻には、そうした個人的事情は露ほども見えません。顔で笑って心で泣いて、ですか。連歌師として、大名家のお世継に贈った営業用の俳諧百韻なんでしょう。

N：内藤風虎は大事な顧客だったんでしょうね。翌年も「立年の」百韻などを贈っています。「立年の」の巻は本書の

「四」にて注釈しました。なお、同じ春に江戸で本書の「三」の「花むしろ」百韻も詠まれました。

▼前書の矛盾については、尾崎千佳さんから「宗因以外の誰かが……前書を加えてしまった」ことが有力というご意見をいただきました。「『宗因千句』『宗因後五百韻』の二書は特に、元来あったはずの前書を省略し、成立の事情を無視して、百韻本文だけを提供する傾向にある」、「寛文二年の年越しを宗因が江戸で迎えたことは争われず、「岩城にて」という前書は『宗因千句』出版時の、宗因の関知しないところで起きた錯誤である可能性が高い」とのことです。

▽発句だけ読むと、作者が岩城にいるように受け取ってしまうのは自然です。やはり、「岩城にて」は『宗因千句』を出した書肆が誤解して付けた前書と考えておくのが妥当ですね。ご教示ありがとうございます。

岩城にて

【初折《しょおり》オモテ】

1　**来る春や寅卯《とらう》の間《あひ》と岩城山**

S：新春の到来を詠んだ春の発句で、「岩城山」によって山類体《さんるいたい》で名所《などころ》の句ということになります。この場合まず、「寅卯の間」は寅の方角と卯の方角のあいだとして理解できます。卯の方角が真東で、寅はその三十度北より。その三十度の幅から春が来ると見たわけです。『俳大系』の注には「来る春は、寅卯（東）の方からといおう、の意。春は東方よりとの思想に基づく。」とあり、「岩城山」に「言わ（ん）」を言い掛けていると読むことには賛成なのですが、「寅卯（東）」とくくってしまうのは大雑把でした。卯＝真東でもよさそうなものをわざわざ「寅卯」としたことについては、さらにえとを踏まえているということを理由と見なければなりません。要するに、寛文二年の寅から翌年の卯に代わるということが背景にあります。寛文二年の暮は年内立春でしたから、「春」が新年に先駆けて来たことを「間」から春が来たと詠んだものと思われます。「岩城山」はもちろん内藤家の所領を詠み込んだ挨拶なわけですが、磐城平のあたりに岩城山という山はなくて、それでちょっと困っています。『歌枕名寄《うたまくらなよせ》』の「未勘国」に「磐城山」がありまして、イワキヤマは歌枕でしたがどこにあるのかよくわからない山でした。なお、本書「四」の「立年の」百韻注釈でも触れた句ですが（237頁）、寛文四年（一六六四）の俳諧の歳旦吟として、宗因に、「風虎翁に申つかはす／春や先貴方にむかつて岩城山」があります（『夜の錦』ほか所収）。何か、風虎の住まいを「岩城山」と呼ぶ、約束事みたいなものがあったのかもしれません。そんな具合で、句意をまとめるなら、「寅卯の方角から、寅と卯の年の間、新しい春が来ると言えますね、御地の岩城山に」。宗因が江戸にいて風虎に送ったとすればこのようなところでしょうが、宗因が前書通り「岩城にて」詠んだとすれば末尾は「この岩城山に」となります。

N：『歌枕名寄』の「磐城山」は『万葉集』から詠まれている山ですね。でも、松本麻子氏は「磐城平城主内藤義概の文芸について―「名所」の和歌・俳諧を中心に―」（『いわき明星大学大学院人文学研究科紀要』一二号、二〇一四・三）において、風虎が「岩城山」や「緒絶橋《をだえのはし》」など所在の曖昧な歌枕を磐城国の名所としたり、磐城の実際の地名を新しい名所としたりして和歌に詠んでいることを指摘しています。自分の所領に名所を増やして国の値うちをあげようとしたのだそうです。せこいですね。『続 虚栗《みなしぐり》』所収の、露沾《ろせん》・其角・沾徳《せんとく》等の一座の歌仙挙句にも、「万葉によまれし花の名所よ　虚谷《ここく》／霞こめなと又岩城山　嵐雪」と見え、これは連衆《れんじゅう》の一人である露沾（風虎の息子）への挨拶であったろうと思われます。桃隣《とうりん》が『陸奥鵆《ちどり》』の旅で磐城を訪れた際にも、「遥に思ひやりし名所、風雅にひかれて近く見侍り、一句を窺ふ」として、「岩城山とおもへば香あり夏木立　桃隣／梅首鶏《ばん》の群たる方は玉河　露沾」と歌仙の発句・脇が詠まれています。

2　難波津さらり明《あく》るのどけさ

S：「のどけさ」で春の二句めです。「難波津」が名所で、かつ、『産衣《うぶぎぬ》』によれば水辺体《すいへんたい》です。「明る」は、夜が明ける話題ならば夜分《やぶん》・時分《じぶん》の語なのですが、発句との関係においてここは年が明ける話題ですから夜分とも時分とも取りません。「来る春」に「明る」は常識的な連想。また、『拾花集』『竹馬集』に「立春→長閑《のどか》」の寄合語がありまして、「来る春」には「のどけさ」も付いていけます。加えて歌枕の名所どうしを並べたわけです。難波津はつまり大坂、宗因の本拠ですから、風虎殿の住む岩城山に春が来て私の家のある難波津も年が明けた、と、自他の新春を対比させて脇句に仕立てました。一句としては「難波津にさらりと年が明けた、のどかさよ」ですね。

N：「さらり明る」には、何事も滞りなくすんなりと年が明けるという祝言の気持ちがあるように思います。ここに、大坂を明けて（つまり、留守にして）東国に来ています、という意味合いはあるでしょうか？

S：なるほど。その気持ちも入っていると読みたいですね。

3　やらんやら梅匂ふ夜に舟出《ふなで》して

S：「梅」により春の三句めです。植物木《うえもの》でもあります。「夜」で夜分、「舟」で水辺外です。『俳大系』の注には「「難波津」―「梅」。「難波津に咲くやこの花冬ごもり今を春べと咲くやこの花」（古今集・序）」とありますが、連歌寄合書には固定的な寄合語として「難波→梅」が登録されていまして、ここの付けに『古今和歌集』序の歌まで持ち出さなくてよいかと思います。反射神経的に「難波」から「梅」が出てきたのだろうと想像します。「この花」とも言わず、本歌が句意に活かされているわけでもないですし。それから、「津」（港）を「舟出して」で受けており、「長閑→舩《ふね》のうかぶ」（『随葉集』）も効かせています。さらに、前句の「明る」を夜分の話題に読み換えて「夜」を付けているわけで、これは転じの小技ですな。「やらんやら」は舟歌の囃子《はやし》言葉で、まとめれば「やらんやらと唱えながら、梅が匂う夜に、舟を出して」ということです。「て」で留めるのは第三の常套。

N：うーん。「難波→梅」の寄合は『古今和歌集』序の歌が元になっているので、やっぱり「咲くやこの花」の歌が念頭にあったと思うのですが。連想するな、っていう方が無理。「梅→鶯」の連想とはちょっと違う。言葉遊びを積極的に読めば、「梅」に梅翁宗因の名が込められているのかもしれません。なお、『時勢粧《いまようすがた》』四下の「世の中に」百韻に、「月落風の早き卯の刻　玖也《きゅうや》／初汐もやらんやらよし湊舟　西翁」という宗因自身の「やらんやら」の用例があります。

S：『古今和歌集』序の歌を意識しているとすると、「春が来た」ことにからむ付けを二度くりかえしていることになって、どうも……。作者の意識の射程を判断するのは難しいですね。あ、「梅」に梅翁宗因を匂わせている説は賛成です。

▼尾崎千佳さんから、「梅翁号の初出は延宝二年五月中旬成『桜川』。七十歳を迎えて一幽を梅翁に改めたものと見られ、それは「来る春や」巻成立の約十年後。したがって梅翁号を言い込めてはいない」というご指摘をいただきました。

▽これは宗因年譜がきちんと頭に入っていない私どものミスでした。冷や汗モノです。「梅」に梅翁宗因の名が込められているのかも」という推測は撤回します。

4　月もかすめる風はどちかぜ

S：「かすめる」で春を四句続けました。ここの春は花の句がなく所謂素春《すはる》ですので、代わりのように月を詠んだのでしょうか。「月」は天象《てんしょう》で夜分、「かすめる」が聳物《そびきもの》ということになります。『随葉集』に「梅の咲→春の月」があるように、梅の花が春の月夜に咲き匂うという連想は一般的ですし、「舟」と「月」、「舟出」と「風」がそれぞれ言葉として付いています。それに、俳言として言い添えられた「どちかぜ」は「向きの定まらない風」ということで、「梅匂ふ」を受けていると言えます。ここまで雅語主体で手堅く春を運んでいるのは、やはり新春の挨拶の百韻だからでしょう。一句としては「月も霞むような緩い風は、どの方角から吹いてくるともない風で、風向きがしょっちゅう変わる」。なお、洒竹《しゃちく》文庫蔵の写本『ふみはたから』にもこの百韻が収められていますが、句に異同があります。そちらでは上七を「月も朧な」としていますが、どちらにしても付けや句意はあまり変わりません。一つの可能性ですが、この初折のもう一つの月の箇所が21「霞」→22「月」ですから、この4の異文は後から類想句を避けるために修正された本文かとも思われます。

N：「梅→霞夕やみ」（『拾花集』『竹馬集』）の連想もあるでしょう。一句のリズムの良さは、あたかも舟歌の一節のようです。「どち風」を辞書で引くとその通りの意味なのですが、「どち風もおそれず出すや月の舟　貞徳」（『崑山集《こんざんしゅう》』十・

秋）や「どち風も花にうしとらのきもん哉　兵庫今福　尚昌」（『続山井《ぞくやまのい》』春）等の例から見ると、吹いてくる方角が定まらない、というより、吹いてくる方角がどこであっても、というニュアンスで使われています。なので、「風がどちらから吹いてくるにしても、月が霞んでいるのは変わりない」という感じの句ではないでしょうか。或いは、元禄三年（一六九〇）六月二十日小春宛芭蕉書簡の「湖水のほとりに夏をいとひ候。猶どち風に身をまかすべき哉と」と同様に、疑問形とも取れます。それだと「月は霞んでいるが、風はどちらから吹いているのか」。疑問で取ると次の句につながりやすいので、こっちのほうがいいな。

5　**事とはん雨がふらふかふるまいか**

S：雑《ぞう》の句になりました。「雨」ですから、降物《ふりもの》の句です。これは遣句《やりく》と言っていいでしょう。『随葉集』に「霞→春雨そゝぐ」、『拾花集』に「霞→雨気」がありますし、『類船集』には「風→雨気《アマケ》」も見えますから、前句《まえく》から雨の話題に展開するのはごく自然。それに「どちかぜ」から「事とはん」という物言いが引き出されています。「お尋ねしたい。雨が降るか、降らないか」。

N：「事とはん」といえば、『伊勢物語』九段・東下りの「名にし負はばいざ事とはむ都鳥わが思ふ人はありやなしやと」。これを踏まえて「ありやなしや」の問いかけを、「ふらふかふるまいか」としたのでしょう。

6　**やう〳〵もはやよき田植比《ごろ》**

S：「田植」によって夏にしました。雨を気にしているのは、早苗も伸びてぼちぼち田植えの頃になったから、という心の付けです。一句としては「もうまさに、田植えに良い頃合いだ」の意。農事に展開しました。

N：『類船集』に「田→五月雨」の付合があります。宗因は俳諧で農事をよく詠み込みますね。

7　**里の子のおほきになるは程もなし**

S：雑で、「里」が居所体《きよしよたい》、「里の子」が人倫《じんりん》です。田から里の素直な付け。当時一般に田植は村落の共同作業であり、年中行事でした。小さな子供だったのが、今年は作業に参加していて驚くという場面を想像して付けているようです。田植の頃まですんすんと育つ早苗のように、子供が大きくなるのも早いという連想もあるかもしれません。一句の意「村里の子どもらが大きくなるのは、あっという間だ」。

N：ほんとに、子供の成長は早いですよね。特に他人の子供は早い。この前出産のお祝いをあげたばかりのような気がするのに、もう入学祝いですって。

8　**年切《ねんきり》とてやひまもらふらん**

S：雑。「年切」について『日本国語大辞典』の説明を引きます。「年季奉公のこと。また、その契約を結んだ人。特に、半季の短期契約の奉公人に対して二年以上の年季を限った奉公人。最長年季は一〇年がふつうであった」。つまり複数年契約の奉公人です。子どもが大きくなるのはあっという間だ、という前句に対して、里の子が町の商家に数年のあいだ奉公に出ていた、と仕立てました。自然な心の付けです。「年切りの長期契約で奉公していたのだろう、このたび奉公を辞めさせてもらって帰って来たらしい」とまとめられます。いやあ、それにしても穏やかな初折《しよおり》オモテですね。貞門風と言ってもいいぐらい。やはり年始の挨拶としての俳諧百韻だからでしょう。

N：著名な和歌以外、謡曲も使わず、おふざけ度が低い。ちょっと物足りないよー。

S：お行儀がよいとつまらないってのは、あなたがお行儀悪いからですよ。

【初折ウラ】

9　**草履より取あがるべき望《のぞみ》にて**

N：雑です。『俳大系』に「草履より」は「草履取りから」と注があります。草履取りは、主人の外出時に草履を揃え、替草履をもってお供をした下僕のこと。「取あがる」は接頭語「とり」＋「あがる」で、取り上げられる、つまり出世するという意味です。草履取りが取り上がるという言葉遊びですね。『類船集』に「望→奉公」とあり、前句の「年切」「ひまもらふ」という奉公人から「望」を付けたのでしょう。前句の隙《ひま》をもらった理由を、草履取りから出世したいと望んで、としたのです。町家の奉公人から武家のそれへ転じました（町人が召し連れた場合もあったようですが、一般的に草履取りは武家の下僕です）。草履取りから成り上がった人物として有名なのは何と言っても秀吉。宗因出座の『天満千句』第八百韻にも、「草履取してくる月影　利方／さく花の羽柴とかやの其昔　未学《みがく》」の付合がありますが、ここではどうでしょう？

S：「草履、あったためておきましたあ！」というアレですね。むかし、落語で「奥方さまをあったためておきました」というクスグリを聞いた覚えがあります。でも、ここで秀吉の話題までは結びつけなくてもよさそうです。加藤清正家に縁のある宗因が大坂で参加した『天満千句』ならともかく、内藤家は徳川譜代ですし。それに次の次の句に「関白殿」とありますから、この9に秀吉がイメージされているとしてはよろしくない。

10　御堂《みどう》の縁の高きまじはり

N：雑。「御堂」は釈教《しやつきよう》でしょう。ここではお寺の「御堂」です。草履取りは主の履き物を調えるので、主が履き物を脱いで上がる場所として「御堂の縁（縁側）」を連想した付け。「御堂の縁の高き」から、大きな寺院の高い縁側が想像されます。また、「縁」にはゆかり、の意味も込められていて、お寺の仲介によって「高きまじはり」をする、つまり、身分の高い人たちとの交際を結ぶというのです。前句の「取あがるべき望」に「高きまじはり」を付けてもいます。一句の構造としては「高き」が上下に掛かっていると見ました。

S：「御堂」は浄土真宗の親鸞の御影堂のことを言いまして、宗因なら大坂の本願寺津村別院を念頭に置いているので

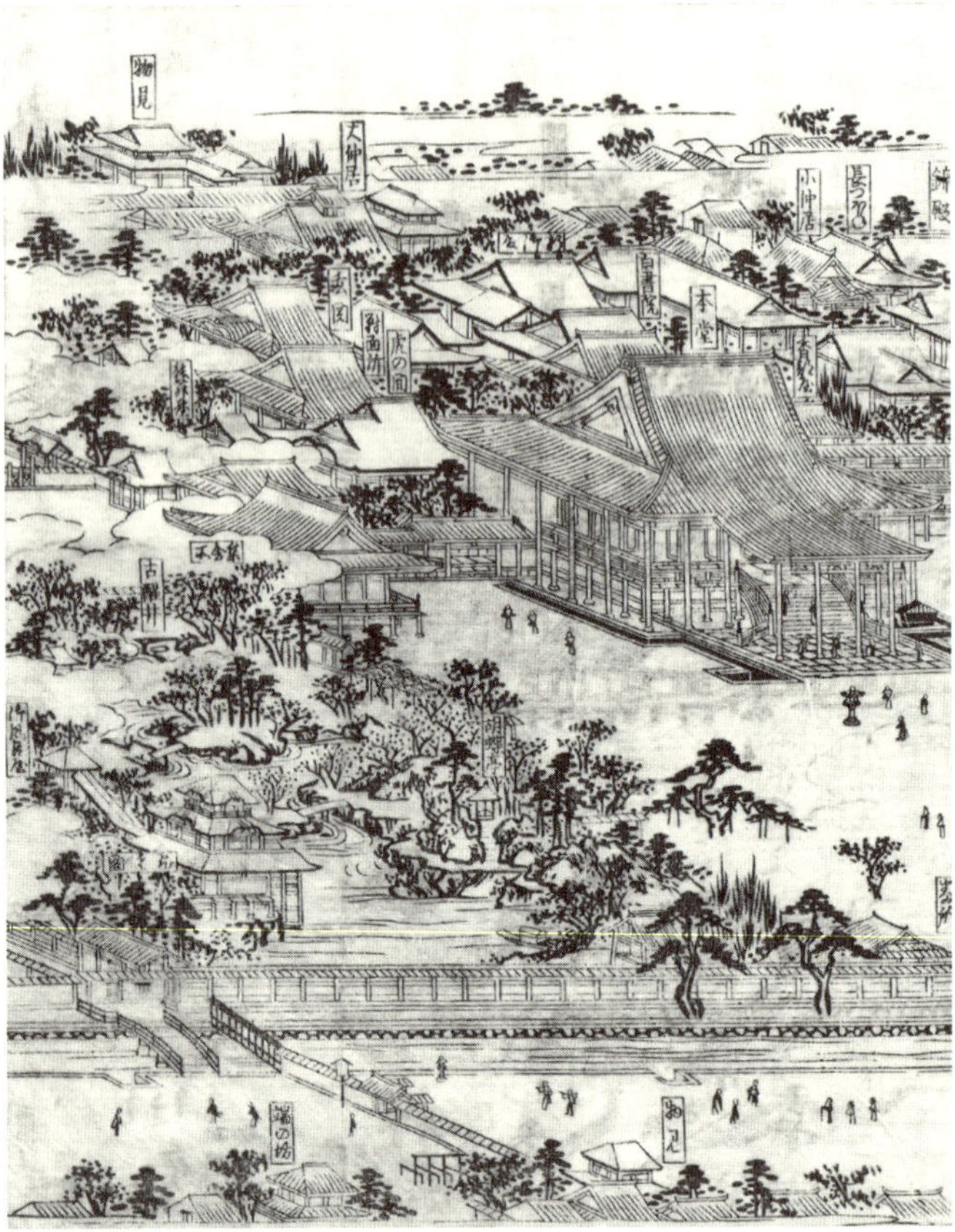

西本願寺（『都名所図会』巻二、西本願寺本堂とその周辺図、国立公文書館所蔵、同館デジタルアーカイブより）

はないでしょうか。朝鮮通信使の宿舎だったそうですから大きく立派な寺院だったに違いありません。今でも階段の高いドーンと大きなお寺で、「縁の高き」というのも納得です。

▼尾崎千佳さんから、大坂別院以外の「御堂」の候補として、京都の西本願寺も有力という提案がありました。「宗因牢人中の拠点であった京堀川の本圀寺《ほんこくじ》は西本願寺と隣接していた。牢人時代の宗因と正方《まさかた》はしばしば西本願寺の連歌座に出ており（寛永十五年九月十九日興行西本願寺良如《りようによ》上人興行「紅葉せぬ」百韻・同年冬下間少進《しもつましようしん》法印仲安興行「時や今」百韻等）、以降、本願寺衆と宗因とは深い関わりがある。」とのことです。

▽なるほど、宗因なら大坂だろうというのは思い込みでした。宗因の言う「御堂」とはここである、というような特定は推測の域を出ず、また、この付けの解釈に有効というわけでもないのですが、西本願寺が宗因の意識にあったというのは有力ですね。

11　けふこそは関白殿の歌の会

N：雑。「関白殿」で人倫としていいでしょう。『随葉集』に、「哥をよむ→百敷のまじはり」、『類船集』に「交《マジハル》→歌道」とあり、「高きまじはり」から「歌の会」が導かれました。前句の、高貴な人々の交際という話題を、具体的に「関白殿の歌の会」とした付けです。『俳大系』に「御堂関白」と注があるように、「御堂」に「関白」があしらわれています。「御堂関白」とは藤原道長の異名。道長が建立した法成寺が御堂と呼ばれたことからの通称です。ただし、道長は関白になったことはないそうです。『時勢粧』五にも、「雨そぼふるは御堂の前後　維舟《いしゅう》／関白もつれづれがちに思召　同」の付合があります。今日はまさに関白殿の歌の会だ、という意味です。

S：「御堂」の取り成しを含む四ツ手付け、鮮やかなものです。でもまだおとなしい古典ネタで、貞門風ですね。

12　四十にみたせたまふよろこび

N：なお雑です。この句は、四十歳になったお祝い、即ち「四十の賀」を指しています。前句の「関白殿の歌の会」は四十の賀の祝いの会であった、と発想した付けです。『類船集』に「哥→賀《が》」があります。関白で四十の賀というと、『伊勢物語』の九十七段に、「むかし、堀河の大臣と申すいまそがりけり。四十の賀、九条の家にてせられける日」とあって、その席で昔男が「桜花散り交ひ曇れ老いらくの来むといふなる道まがふだに」と祝いの歌を詠んだことが有名です。堀河の大臣は摂政関白も務めた藤原基経。宗因は「立年の」百韻（本書の「四」、287頁）でも、「70けふの賀いはひ申口上／71堀川のおとゞの為の小袖台」と詠んでおり、意識の中で「堀河の大臣」と「四十の賀」の結びつきが強かったのでしょう。

S：技巧としては関白ずらし。前句の「けふこそは」という断定的な調子に応じてもいますよね。長寿を祝うことを「算賀」と言いますが、四十がその最初です。いま、個人的には、四十歳ならまだまだ若いなあと思っちゃいますけど。ねえ。

N：はい。四十代はまだ若いと思います。

13 **うまず女とおもひの外の初産《うひざん》に**

N：雑の句。「初産」はそのままでは恋の詞に出てこないのですが、「うい子」（『世話焼草』『便船集《びんせんしゅう》』）、「はらむ」（『世話焼草』『便船集』他）、「子をはらむ」（『はなひ草』）、「子もち」（『はなひ草』『俳諧初学抄』『世話焼草』）、「つはりやみ」（『はなひ草』『俳諧初学抄』『毛吹草《けふきぐさ》』他）が恋の詞とされていますから、恋の句とみておきます。妊娠に関わる語であるということで「うまず女」も恋の詞と見ていいかもしれません。また、「うまず女」で人倫の句です。なお、ここの二句は『続境海草《ぞくさかいぐさ》』の付合の恋の部に収められています。連歌寄合書には「祝言→生れ出る」「祝言《ことぶき》→うふや……生れし子」の寄合があり、『類船集』にも「祝《ヨロコビ》→子をうむ」とありますように、前句の「よろこび」から「初産」と付けました。「おもひ」が上下に働いていて、「四十」になっても子を産まなかったので石女《うまずめ》かなと思っていたら、想定外のことに初産を果たした、の意味になります。

S：「みたせ（満たせ）」と「産」も縁ある詞です。

N：今でこそ四十で出産も増えてきましたが、初産が四十とは昔だととんでもない、のかな。

14 **さまがむすぶのかみさまの中**

N：雑で、「むすぶのかみさま」の話ですから神祇《じんぎ》で恋の句。前句のお産の話題から、男女の縁をとり結ぶ「むすぶのかみ」を付けました。「さま」とは「きみさま（君様）」「かたさま（方様）」などの略語で、親愛、尊敬の気持ちのこもった言葉です。多く遊女と客の間で用いられました。対称（あなた）、他称（あのかた）両方に用いられますが、ここでは「あなた」ととります。訳しにくいのですが、「さまがむすぶ」に「むすぶのかみ」が言い掛けられているとみて、あなたさまが結んでくださったむすぶの神さまの仲、つまりは、あなたと結ばれた、ということでしょうか。「さま」「さま」繰り返されて分かりにくいことこの上ない……まあそこが狙いなんでしょう。なお、『ふみはたから』に上七「守りむすふを」となっていますが、これだとなお意味が取りにくくなってしまいます。

S：その句形では、「結ぶの神さまが結んでくれた仲だよ、守り、結び続けるのは」という意になりますかね。底本の句形が分かりにくくてそのように案じられたのじゃないかと思いますが、やっぱり分かりにくい。

15　かねの緒やちぎりと共にかけぬらん

N：雑。「ちぎり」により恋を三句連続させました。「かねの緒」により神祇だと思われます。『類船集』に「むすぶ↓契……さげ緒」があります。また、「ちぎり」も「緒」もかけるものなので「共にかけぬらん」としました。「かねの緒」とは神社の拝殿にある鈴や鰐口《わにぐち》につけてあるひものこと。編んだ太い綱に子供がとりついて、鈴を出来るだけ大きな音で鳴らそうとしているのを見かけます。単なる『緒』ではなく「かねの緒」としたのは前句の「かみさま」に拠ったため。結ぶの神によって結ばれた男女の縁、という前句の内容から、男女が神に誓いを立てる場面としました。直訳すると、契りをかける（夫婦の約束をする）とともに、鉦《かね》の緒もかける（神に祈る）ことだろう、となるでしょうか。この句もまた、『ふみはたから』ではかなり違っていて、「銭の緒をかくる契りや重からん」とあります。「銭の緒」は、用例が見つからないのですが、穴あき銭に通した「銭差《ぜにさし》」のことでしょうか。そうであれば、「お金にかけて誓った契りは重い」というような意味になります。まことに至言ながら、前句との関わりの深さや、次の句の展開の面白さからは「かねの緒」の方が上なのでは、と思います。

S：「中」と「ちぎり」は恋でつながる寄合語《よりあい》です。『ふみはたから』の形のほうが次の句とのつながりが密になります。ただ、底本の句形は、表面上の意味は言われる通りなのですが、「かね」を仮名書きしたところがミソで、「かねの緒」で銭差までも想像させるように仕組まれているのではないでしょうか。純情と思わせて裏に金銭がらみの恋をしのばせているのかも。

N：いいえそれは先走った無理な読み。「かね」を読み替える技巧は次の句で使われています。

16　あげ銭はらふ天秤のをと

N：雑です。「あげ銭」によって恋と見ます。「あげ銭」は、遊女を呼んで遊興する時のお金のことで、揚げ代ともいいます。前句の恋を遊女とのそれとしました。また、「かね」を天秤にかけるかねと読み替えています。『類船集』に「釣鐘→天秤」があります。「天秤のをと」については、前田金五郎氏の説明を引用しましょう。『西鶴大矢数注釈　四』（勉誠社、一九八七）三十八の「36唯山姥が槌でうつ春／37長閑成夫天秤は廻り物」の注として、「天秤　台上に立てた横木（鳥居と云う）と、それに掛ける両皿付きの秤の二部分から成る、精密に重量を計る道具。秤の中央にある上下の針の尖端は、棹の平衡度を示すもので、木瓜形《もっこう》の金属に囲まれ、その下部と鳥居とを連結するS字形の針金を釘（又は、かぎ）と唱え、小槌で叩いてその振動を調節して、棹を平行させて計ったが、その叩く音がチャン〳〵と鳴り響くのを天秤の響と称した（三井高維氏・両替年代記関鍵・二）」とあります。前田先生はさらに用例に「神の御まへにかねをつりぬる／てんびんのうへにとりゐをたて置て」（『新続犬筑波集』三）を挙げて下さってわかりやすいですね。同様の例を検索しますと、『続境海草』（付句）に「何の願とやかくるかねの緒／天秤も鳥井も同じ二柱　芳心《ほうしん》」、『生玉万《いくたままん》句《く》』四に「生玉の卯花くだし湯立哉　広之／かねの緒かけよ山ほととぎす　松意／夏の夜は秤の皿をあけ初て　一飛」などがあって、神社の「かねの緒」を天秤の「かね」に読み替える手法が好まれたことがわかります。なおこの句にも『ふみはたから』に上七「まいらせ挙屋の」の異文があります。その形ならば「挙屋（揚屋）にいらっしゃい、天秤の音が聞こえる、繁昌している挙屋に」の意となり、前句の異文「銭の緒をかくる契りや重からん」の形をよく受けていますね。また「まいらせ」も遊女に誘われている感じですね。

S：なるほどね。底本ではいわば〈遊里の銭金づくの恋〉は16での取り成しから出てくるのですが、異文では「銭」字の位置を移動させて、それを15から描いたことになります。

17 **商《あきなひ》にのぼり都をふらめきて**

N：雑です。ここで恋を離れました。「天秤のをと」から商いを連想した付けです。ただし、それは「あげ銭はらふ」（もしくは「挙屋の」）天秤の音だというので、その商人に都で遊興させています。「ふらめきて」の「ふらめく」は文字通りふらふらすること。天秤の揺れるさまに付いてもいます。『犬子集《えのこしゅう》』九・秋に「家を出てや身をらくにせん／蓑虫は古木の枝にふらめきて　重頼」の例があります。これは、商いの為に上京してはふらふらと遊び回っている、という意味でしょう。都の遊女に魂を抜かれちゃったんでしょうかね。

S：前句を『ふみはたから』のように「まいらせ挙屋の天秤のをと」とすると、色里の誘惑が前面に出ますね。

18 **何がどうやらしら川夜ぶね**

N：初折ウラに入ってからここまで十二句続けて雑になっています。「しら川」で水辺体、「夜ぶね」で水辺外・夜分としておきます。「しら川夜ぶね」は「白川夜舟」。京都の白川（地名）界隈のさまについて聞かれた人が、夜船で通ったから「白川」は見ていないと答えて、京見物をしたことがないのがばれてしまった、という話に基づいた言葉です。『毛吹草』二の世話にも「しら川よぶね 見ぬ京物がたり」とあり、①知ったかぶりのことをいいます。転じて、②何も知らないこと、また、③ぐっすり寝込んでいて何も覚えていないことを差します。ここでは②の意味でしょう。前句の「都」から「しら川」を出し、ふらふらしている人物について、何がどうやら、京都のことなんて何にも分からない、商売のことも要領を得ない、と付けたのです。「しら」を上下に掛けて「何が何だか知らない」に「白川夜舟」と続けた句です。

S：「白川」は東山の白川流域を指す地名で、今なら東山三条から岡崎にかけてのあたり。銀閣寺入口附近から北が北白川になります。私、かつて白川のほとりに下宿しておりました。

19 **給酔《たべゑふ》た花見がへりのものがたり**

N：ここで定座《じょうざ》を二句引き上げて花の句を持ってきました。春です。「花」で植物木《うえもの》。「白川」と「花」は寄合《よりあい》。この面《おもて》ここまでずっと雑の句が続いたので、「白川」が出たからちょうど良いとばかりに、早めに花の句を詠んだ感じです。また、『類船集』に「物語→船の中」、「酔《エフ》→船」とあり、前句の「夜ぶね」から「酔」と「ものがたり」が導き出されています。「しら川夜ぶね」には、先に挙げたように③ぐっすり寝込んで何も覚えていない、という意味がありますが、「眠→酒の酔」という付合もあります。こうして挙げてみると、結構ベタ付けですね。「給酔」は、酒を飲んで酔っ払うこと。前句の「しら川夜ぶね」を今度は③の意味にとって、「何が何やら、寝込んでしまって、全然覚えていない」とし、「酔っ払った花見帰りの物語は」と付けたのです。若い頃そうでなくても年を取ると眠くなるようで、晩酌の度にSが早寝になりました。

S：こう付くと、白川の花見に出かけて遊興した帰りに、ありえない「白川夜舟」に乗ったことになるのが面白い。酔っ払いの物言いのいいかげんさです。私も昔は「哲学の道」のへんで飲み明かしたものですが。次の次の句が現在の気持ちを代弁しております。

20 **春やむかしの昨日《さくじつ》の空**

N：「春」で春二句め。「春やむかし」を懐旧の情と見て述懐の句としておきます。『類船集』に、「物語→むかし」「昨日→酒の酔い」とあります。また、「花見」から「春……空」を出したのでしょう。と、言葉の上の付けははっきりしているのですが、訳すとなると難しい。直訳すると、「春は昔の昨日の空だ」。『類船集』に「むかし」と「昨日」は相互に付合語に登録されていますし、いずれにしても「むかしの」と「昨日の」は同じ意味でしょう。同じことを繰り返して言っている。花見帰りに酔っ払ったのは昨日、つまりもう昔のこと、というのでしょうか。思い出したくない、というのは自分の悪い経験に引き付けすぎかしら。或いは、「春やむかし」は『伊勢物語』の歌（次の句で説明します）のイメージがあまりにも大きいので、ここも疑問形にとって良いのかも知れません。蕪村に「几巾《いかのぼり》きのふの空の有り所」（『自筆句帳』）というやはり訳しにくい句がありますが、そうした詩情とはまた違って意味を成さない句です。

S：たぶん、この句は、言葉付けから生まれた「むかしの昨日」の矛盾をこそ意図しています。「夜明けの晩」で「後ろの正面」なのです。非道理の一体。やっと宗因らしいナンセンスが出ましたね。

N：非道理は非道理なんでしょうけど、反対の言葉を並べた「後ろの正面」と、同じ意味である「むかしの昨日」はちょっと違う。「むかしの今日」ならわかるんですけど。

▼玉城司先生からは、「白い白馬」のような「文選読み」のもじり、というご指摘をいただきました。酔っ払いは、同じことを繰り返して言うというのです。

▽なるほど、付けとしてはその解釈が面白いですね。「サクジツ」と読ませるのも腑に落ちます。となると、宗因流の非道理とは異質です。その場合くどさを意図したナンセンス句であるとは言えます。

21　少年のもとの身にして目は霞

N：「霞」を用いて春としています。聳物《そびきもの》でもあります。また、「身」が人倫。式目の上からはここに月の句がなければならないのですが、4で春の月を詠んでいましたので、秋の月を詠むべく次の句に月を先送りしています。付けについては、『俳大系』が、「月やあらぬ春やむかしの春ならぬわが身ひとつはもとの身にして」の在原業平の歌（『古今和歌集』十五・恋五、『伊勢物語』四段）、また、白楽天の「踏花同惜少年春」（『白氏文集』一三、『和漢朗詠集』春夜）から「春」―「少年」の連想を指摘する通りでしょう。なお「春……空」に「霞」も付いています。「目は霞」とは年を取って目がかすむこと。少年の頃と同じ我が身でいるつもりなのに、目はかすんでしまった。若き日ははや昔。私も心は院生なのに（我ながら図々しい）、最近パソコンの文字がかすんで……これはドライアイかな？

S：前句を、「むかし」の「春」がつい「昨日」のことのようだ、と比喩に取って、身は若い時と同じ身のつもりなのに目はもう霞んできたと嘆いているのです。これ、すごく共感するのですけど。Nに教えてもらって我が家でしばらくブームになった雑俳の句を一つ紹介しましょう。時代は下りまして享保九年（一七二四）刊の句集『冬至梅』に「一口付《ひとくちづけ》」というスタイルがありますが、その中の「段々」という題の所に載っていた高点句、

目は霞　耳に蟬なき　歯はおちて　雪をいただく。　アッアそふじやなあ。

というのです。「段々」年寄るということですね。四季を尽くしているのが上手い。

▼鈴木元さんから、「目は霞」の句について、「中世の法華経談義で語られていた歌である」というご指摘をいただきました。すなわち『一乗拾玉抄』の譬喩品《ひゆぼん》講釈の中の「哥云、目ハカスミ耳ニ蟬ミ鳴キ歯ハ落テ霜ヲ頂ク身コソツラケレ」（臨川書店、一九九八、影印版二三三頁）というもの。

▽ありがとうございます。一口付の作者はたぶん、講釈で耳になじんだ歌をぱくったのですね。

22　月はてらせど学び捨文《すてぶみ》

N：月を折端《おりはし》にこぼして、秋に季移りしました。「月」により天象で夜分の句です。「もとの身にして」の本歌から「月」を出しました。また、「霞」と「月」は寄合でもあります。「少年」に「学び」も付いています。「学び捨《すて》」と「捨文《すてぶみ》」が言い掛けです。「捨文」は、①評定所や奉行所の門内に、密告や訴えを書いて投げ入れられた訴状、②自分の氏名を書かないで、趣旨だけを書いて、目ざす所に捨てておく文書、つまり「落書《らくしょ》」、③通りいっぺんの時候伺いや挨拶だけの手紙、などの意味があります。ここではどれでもいけそうで困りますが、②か③でしょうか。『類船集』に「通夜《ヨモスガラ》→学問」の付合もあり、学問は夜遅くまでがんばるもの。月の光もあるのなら学ぶには最適なのですが、学びはものにならない、捨文程度のものしか書けない。前句の老眼に悩む人物の具体的な様子を詠んでいます。諺の「少年老い易く学成り難し」を踏まえているかなあ、と思ったのですが、付合や句例に見当たらず、流布状況が心許ないので、保留

としておきます。

S：その成語については、朝倉和氏に「『少年老い易く学成り難し』詩の作者は観中中諦か」（『国文学攷』一八五、二〇〇五・三、広島大学国語国文学会）という論文がありまして、十四世紀の五山僧、観中中諦《かんちゆうちゆうたい》による詩句と推測されています。朱子の語だとして喧伝されたのは宗因よりも後のことらしいので、宗因の意識にはなかったとした方が良さそうです。少年時代に「学ぶ」というのは当然の発想です。それから「捨文」ですが、宗因お気に入りの語らしく『宗因千句』だけでも他に二例あります。「誰が小者ぞととへど答へず／出格子に捨文してや帰るらん」（「関は名のみ」百韻66 67）「水茎のおかたひとりを宿に置／ただ一くだり捨文の跡」（「御鎮座の」百韻9 10）。この二例はいずれも、男から女への、名も書かずひと言だけ記した手紙ですね。22もその線で捉えるなら、「月の光によって勉強したけれども物にならず『学び捨てた』も同然で、『捨文』つまり女への短い手紙なんか書いて遊びに走っている」のではないでしょうか。前後が恋ではなくてこの句だけを恋の方向で理解するのはちょっと苦しいのですが。

【二折《にのおり》オモテ】

23　**冷《すさま》じく持《もち》あらしたるお道場**

S：「冷じく」が秋の季語です。「お道場」は釈教《しやつきよう》でしょう。浄土真宗や時宗で、寺や、念仏のための集会場を言います。「冷じく持あらしたる」とは、所有しているけれどもの凄く荒れている、古くなってあちこち壊れたままに放置されているということでしょう。秋を続けるために、「月」に「冷じ」の一般的な寄合語を使いました。その上で、前句の「捨文」の「捨」から「持あらしたる」が引き出され、「文」から「お道場」が導かれたと思われます。「文」を、浄土真宗において尊重される蓮如の「おふみ」に読み換えています。『類船集』に「文→一向宗」があり、よくある手ではあったようです。「おふみ」なんかも床に打ち捨てられているほどに荒れた道場……。こんな付けを詠んで、宗因さん、門徒の衆に恨みを買いませんかね。句意は「ぞっとするほどに、荒れるに任せている、浄土真宗のお道場」となります。

N：宗因自身は大坂天満の浄土宗西福寺に葬られています。本書「三」の「花むしろ」百韻中（174・175頁）にも「12道場まいりの蜑の捨舟／13肩衣もしほたれたりしを引かけて」と真宗の門徒をからかうような句がありました。まあ、ネタにしやすかったのでしょうが、今回はとりわけキツいですね。

S：実際にみすぼらしい信者がいたり、この句のような荒れ寺があったりしたのでしょう。10では「御堂の縁の高き」さまを詠んでましたから、バランスは取れています。

24　秋もくれ行廿《にじふ》八日

S：「秋」によって秋の三句め、季節の名をズバリ入れて、季の運び方としては少々手抜きをしている感じです。内容としても日付を詠んだだけの遣句と言えるでしょう。『俳大系』の注に「親鸞の忌日。祥月は十一月」とあるように「廿八日」と言えば親鸞《しんらん》上人の忌日ですから、前句の「お道場」に付けています。「冷じく持あらしたる」さまに「秋もくれ行」という衰落の季節が似つかわしいという気持ちもあるのでしょう。『拾花集』『竹馬集』に「冷じ→秋更《ふく》る比《ころ》」があります。一句としては単純に「秋も暮れて行く、九月の二十八日」の意。

N：宗教にうとい人間には、日付けだけでは全然分からない。祥月命日なら何となく見当が付くのですが。もっとも親鸞のことを「二十八日様」と呼ぶこともあるようです。こういうのって、不信心無宗教派の私が思い浮かべたのは、「毎月二十八日は○○セール」みたいなものでした……（私も門徒の恨みを買いますかね）。

25　書送る手紙のおくの山颪《おろし》

S：雑になりました。「文」に二句離れただけで「手紙」を出すのはいかにも近すぎます。前句を手紙の文面の末尾の日付けと見て「書送る手紙のおく」と付け、「秋もくれ行」に「山颪」とあしらっています。「おく」が上下に掛かると見て、「書いて送った手紙の奥書」と「奥山の山おろしの風」を接合した句と考えます。手紙の最後のほうにビューって風が吹いているという、有り得ない状況にも読めるよう、一句を仕立てたのです。宗因流の非道理句。このような、想像力を刺激する句がいいですよね。

N：「廿八日」を手紙の奥付にしちゃって付けてるのがすごいと思いました。小並感《こなみかん》ですが。（注：ネット用語。小学生並みの感想という意味。）

26 **今を初瀬の人やよぶらん**

S：雑で、「を初瀬」が名所《などころ》、「人」が人倫《じんりん》です。『俳大系』の注が「うかりける人を初瀬の山をろしはげしかれとは祈らぬものを」（『千載和歌集』十二・恋二）を指摘している通り（ただし第三句は「山をろしよ」のはず）で、前句の「山颪」からこの歌によって「を初瀬の人」と付け、「書送る手紙」からそれは人を呼ぶ手紙だったという想定をして句にまとめています。「今すぐにと、小初瀬の人が呼んでいるのだろう」と。なお、「を初瀬（小初瀬）」は「初瀬」に同じ。手紙の奥に山颪が吹いているという非道理を、「小初瀬の人からの手紙だからね」と、ちょっとだけ合理化しようという理屈の付けのように思えます。

N：ウッカリハゲの歌ですね。これ、宗因はよく使います。本書「一」で注釈した「世の中の」百韻（28頁）でも「9主命は秋風よりもはげしくて／10祈る初瀬に代まいりする」の付合がありました。奥に山颪が渦巻いているような手紙で呼びつけられるって、絶対悪い用件。見なかったことにしましょう。

27 **せんじ茶をふる川のべの宿がへに**

S：雑。「宿」が居所体《きよしよたい》、「ふる川のべ」が名所で水辺体です。大和国の初瀬川の支流「布留川」の川辺ということです。『俳大系』の注が「はつせ川ふる川のべにふたもとある杉」（『古今和歌集』十九・雑体《ざつたい》）を指摘しています。これは旋頭歌の前半分で、後半は「年をへて又もあひ見む二本ある杉」。布留川の岸に二本立っている杉のように、年を経ても二人ちゃんと逢おう、というよみ人しらずの歌です。しかし、『随葉集』には「初瀬→布留川野べ」があり「二本の杉のたちどを尋ねずはふる川のべに君をみましや／是は右近初瀬にて玉かづらにめぐりあひし時の歌也」とあります。これは、『古今和歌集』の歌を踏まえた『源氏物語』玉鬘《たまかずら》巻の歌です。おそらく、こちらのほうが寄合語の典拠としてより大きく意識されているでしょう。ここはそれらの典拠には踏み込まず寄合語にすがって前句の「を初瀬」に「ふる川のべ」と付け、「人やよぶらん」に「宿がへ」と付けています。また、「ふる」は、煎じ茶をたてる意の「振る」に地名の「布留」を掛けています。「ふる」を二度訳しまして「煎じ茶をたてて出す。布留川の川辺へ引っ越して」という意になります。四ツ手の付けですが、句意としてはまとまっていますね。

N：「茶をふる」の俳諧での用例を挙げれば、「せんじ茶もふればあは雪の詠哉　一武」（『ゆめみ草』四・冬）、また宗因の例に「あかれやはする小春の閏　重安／折にあふ時雨も御茶もふりそひて　西翁」（『時勢粧《いまようすがた》』四下）などがあります。

28 隣あいだをむすぶ水桶

S：雑です。『連歌新式』によって「隣」は居所体と定められています。「せんじ茶」に必要な水を水桶で運ぶ作業に展開したと思われます。また、「宿がへ」に「隣」と付けたことも確かでしょう。「隣あいだ」は、自分の家と隣家とのあいだというつもりでしょうが、他に用例を見つけられませんで、表現意図がもう一つわからない語です。一句としては「うちと隣とのあいだを、水を汲んでやりとりして、結ぶ水桶」というような意でしょうか。上七には『ふみはたから』に異文「隣あたりを」があるのですが、やはりぼやけた意味にしかなりません。御近所中に水桶が使い回されるみたいに読めます。推測しますに、「隣あいだ」がこなれない表現だったので、少しは耳になじむ「隣あたり」に後で修正したのかもしれません。

N：「隣あいだ」だと語として熟しておらず、「隣あたり」だと意味が広がる感じでしょうか。後者の方が穏やかではありますが、それを修正と見てよいかどうか……。

29　丸《まろ》がたけくらべ腰つきなまめきて

S：雑《ぞう》で、「なまめきて」により恋句になりました。「丸」を人倫と見ておきます。『俳大系』の注によれば典拠は「さて、この隣のをとこのもとよりかくなん／筒井づゝ井筒にかけしまろがたけ過ぎにけらしな妹見ざるまに」（『伊勢物語』二三段）、有名な「筒井筒」の話題です。歌は、かつて井筒の高さと背くらべしたのに、あなたと逢わぬ間に私の背丈は大きくなった、「（渋い声で）もうオトナの恋をしても良い頃だよ」と誘っているわけです。『俳大系』の指摘の通り、前句の「隣」および「水桶」から筒井筒に展開して、恋にした付けです。なお、「なまめきて」も同じく『伊勢物語』の語彙で、初段の「その里にいとなまめいたる女はらから住みけり」を意識していると思われます。『伊勢物語』の「なまめいたる」は「若々しく美しい」のような意でしょうが、宗因のこの句は「腰つき」の問題ですから「いろっぽい」という含みが濃厚です。一句の意としては「『伊勢物語』に〈まろがたけ〉とかいう恋の歌があるけれど、いま、私とあなたとたけくらべをしてみて、あなたの腰つきはいろっぽくなったものだと気が付いたよ」というところでしょうか。背くらべしてるはずなのに、どこに目を付けているのでしょうね、この人は。

筒井筒（『伊勢物語』、国立公文書館所蔵、『伊勢物語慶長十三年刊嵯峨本第一種』〈和泉書院、1981年〉より）

N：腰がでてきたのにはワケがあって、「くらべ腰」の部分は筒井筒の歌に女が返した「くらべこし振分髪も肩すぎぬ君ならずして誰かあぐべき」の歌を踏まえています。二つの歌を踏まえながら肉感的にしてしまうところが俳諧。「腰」に心を奪われて典拠見落としましたね。どこに目を付けているのでしょうね、あなたは。

30　君とをどりはしゆんでくる〱

S：「をどり」で秋になりました。「君」により恋・人倫の句です。付けとしては恋を続け「腰つきなまめ」いた女を「君」で受けた心の付けです。下七は「しゅんで来る」に擬態語の「くるくる」を言い掛けています。「しゅん」とは何か。『日本国語大辞典』では「しゅむ【染】〔自マ四〕」として立項されていまして、「「しむ（染）」の変化した語」とあります。つまり「しみる」なのですが、「物事が佳境に入る。興が増す。陽気でにぎやかになる」の意があり、この句はそれで通じます。一句は「君と一緒に踊る踊りは、だんだんと興が増してきて、くるくると回る」の意。イイネイイネ、ノッテ来たね、ですね。近世俳諧にはそういう意での「しゅんでくる」の用例が多く見出されますが、とくに宗因はくりかえし使っています。この言葉のイメージがよく分かる例としては、ちょっと長い引用になりますが、『俳諧塵塚《ちりづか》』下に「大坂之住　宗因」として恋の百韻が載ってまして、その前書と四句めまでは次の通り。

> いづれの時いかなる人にか、難波堀江のよしあしにもつかず、男にもあらず、法師にもあらず、住る所もたしかならぬ翁ありけり。春の日の長あくびなるつれづれに、うとうとありきのうとからぬ友もがなと、打ながめつつ行に、歌舞妓とかや、よせ太鼓のてろつく天も花に酔る心ちして、鼠戸くぐりあへず、のけあみ笠のあけほんのりと見まいらせ奉れば、打あぐる和歌の御声、親たれさまぞ御名をばえ申まいよのと、そぞろ詞のさまざまに、うつつなの身や、よしよし夢の間よ、ただしゆんできた物を
>
> 花で候お名をばえ申舞の袖
> 夢のまよただ若衆の春

付ざしの霞底からしゅんできて
手とてまくらもかはすとはなし

注を入れ出すときりがないので「しゅんでくる」にしぼって申しますと、つまり、芸能や恋の場で、伴奏音楽にも乗って、興奮が加速してくる感じ、でしょう。それは性的興奮と言っていいかもしれません。なお、「花で候」百韻は『宗因千句』にも前書抜きで「恋誹諧」と題されて収録されてますから、いずれ注釈したいものです。

N：同じ『宗因千句』「関は名のみ」百韻にも、「74月もよくなる此谷の坊／75とろとろとをどりかけはしゅんできた／76これは広袖ふり袖の露」と、やはり踊りに結び付ける例があります。きっと新しい俗語だったんでしょうね。

▼永野仁先生よりお手紙をいただきました。

「しゅんでくる」は子どもの頃、盆踊りについて大人たちが使っていた表現です。宵の口見物人が多勢いて騒々しいのですが、その騒ぎが去って、夜半になったころ、音頭は名調子、踊り子たちが打揃った動作で踊ります。そういうとき、だれからともなく「踊りがしゅんできたなあ」という声が起こりました。この場合、佳境に入るというのがぴったりかと思います。

▽ありがとうございます。永野先生のご出身の町は和泉の岸和田とうかがっています。そのあたりでは最近まで（あるいは今も?）「しゅんでくる」という言葉が生きていたのですね。なお、『上方文藝研究』第15号（二〇一八・六）に「花で候」百韻の注釈を載せていただきました。本書の（下）に入る予定です。

31 **色に出る盆かたびらのこいあさぎ**

S：「盆かたびら」によって秋をつなぎました。「色に出る」は恋、「かたびら」が衣類です。「盆かたびら」は前句の「をどり」に対しての密接な言葉の付けです。お盆の時期に着る帷子。『類船集』には「盆→おどり……帷子《カタビラ》」が見え、三つ相互に常識的な連想語です。さらに「しゅんでくる」はもともと「染《しゅ》むでくる」ですから、付けの上で「色に出る……こいあさぎ」が生きています。「こいあさぎ」は、「濃浅葱」で、今の色彩感覚で言えば濃いめの水色です。付けの総体としては、前句の「君」の恋の心が衣装からも感じ取れるという、心の上の展開になっています。一句の意としては「恋心がおもてに現れているよ。それは身に付けた盆帷子の濃いあさぎ色そのまま」となります。

N：恋の思いがおもてに現れてしまう「色に出る」の言葉は、和歌でも「紅葉」や、また衣類（袂・下紐など）と取り合わされてきました。その伝統にのっとってここでは「かたびら」の色に重ね合わせたのです。「こい」に「恋」「濃い」の掛詞が効いていますね。「濃お〜い恋」なんですね。

32 **寺へまいるもこゝろ有あけ**

S：「有あけ」で秋三句め、また月の句でもあります。夜分で天象です。「寺」ですから釈教の句です。29からの恋をここで切っています。『類船集』に「寺→盂蘭盆《うらぼん》」がありますので、前句の「盆」から「寺へまいる」と釈教に展開させて付けています。さらに、「色に出る」を受けて、「こゝろ有」とし、「有あけ」に言い掛けました。この言い回しは和歌由来で、「かへるかりいまはのこころありあけに月と花との名こそをしけれ　藤原良経」（『新古今和歌集』一・春上）が著名です。一句としては「有明の月の時分に、寺へ参るのは、信仰心あってのことだ」というような句意ですが、前句と合わせると色情的な「こゝろ有」とも理解でき、その矛盾が可笑しい。

N：恋を切らなければならないところなのですが、何だかおめかしして美男のお坊さん目当てにお寺参りをしているようにも読めます。なお、女房言葉で「浅葱《あさつき》」を「あり明」というそうですが、そこまでは意識してないでしょう。

33 **忍び〳〵すゝめ申せし宮軍《みやいくさ》**

S：雑。『俳大系』は「高倉宮以仁王の故事。源三位頼政は、高倉宮に勧めて平家を討とうと図ったが、事あらわれて、宮は三井寺に逃れた。」と注を付けています。以仁王《もちひとおう》の故事は『平家物語』巻四に語られていますが、この句はそれを利用した謡曲「頼政《よりまさ》」の詞章によって作られています。前シテの老人がワキ僧に語る扇の芝の由来のうちに「昔此所に宮軍のありしに、源三位《げんざんみ》頼政合戦にうち負け、扇を敷き自害し果て給ひぬ」と「宮軍」の語が見え、また、後ジテが頼政の霊と名乗りいくさのありさまを語る箇所に「抑《そも〳〵》治承の夏の比《ころ》、よしなき御謀叛を勧め申、名も高倉の宮の内、雲井のよそに有明の、月の都を忍び出て、憂き時しもに近江路や、三井寺さして落給ふ」と、傍線部の通り「勧め申」「忍び」という語句が見出せます。付け方は、前句を以仁王が有明に三井寺まで脱けだした話題と読み、波線部の「有明の……三井寺さして落給ふ」を想起し、同じ「頼政」から傍線部の語句を拾い出して成った句です。頼政を主格とし「こっそり秘密の内に宮いくさをお勧め申し上げた」という句意です。

N：「宮軍」といえばまず以仁王なのでしょう。『類船集』に「橋→宮戦」とあるのは、宇治川の戦いのことと思われます。また、『時勢粧』の「こまごまかたれ宇治の古人／月も日も今日にあたれる宮軍　富長」（四下、「遠近の」俳諧百韻）も「頼政」の文句取りの句で、長点を得ています。

34　錦のはたをくだし給はる

S：雑です。『類船集』の「旗→軍」という付合語の通り、「軍《いくさ》」から「はた」を持ち出し、それが「宮軍」なので「錦のはた」としたのです。なお、『日本国語大辞典』の「錦の旗」を引きますと「承久の乱の時、後鳥羽上皇より官軍の大将に賜わったのが、最初といわれ、以後、叛徒征討の時には必ず官軍の大将に与えられた」という説明があります。このことを前提とすれば、以仁王の乱よりは新しいいくさのことに転じているはずですが、どの「宮軍」かは明確ではありません。明確な史実を踏まえるつもりもなかったようにも思えます。結局「帝から錦の旗を賜った」というだけの、遺句と言っていいでしょう。

N：先ほど引いた『時勢粧』の富長の百韻の続きは「錦の旗もひらめきにけり」で、やはり「宮軍」から「錦の旗」に展開しています。作句年次は寛文二年（一六六二）正月上旬とあり、ほぼ宗因の百韻と同時期。このころよくあった付けなんですね。

35 **見るも哀はるぐ〜旅を相思ひ**

S：雑で、旅の句にしています。官軍の征旅という発想で付けていて、特定の故事に拠らなくても通ずる心の付けです。でも、「錦のはた」にこだわれば、匈奴《きょうど》に十九年抑留されたという蘇武《そぶ》の話題による付けと見たい所です。『蒙求《もうぎゅう》』の「蘇武持節」が直接の典拠だろうと思います。「節」というのが使節の旗で、蘇武が肌身離さず持っていました。宗因は前句を皇帝（漢の武帝）から受けとった旗のことに取り成して、蘇武の苦難の旅を付けているのではないでしょうか。「相思ひ」が解しにくいのですが、「見るも哀れだ、はるばると旅をして来た人物。共にその旅のことを思い返している」としておきます。なお、中七下五には『ふみはたから』に異文「はるぐ〜きぬる旅疲れ」があります。「相思ひ」だと「相」が不消化なのに対し、「きぬる旅疲れ」のほうが意味も通じやすく、しかも「はるぐ〜きぬる」が次の句の『伊勢物語』の本歌を明示することになります。異文は、前後に亘って分かりやすく修正した句形ではないかと思われます。

N：この付けで蘇武を連想するには言葉が足りないのではないでしょうか。もう少し蘇武らしい、例えば「雁」などのキーワードがほしいですね。ただ、もし蘇武だとしたら「相思ひ」の思い合う相手は、匈奴に降って蘇武に降伏を勧めた李陵なのかもしれません。蘇武が帰国を許された際、李陵と詠み交わした詩は『蒙求』の「李陵初詩」に載っており、のち、芭蕉の『おくのほそ道』で曽良との別れの場面にも使われました。「行もの丶悲しみ、残るもの丶うらみ、隻鳧《せきふ》のわかれて雲にまよふがごとし」と。それから、「見るも哀」は「〜をみるもあはれ」という形で歌にも使われますので、異文の形でなければ明確な俳言《はいごん》がなくなってしまう。まだまだ断定できないとは思いますが、異文は修正形なんでしょうかねえ。

▼山形彩美さんは、漢籍の「相思」の用例から見ても「相」は対象がいることを表しており「共に」「思い合う」と解釈しなくてもよいのではないか、というご意見を示して下さいました。

▽たしかに、『大漢和辞典』の「相思」には「思ふ。思慕する。戀慕ふ。相は必ずしも相互にではなく、それを對象としての意である。」云々とあります。すると、要は「旅を思ひ」と言っているのだということになり、「見るも哀れだ、はるばると旅をして来た人物。その旅のさまを思うにつけ。」というように訳せるでしょうか。なるほど、それだとこの句がよりわかりやすくなって、一案ではあります。ただ、和語としての「相思ひ」の「相」に漢語「相思」のニュアンスを見て取ることができるかどうかは、微妙なところでしょう。私どもの考えとしては、宗因は当初の発想としては思い合う相手を想定して「相」の字を用いたけれど、後で見直して「はる〴〵きぬる旅疲れ」に修正した、と見ています。どこがまずかったかというと、次の句との関係ではその思い合う相手は明白に都人ということになりますが、前句との関係では何とも「相」の落ち着きが悪い。もしかしたら、ここの「相」は次の付けを先に考えていたところから出てきたのだけど、34→35にも「相」を活かす技巧までは凝らせなかった、というような裏事情があったのではないでしょうか。うがちすぎかもしれませんが。

36　**夢にもとこそむかし男の**

S：雑です。句意から見て恋だろうと思います。恋は最少の句数《くかず》二句であり、次句が恋で次々句が恋を離れている点から逆算して、この句は恋でなければなりません。恋句は三句去りで、31以来ですからすでに四句去っていて差し合いにはなりません。また、「夢」で夜分、「むかし男」で人倫になります。『俳大系』に注あり。「唐衣きつつなれにしつましあればはるばるきぬる旅をしぞ思ふ」「駿河なる宇津の山辺のうつつにも夢にも人にあはぬなりけり」（『伊勢物語』九段）の二首を指摘しています。この指摘はもっともで、前句の「はる〴〵旅を」によって業平の故事に転じたことは確かです。『伊勢物語』の語彙を組み合わせた句ですが、総体としては、「見るも哀」なのは「むかし男」の旅寝の「夢」なのだ、という心の付けになっています。前句の「見るも哀」を、第三者から見る状況から旅人自身が「夢」を見ることに転じたのです。一句の意としては「「夢にも（会えない）」と、かつて「昔男」業平が歌に詠んでいた」というところでしょうか。その歌とは「駿河なる……」の歌です。

N：「むかし男」業平は色好みの代名詞ですから、恋句でしょう。「むかし男の」と「の」で留めて「歌に詠んだ」を省略しているのですね。29と同じで『伊勢物語』の二つの歌を併せて利用しています。『伊勢物語』九段の東下りでは、「友とする人ひとりふたりしていき」、皆でむかし男の歌に涙するので、前句が「相思ひ」でも良いように思います。

【二折ウラ】

37 **恋は只捨入道《すてにふだう》のひとり寝に**

N：雑を続け、恋にしました。「恋」の字はもちろんのこと、「ひとり寝」も恋の語です。また、「捨入道」が釈教で人倫だと思われます。釈教は三句去りで32の「寺」からは四句離れており差し合いにはなりませんが、恋も釈教も間をおかずに連発している感じがします。「夢→おもひ寝」の寄合に従って「ひとり寝」と付けました。恋を捨てて独り寝をする、という文脈に、「捨て」を掛詞として「捨入道」を入れ、恋に浮き名を流した「むかし男」の現在を説明したのです。「捨入道」とは出家した人のことですが、特に、生活に困ってやむなく出家したやくざ坊主とかの、自嘲の思いのこもった言い方です。ここでは軽い自嘲でしょうか。「恋をきっぱり捨てた捨入道がひとり寝していると」の意になっています。

S：「捨て坊主」とも言います。色男のなれのはて。自嘲、第三者の目、どちらにも読めます。前句の「夢にもとこそ」に返って、昔の恋人がせめて夢に現れてくれないかと願う心の付けでもあります。「捨」字の言い掛け、22に一度ありました。つい使ったのでしょうが、ミスですね。

38 **明石がたくくふるふあかつき**

N：雑です。「あかつき」が夜分です。「明石がた」が名所で水辺体です。恋を離れました。『俳大系』に「「入道」―「明石」。『源氏物語』明石巻。」と注があります。明石入道は、もと播磨国守。大臣の息子であったのに、「世のひがもの」（若紫巻）で出家して明石浦に住み、ひとり娘の将来について住吉明神に願を掛けていました。流離中の光源氏を邸に招いて、「独り寝は君も知りぬやつれ〴〵と思ひあかしのうらさびしさを」の歌を詠み、娘（明石上）と源氏をめあわせます。「独り寝は」の歌は少異はありますが『随葉集』にも引かれており、前句の「ひとり寝」もまた「明石」に縁のある言葉でした。ただしここでは物語の明石入道のイメージからは離れ、貧乏故に出家した「捨入道」という文脈で「捨入道のひとり寝」に「がた〴〵ふるふあかつき」と付けています。「明石潟」に「がた〴〵」が掛けられ、寒さをしのぐふとんもなく、暁に震えているのです。とすると「明石がた」には「明かし難い」の意味もあるかも知れません。

S：明石の入道ならぬくぬく寝ていようものを「捨入道」は寒さに震えて寝ているという、落差が俳諧でしょう。「明かし難い」の言い掛けもありますね。だからこそ「あかつき」の語を加えています。

39　粉薬《こぐすり》も聞合《ききあはせ》たるほとゝぎす

N：「ほとゝぎす」により夏で動物《うごきもの》鳥の句です。「明石」と「ほとゝぎす」は寄合で、本歌は『新古今和歌集』三・夏の「一声ときかずは出じ子規いくよあかしのとまりなるとも」（藤原公通《きんみち》）。また、「聞合たる」は、あれこれ聞きくらべて考える、という意味で、時鳥の声を聞き比べるというのでしょう。『源氏物語』明石巻で明石入道が先ほどの「独り寝」の歌を詠む同じ場面で、入道の問わず語りに対し光源氏が「こよひの御物語に聞きあはすれば、げに浅からぬ先の世の契りにこそはと、哀になむ」と答えて明石上との結婚を承諾しており、「明石」から「聞合たる」が連想されたと思われます。さらに、前句を病人の体と読み替え、「粉薬」（粉末の薬）が効く、を言い掛けました。粉薬が効いて、時鳥の声を聞き合わせた、という意味になります。時鳥が病気で粉薬をのんでいる、と想像するのは愉快。

S：前半と後半それぞれの言葉の付けから出て来た語句を「聞」の字を蝶番にして一句に仕立てていますが、この句の意味はと問われるとまことにトンチンカン。でもその無意味さが可笑しいのです。典型的な無心所着句《むしんしよじやく》です。

40 目まひげしきに立花《たちばな》の下

N：「立花」により夏で植物木の句です。「ほと、ぎす」と「立花」は寄合。「目まひげしき」は他に用例がみつかりませんが、めまいがする感じ、でしょうか。ただ、「粉薬」から連想されているのでしょうが、打越しが病体ですから、観音開きにも思われます。「目まひげしきに立」「立花の下」と言いかけられ、目眩がする様子で立っているよ、橘の木の下に、という意味になります。

S：「けしき」を漢字で書けば「気色」、人物の内面が推し測られる外面の様子であって、ここは「目まひのけしき」を縮めて言っているのではないでしょうか。

41 右近衛《うこんゑ》をめしの遅きにひだるがり

N：雑。「右近衛」が人倫となります。「右近衛」とは、「右近衛府」の略で令外《りょうげ》の官のひとつ。禁中の警護などに当たりました。右近衛府の官人が紫宸殿の南階下の西側に植えた橘から南側を陣としたことから、この橘を「右近の橘」と称するようになりました。したがって、「立花」と「右近衛」が付いています。さらに、「目まひげしきに立」を受けて、心の付けで「めしの遅きにひだるがり」としました。「ひだるい」は空腹を訴えることをいいます。「右近衛をめし（召し）」に「めし（飯）の遅き」が言い掛けられています。招集されて長時間立たされたのか、くらくらするほどおなかがすいたのですね。私だと目眩《めまい》の前におなかが鳴って困るのですが。

S：ここは単純に「立花」と「右近衛」が言葉で付いているというよりも、帝が「立花の下」に「右近衛をめし」た、つまり、右近衛の兵を右近の立花の下に配したという心の付けでしょう。召された者どもは飯が遅いことにひもじがっている、としたのが俳諧です。句意も破綻していません。

42 心はしらず兒《かほ》は中将

N：雑。「中将」も人倫と見ておきます。左右の近衛府の次官が「中将」なので、「右近衛」に付いています。「しらず皃」は知らん顔。前句の兵たちが「空腹だ」ということを、右近衛の「中将」が、心中は分からないが「しらずがほ」しているという、心の付けでしょう。「心はしらず」に「しらず皃」を言い掛けました。「しらずがほの中将」なんて有名な言い回しがないでしょうか？

S：探したら、近いのはありました。『枕草子』八十四段「里にまかでたるに」に、「左の中将の、いとつれなくしらずがほにてゐ給へりしを」。発想の元はこれかもしれません。右じゃなくて左なのが惜しいのですが。

▼玉城司先生によれば、平資盛《すけもり》の愛人だった建礼門院右京太夫が、捕らえられて都に連れられてきた「しげひらの三位中将」（重衡は資盛の叔父）のありさまを伝え聞いて、

あさゆふにみなれすぐししそのむかしかかるべしとはおもひてもみず

と歌を詠んでいるので、それを踏まえているのではないかとのことです。

▽『建礼門院右京太夫集』は、宗因俳諧の典拠としてはちょっとむずかしいのではないでしょうか。それに、重衡が「ひだるがり」などした故事があれば繋がりますが、ここの前句から「中将」だけで重衡を連想するのは難しそうです。恐縮ながら、却下。重衡の登場は次の句までお待ち下さい。

43　**とらはれて是非もなく〳〵東《あづま》迄**

N：雑です。『俳大系』の注には「前句「中将」を、本三位中将重衡に取りなす。「われ一の谷にていかにもなるべき身の生捕へられ、今は東のはてまでも」（謡曲「千手《せんじゅ》」）。」とあります（正しくは「生捕《いけど》られ」）。平重衡は清盛の五男で、源頼政を宇治川に破り、東大寺・興福寺を焼き払った武将です。一ノ谷の合戦で捕らえられ鎌倉に送られましたが、興福寺衆徒の強い要求により引き渡され、木津川のほとりで斬首されました。鎌倉での、手越の長者の娘、千手の前との束の間の交情が『平家物語』「千手前」や『俳大系』の引く謡曲「千手」に描かれて有名です。『類船集』にも「生捕《いけどり》→重衡」「囚人《めしうど》→重衡」「千手→重衡」などの付合が見られます。『平家物語』の「海道下《かいどうくだり》」は、重衡が鎌倉まで連行される

道行きですが、「落つる涙をおさへて」など重衡の落涙する様が描かれます。付句はこれを踏まえて、「是非もなく」と「なく〳〵」とを言い掛け、虜囚となって是非もなく泣く泣く東まで連行される、と仕立てたのでしょう。本書「一」の79 80にも「千手」の付けがあります（72頁）。「なく〳〵」とくだけた表現は、謡曲「千手」に「千手も泣く〳〵立ち出て」とあるのを意識したのかも知れません。ただし、「千手」の引用場面は、鎌倉から都へと向かう重衡を見送る千手の動作であって、主体も行く先も違いますが……。また、前句の「中将」から重衡を思い寄せるのは良いとして、「心はしらず兒は」の部分をどう受けているのでしょうか。『俳大系』の「千手」引用部は「かやうに面をさらす事。前世の報といひながら」と続いていき、顔のことに触れているのが重なるのかなあ。ギブアップ。

S：うーん、そこまで密に付けているかなあ。強いて説明するなら、「心はしらず」と「是非もなく」が関連しているというぐらいでしょう。内心は分からないが逃れられない運命に流されて、です。

44 馬につけ行《ゆく》関の庭鳥

N：雑。「馬」が動物《うごきもの》獣で、「庭鳥」が動物鳥。俳諧式目では鳥どうしは三句去《さんくさ》りですから、39の「ほと〻ぎす」とは差し合いません。『拾花集』で「駒」と「相坂・東路」が寄合《よりあい》、『竹馬集』で「逢坂」と「関路の鳥」が寄合です。また『類船集』には「東《ヒガシ》→逢坂の関のあなた」の付合もあります。東へ行く、という前句の意味から、東への通路である「逢坂の関」を連想し、その寄合語である「馬」や「鳥」で一句を仕立てたのでしょう。寄合に見える「関路の鳥」はすなわち「庭鳥」。孟嘗君《もうしょうくん》が鶏の鳴き声によって函谷関を脱出したという『史記』の故事や、この故事をもとに清少納言が詠んだ「夜をこめてとりのそらねははかるとも世にあふ坂の関は許さじ」（『百人一首』）に拠っています。「とりのそらね」に拠って、「なく〳〵」と「庭鳥」も結びつきます。こっちは空音じゃなくて本気で泣いてるんですけどね。前句の主体を、「馬にくくり付けられて運ばれる鶏」にした滑稽性の強い句。しかもその鶏は逢坂の関で鳴いていた例の鶏だ」というのです。鶏ってこんな風に運搬したんでしょうか。

S：旅の食糧として生きたまま馬で運んだのでしょうね。「世界街歩き」のプノンペンの回だったかな、生きたままバイクに積まれて運ばれる鶏の映像を見たような……。それにしても、歌枕の逢坂の関の故事を知っているほど、この句は笑えます。いやすごい、滑稽で奔放な想像力。

45　**汁鍋や遠《をち》かた人を待ぬらん**

N：雑で、「人を待」により恋、「遠かた人」により人倫です。この折だけで三度めの恋です。情熱的ですね。『類船集』に「鳥→汁」があります。「庭鳥」を「汁鍋」の材料と見た付けです。「汁鍋」は汁を煮る鍋で、「霞のうちにかへるがんくび／汁鍋へ味噌をこしぢの春ならし　重頼」（『犬子《えのこ》集』七）のように鳥や魚を煮ました。「遠かた人」は遠方の人をいう歌語です。「関→旅人」の連想もあり、旅人を「遠かた人」としたのでしょう。前句のように鶏を連れて行く理由を、汁鍋の準備が出来ているだろうからその手土産に、とした心の付けで、汁鍋が用意されている、遠くから来る人を待っているのであろうよ、という句意になります。「遠かた人」が恋人なのでしょうが、汁鍋作って待っているって、かなり現実的。私もビール冷やして待ってますよ〜。

S：かわいそうなのは鶏だ。でも、恋人たちにとって鶏は朝を告げる憎たらしいやつでもあるし、鍋にされてもしかたない。鳥鍋なら米焼酎がいいな。

46　**夕霧立てながめ出《で》女房**

N：「夕霧」により秋にしました。聳物《そびきもの》でもあります。「出女房」は恋で人倫でしょう。「出女房」とはいわゆる出女、飯盛り、つまり旅籠の下女のことです。『宗因千句』には、他にも「牧（枚）方のひらりしやらりと出女房／わかれのなみだかくるまへだれ」（「御鎮座の」百韻31 32）の例があります。多くは売春もしていて、俳諧の恋句の題材となりました。また、「待→夕詠《ながめ》」（『拾花集』『竹馬集』）の寄合や「詠→遠景《エンケイ》」（『類船集』）の付合があり、「遠かた人を待ぬらん」に

「夕……ながめ出」が付いています。前句を宿の夕食と見て、出女房が旅籠の外へ出て、客を待つ風情を句に仕立てました。「立て」が上下に掛かります。夕霧が立ち始めて、街道ばたに立って旅人を眺めている出女房、の意。

S：「夕霧立てながめ」までが雅の表現で、それを俗な「出女房」のことに引きずり落とした俳諧です。江戸中期の辞書『物類称呼』に、「京大坂の旅人宿の下女を（中略）勢州にて出《デ》女房といふ」とあって、この語には、伊勢を中心に用いられたというような地域性のあったことが想像できます。寛文六年（一六六六）の伊勢俳諧『正友千句《まさともせんく》』に「こころやすくもおもふ常宿／出女房に年此日比馴なじみ」という例もあります。でも、『宗因千句』に二例あるということは、宗因先生「出女房」の語になじんでいたのでしょうね。

47 秋の季は又いづくにかものおもひ

N：秋の二句め、「ものおもひ」により恋は三句めです。謡曲「遊行柳《ゆぎょうやなぎ》」に「関路と聞けば秋風も。立つ夕霧の何《いづ》くにか今宵は宿をかり衣」により、「夕霧立て」に「いづくにか」が付いています。また、良暹《りょうぜん》法師の「寂しさに宿を立ち出でてながむればいづくも同じ秋の夕暮」（『後拾遺和歌集』四・秋上、『百人一首』）により「夕……立てながめ出」から、「秋……いづく」という付け筋も想定されます。「秋の季は」とは面白い言い方ですが、俳諧らしい表現を意識したのかも知れません。秋という季節になると又どこぞで誰かが物思いに沈んでいるだろう、という句意。夕霧の中、家を出てながめる出女房を恋の思いに沈む姿と見変えたのです。「ながむ」にはそもそも物思いにふける、という意味がありますので、ややくどい気もします。「又いづくにか」は、秋だから又、なのか、あっちでもこっちでも、の意味なのでしょうか？

S：「ものおもひ」は良暹法師の歌の「寂しさ」に当たるのではないでしょうか。ですから、「又」もおそらく、「いづくも同じ」の気持ちを引き受けている「又」であって、いまここの人物は物思いしているが又どこかよその人物も物思いしているだろう、ということだと思います。それで次の句への展開もすっきりするはず。

48 **此里のみの月ではあるまい**

N：「月」により秋、月の句です。二折ウラが押し詰まってきたというのに月も花も出さねばならず、この句と次句とでなんとか詠み込んでいる様子です。「月」は夜分《やぶん》で天象、「里」が居所体《きょしょたい》です。『竹馬集』の「里」に「秋よたゞながめ捨てても出なまし此里のみの夕とおもはゞ」（『六百番歌合』ほか）の定家の歌が引かれており、一句の仕立てもこの歌に拠ったものでしょう。月を見て物思いをするのは自然な発想。どこか又よそでも物思いにふけっているだろう、という前句に対し、月はこの里のみに出ているわけではないのだから、と付けたのですね。

S：そうなんですよ。そう解釈することで前句の「又」が生きてきます。ただ、定家の歌には「ながめ……出」という表現がありましたから、発想の上で戸外を眺めるという状況が打越し以来粘っています。その点では展開の悪い所。

49 **花の陰宿をかさずは出ていなう**

N：「花」を付けて春に季移りしました。花の句。「花」が植物木、「宿」が居所体です。「出」字が46にありましたから俳諧の同字三句去りに照らして差し合いです。『ふみはたから』は「一宿にさせずはせぬぞ花の陰」としており、これだと「出」の同字差し合いが解消されます。「月」に「花」を付けています。花の下の宿といえば、薩摩守忠度《ただのり》の「行きくれて木の下かげを宿とせば花やこよひのあるじならまし」（『平家物語』「忠度最期」）が著名。当然それを意識しています。ただし忠度歌は花の陰に宿ろうとするのですが、こちらは宿をかさないなら出て行こう、と少々ひねっています。月を観賞するのに場所はどこでも構わないという前句の人物のセリフを続けたのです。こだわりのない自由な感じもしますが、宿泊を断られた負け惜しみかな。

S：花の下に宿らせてくれないなら月だけでもいいやという負け惜しみと理解してよいと思います。この句が典型的な例ですが、底本が初案で『ふみはたから』の異文が修正案なのでしょう。この句の場合、同字差し合いの解消のための修正です。

50　かすんだつらや山賤《やまがつ》の体

N：「かすんだ」が春です。実態としての霞ではありませんが式目上聳物《そびきもの》と見ておきます。また、「山賤」が人倫です。なお、46に「夕霧」の聳物がありましたが、聳物は二句去りですので差し合いません。「山賤」は、猟師や木樵など、山に住む身分の低い人のことを言いました。また、情趣を解さない人のこともいいます。ここは『古今和歌集』仮名序に「大伴《おほとも》の黒主《くろぬし》はその様卑《さまいや》し。言はば、薪負《たきぎお》へる山人の花の陰に休めるがごとし」とある六歌仙の一人、大伴黒主のパロディとして付けたものでしょう。「花」や「花の宿」と「霞」は常識的な寄合で、季を入れるために黒主らしい人物のことを「かすんだつら」と表現したと思われます。取るに足りない、ぼんやりした顔、なのでしょうか？　他に用例が見つからない使い方です。霞がかかったような、取るに足らないツラをした、山賤のありさま、という意味になります。宿を貸さないのは、風雅を解さない山賤だから、という理屈ですね。なお宗因さん、ここまでに4の「月もかすめる風はどちかぜ」、21の「少年のもとの身にして目は霞」と霞に関わる句が三句になります。違反ではありませんがややワンパターンで、とくに21とは発想が似た感じ。なお、『ふみはたから』では「かすんだつらもにくき山賤」となってます。「にくき」に感情がこもってますね。宿を貸さない憎らしい山賤め！

S：綴じ目ではあり、春をなんとかこなさなければならない箇所ではあり、趣向を凝らさない付けをしています。そのため打越しからの転じが弱いですね。仕方ないのかな。それにしても「かすんだつら」ってどんなツラ？　黒主のパロディということと次の句とを考慮すれば、いかにも「卑し」げなツラと見たい気もします。

【三折《さんのおり》オモテ】

51 **白雪やむさ〳〵髭に残すらん**

S：「白雪……残す」で春の三句めをこなしています。「白雪」により降物《ふりもの》の句です。前句の「かすんだ」に、春をつなぐ目的もあって「白雪……残す」と付けました。『随葉集』に「霞→雪きゆる」があります。加えて、「山賤」のつらにふさわしく「むさ〳〵髭」を引き出しました。「むさ〳〵」は、髪や髭が密集していてしかも乱れている様子を言う、狂言に出てくる言葉です。たとえば「呂蓮《ろれん》」に「かしらをなでてみて、やれ〳〵うれしや、むさ〳〵と致てわるかったに、すっきりと致てようござる」という調子。そのむさ苦しいナリを映像的に白雪に重ねたのはまことに奇妙な味です。一句の意としては、「(春になっても)白雪のようなシラガは、もじゃもじゃとした髭に残っている」ということです。非道理とまでは言えませんが、言葉付けによって奇矯な比喩が生じた例と言えます。

N：他に「むさ〳〵」した「髭」を詠んだ例に「万只物にかまはぬ野辺の色／髭むさむさと松虫のこゑ　露虫」(『江戸広小路』付句)と虫の髭の例もあります。雪を白髪にたとえるのは和歌や漢詩の一パターンで「頭《かしら》の雪」などという言葉もありますが、むさ苦しい髭とは……。ところで、今年(二〇一四)の中日ドラゴンズのベンチに、この句そのままの白黒まだら髭の、谷繁監督より目立つピッチング・コーチがいるんですけれど、誰?

S：デニー友利ピッチングコーチ。ヘッドコーチの森さんと並ぶとすごい迫力です。コーチ陣のコワモテぶりなら中日の優勝間違いなし。

52 **野は若菜つみところほる比**

S：「若菜つみ」も「ところ」も春の語です。ここは春を四句続けました。「若菜」と「ところ」はともに植物草。『俳大系』の注が「み山には松の雪だに消えなくに都は野べの若菜摘みけり」(『古今和歌集』一・春上)を本歌として指摘していますが、この歌に拠らなくても「雪きゆる→わかな摘」(『随葉集』)「残雪→摘若な」(『拾花集』)は常識的な寄合語でした。もう一つの付け筋は「髭」に「ところ」です。『類船集』に「髭《ヒゲ》→野老《トコロ》」があります。「ところ」は山芋に似た根菜で髭根がいっぱい生えているものです。それを老人の髭に見立てて「野老」と字を宛て、長寿を意味する縁起のよい食物と見なしました。要するに、この句は雅俗の四つ手付けです。ただし句意は穏やかで、「野では若菜を摘み、ところを掘っている頃だ」というところです。

N：『俳諧塵塚《ちりづか》』上にも「ところほるおふぢのひげやもろしらが　徳元」と、老人をイメージした句があります。昔は「ところ」は食料で、食べちゃった野老の精を皆で弔う狂言「野老」もあります。でも、品種改良された山芋が出回っている現在、苦味の強い野老はほとんど食べられなくなりました。野老と髭といえば、『常盤屋《ときわや》の句合』の第三番「左　芹とる翁碧潭《ヘキタン》に望んでこはいかに／右　防風《ばうふう》ゆるく吹て。青酢漸《やうや》く垂《タレ》リ」の芭蕉評に、「髭むさむさと生《おひ》たる老人、早《さ》わらびの杖にすがり、忽然《コツゼン》と来たり」、持の判定を下して「我は是、此山にかくれ住野老先生と云もの也と云て、即うせぬ」とあります。この先生はなんだか格好いい。それから、宗因の句の場合は「若菜」の「若」と「ところ」（野老）の「老」が対比されているのではないでしょうか。

S：なるほど、若菜と野老は良い組み合わせですね。芭蕉と言えば、「此山のかなしさ告よ野老堀（ママ）」という発句もあります。私かつて注釈しました（『風雅と笑い』112頁〜）。

53　きて見さい何なけれ共草の庵

S：雑になりました。「草の庵」により居所体の句です。これはあっさりとした心付けで、前句の春の野の近くに世捨て人の草庵があって人の来訪を待っているとしたのです。「見さい」は「……みなさい」と誘う、近世初期の歌謡によくある言い方で、俳諧にも盛んに使われました。母利司朗さんの『俳諧史の曙』（清文堂、二〇〇七）所収「〈見さい〉の歌謡と俳諧」に詳しい考察があります。「来て、見なさいな、何もない草庵だけど」という句意です。『拾遺和歌集』十六・雑春に「春物へまかりけるに、壺装束《つぼさうぞく》して侍《はべり》ける女どもの野辺に侍けるを見て、何わざするぞと問ひければ、ところ掘る也といらへければ／賀朝《がちよう》法師／春の野にところ求むと言ふなるは二人寝《ぬ》ばかり見出《で》たりや君／返し／よみ人知らず／春の野に掘る〳〵見れどなかりけり世に所せき人のためには」とある賀朝法師の俤がかすかに感じられます。

N：「見さい」については本書「四」の「立年の」百韻（288・289頁）にも「72からくれなゐを何とそめどの／73おいま女郎朝日かゝやく花見さい」の付句がありました。賀朝法師については……どうかなあ……。

S：私、賀朝法師の名前を見るたびに、谷啓さんの顔を思い出すんですよね。

N：いよいよわかんないんですけど。

54　**世のうきよりはとぞんじ侍《はんべ》る**

S：雑で、「世のうき」により述懐です。「世のうきよりは」という言い回しは、『俳大系』がすでに注を付けていますが、『古今和歌集』十八・雑歌下、よみ人しらず「山里は物のわびしき事こそあれ世の憂きよりは住みよかりけり」を本歌としています。付けとしては『拾花集』『類船集』に「庵→世を捨人」とある発想を核として、52→53と同様、心であっさりと付けています。あなたも遁世してはどう、と誘っているのです。草庵に暮らす世捨て人の言葉を引き延ばして「世の中がつらく苦しいのよりは、まだ住みやすい、と思っております」という発話体に仕立てました。本歌そのままの心境で、その草庵は山里にあるというイメージ。

N：山里は「浮世の外《ほか》」なんですね。『類船集』の「山居」の項に、付合語として「世捨人」がありますし、本文には「賢人の山居せしたぐひおほし。冬ぞさびしさまさりけりともよめ。鴨長明は方丈を立て山居せり。世のうきよりはすみよかりけりともよめり」と、『古今和歌集』歌についても触れています。

55　**たつぷりとしづむ汨羅《べきら》の江の辺《ほとり》**

S：版本『宗因千句』には確かに「汨羅」とあるのですが、「汨羅《べきら》」の書き誤りとして注を進めます。『俳大系』の注に「屈原の故事。屈原は戦国時代楚の人。江浜に流謫《るたく》され、汨羅に投じて死んだ。」とあるように、屈原《くつげん》の故事として解釈すべきですから「汨羅」でなくてはなりません。『日本国語大辞典』の「べきら」の説明を引きますと「中国湖南省北東部を流れる湘江の支流。江西省修水県の西南を源とし、西流して湘陰県の北を過ぎ、湘水に入る。楚の屈原の投身した所として有名。汨羅江」。この句は雑で、「江」が水辺体、「汨羅」は名所としていいでしょう。前句を「世のうきよりは、いっそ死んでしまおう」と読み替えて、屈原が投身した話題に転じたのです。「たつぷり」は、擬音語としてタップリで、今なら「タップン」という語感ではないでしょうか。「たっぷんと、屈原が身を沈めた汨羅の江のほとり」の意です。「汨羅」とくれば屈原以外にはありません。

N：「世を挙げて皆濁り、我独り清めり」（「漁夫之辞」）と濁世を憎んだ人ですね。「たつぷりとしずむ」に質感が感じられます。何となく「とっぷりと暮れる」と日没もイメージしている気がしたのですが、「とっぷり」が日の沈む形容として用いられるのは、時代的にもう少しあとのようです。

56 簀巻《すまき》にしたる浦の里人

S：雑で、「浦」により水辺体、「里人」により人倫の句となっています。「簀」（竹や葦などを糸で粗く編んだもの）で人をのり巻きみたいに巻いて、水に放り込むのが「簀巻」です。この付けには、「ちまき」の由来譚が関わっています。屈原は五月五日に投身入水自殺したそうなのですが、楚の人々が屈原を憐れみ米の飯を竹筒に詰め、毎年その日、江に投げ込んだのが端午の節句に食べる「ちまき」の始まりと言われていました。たとえば『増山井《ぞうやまのい》』四季之詞の夏・五月に「ちまき」の項があり、「又、楚の屈原が汨羅に沈しを祭るわざにおこれり共いふよし、世諺《せげん》問答にあり」とあります。宗因としては、屈原の話題から「ちまき」を想起して、そのぐるぐる巻きの形態を「簀巻にしたる」という語にして付けたと考えられます。それに、「汨羅」あたりの楚人を「浦の里人」で受けたのでしょう。一句としては誰を「簀巻にした」のか分からなくなっていて、まとまった意味を成していないと取るべきだと思います。

N：一句完結で意味を取るならば、目的語は「浦の里人」のほかになく、「海辺の里人を簀巻きにしてしまった」と読んでいいのではないでしょうか。「簀巻」は江戸時代の私刑でもあります。「ちまき」そのものを「簀巻」と表現しているのなら中に人が入っていそうという怖い笑いが狙いでしょう。それにしても「ちまき」から「すまき」って発想がすごい。

S：いや、目的語を「浦の里人」と取るのは、次の付けで取り成してのことでしょう。この一句としてはイミフでも構わないとしたところが、宗因流なんじゃないかな。

57　御法度のからき塩鶴売まはり

S：雑。「鶴」により動物鳥の句です。前句を「海辺の里人を簀巻きにしてしまった」とする読みは、この句の付けで有効になります。簀巻きにされた者は、塩鶴を売り回ったゆえの刑罰を受けたのだという流れです。水雑炊を喰らわせい、ってね。何で「塩鶴」が出て来たかと言えば、前句の「浦」に対して「塩」も「鶴」も寄合語だからです。「からき」が掛詞で、「御法度が容赦なく厳しい」の意と「塩鶴」の塩辛さを表しています。まとめると「御法度できびしく禁止されている、しおからい塩漬けの鶴の肉を売り回って」の意。なお、ここの付けは『続境海草《ぞくさかいぐさ》』の付句に取られていますが、ただし、前句の下七「浦の蜑人」で、作者も「大坂一六」となっています。そのあたりの不審はありますが、付句集に抜き出されるくらいに高評価を受けていたわけです。思いもよらない展開を引き出している点で優れた付けだと思います。

N：御法度を破って簀巻きにされてしまった著名な人物に、謡曲「鵜飼《うかい》」の老人がいます。殺生禁断の川でこっそり鵜飼いをしていたのをつかまり、柴漬《ふしづけ》（簀巻きのこと）にされて川に放り込まれました。宗因の発想の根底にあったかもしれません。塩鶴が具体的に御法度だったかどうかはわかりません。『色道大鏡』十四では、嶋原の揚屋が江戸の揚屋の主人をもてなすのに「客にさえつかひがたき遠来の物」と塩鶴を料理して出したところ、江戸人に、自分たちはふだん「生鶴」を食べているのでこんな「ひねくさき（古びた）塩鶴」なんか馳走ではない、と言われています。親しい間柄での冗談なのですが、ご馳走だったのでしょう。『好色一代女』四の三にも骨だけ出て来ます。『毛吹草』の「名物」の項にも「松前」に「塩鶴」とありました。また、血の道の薬としても用いられ、「帰らぬ雲井したふ塩鶴／腰けとてあかれしままの里住に　一六」（『続境海草』付句）と「腰け」（婦人病）に付ける例もあります。簀巻きにされる覚悟はオーバーとして、それなりの需要があったのでしょう。簀巻きにされたのは「塩鶴」であるという解釈は可能か？とも考えてみましたが、「御法度」の語が生きるにはやっぱり塩鶴売りが簀巻きにされなければ。

58　とかく奢《をごり》はやまぬふるまひ

S：雑です。心の付けで、「塩鶴」のような高級品を買う側の話題に転じています。商売人は、たとえ御法度だとしても、「奢」に走り高く買う人がいる限り危険を冒して売るのです。高級食材の話なので、「ふるまひ」は「態度」の意ではなくて「ご馳走」の意味に取るべきでしょう。つまり一句は「よくあることながら、贅沢な物を出してしまう、振る舞いのご馳走」ということになります。

N：そんな振る舞いを受けてみたい……。

59　さゝがにの雲の上人《うへびと》色にふけり

S：雑で、「色にふけり」によって恋になりました。「さゝがに」は蜘蛛ですから動物虫《うごきもの》で、打越しに「塩鶴」がいましたから動物どうしの差し合いです。また、『産衣《うぶぎぬ》』が「雲の上人」は人倫であると規定しています。ふつう、宮中に昇殿を許された人を言います。細かい事ながら「雲」字を聳物とするかどうかについて言えば、『はなひ草』の「式目」に「雲の上人・雲ゐの庭、聳物ニ打越嫌《うちこしきらふ》」とありますので、「雲の上人」と使われている「雲」は聳物には扱われなかったと推測されます。付けの大筋は、「奢はやまぬ」に対して「色にふけり」という心です。和歌的発想では色恋は肯定されるはずなのに、宗因的には色恋に耽るのは奢りなのですね。ちょっと近世武士の思考を感じますね。そしてそこに、

「ふるまひ」から「さゝがに」という連想語を絡めています。その典拠として『俳大系』の注は「わが背子が来べき宵なりささがにの蛛のふるまひかねてしるしも」（『古今和歌集』十四・恋四の墨滅歌）を指摘しています。『類船集』にも「振舞→蜘蛛《クモ》」があるように、これは俳諧にもよく利用される古歌でした。また、「さゝがにの」は「雲」の枕詞であるところから「雲の上人」と続けたのです。要するに一句の意は、「さゝがにの」は枕詞として取り入れずにおきますが、「雲の上人と言われる貴族たちが女色に溺れている」ということです。

N：「雲の上人」の色恋にちょっと冷たいのは、時代の必然かも知れません。公家と女官の密通から起こった慶長年間の猪熊事件。慶長十八年（一六一三）に幕府は公家衆法度五箇条を定めて、公家の風紀の取り締まりが始まりました。

60　**うづらとり〳〵はては妹《いも》がり**

S：「うづら」で秋にしました。「妹がり」により恋です。「妹」が人倫。「うづら」は動物鳥ですが、動物鳥は三句去りがルールなので「塩鶴」と差し合いです。前句の「さゝがに」も「塩鶴」と差し合っていたところから考えますと、食品になってしまった「塩鶴」は動物鳥とは見ていなかったのかもしれません。ここは、好色な貴族についての前句から『伊勢物語』を想起した付けです。「うづら」は百二十三段に登場します。

むかし、おとこありけり。深草に住みける女を、やうやうあきがたにや思けん、かゝる歌をよみけり。

年を経て住みこし里を出でていなばいとゞ深草野とやなりなん

女、返し、

野とならば鶉となりて鳴きをらんかりにだにやは君は来ざらむ

とよめりけるにめでて、行かむと思ふ心なくなりにけり。

この女の返歌にあるように、男は深草へ鶉を狩りに来て、女にも逢うのです。「鶉をあちらで獲りこちらで獲りしながら、最後には女のもとへ、女を狩りに行くのだ」と、「妹がり」に「狩り」を言い掛けているのでしょう。なお、上七は

『ふみはたから』では「うづら〳〵と」となっています。「うづら〳〵と」では句意として分かりにくく、この場合は底本のほうがよいように思います。単純な誤写かも。

N：底本の形は「とり〴〵」「妹がり」と韻を踏んで言葉遊びを意識しています。「うづら〳〵と」は鶉を探し求めるさまでしょう。誤りというほど分かりにくいとは思いませんが。

61 あだ名のみ種々にいはれの野べの露

S：「露」で秋の二句めです。「あだ名」で恋を続けました。「露」が降物《ふりもの》、「いはれの野べ」が名所です。「うづら」と「いはれの野べ」の寄合語を利用しながら、「妹がり」に向かう者の袖が野辺の露で濡れることを想像した付けです。本歌は『和漢朗詠集』秋興の、丹比国人《たじひのくにひと》、「鶉なく磐余《いはれ》の野辺の秋萩を思ふ人とも見つる今日かな」です。「磐余」は大和国の歌枕で、「言はれ」との掛詞にして使われています。「恋の噂ばかりをいろいろ言われながら、磐余の野辺の露に濡れている」という意。

N：「あだ名」は現代語の「渾名」ではなく「徒名」。浮き名、スキャンダルのことですね。あだ名を「種々に」いわれていることが、「うづらとり〴〵」とあちらこちらで鶉をとる様子に応じています。でも「あだ名のみ」ってのは実際にはうまくいってないのかな？

S：そうですね。噂だけのドンファン。それはそれで本人は苦労しているのでしょう。私には分かりませんし同情もしませんけどね。

62 萩のもちなしをみなへしなら

S：「萩」「をみなへし」ともに秋で植物草です。『俳大系』の注は、「いはれ野の萩の朝露」（後拾遺集・四・三〇五）、「あだにのみ磐余の野べの女郎花」（新後撰集・四・二九九）など。

「いはれ」―「萩」・「をみなへし」（類船集）

となっていますが、その二首の全体は、「よをそむきてのち、いはれのといふところをすぎてよめる／素意《そい》法師／いはれののはぎのあさつゆわけゆけばこひせしそでの心地こそすれ」と、「あだにのみいはれの野べの女郎花うしろめたくもおける露かな　よみ人しらず」です。でも、これらの歌を意識してというのでなく、「磐余」に対しての「萩」「をみなへし」を、『類船集』に載っているほどの固定的な寄合語として、言葉で付けているのだろうと思います。また、二つの花の名は「野べ」「露」にも付いています。しかし、宗因は、それぞれの花の名前を俳諧的な別の意味で使いました。「萩のもち」はつまり「おはぎ」、「をみなへし」は粟餅の別名です。前句にあった「あだ名」の語が、別名の利用を引き出したのです。一句の意は「おはぎはないが、おみなえし（粟餅）ならある」ということです。なお、上七を『ふみはたから』は「萩のもちなら」としていますが、句意のまとまりがなくなり、そのことに何か狙いがあるとも思われません。次の句との関係では「萩のもちなし」とありたいところです。仮名のまぎれでしょう。

N：簡単なようで凝った付けですね。

63　月めでゝ腹へらしたる旅枕

S：「月」によって秋、天象、夜分。月を定座《じょうざ》で詠みました。「旅枕」ですから旅の句です。『拾花集』『竹馬集』に「女郎花→野べの月」があります。前句の「女郎花」に「月」を言葉で付け、「萩のもちなし」に「腹へらしたる」と付けました。「月を愛でて腹を減らしてしまった、旅の宿」。

N：ずっと後の時代ですが、蕪村の「さくら狩美人の腹や減却す」（『蕪村句集』）を思い起こしました。とても現実的です。41に「右近衛をめしの遅きにひだるがり」がありましたから、この百韻で二度めの空腹です。

64 **あがれば、やがて舟の酔覚《ゑひさめ》**

S：雑になりました。「舟」が水辺外です。「月」「旅」に「舟」を付けるのは常套でしょう。月を愛でるのを、舟から岸に上がってからのこととしたのです。舟酔いが醒めたので「腹へらしたる」と、時間的には64が前、63が後の話になっていると読んでおきます。「舟から陸に上がればすぐに舟酔いがおさまって」。

N：船酔いではありませんが、既に「18何がどうやらしら川夜ぶね／19給酔《たべゑふ》た花見がへりのものがたり」の付合があって、類似の発想。酔うのも二度めですね。

【三折ウラ】

65 **ながめやる海辺の里の二階より**

N：雑で、「海辺」で水辺体、「里」で居所体です。「舟」に「海辺の里」を付け、「あがれば」を「二階」に上がることに取り成しています。『類船集』に「二階→舟」とあります。二階からの海辺の景色が良くて、船酔いがすぐに醒めたという心の付け。海辺の里の二階から、あたりの景色を眺めやる、という句意です。

S：「海辺」は上下に掛かっていて、前半は「海辺を眺めやる」という意味合いで作られているのかなと思えます。

66 **内蔵立《たつ》る住よしのすみ**

N：雑で、「住よし」が名所です。海辺の里を住吉に特定しました。『俳大系』に「鴈なきて菊の花さく秋はあれど春の海べに住吉の浜」（『伊勢物語』六十八段）の指摘があります。『竹馬集』にも「海→すみよし」の寄合があります。住吉は『伊勢物語』の歌のように、住み良い、という意味を掛けて用いられることが多いのですが、ここではさらに「すみよしのすみ」と畳みかけました。また、「二階」には「内蔵立る」を付けています（『類船集』に「二階→蔵」）。「内蔵」は戸口が家の中にある蔵で、金銭や諸道具、衣類など、すぐ使うものを納めていました。前句に豊かな雰囲気をみて、富家のさまを趣向したのでしょう。左うちわで海を見ている感じですものね。内蔵を建てて住吉の片隅に住んでいる。暮らしやすいことだ、の意味になります。

S：もしかしたらこの句は誰ぞ現実の金持ちのうわさかもしれませんね。「内蔵」は金銀を収めておく蔵というニュアンスでしょう。西鶴に多数の用例がありますが、たとえば『日本永代蔵』の第一話に「此商人内蔵には常燈のひかり、その名は網屋とて武蔵にかくれなし」というくだりがあります。大金持ちは内蔵に常夜灯を点けておいたそうです。

67　**松風はあれから是におさまりて**

N：雑。「松風」に「松」字はありますが、風が主体ですので植物木の句とは見ません。住吉と言えば松原ですので、「松風」を付けました。また「蔵」に「おさまりて」と付けています（『類船集』に「納《オサムル》→蔵」）。松風があちらからこちらへ吹いてきておさまった、の意味ですが、風がおさまるのは治世が安定している比喩としてよく用いられる表現です。「四海波静かにて。国も治まる時つ風。枝をならさぬ御代なれや」（「高砂」）をはじめとして謡曲で頻繁に用いられますが、ここでは住吉明神のご威光を読み取るのがよいかもしれません。謡曲「高砂」の老翁は住吉明神ですし。『ふみはたから』では中七が「乾にどうと」となっていて、松風は乾の方角にどっと吹いて収まった、という句意になります。家敷の西北の隅を「乾の隅」と言い、大黒天など福神を祭る方角でした。異文ではこの熟語により「すみ」に「乾」を付けていることになって、より手が込んでいます。

S：なお、『俳大系』は上五を「春風は」と誤っています。前後が雑なのにここだけ春ということはありません。中七「乾にどうと」の異文について言えば、次の句で「ね＝子」を詠んでから後に、どうせなら「乾＝戌亥」との連続を付けに含ませようとして前句を改めたと推測されます。

68　**苺《こけ》のむしろにねの時の夢**

N：雑。「苺」は植物草です。「ねの時の夢」により夜分でしょう。「苺→松の雫」（『拾花集』『竹馬集』）の寄合があるので、「松」に「苺」を付けました。「苺のむしろ」は、苔が一面に生えたさまを筵に見立てた表現です。また、隠棲者や旅人のわびしい寝床のことも言います。この句は旅人の野宿のさまと読めます。前句の「風が収まった」から、旅人が「寝」ると展開しました。「ね」に「寝」と時刻の「子」を掛けていて、子の刻になったので、野宿する旅人は、「苔の筵」とも言われる侘しい寝床で夢を見る、という句意になります。「臥しなれぬ松の下根の苔筵／これにはしかじ旅のかなしさ　後深草弁内侍《べんのないし》」（『菟玖波《つくば》集』羇《き》旅《りょ》）は、この句と良く似た感じですね。「ね」の掛詞が俳諧らしさでしょうか。

S：この付けは、松風の音が止んだという点が肝心でしょう。深夜の子の刻まではうるさくて眠れなかったのですね。風雅な松籟も旅人の睡眠不足に結びつくと迷惑です。一句立ては連歌ですが、付け心が俳諧なのだと思います。

69　**いにしへの御跡いざやとぶらはん**

N：雑が続きます。「いにしへ」と「跡……とぶらはん」により、述懐《しゅっかい》の句と見ます。跡を弔う、とは死者の霊を慰め追善すること。『日葡《にっぽ》辞書』に「Atouo tomuro〈訳〉故人のために葬式または儀式を行なう」とあります。「苺《こけ》→いにしへの跡」「夢→忍ぶむかし」（『拾花集』『竹馬集』）の寄合があります。前句《まえく》の夢にゆかりの貴人が現れた、とみて、さあ、昔の貴い御方の供養をしてさしあげよう、と付けました。たとえば謡曲「頼政」に「扨《さて》は頼政の幽霊かりに現れ。我に言葉をかはしけるぞや。いざや御跡弔はんと。思ひよるべの波枕。〳〵。汀も近し此庭の扇の芝を片敷きて。夢の契を。待たうよ」と、ワキの旅僧が頼政の霊を慰める場面があります。これに限るというのではありませんが、夢幻能のパターンを踏まえていると見られます。

S：異議なし。宗因の謡曲趣味がよく表れている句だと思います。

70 **名をすゝがでは今度の合戦**

N：雑。「名を雪《すす》ぐ」は汚名を返上する、の意味です。『類船集』に「弔ひ→合戦」の付合がある通り、ここは主君の弔合戦、仇討ちの体を趣向したのでしょう。今度の合戦では、汚名を返上しないではおかない、という武士のセリフです。

S：能の一場面として、よくありそうな後シテの台詞を抜き出しての、心の付けですね。

71 **会稽や大慶のうたうたふべし**

N：雑。「会稽」で名所です。『俳大系』に「范蠡の故事。「会稽の恥をすゝぐ」」と、成句を指摘しています。越王勾践《こうせん》が呉王夫差《ふさ》に敗れて屈辱的な講和を結んだのが「会稽の恥」。その後勾践は、苦い肝を嘗めては辱めを思い出し、賢臣范蠡《はんれい》の助けを得て夫差を破り、名誉を快復しました。「大慶」は大変めでたいこと、「大慶のうた」は勝ち戦の喜びの歌でしょう。「会稽」の一語で「会稽の恥をすすぐこと」つまり、復讐の意と取って、会稽の恥をすすいで、大いに喜びの歌を歌おう、という句意です。

S：カイケイ・タイケイと、同音の反復で遊んでいるのかも。それはそれとして、「大慶のうたうたふ」には何か典拠がありそうで引っかかっています。

72 **錦繍を着て家に入聟《いりむこ》**

N：雑。「入聟」ですからここから恋になりました。また人倫でもあります。「家」は居所体、「錦繍」は衣類。『俳大系』に「朱買臣の故事。朱買臣は前漢武帝の代の人。会稽の太守となり、錦衣故郷に帰った。「もみぢ葉を分けつつゆけば錦着て家に帰ると人や見るらん」（後撰集・七）」と注があります。貧しい中から独学で会稽太守、丞相《しょうじょう》長吏《ちょうり》となった朱買臣《しゅばいしん》は、立身出世の代名詞的な人物です。「錦繍」は立派な着物のことで、諺に、出世をして故郷へ帰ることを「錦を着て故郷へ帰る」といいます。「会稽」を、朱買臣の話題にずらして「錦繡を着て家に入」と付けました。また、「大慶」からおめでたいということで「入聟」が付きます。「入」が上下に掛かり、出世をして、美しい衣服を着て家に入るのは入聟だ、という意味です。

S：『類船集』の「妻《メ》」の項に「其ノ妻《メ》に礼せられざりしは朱買臣がまづしき時の事也」という記事があります。もともとは『漢書』に載る話題ですが、『蒙求《もうぎゅう》』の「買妻恥醮《ばいさいちしょう》」によって知られていました。朱買臣は薪を売って生計を立てながらも本を読んでばかりいたため四十過ぎても貧しくて、妻は家を出ようとします。買臣は「五十になったら富貴になる、それまで待て」と引き留めますが、妻は買臣と別れて再婚（再「醮」）します。買臣は言った通り数年後に武帝に見出され会稽の太守となって故郷に錦を飾りました。そして、元の妻とその夫が道を掃除しているのを見かけ、車に乗せ連れ帰り食事を与えます。しかし、元妻は恥じて自殺してしまいました。ここの付けで宗因は「買妻恥醮」の故事を直接的には用いていないのですが、「錦繡を着て」と共に「聟」も朱買臣からの連想の繋がりがある点がミソなのだと思います。宗因句は、ひとたび軽視されたムコどのが錦を着て故郷の家に「入」る場面。どうだあ、見返してやったぜ、って感じ。

N：あなたはとっくに五十すぎましたよね。

73 **聞えたるかれはすきものだうけもの**

N：雑で、「すきもの」により恋、「かれ」は人倫です。「すきもの」は色好みの人、「だうけもの」はおどけた人。前句の「入聟」の様子を付けました。あの男は、世間でも評判の好色でおどけたやつだ、の意味。友達なら楽しいけれど、夫にはしたくないタイプ。

S：重い故事からさらりと転じて、恋に変化を付けましたね。

74　梅干くふたまねはそのまゝ

N：雑。「梅」字はありますが、梅干では植物の句とはしなかったと思います。「好き者」を「酸きもの」に取り成して「梅干」を付け、「だうけもの」のしぐさとして句意で付けました。梅干しを食べた真似がいかにもそれらしい、というおどけものの面目躍如です。

S：単純ですが効果的な取り成しです。

75　膳くだり扨《さて》もうどんやこぼすらん

N：雑。『類船集』に「梅干→うどん」とあるのは、うどんに梅干しを入れたのかな？　「膳」は料理を載せる台のことですが、「膳くだり」がよくわかりません。お膳が下げ渡されたということでしょうか、お膳の周りということでしょうか、いずれにせよ、その膳からさてもまあうどんをこぼしているようだ、という句意でしょう。ふざけて梅干しを食べるまねなんかしているから、ということかなあ？　何だか元ネタがありそうなのですが。本書「四」の「立年の」百韻（295頁）に「79おかしげに鎗をかまへて参さふ／80おとがひくだりこぼすさかづき」とあったのを思い出しました。

S：「梅干し顔」という語があって「年取ってしわくちゃになった顔」を意味します。ここは、前句を老人の顔に見替えて、うどんをうまく食べられなくてこぼしているという心で展開したのではないでしょうか。

76　茶屋のあるじが下につぶやく

N：この面はここまでがずっと雑です。「あるじ」で人倫になります。「茶屋」はここでは遊女遊びをする場所ではなく、いわゆる茶店でしょう。『類船集』でも「茶屋」に「あぶり餅」や「焼豆腐」「団子」「餅」などの食べ物が付合になっており、うどんもよく供していたと思われます。「下に」は「内心に」という意で、句意としては「茶店の主人が、心の内につぶやいている」。前句をセリフとして、それを言った人物を「茶屋のあるじ」とした単純な発想の付けです。

S：前句の「こぼす」を受けて、店主が使用人に愚痴を言っているという付け筋かと思って検討したのですが、いくつかの辞書に当たりましても「愚痴を言う」意味の「こぼす」は明治になってからの用例ばかりでした。当時はそういう「こぼす」は使われていなかったようです。

77
清水《きよみづ》の月やら花やら知《しり》もせで

N：さあ、前の句まで長々と雑を続けてきたツケを払う時が来ましたよ。三折ウラも残り二句、ここで強引に月・花を両方詠みこんでいます。「花」は植物木、「月」は天象で夜分。春の月に限定して解しうる場合は別ですが、通常、月・花が並列的に同居する句は雑に扱われるはずです。ところが、春の句数は三句以上のはずなのに続く三句が78春・79春・80雑という運びですので、逆の方向から判断するのは誉められないことですけれど、この句も春とせざるを得ません。宗因先生、式目上、ここ、苦しいんですけれど。なお、「清水」で名所の句でもあります。茶屋が多い場所を清水に特定したのです。『類船集』にも「茶屋→清水坂」「清水→茶屋」などの付合が載っています。また清水は桜花の名所でもありました。『俳諧塵塚』下の、卜圃《ぼくほ》の「鶯蛙の花見」という句文では、清水の花見を「峯々谷々まで幕打まはしうたひつるるは、山にはあらで只町《ただ》つづき」とか「見もしらぬ人の前うしろより押かかれば」などと大賑わいの様子が描かれています。昔からの一大行楽地ですね。一句は茶屋のあるじのつぶやきを具体的に述べた付けで、句意は、私は清水寺の月や花の美しさを知らないというのに、となります。春秋の行楽シーズンには忙しくて、茶店の主は近くに住んでいながら清水の月も花も楽しみとして見ることがないという、うがった句です。

S：そう取ると、76を挟んで前も後ろも「つぶやき」の中身となって、悪い展開です。その意味でも解釈が苦しい。かといってよい代案もないのですが……。

78
用捨なくつく春の夜の鐘

N：春です。「夜」ですから夜分の句です。「清水」に「鐘」と付けました。「月」と「鐘」も寄合です。能因の「山里の春の夕暮きてみればいりあひの鐘に花ぞちりける」（『新古今和歌集』二・春下）により、花が散るので鐘をついてはいけない、というのが定石。重頼の「やあしばらく花に対して鐘つくこと」（『貞徳誹諧記』上）はその典型ですね。前句の人物を無風流な人物と読み替え、花が散るのも構わずに、用捨なく春の夜の鐘をつく、と付けました。むやみやたらに突いている感じがします。

S：77の「月」はこの面《おもて》の月をうっかり忘れていて後から慌てて押し込んだのかも、などと想像したくなります。

【名残折《なごりのおり》オモテ】

79　**うらゝかな咄なかばにさらば〳〵**

S：「うらゝか」によって春の三句めにしています。句意としては春の季感が薄いのですけどね。前句の「夜」から夜咄の会を連想しました。ごんごんと鐘が鳴って、まだ咄は終わってないのに聴衆が「夜も更けた、さらばさらば」と帰って行くのです。理屈で付けている心の付け。

N：前句の「用捨なく」を咄を聴きに来た人々の気持ちとしたのですね。ところで「うらゝかな咄」ってどんな咄でしょう？　『随葉集』には「うらゝとはのどかなる事に候」とあり、辞書ではのどか、ほがらか、さわやか、などの意味があがっています。『紅梅千句』一には「華には誰も気のうき蔵主《ざうす》　友仙／うららかな児《ちご》や若衆と船にのり　可頼」と「児」に付く例もあり、明るい朗らかな咄と取っておきます。

80　**尻やけざるをちとたしなみやれ**

S：雑になりました。「尻やけざる」は比喩的な語ですが、「猿」のイメージは活きていますので動物獣と見ておきます。お猿の尻が赤いのは尻を焼かれたからだと昔話によく言われますが、江戸時代「尻焼け猿」という語でお尻を落ち着かせることのない人を表しました。『譬喩尽《たとえづくし》』に「尻焼猿《ヤケザル》で不居々《ゐすはらぬ》」という諺が載っています。ここは、前句を、咄の途中で席を立ってしまうようなせっかちな人の言動と読み替えて、心で付けたのです。一句の意としては「尻焼け猿という言葉のとおりのせっかちさを、少し慎みなさいな」ということ。

N：いますね、そういう人。のんびりした「うら、か」に対して正反対の「尻やけざる」をもってきたのでしょう。『崑《こん》山集《ざんしゅう》』第五・夏にも「蛍火はしりやけ猿のたく火哉」の例があり、「しり」でつなげつつ蛍火の明滅のせわしなさをとらえています。また「ちとたしなみやれ」の言い回しは「立つ居つ座敷をするも見とむない　武仙／ちとたしなみやれそちの小便　西似」（『天満千句』二）のような、お説教する年配の人物を彷彿とさせる例があります。

81 **初娌《よめ》はそだちをひとがいふものぞ**

S：雑で、「初娌」によって恋でしょう。「初娌」「ひと」で人倫の句でもあります。「初娌」は初婚の嫁ではなくて、新婚の嫁のようです。『類船集』に「猿↓娌とり」「育↓猿」（育字には右に「ソダツル」、左に「ソダチ」と振り仮名がある）といった付合語がありますから、前句の「さる」から嫁の育ち方の問題に話題を振ったと見られます。この嫁さん、猿のように育てられたので、何かにつけて気ぜわしいのですね。甲州弁だと「やせったい」。いえいえ、あなたのことではありませんよ、けっして。もう「初娌」でもないじゃんけ。ユーモラスな付けだと思います。一句としては「新婚の嫁のことは、育ち方について人が評判するものだ」というところで、ありがちな一般論になっています。

N：もちろん私のことではありませんね、この付けは。なお、「初娌」は本書「四」（289・290頁）の「立年の」百韻にも「73おいま女郎朝日か、やく花見さい／74うぐひすよりも初娌の声」の例があり、こちらは新婚らしい雰囲気が詠まれています。こっちが私。

82 **女は氏はともかくもあれ**

S：雑で、「女」により恋の二句めにしています。人倫でもあります。「氏」はつまり家柄で、ここは「氏より育ち」という諺によって付けています。たとえ家柄が立派でも、親のしつけがなってなければ困り者のヨメです。『類船集』にも「育→氏」「氏→そだち」の付合語があります。「女は、家柄は家柄としてあまり問題ではなくて」という句意で、前句に素直に帰ります。わかりやすい遣句ですね。

N：今でこそ家柄はあまり問題にならなくなりましたが（上流階級は気にしているのかな？）、当時は「氏」が重んじられたからこその諺です。

83　**房崎の浦はるかなる末盤盛（ママ）**

S：底本に「末盤盛」とありますが、「盤」は「繁」の誤字と見て解釈します。雑の句です。「房崎の浦」により、水辺体で名所の句です。恋を離れました。前句が遣句だったのはこの句で凝った展開をするためだったと知られます。『俳大系』に注があります。

　房崎の浦「さてもみづからが御母は、讃州志度の浦、房前と申す所にて、空しくなり給ひぬと、承りて候へば、……大臣御身をやつしこの浦に下り給ひ、賤しき海士少女と契りをこめ、一人の御子を設く」（謡曲「海士」）。

謡曲「海士《あま》」について簡単に説明しますと、藤原房前《ふさざき》大臣が母の追善のために讃岐の志度の浦へ下り、海士であった母の物語を聞き、丁重に弔って母の霊に会うというあらすじの曲です。房前の父、藤原不比等は、唐の后となった妹から贈られた「面向不背《めんかうふはい》の珠」を龍神に奪われて、それをとりもどすために志度の浦の海女と契りを交わし、房前を生ませ、竜宮から珠を奪い返すよう命じました。珠を得て戻る途中追われた房前の母は、乳の下を切って珠を隠し不比等に届けてから亡くなります。『俳大系』注が引くように「賤しき海士少女」というような表現が謡曲「海士」には出て来ますから、前句の「女は家柄ではない」という内容に対してこの曲に拠って房前の母の物語を付けたわけです。『類船集』の「賤《シツ》」の項には付合語として「海士」を挙げた上で「賤のめのはらにやどり給ふと房崎大臣の事をいへり」と説明しています。身分差のある父母という話題で俳諧によく使われるネタだったと分かります。なお、「房前の浦」は、謡曲で「房前と申す所にて」（『俳大系』注の傍点部）とあることから「房前」を地名として用いたものでしょう。それから、「繁盛（繁昌）」も「海士」に見える語で、曲の最後に「さてこそ讃州志度寺と号し、毎年八講、朝暮の勤行、仏法繁昌の霊地となるも、この孝養とうけたまはる」と出て来ます。一句は、謡曲においては「繁昌」はその後の志度寺のさまですから、そこにこだわれば「房崎の浦にある志度寺は、遠い末々までも繁昌のさまである」と取るべきでしょうか。別案、「房崎の浦で不比等が海士と契ったことが、後の世の藤原氏の末長き繁盛の基《もとい》となった」といった意味とも考えられます。

N：前句が母親のことを述べているので、繁盛したのは藤原氏の子々孫々として良いのではないでしょうか。謡曲「海士」は例えば「おしや仏のさりとはさりとは　玖也／房崎や霞ぬ玉は浪の底　維舟」（『俳諧塵塚』下、「花の友や」百韻）などとよく使われています。朝ドラの「あまちゃん」がヒットして海女さんのイメージも変わりましたが、謡曲だと身勝手な貴族が賤の女を操る、残酷物語ですね。

84　買はやらかす新酒《しんじゅ》島かげ

S：雑です。「島かげ」は山類体かつ水辺体になります。この句としては「島影」、島の姿でしょう。「新酒」は、季題としては当時すでに秋のはずです。『毛吹草』誹諧四季之詞の九月や『増山井《ぞうやまのい》』秋の九月に「新酒」が登録されています。しかし前後が雑なのでここは秋ではありえません。うっかりミスでしょう。この句も、謡曲「海士」を利用しています。曲に「又これなる島をば新珠島《しんじゅしま》と申候、かの玉を取り上げ初めて見初めしによつて、新しき珠島《たましま》と書て新珠島と申候」とあります。つまり宗因は「新珠島」は「新酒島」だとシャレを言ったのです。「新酒」、ふるくはシンシュだけでなくシンジュとも発音したようで、『日葡辞書』に「Xinju（シンジュ）」として載っています。「買はやらかす」はあせって買いたくなるように煽ることで、「末繁盛」に付いています。一句としては、新酒の名前が「島かげ」なのでしょう。そういう名の酒が宗因の頃あったとは確認できないのですが。「人々にいそいで買わせようと、煽り立てて売っている、新酒「島かげ」を」。

N：あるいは、「真珠」の意として用いて雑の扱いとしているとも考えられるでしょうか。たとえば「新酒をのみて長いきぞせん　長頭丸《ちょうとうまる》／三珠の名の三五の月にしくはなし　正章《せいしょう》」（『紅梅千句』八）は「新酒」を真珠に取り成した付けだと思われます。……でもやっぱり、ここは無理に真珠と取る必要性はないかな。お酒でいいと思います。なお、ネット検索したら、小樽に「島影」という日本酒があるそうなので、ちょっと確認に……。

85　**つどひきてかゝる釣舟客の舟**

S：雑。「客」で人倫、「舟」は水辺外です。この付けは「島影」の意だった「島かげ」を「島陰」に取り成して島の陰の舟の停泊地と想定し、そこにたくさん「釣舟客の舟」が集まっているさまを描いたのです。前句で「新酒」を「買はやらかす」商人がいたわけですから、彼らが活動する場所として付けているとも言えます。それに、「舟」と「新酒」は縁語で、『類船集』に「早船→新酒」があります。「釣舟や遊覧の舟が集まって来て、こんなにもたくさん停泊している」という句意。

N：特に異議はありません。

86　**しけ日和にやなれる大東風《おほごち》**

S：「大東風」により春にしました。「東風《こち》」はもとより春に吹く東からの風で、強風だと「大」の字が付くのでしょう。『拾花集』『竹馬集』に「東風→浦舟」がありまして、「舟」と「東風」は寄合語でした。さらに、心の付けとして、前句で舟が集まっていることの理由を付けています。「しけが来そうな天気になってきたぞ、東風が強く吹いている」という意味です。『類船集』に「雨気→東風」があるように、東風は悪天候の前ぶれです。

N：仕方のないことですが、なかなか海辺から離れられません。

87 **頭痛にもふりさけ見ればちる桜**

S：「桜」により、春で、植物木の句です。「花」と言わず「桜」という木の名前で用いてますから、花の句にはならず、前後三句の春の運びはいわゆる素春《すはる》です。ここは「しけ日和」に「頭痛」を付けて、「東風」に「ちる桜」と付けた四つ手の付けです。「ふりさけ見れば」を挟むことによって句意を成り立たせています。「痛む頭をこらえて、遠くを見わたしてみると、桜が散る風景だった」という場面です。

N：『類船集』に「雨気→頭痛」とありますね。ほんと、低気圧だと頭痛がして……。『談林十百韻《だんりんとっぴゃくいん》』第四百韻の発句「郭公来べき宵也頭痛持　在色」は、時鳥がよく村雨とともに詠まれることから発想された秀逸な句です。がまんして桜を眺める所が風流人？

88 **おこりも夢もさめぎはの春**

S：「春」により春です。「夢」で夜分。「頭痛」に「おこり……さめぎは」を付けました。「瘧《おこり》」つまり熱病の治り際に頭痛がするという発想です。さらに、「ちる桜」に「夢もさめぎはの春」を付けています。春が深まって美しい桜花が散ってゆくのは夢が覚めるようなもの、という連想でしょう。『類船集』に桜の異名として「夢見草」というのがありまして、そこからの発想かもしれません。一句は「瘧《おこり》もそろそろ熱が下がるころ、夢もそろそろ覚めようという晩春のころ」となります。

N：「さめぎはの春」なんて綺麗な言葉のように思いましたが、和歌に用例はありませんでした。

89 **北山の何がし坊にかりまくら**

源氏物語の北山の場面（『源氏物語団扇画帖』「若紫巻」、国文学研究資料館所蔵、同館蔵和古書目録データベースより）

S：雑《ぞう》になりました。「かりまくら」を旅と見ておきます。「何がし坊」は寺の類ですから釈教《しやつきよう》、「北山」は山類体で名所でしょう。「夢もさめぎは」に「かりまくら」を付けています。『拾花集』に「かり枕→夢さます嵐」、『竹馬集』に「かり枕→夢覚す床」という寄合語があります。『俳大系』の注には、「北山の何がし坊　「おこり」――「北山の何がし坊」。『源氏物語』若紫巻。」とあり、『源氏物語』若紫の本文に当たりますと、「わらは病にわずらい給て、よろづにまじなひ、加持などまいらせ給へど、しるしなくてあまたたびおこり給ければ」、「北山になむなにがし寺といふ所にかしこきをこなひ人侍る」、「三月のつごもりなれば、京の花盛りはみな過ぎにけり」という具合です。前句の「おこり」に「北山の何がし坊」を付けたことは確かですが、「夢もさめぎはの春」という季節も、北山の場面を引っ張りだすのに関わっています。一句の意は、「北山の何とかいう坊にかりそめに泊まった」。ちなみに『源氏物語』の「北山」がどこかという問題には諸説あるのですね。最近、荒木浩さんの『かくして『源氏物語』が誕生する』（笠間書院、二〇一四）を読んで知りました。私は鞍馬だと思い込んでいた。

N：私は何となく京都の北の方、と適当に考えていました。この病名を初めて知ったのが若紫巻なので、「おこり」とでると、絶対『源氏物語』を使ってくるような気がしてしまいます。ここはまさにその通り！「かりまくら」というのも病気療養のために北山へ出かけた光源氏の行為そのもので、あまり工夫がないかも。

90
おなじ料理をあすも茸狩

S：「茸狩」によって秋になりました。「茸」は植物草。まず、謡曲「盛久《もりひさ》」に出てくる「北山の茸狩り」の発想によって付けています。「盛久」に「ひと年小松殿《とせ》北山にて茸狩りの遊路《いうろ》の、ご酒宴において」とあります。また、『拾花集』に「かり枕→狩暮す山」、『竹馬集』に「かり枕→狩残す山」がありますので、言葉として「かりまくら」にも「狩」が付きます。それに、宿坊の料理が今日も明日も「おなじ料理」だという心で「おなじ料理をあすも（炊け）」と付けました。「茸《たけ》」と「炊け」の掛詞でしょう。「同じ料理を明日も炊きなさい」という文脈の末に「茸狩」を投げ込んだような、一句として曖昧な句です。強いてまとめようとすれば、「同じ料理を明日も炊け、明日も茸狩りをするのだから」ということでしょうが、そんなに合理化にこだわる必要はないように思われます。

N：『時勢粧』六、維舟「入相に」百韻にも「酒過す袖よ一さし舞の曲／北山ゆゆし茸狩の供奉《ぐぶ》」と「盛久」を使った付合があります。毎日茸を狩暮らすというのも楽しそう。「おなじ料理を……」というと普通は批判的に使いそうですが、ここでは「たけ」と命じているわけですね。茸ご飯食べたい。

S：その茸料理が美味しすぎて、毎日狩って毎日食べたいということでしょう。

91
へついにも紅葉折たく月の暮

S：「紅葉」と「月」により秋で、月の句です。「月」で夜分《やぶん》で天象、「暮」で時分《じぶん》、それに「紅葉」が植物木です。ここでは月を出さないといけないという前提がありました。それに、『類船集』に「紅葉→茸狩」と見える付合語によって「茸狩」に「紅葉」を付け、「料理」に「へつい」を付けて、よりによって「紅葉」を「へつい」で「折たく」ことにしてしまったのです。「紅葉をたく」と言えば、『和漢朗詠集』「秋興」にある白楽天の詩句「林間に酒を煖めて紅葉を焼く、石上に詩を題して緑苔を掃ふ（仙遊寺に題す）」が有名ですが、宗因は「へついにも」紅葉をくべたというパロディを狙ったのでしょう。「も」が効いています。「へっついにも紅葉を折って火にくべる、月の暮」。なお、「茸」が「炊け」と掛詞なら、この句の「折たく」は動詞「たく」の反復になってしまってよろしくありません。
N：「へつい」は竈《かまど》のことです。白楽天の詩句からいえば、紅葉を折たくことはまだ風雅の域のはず。それが竈じゃあねえ。『山の井』秋に「ひえのやまにのぼり侍し時、ひらのだけに紅葉のちりけるを見侍て／山風や紅葉折たく火ふき獄　正忠」と見立ての句が載っていますが、こちらも「火吹き竹」では俗の範疇でしょう。

92　**時雨露けきひざまくりして**
S：「露けき」により秋で、「時雨」も「露」も降物《ふりもの》です。「時雨」が入れば普通は冬ですが、『無言抄』に「露霜、また露時雨、かくのごとき二色続きては、秋なり」といい、「露」と結んで秋の扱いになります。一般的な連歌寄合で前句の「紅葉」と「月」に「時雨・露」が付いています。さらに、『類船集』に「折→膝」とある付合語を利用して「折」の字に対し「膝」を連想し、「ひざまくりして」と作ってへっついで火を「たく」動作に付けたのです。折端《おりはし》でもあり、言葉付けでさっさと作った一句立てのあやしい句と言えます。強引に現代語訳すれば「膝まくりをした膝のあたりが、時雨によって露に濡れている」。
N：露時雨に立ち働くのに着物が濡れないようたくしあげているのでしょう。

【名残折ウラ】

93　**あばら屋の不破の関守にくいやつ**
N：雑になりました。「あばら屋」を居所体《きよしよたい》と見ておきます。「関守」と「やつ」で人倫です。それと「不破の関」で名所です。なお、『俳大系』注には「底本、下三字不明。『落花集』による。」とありますが、柿衛本《かきもり》ではあきらかに「にくいやつ」となっています。「時雨露けき」に、雨が漏れることの連想で「あばら屋」と付け（『類船集』に「漏《モル》→あばら屋」）、そこを「不破の関」としました。「不破の関」は「人すまぬ不破の関屋の板びさし荒れにしのちはただ秋の風　藤原良経」（『新古今和歌集』十七・雑中）の歌に代表されるように荒廃した景の詠まれる歌枕で「あばら屋」にふさわしい。前句の膝まくりする人物を「不破の関守」としたわけですが、「にくいやつ」の解釈に困ります。可能性としては、いやなやつ、見苦しいやつ、心憎いやつ……。ひざまくりするのはお行儀の悪いことですが、「歌枕不破の関で板庇から漏れる時雨を味わっている」ということで、あえて、「心憎い奴」、と解釈しておきます。肯定的な「にくい」が、次の句が付いて否定的「にくい」に転じることになるのが面白い。なお、『ふみはたから』では下五が「慮外もの」。これだと無礼者の意味で、まさに行儀の悪さに焦点が当てられます。

S：50「かすんだつらや山賤《やまがつ》の体」を「かすんだつらもにくき山賤」に改めたことと関連して、ここの「にくいやつ」を「慮外もの」に直したと考えられます。

94　銭がほしくばいでものみせん

N：雑です。不破の関は美濃の歌枕ですが、美濃は強盗の名所でもありました。盗賊熊坂長範《くまさかちょうはん》一味が美濃国青墓（幸若「烏帽子折」に拠る、謡曲「熊坂」では美濃国赤坂）に金売り吉次を襲い、牛若丸に討伐された伝説が残ります。『類船集』にも「美濃→不破の関屋……強盗《ガウダウ》……熊坂」の付合があり、ここでは、「にくいやつ」である不破の関守を強盗としたのです。前句が異文の「慮外もの」であっても付けの発想は同じです。「ものみせん」は「目に物見せる」で相手に思い知らせる、ひどい目にあわせるという意味。「銭が欲しければ、さあ、思い知らせてやろう」と、強盗に襲われた人物が逆襲するさまでしょう。関守はまさに熊坂同様さんざんな目にあわされたのに違いありません。

S：謡曲「橋弁慶」に「薙刀《なぎなた》やがて取り直し。〱。いでもの見せん手なみの程と」とあり、「いでものみせん」は謡曲ふうの気取った言葉遣いです。

95　おさなひのしつけにいたく切もぐさ

N：雑で、幼児をいう「おさなひ」により人倫でしょう。だとすれば、人倫が打越《うちこ》しにあって差し合いです。「切もぐさ」はお灸に使うために紙で巻いて短く切ったもぐさを言います。前句を、小さな子供がお金を盗もうとしたとみて、罰としてお灸を据えると趣向した心の付けです。「お灸を据える」という言い方はまだこの時代にはないようです。しかし、「風の子よ障子破らば初やいと　茂則」（『東日記《あずま》』春）からは、擬人法の例ではありますが、悪戯をする子供に灸を据える習慣があったように思えます。「ちよつちよつと箸をかかえぬる人／いとおしき子にはやいとをすへかねて　好道」（『続山井』雑誹諧連歌）のように、子供にお灸はきついものでした。今だと虐待で通報されますかね。一句は「幼子のしつけのためにたくさんの切もぐさを準備した」という意味でしょう。「ながむとて花にもいたしくびの骨」の例もありますし、「いたく」に「痛く」が掛けられているとみるのは読み過ぎでしょうか？

S：細かい事ですが、「いたく切」は、もぐさをたくさん切り刻んだというのでしょう。「痛く」はなさそうだな。

96　**此あたりには針たてもなし**

N：雑。「針たて」を人倫としておきます。「針たて」は鍼医《しんい》のこと、また鍼《はり》による治療そのものを言いましたが、ここは前者でしょう。「鍼灸」とセットで言いますように、前句の「もぐさ」から「針たて」を連想しました。本書「二二」の「つぶりをも」百韻でも「81入婿やとき〴〵腹を立ぬらん／82灸の針のとよはさうな皃《かほ》」（145頁）と灸と針とは同類のものとして扱われています。このあたりには鍼医もいないので、と前句の理由を付けています。

S：単純な心付けが続いています。いよいよ終盤という流れですね。

97　**間《ま》数《かず》多き襖《ふすま》障子はまばら也**

N：雑。「簾」が連歌の式日では居所用ですので、それに準じて「襖障子」を居所用としておきます。「はりたて」を「張り閉《た》て」と読み替えて、「襖障子」を付けました（『類船集』に「張《ハル》↓障子」）。前句を説明している付けで「部屋数が多いが、襖障子はまばらだ」という句意です。『ふみはたから』は中七下五を「襖障子や求むらん」としています。付け筋は変わらず、「部屋数が多いぶんだけ襖障子を求めるのだろう」となります。

S：「……はまばら也」だと前句「はりたてもなし」と同意になるという難があるので、「……や求むらん」へと後から修正したのではないでしょうか。ついでながら、洒竹《しゃちく》文庫『ふみはたから』に異文があるのはこの句が最後ですので、くりかえして述べてきた事ながら、異本の性格を要約しておきたいと思います。おそらく、版本の『宗因千句』の本文が初期段階のもので、『ふみはたから』の本文が修正を経たものです。その修正は差し合いの解消や表現の改善を意図してのことであり、単純な書き誤りが疑われる箇所もないではありませんが、宗因自身の手が加わっているとして良さそうです。

98 **さぐりまはりて出《いづ》る寝所《ねどころ》**

N：雑です。恋にも読める句ですが、前後の運びから見て恋として作ってはいないようです。「寝所」を居所体としておきます。特に言葉による付けはありません。前句の状況を受けて「探りまわって出る寝床」と、出口のわからなくなった人物を付けました。闇夜で明かりも無いのでしょう。それにしても、かなりきわどい句に読めてしまいます。

S：前句が異文の「襖障子や求むらん」なら、真っ暗な中で襖障子の位置を求めて外に出たということになって、「求むらん」の取り成しと言えます。

99 **忘るなよ物をとすなよ花に旅**

N：「花」を詠んで春、花の句です。「旅」で旅、「花」により植物木《うえもの》の句です。ここも言葉の付けはないようです。前句の人物を、旅の宿で建物の構造が分からなくてまごまごしているとみて、注意事項を述べました。「花の咲く季節に旅をしている人よ、忘れ物をするなよ、物を落とすなよ」。一句だけだと、花に浮かれて注意力散漫の体の風流人ですが、前句と併せると、そもそも大変頼りない人物のようです。

S：いえいえ、うっかり八兵衛さんの句として読むよりも、それほどに旅人の心を奪う花の盛りの美しさが主役でしょう。名残のウラ、匂いの花ですし。

100 **ことのはつくる日も永日記**

N：「日も永」により春。「花」を受けて通例どおりめでたい春の挙句です。なお、この百韻は冬がないまま挙句に至っており、それはけっこうな手抜かりですよ、宗因先生。それはさておき、「ことのはつくる」は和歌を詠むこと。「花」を見て歌を詠むのはごく自然な連想です。『類船集』に「永日→花をめづる」とあり、「花」には「日も永」も付いています。また、「旅」からは「日記」が連想され、「永」を掛詞として上下をつなぎました。「和歌を詠んで過ごす春の日永の折、その歌を書きつける日記もおのずと長くなる」という句意です。今回の百韻注釈もながなが続きました。

S：ことのはさぐる気も永注釈。

上冊あとがき

S：おかげさまで『宗因千句』所収の十巻の百韻を、これで半分、本にすることができました。ふたりとも髪が「半分、白い。」老人なりかけで、残り五巻を本にできる頃にはまっ白かもしれません。それまで身体を、とくに頭と眼を、大事にしましょうぞ。

N：今回注釈を試みた百韻は、成立年不明の「つぶりをも」百韻を除いて、宗因さんが数えで五十九歳～六十六歳に作ったものです。我々より年上でこの柔軟な発想！　あやかりたや、あやかりたや。

S：この本を編むに当たり、雑誌初出の際にいただいたご意見やご指摘と、それに対する回答を混ぜ込むということをしてみました。故・前田金五郎先生のご意見が同じ雑誌の次の号に載っていた時はうれしかったです。故・島津忠夫先生からもご意見をいただき感激しました。また、本書の各注釈の初出誌である『近世文学研究』の主宰者であられた故・島本昌一先生には、毎回分量の大きさに構わず掲載を認めていただきました。ありがとうございました。三先生のご冥福をお祈りいたします。

N：島津先生の直弟子で宗因研究の第一人者である尾崎千佳さんには、本当にさまざまなご教示をいただきました。特に連歌視点でのご指摘はありがたく、我々の暴走の手綱を引き締めて下さいました。

S：ほかにも、西田耕三先生、延廣眞治先生、大谷雅夫先生、玉城司先生、永野仁先生、母利司朗先輩、宮﨑修多先輩、金子俊之さん、金田房子さん、鈴木元さん、山形彩美さんには、いただいたコメントの収録をお許しいただきまして、ありがとうございました。

N：出版をお引き受け下さった和泉書院さんには、細かな用語や表記の統一、図版に至るまで入念にチェックしていただきました。御礼申し上げます。作業を通じて、これほどまで各注釈は統一されていなかったのか、と、我ながら呆れました。

S：じゃあ、ここでお互いに、本書所収の宗因独吟俳諧から、いちばんのお気に入りの三句続きを挙げてみましょう。私は、三「花むしろ」百韻の、64「ぢいばゞたちは跡のしら波」65「法《のり》をきくつぶりひたひをつき合」66「世を観ずれば只牛の角」ですね（210・211頁）。述懐から釈教への展開に、爺婆たちのしわだらけで白い頭のイメージと、闘牛のイメージが挟み込まれていて、ああきれいな俳諧だなあと感じます。

N：ええ。一箇所だけですか。それは決めかねる。強いてあげれば同じ「花むしろ」百韻の、84「よく〳〵見ればなりひらの歌」85「かの沢にちつくりと咲かきつばた」86「卑下まんをする野守也けり」でしょうか（223・224頁）。古典を背景にした緊密な付けと、一句の卑俗化のバランス、そして転じがうまいなあと思います。このあとさらに狂言へつながっていくのも面白い。

S：五巻の校正をしてみていかがでした。

N：最初のころの注釈はひたすらまじめでしたね。今だってまじめはまじめですけど、年と共に語り口が図々しくなっていますね。

S：飯倉洋一さんが「忘却散人ブログ」で取り上げて下さり、「この原稿どうやって作っているのでしょうか」と疑問を示しておられましたね。

N：企業秘密です。お酒飲みながら、とか、野球中継聞きながら、とかいうことは決してしていません。本当です。本当なんです。

S：「つぶりひたひをつき合」わせて作っています。

N：ときどき角を突き合わせ。

■著者略歴

深沢眞二（ふかさわ・しんじ）
1960年生。和光大学教授。博士（文学）2005年京都大学。
専門は連歌・俳諧の研究。
著書に、『風雅と笑い―芭蕉叢考―』（清文堂出版、2004年）、
『「和漢」の世界―和漢聯句の基礎的研究―』（清文堂出版、2010年）、
『連句の教室　ことばを付けて遊ぶ』（平凡社新書、2013年）、
『旅する俳諧師―芭蕉叢考二―』（清文堂出版、2015年）などがある。

深沢了子（ふかさわ・のりこ）
1965年生。聖心女子大学教授。博士（文学）2000年東京大学。
専門は俳諧の研究。
著書に、『近世中期の上方俳壇』（和泉書院、2001年）などがある。

２人の共著に、『芭蕉・蕪村　春夏秋冬を詠む』春夏編（三弥井書店、2012年）、秋冬編（同、2013年）がある。

宗因先生こんにちは
―夫婦で『宗因千句』注釈（上）―
シリーズ 扉をひらく 1

二〇一九年五月一日　初版第一刷発行

著　者　深沢眞二
　　　　深沢了子
発行者　廣橋研三
発行所　和泉書院
〒543-0037　大阪市天王寺区上之宮町七―六
電話　〇六―六七七一―一四六七
振替　〇〇九七〇―八―一五〇四三
印刷・製本　遊文舎
装訂　濱崎実幸／定価はカバーに表示

ISBN978-4-7576-0909-9 C1392

島津忠夫 著

老のくりごと

―八十以後国文学談儀―

■A5並製・二八〇頁・本体二五〇〇円

学界の第一人者であった著者が、心敬の『老のくりごと』という晩年の連歌論書をひそかに思いうかべて「時代・ジャンルを問わず、国文学のところどころを思いつくままに書きつけておこうとする」珠玉のエッセイ集。

工藤力男 著

季語の博物誌

■四六並製・二三二頁・本体一六〇〇円

江戸時代から昭和期まで、七〇〇余りの名句・佳吟を味わいながら、季語をめぐって和の心を考え、奇説をわらい、日本語について楽しく学ぶ三六六日。鋭い言語感覚と豊富な知識で季語を語りつくす。

三村晃功 著

いろは順 歌語辞典

―有賀長伯『和歌八重垣』―

■A5並製・二七二頁・本体四〇〇〇円

江戸時代の地下の一流として、望月長孝らの学統を継ぐ、有賀長伯の編著『和歌八重垣』(第四巻~同七巻)に所収の歌語二三〇〇余語を、簡にして要を得た現代語訳で記述した、初心者向けのいろは順歌語辞典。

(定価は表示価格+税)